Der letzte Moment

Jack Kerley

Der letzte Moment

ROMAN

Aus dem Englischen von
Bettina Zeller

Weltbild

Die amerikanische Originalausgabe erschien 2005 unter
dem Titel *The Death Collectors* bei Dutton, Penguin Group, New York

Besuchen Sie uns im Internet:
www.weltbild.de

Genehmigte Lizenzausgabe für Verlagsgruppe Weltbild GmbH,
Steinerne Furt, 86167 Augsburg

Übersetzung: Bettina Zeller
Umschlaggestaltung: Johannes Frick, Augsburg
Umschlagmotiv: Getty Images (© Ray Massey/Stone), München
Gesamtherstellung: Clausen & Bosse GmbH, Birkstraße 10, 25917 Leck
Printed in Germany
ISBN 3-8289-8650-1

2009 2008 2007 2006
Die letzte Jahreszahl gibt die aktuelle Lizenzausgabe an.

Für Elaine,
die nie den Glauben verloren hat

Anmerkungen des Autors

Um dem Willen und den Launen der Geschichte freien Lauf zu lassen, habe ich mir große Freiheiten herausgenommen und Veränderungen an Schauplätzen, geographischen Gegebenheiten, Institutionen und Behörden, die mit der Verbrechensbekämpfung betraut sind, vorgenommen. Mit Ausnahme der Schönheit Mobiles und seiner Umgebung ist alles, was in diesem Roman erzählt wird, Fiktion. Auch die seltene Briefmarke »Scarlet Angelus« ist ein Produkt der Phantasie. Ähnlichkeiten zwischen Romanfiguren und wahren Personen, ob noch am Leben oder sonst wo, sind purer Zufall.

Prolog

Bezirksgericht Mobile
Mobile, Alabama, 14. Mai 1972

Detective Jacob Willow wich einem Schild mit der Aufschrift STIRB, DU ELENDER MÖRDER aus und lief mit eingezogenem Kopf unter einem anderen hindurch, auf dem ZEIG REUE, SÜNDER stand. Er zwängte sich an einem Bibel wedelnden Prediger mit verkniffener Miene vorbei und quetschte sich zwischen zwei aufgebrachten dicken Frauen in verschwitzten Kleidern durch. Als Willow die Meute, die sich vor dem Gericht tummelte, endlich hinter sich gelassen hatte, nahm er zwei Stufen auf einmal, versuchte, drei zu nehmen, stolperte und nahm wieder zwei. Seine Kippe warf er in einen Aschenbecher neben dem Portal und betrat das Gericht. Da die Verhandlung in der oberen Etage stattfand, musste er eine weitere Treppe hochsprinten. Auf dem oberen Treppenabsatz wurde ihm leicht schwindelig. Er spähte um die Ecke in den Flur, der zum Gerichtssaal führte, und hoffte inständig, heute nicht der Weinenden zu begegnen.

Doch mit der gleichen Selbstverständlichkeit, wie Morgen für Morgen die Sonne aufging, saß sie – ganz in Schwarz gehüllt und mit undurchsichtigem Schleier – zwanzig Schritte weiter vorn auf einer zierlichen Eichenbank, die Ellbogen auf die Knie gestützt, das Gesicht in die Hände gelegt. Als Willow merkte, wie seine Schuldgefühle wieder aufkeimten und ihm ganz flau im Magen wurde, wandte er den Blick von der Weinenden ab.

Auf dem oberen Treppenabsatz saß Lindell Latham, der Gerichtsdiener, hinter einem Klapptisch. Bei wichtigen Prozessen kontrollierte er jeden, der den Saal betreten wollte. Latham kippelte auf den hinteren beiden Stuhlbeinen und stutzte seine Nägel mit einem Jagdmesser. Auf dem Stoff seiner Uniform, der sich über seinen Bauch spannte, lagen weiße Halbmonde.

»Wie üblich wieder zu spät, Detective Willow«, sagte Latham, ohne richtig aufzuschauen. »Jetzt aber mal flott in den Gerichtssaal, wenn Sie die Urteilsverkündung noch hören wollen.«

Willow deutete mit dem Kinn auf die Weinende. »Wohnt sie schon im Gericht oder geht sie auch mal heim?«

Der nächste Halbmond fiel hinunter. »Wird ab morgen wohl nicht mehr auftauchen, Willow. Dann gibt's ja auch nichts mehr zu sehen.«

Auf den Zehenspitzen schlich Willow zum Gerichtssaal und hoffte, dass sie den Kopf nicht hob. Er hasste die Gefühle, die die Weinende weckte, obwohl er nicht die geringste Ahnung hatte, wer sie war. Manche behaupteten, sie sei die Mutter eines der Opfer von Marsden Hexcamp, andere hielten sie für die Schwester oder Tante. Wer Anstalten machte, ihr Fragen zu stellen oder sie zu trösten, wurde wie eine lästige Fliege mit einer Handbewegung verscheucht.

Diese eigenartige Frau mit dem dicken Schleier wurde von den Menschen im Gericht gar nicht mehr wahrgenommen, denn inzwischen war ihre Anwesenheit für alle so selbstverständlich wie die Messingspucknäpfe und die überquellenden Aschenbecher. Den Gerichtssaal hatte sie während der dreiwöchigen Verhandlung kein einziges Mal betreten. Die von Marmorsäulen gesäumten Korridore hatte sie zu ihrem Ort der Trauer umfunktioniert und in einem fort geweint, von den Eröffnungsplädoyers bis zum Schuldspruch vergangener Woche. Die Wachmänner, die Tag für Tag ihren Kummer miterlebten, nahmen Anteil und gestatteten der Weinenden, sich im Gericht frei zu bewegen und sich hin und wieder im Büro eines abwesenden Richters hinzulegen.

Willow atmete tief durch, hielt auf die Tür des Gerichtssaales zu und trat so leise auf, wie es ihm die festen Sohlen seiner Budapester erlaubten. Als er an ihr vorbeikam, hob sie den Kopf und der Schleier verrutschte. In diesem Augenblick sah Willow zum ersten Mal das Gesicht der Weinenden und die trockenen Augen und der resolute Blick überraschten ihn. Auch ihr Alter erstaunte ihn: Dem Aussehen nach war sie Anfang zwanzig. Er spürte, wie ihr Blick ihm zur Tür folgte, als wollte sie ihn und seine Schuldgefühle in den Gerichtssaal scheuchen.

Er versuchte, seinen Schuldgefühlen, die ihn vor allem vor Sonnenaufgang quälten, mit Vernunft beizukommen. Er sagte sich, dass er erst vor zwei Jahren bei der Alabama State Police als Detective angefangen hatte, dass es ihm an Erfahrung mangelte, diesen infamen, vom Intellekt entfachten Wahnsinn zu begreifen. Er erinnerte sich an die höhnischen Kommentare der altgedienten Polizisten in der Abteilung, wenn er versuchte, sie davon zu überzeugen, dass es da eine Verbindung gebe zwischen den anscheinend zufälligen Gräueltaten, die im Süden von Alabama verübt wurden, und dass eine breit angelegte Untersuchung nötig sei, bei der die Staats-, die Bundespolizei und die Polizei von Mobile zusammenarbeiteten. Doch so wie sich seine eindringlichen Bitten an seine Vorgesetzten als unfruchtbar erwiesen hatten, versagten auch seine Rationalisierungsversuche: Und solange vor Gericht tagaus, tagein sexuelle Perversionen und entsetzliche Morde geschildert wurden, litt Willow an frühmorgendlichen Schweißausbrüchen.

Willow nickte der Wache an der Tür zu, schlich sich in den vollen Saal und entschuldigte sich immer wieder, während er sich zu dem für ihn reservierten Platz auf der Galerie gleich hinter der Verteidigung vorkämpfte.

Ihm blieb keine Zeit, sich zu setzen. »Erheben Sie sich«, rief der Gerichtsdiener und zweihundert Menschen im Gerichtssaal standen gleichzeitig auf.

Nur eine Person blieb sitzen, ein schmächtiger, blonder Mann am Tisch der Verteidigung. Die gestreiften Sträflingsklamotten trug er mit dem Impetus eines Mannes in einem Savile-Row-Anzug. Marsden Hexcamp hatte ein Bein über das andere geschlagen und bewegte es im Takt zu einem trägen Rhythmus, den nur er hörte. Eine Haarsträhne fiel ihm in die Stirn und lenkte die Aufmerksamkeit auf die wässrig-blauen Augen. Er drehte den Kopf in Richtung Galerie und grinste, als erzähle ihm jemand gerade einen besonders guten Witz. Der Verteidiger tippte Hexcamp auf die Schulter und bat seinen Mandanten mit einer Handbewegung, sich zu erheben, während der Richter den Saal betrat.

Blitzschnell drehte Marsden Hexcamp den Kopf und spuckte dem Rechtsanwalt in die Hand.

Willow bekam mit, wie der Anwalt angewidert erschauerte und die Hand an der Hose abwischte. Kein anderer beobachtete diesen unappetitlichen kleinen Zwischenfall, denn alle Augen waren auf Ambrose T. Penfield gerichtet, der zur Richterbank schritt. Seine schmächtige Statur kompensierte Richter Penfield mit einer Stimme wie ein gurgelnder Dorfbrunnen und wachsamen Adleraugen, die bei dem geringsten Anzeichen von schlechtem Betragen aufblitzten. Penfields zorniger Blick ruhte auf Marsden Hexcamp, der den Richter im Gegenzug mit einem Lächeln und einem lahmen Nicken bedachte. Penfield setzte seine Gleitsichtbrille auf und faltete ein Blatt Papier auseinander, auf dem das Strafmaß stand. Wie hoch dieses ausfallen würde, hatte er schon nach der ersten Verhandlungswoche entschieden.

»Wir haben uns hier und heute zur Urteilsverkündung von Marsden Hexcamp versammelt«, ließ Penfield verlauten. »Und damit gehen Wochen der Abscheu und des Grauens zu Ende, Wochen, die so entsetzlich waren, dass zwei Juroren nicht weitermachen konnten und einer einen Nervenzusammenbruch erlitt und noch immer im Krankenhaus liegt ...«

Marsden Hexcamps Anwalt erhob sich. »Euer Ehren, ich glaube nicht, dass das hierher –«

»Setzen Sie sich«, befahl Penfield. Der Anwalt leistete der richterlichen Aufforderung Folge und es hatte beinah den Anschein, als wäre er erleichtert, dass dieser Fall nun zu Ende ging.

»Diese Verhandlung ist nicht nur für die Juroren eine Qual gewesen«, fuhr Penfield in seinem gurgelnden Bass fort, »sondern auch für all jene, denen der Modergeruch in die Nase steigt, den Mr Hexcamp verbreitet ...«

Marsden Hexcamp tat so, als würde er ein Weinglas heben und mit dieser Geste einen wohlgemeinten Trinkspruch annehmen, wobei die Ketten an seinen schmalen Handgelenken wie Glocken klingelten. Penfield hielt inne und musterte den Angeklagten. »Ihre Mätzchen werden diesem Gericht nicht länger den letzten Nerv rauben, Mr Hexcamp. Kraft des Amtes, das mir von dem großartigen Staat Alabama verliehen wurde, verkünde ich folgendes Urteil: Sie werden in das Holman Prison überstellt, wo Sie – hoffentlich in Rekordzeit – auf dem elektrischen Stuhl hingerichtet werden. Und möge Gott dem Scheusal, das in Ihrer Brust schlummert, Gnade erweisen.«

Als Penfields Hammer aufschlug, erhob Marsden Hexcamp sich und schüttelte die Hand seines Anwalts ab.

»Darf der Verurteilte zum Schluss nicht noch ein paar Worte sagen, Euer Ehren?«

»Setzen Sie sich, Mr Hexcamp.«

»Habe ich kein Recht, mich zu Wort zu melden? Erlaubt der unwiderruflich nahende Tod nicht ein paar abschließende Sätze?«

»Haben Sie Ihren Opfern erlaubt, ein letztes Wort zu sprechen, Mr Hexcamp?«

Marsden Hexcamp legte eine Pause ein und dachte nach. Belustigung huschte über sein Gesicht. »Manche haben Bände gesprochen, Euer Ehren.«

»Bastard!« Oben auf der Galerie erhob sich ein Mann mit groben Gesichtszügen und schwenkte die Faust. Er schien betrunken zu sein.

»Setzen Sie sich und benehmen Sie sich, sonst werden Sie des Saales verwiesen«, warnte Penfield beinahe sanftmütig. Der Mann ließ sich auf seinen Platz fallen und verbarg das Gesicht in den Händen.

Hexcamp sagte: »Nun, Euer Ehren. Darf ich das Wort ergreifen?«

Willow sah, wie Penfields Blick über die erwartungsvollen Gesichter der Anwesenden schweifte und an den Reportern hängen blieb, die ganz erpicht darauf waren, die letzten in der Öffentlichkeit gesprochenen Worte Marsden Hexcamps festzuhalten. Penfield tippte auf seine Uhr.

»Ich gewähre Ihnen dreißig Sekunden, Mr Hexcamp, und würde vorschlagen, dass Sie um Ihr Seelenheil beten.«

Hexcamps Grinsen wurde schal. Ein Funkeln blitzte in seinen Augen auf. »Seelenheil ist etwas für Narren, *Richter*. Brachland in einem leeren Geist. Nicht, wohin wir gehen, zählt, sondern was wir schaffen im bescheidenen irdischen Atelier …«

»Mörder!«, rief eine Frau von der Galerie.

»Irrer!«, schrie jemand anderer.

Penfield ließ seinen Hammer fallen. »Ruhe! Zehn Sekunden, Mr Hexcamp.«

Hexcamp drehte sich zur Galerie um. Sein Blick suchte Willow, blieb dort kurz hängen und kehrte dann wieder zum Richter zurück. »Es ist die Kunst unseres Lebens, die fortdauert – Augenblicke, wie Spinnen in Bernstein festgehalten. Und wundersamerweise dennoch fähig zu kriechen. Zu beißen. Zu beeinflussen ...«

»Fünf Sekunden.« Für alle sichtbar unterdrückte Penfield ein Gähnen.

»SIE sind ein WURM«, schleuderte Hexcamp Penfield entgegen. »Eine erbärmliche, verachtenswerte Kreatur, nur ein Nichts, weniger als ein Nichts, ein wertloses Insekt, das aus Unwissenheit aufbegehrt gegen die Erhabenheit der KUNST!«

»Die Zeit ist um, Mr Hexcamp«, sagte Penfield. »Dass Ihnen mal die Worte fehlen, kann man nun wirklich nicht behaupten.«

Aus den Augenwinkeln heraus warf Marsden Hexcamp dem Richter einen Blick zu und sprang dann, gelenkig wie ein Turner, auf den Tisch der Verteidigung. »*L'art du moment final*«, brüllte er so laut, dass er dabei spuckte. »*C'est moi! C'est moi! C'est moi!*«

Die Kunst des letzten Augenblicks, dachte Willow, dessen zwei Jahre High-School-Französisch sich nun auszahlten. *Das bin ich*.

»Wachen, sorgen Sie dafür, dass der Mann sich setzt«, ordnete Penfield an. Wieder schlug sein Hammer laut auf die Unterlage.

Willow registrierte hinter Penfield eine Bewegung. Er beobachtete, wie sich die Tür des Richterzimmers langsam öffnete, sah den Schreibtisch, die Bücherregale, den Beistelltisch und dann – im Türrahmen – die Weinende.

Sie schritt in den Saal und blieb vor Hexcamp stehen. Alle hielten den Atem an. Sie zog eine große Pistole aus den Falten ihres Kleides, hob die Waffe und legte den Finger auf den Abzug.

Wieder weinte sie. Und sie schaute Marsden Hexcamp in die Augen.

Sagte: »Ich liebe dich.«

Willow sprang übers Geländer, streckte die Arme nach der Waffe aus. Sein Fuß verhedderte sich im Holz und er landete vor dem Tisch der Verteidigung auf dem Boden. Donner hallte durch den Saal. Auf Hexcamps Hemdbrust breitete sich ein roter Fleck von der Größe eines Zehn-Cent-Stückes aus, während der Hemdrücken explodierte. Hexcamp brach zusammen und landete auf dem Rücken neben Willow. Die Zuschauer warfen sich auf den Boden oder flohen schreiend in Richtung Ausgang.

Marsden Hexcamp hob den Kopf und stöhnte. Seine Lippen bewegten sich. Willow legte das Ohr an den Mund des Mannes und lauschte. Hexcamp schloss die Augen und ließ den Kopf fallen. »Bleiben Sie bei mir«, schrie Willow. Er packte die Hemdbrust des Mannes und schüttelte ihn, als könnte er so die Worte, die in Hexcamps Kehle festsaßen, befreien. Hexcamp schlug die Augen auf. Und wieder bewegten sich seine Lippen.

»Folgen Sie, Jacob. Sie müssen folgen ...« Eine rote Blase bildete sich auf seinen Lippen. »Sie ... müssen ... folgen ...«

»Wem?«, brüllte Willow Hexcamp, dessen Augen glasig wurden, ins Gesicht. »WEM SOLL ICH FOLGEN?«

Marsden Hexcamps Lider flatterten, ehe er sie aufschlug. »Der Kunst, Jacob«, sagte er. Schaumiges rotes Blut lief an seinem Kinn herunter. »Folgen Sie ... der erhabenen Kunst.«

Hexcamps Blick wurde wächsern, sein Mund ein regloses Rund. Wieder hörte Willow ein Dröhnen, ein lautes Donnern. Zwei Meter neben ihm sackte ein Körper zu Boden. Und aus der Weinenden wurde die Sterbende.

Kapitel Eins

Mobile, Alabama, heute

»Auszeichnungen sind albern«, sagte Harry Nautilus, als er mit dem großen, blauen Crown Victoria vom Mobiler Polizeipräsidium wegfuhr. »Bei so was kommt nie was Gutes raus.«

»Sieh es doch mal positiv, Harry«, sagte ich und rückte meine Krawatte im Rückspiegel zurecht. »Immerhin hat der Bürgermeister uns beide zu Polizisten des Jahres ernannt.«

»Und ich bin der Staatsvogel von Alabama. Zirp.«

»Es ist eine Ehre«, räsonierte ich.

»Nervig ist es. Das sind doch alles nur die leeren Worte eines Politikers.«

»Wenigstens kriegen wir umsonst Frühstück.« Ich warf einen Blick auf meine Uhr. Uns blieben locker zwanzig Minuten, um zum Hotel zu kommen, wo der Bürgermeister anlässlich der Preisverleihungen zum Frühstück lud. Auf meinem provisorischen schwarzen Brett, einer grauen Trennwand, hatte ich schon Platz geschaffen. Schließlich sollte ich heute meine erste Auszeichnung erhalten.

»Meinst du, ich soll die Jungs von der Gerichtsmedizin erwähnen?«, fragte ich, breitete die Arme aus und überlegte, ob mein marineblauer Blazer geschrumpft war, seit ich ihn das letzte Mal getragen hatte, oder ob ich mit einunddreißig Jahren noch wuchs.

»Wovon redest du, Carson?«

»Von meiner Dankesrede.«

Harry knurrte, ein einzelner tiefer Ton. Da weiter vorn

auf der Government Street eine Baustelle war, fuhren wir durch den südlichen Teil von Downtown, ein eher ärmliches Viertel mit kleinen Häusern und Apartments. Ich polierte gerade meine Nägel auf dem Hosenstoff, als eine Frau mit wedelnden Armen aus einer schmalen Gasse auf die Straße gestürzt kam. Wie ein aufgebauschter Reiterumhang flatterte ihr pinkfarbener Bademantel hinter ihr her. Sie warf sich vor den Wagen.

Mit der Wucht von 240 Pfund Körpergewicht trat Harry Nautilus auf die Bremse. Die Frau im Bademantel hob die Hände, als könnte sie auf diese Weise den zwei Tonnen schweren Wagen aufhalten. Reifen quietschten. Der Crown Vic kam ins Schleudern. Als wir endlich stehen blieben, passte zwischen unsere Stoßstange und die Knie der Frau gerade noch eine Hand.

»Dort in der Gasse liegt eine Tote«, keuchte die Frau und krallte die Finger in den Stoff ihres Bademantels. Sie war Mitte dreißig, klapperdürr und hatte dieses Appalachen-Näseln drauf. »Schwimmt in einer Blutlache.«

Ich benachrichtigte den Fahrdienstleiter, während Harry in die Gasse fuhr. Mit dem Gesicht nach unten und hochgestreckten Armen lag ein weiblicher Körper auf dem Asphalt. Die Frau trug eine weiße Bluse, und ich entdeckte einen hässlichen roten Fleck in der oberen Mitte des Rückens. Aus Furcht, Beweise zu vernichten, ließen wir den Wagen stehen und liefen zu Fuß zu dem reglosen Körper. Normalerweise rennen wir, beten um schnelle Hilfe und dass sich mit einem Wiederbelebungsversuch noch etwas ausrichten lässt.

Dieses Mal allerdings nicht. Als wir sahen, wie viel Blut die Frau verloren hatte, schaltete Harry einen Gang runter und ich ebenfalls. Die letzten paar Schritte legten wir ganz bedächtig zurück und mieden die rote Lache auf dem Pflaster. Da das Blut schon dick wurde, vermutete ich, dass der Mörder längst über alle Berge war. In der Ferne ertönten Sirenen. Harry kniete sich neben die

Leiche, während ich den Tatort unter die Lupe nahm: Glasscherben, Abfall und anderer Unrat, der sich in innerstädtischen Straßen ansammelt. Halb verfallene Garagen säumten den Asphalt. Das Gras dazwischen war gelb, denn es hatte in letzter Zeit kaum geregnet. Ein grelles Objekt erregte meine Aufmerksamkeit. Eine zerquetschte Orange lag etwa sieben, acht Meter von der ausgestreckten Hand der Frau entfernt neben einer Garage.

Der nächste Crown Vic bog aus der entgegengesetzten Richtung in die kleine Straße. Ihm folgten ein Streifen- und ein Krankenwagen. Die beiden Detectives Roy Trent und Clay Bridges stiegen aus dem Crown Vic. Das hier, der zweite Distrikt, war ihr Revier. Neunundneunzig Prozent unserer Zeit gehörten Harry und ich zum ersten Distrikt und das verbleibende Prozent waren wir Teil einer Sondereinheit.

In drei Sätzen informierten wir Trent und Bridges über das, was wir wussten. Bridges nahm die Frau im Bademantel beiseite, damit sie sich vor der Befragung etwas beruhigte. Trent ging zu der Leiche hinüber, betrachtete sie und fuhr sich mit seinen kräftigen Händen durch das schüttere Haar.

»Verflucht«, sagte er. »Das ist die Orangenlady.«

»Orangenlady?«, fragte ich.

»Heißt Nancy irgendwie. Wohnt einen Block weiter drüben in einem Heim. Jeden Morgen geht sie in den Supermarkt und kauft eine Orange. Eine Orange. Und abends noch mal. Ich habe sie mal gefragt, wieso sie morgens nicht zwei Orangen kauft oder einen ganzen Sack. Weißt du, was sie geantwortet hat?«

»Was?«

»Die Orangen würden lieber im Laden bleiben, weil sie dort Menschen beobachten könnten. Und bei ihr daheim bekämen sie nur das Innere des Kühlschranks zu sehen.«

»Dann ist das wohl ein Heim für Menschen mit psychischen Problemen«, sagte Harry.

Trent nickte. »Harmlose Typen, die nur ein bisschen Unterstützung brauchen, um zurechtzukommen. Nancy mag vielleicht ein bisschen wirr gewesen sein, aber sie war immer gut drauf, hat mit Leuten gequatscht, französische Lieder gesungen und so.«

»Das da ist die Morgenorange«, sagte ich und zeigte darauf. Ich ging in die Hocke und ließ den Blick zwischen der Frau und der Orange hin- und herwandern, legte mich dann auf den Bauch, studierte die Topographie und bemerkte die Abflussrinne in der Straßenmitte.

»Zum Schwimmen braucht man Wasser, Cars«, merkte Trent an.

»Und Schwung, um zu rollen«, setzte ich nach, stand auf und bürstete mir den Rollsplitt von Händen und Jackett. Trent musterte den Leichnam und schüttelte den Kopf. »Wer sollte sie erschießen, während sie in der Gasse stand?«

»Durch die Gasse rannte«, schlug ich vor.

Trent hob eine Augenbraue.

»Die Orange ist ungefähr sieben Meter weit weg. Liegt etwas höher. Falls sie gestanden oder gegangen ist, wäre die Orange ein, zwei Meter gerollt. Aber in die andere Richtung, mehr in die Mitte der Gasse. Sie hat eine Vertiefung, damit das Wasser abfließt. Der Schuss hat sie selbstverständlich nach vorn gestoßen. Trotzdem, ich glaube, es ist mehr Schwung nötig, damit die Orange so weit weg rollt. Die Leute von der Spurensicherung werden die genauen Zahlen ermitteln, aber ich wette ein paar Mäuse, dass sie gerannt ist, so schnell sie konnte.«

Trent überlegte kurz. »Falls sie gerannt ist, wusste sie, dass sie in Gefahr war. Hat womöglich den Täter erkannt.« Er machte sich auf den Weg zum Streifenwagen, um den uniformierten Polizisten zu sagen, sie sollten den Tatort abriegeln, blieb dann aber stehen.

»He, ich habe gehört, der Bürgermeister ernennt euch zu Polizisten des Jahres.«

»Ist nur ein Gerücht«, sagte Harry.

Trent grinste. »Polizisten des Jahres ist doch zu billig für euch Jungs. Wie wär's denn mit ›Die hohen Herrschaften von Piss-it‹?«

Piss-it war Abteilungsslang für PSET, Psychopathologisches und Soziopathologisches Ermittlungsteam, einer Sondereinheit, deren Name länger war als die Liste seiner Mitarbeiter, auf der nur Harry und ich standen. Das PSET war das verbleibende Prozent unseres Jobs.

Harry seufzte. »Lass das, Roy.«

Trent überlegte kurz. »Oder wie wäre es mit ›Die Hexenmeister des Wahnsinns‹?« Er kicherte und war schon dabei, sich die nächste Bezeichnung auszudenken, als er Harrys Blick auffing, sich daran erinnerte, was er von den Streifenpolizisten wollte, und einen Abgang machte.

Nun, wo unser Part in dem allzu vertrauten Drama vorüber war, stiegen Harry und ich in den Wagen. Wir gingen davon aus, dass der Orangenlady-Fall schnell aufgeklärt werden würde. Die arme Frau war jemandem auf den Keks gegangen und der- oder diejenige hatte sich gerächt. Einer fliehenden Frau bei Tag in den Rücken zu schießen war irrational, eine Tat aus dem Bauch heraus, unüberlegt. Trent und Bridges würden die Bekannten des Opfers überprüfen und herausfinden, wen sie in letzter Zeit genervt hatte. Und dann den Fall abschließen.

Bang. Irgendwas in der Art.

Das Preisverleihungsfrühstück fand in einem Hotel in Downtown statt. Als wir dort eintrafen, standen nur noch Kannen mit lauwarmem Kaffee auf den Banketttischen. Harry und ich schlichen zu unserem Tisch und baten mit einem stummen Nicken um Entschuldigung. Vorn auf dem Podium in der Mitte des großen Raums mit der niedrigen Decke drückte eine übertrieben herausgeputzte Frau vom Gesundheitsamt eine Anstecknadel an die Brust und ließ sich mit unvergesslichen Worten über Müllhalden aus.

»*... möchte den Mikroorganismen danken, die so hart arbeiten und den organischen Abfall zerkleinern ...*«

Bürgermeister Lyle Edmunds stand neben ihr. Auf seinem leicht geröteten Gesicht war ein Lächeln festgefroren. Die Frau vom Gesundheitsamt beendete ihren Monolog und trottete an ihren Tisch zurück. Der Bürgermeister trat ans Mikrofon, doch die Anlage gab keinen Muckser von sich. Er klopfte mit dem Finger gegen das Mikrofon, wofür er mit einer ohrenbetäubenden Rückkopplung belohnt wurde. Zweihundert Menschen zuckten zusammen und ich bildete da keine Ausnahme. Der Bürgermeister beugte sich vor und wagte einen neuen Versuch.

»... est. Test. Funktioniert das Ding wieder? Na schön. Noch einmal möchte ich Ihnen allen danken, dass Sie heute erschienen sind und mir Gelegenheit geben, Menschen zu ehren, die erheblich zur Steigerung der Lebensqualität in dieser herrlichen Hafenstadt beigetragen haben. In diesem Jahr hat auch diese Stadtverwaltung zur Verbesserung von ...«

Die meisten Leute an unserem Tisch hatten den Blick aufs Podium gerichtet und fühlten sich genötigt, so zu tun, als würde die Rede des Bürgermeisters sie interessieren. Am oberen Tischende – falls ein runder Tisch überhaupt so etwas wie ein Ende haben kann – saß Burston Plackett, der Polizeichef, eingerahmt von vier Polizisten. Am unteren Tischende saßen Lieutenant Tom Mason, Harry und ich.

Der Bürgermeister schaltete einen Gang herunter, lenkte den Blick auf den Tisch mit den Auszeichnungen und nahm ein Paar Anstecknadeln hoch.

»Zwei Nadeln. Das sind wir«, flüsterte ich Harry zu. »Was soll ich in meiner Dankesrede sagen?«

»Überlass dem Bürgermeister das Reden und Predigen, Carson. Schnapp dir das Ding und schaff deinen Hintern zum Tisch zurück.« Harry runzelte die Stirn, was im Klartext hieß: *Wag dich ja nicht in die Nähe des Mikrofons*.

Wieder klopfte der Bürgermeister gegen das Mikro und beugte sich vor. »Meine nächste Auszeichnung geht an den Mobiler Polizisten des Jahres. Und dieses Jahr ist es mir eine Freude, ein Team auszuzeichnen: Zwei Mitglieder von Mobiles bester Truppe, die – es liegt schon ein bisschen zurück – ganz wesentlich dazu beigetragen haben, Joel Adrian und danach den Leichenschauhausmörder zu schnappen. Die Detectives Nautilus und Ryder stellen eine Sondereinheit, die unter der Abkürzung PSET oder Psychopatho ... ologisch und Sozio... soziolog ... ach, das ist aber auch ein Rattenschwanz. Lassen Sie mich einfach sagen, diese beiden Herren sind der beste Beweis dafür, dass Mobile unübertroffen ist, was die Qualität seiner ...« Der Bürgermeister stimmte, von den Medien angespornt, eine weitere Litanei an, in der er sich selbst über den grünen Klee lobte. Reporter, Kameramänner und ein Fotograf vom *Mobile Register* eilten an seine Seite. Mir fiel auf, wie die Reporterin von Channel 14 mich anstarrte. Als ich zurückstarrte, grinste sie und richtete den Blick auf den Bürgermeister. Soweit ich mich erinnerte, hieß sie DeeDee Danbury. Gut in Schuss, blond, von mittlerer Statur. Mund, Nase und vor allem die Augen waren ein bisschen zu groß geraten. Als Harry und ich kurz im Blitzlicht gestanden hatten, hatte Danbury mir etwas ins Ohr geflüstert und mir das Mikrofon direkt vor die Nase gehalten, worauf ich gut und gern hätte verzichten können.

Nach weiteren zwei Minuten hochtrabender Auslassungen sah sich der Bürgermeister im Raum nach einem schlanken Weißen um, der neben einem großen, breitschultrigen Schwarzen saß.

»Ich möchte Ihnen die Detectives Harry Nautilus und Carson Ryder vorstellen. Bitte, meine Herren, nehmen Sie Ihre Auszeichnungen in Empfang.«

Beifall ertönte. Ich folgte Harrys senfgelbem Anzug zum Podium. Sein Hemd war fliederfarben, seine Krawatte rot. Harry hatte ein Faible für grelle Farben, was allerdings nicht bedeutete, dass er auch ein Gespür dafür hatte. Wir gingen nach oben, schüttelten dem Bürgermeister die Hand und nahmen unsere Auszeichnungen entgegen. Jemand rief: »So bleiben, fürs Foto.« Ich neigte den Kopf leicht, reckte das Kinn und nahm meine beste Verbrechensbekämpferpose ein. Kameras blitzten auf. Mit meiner Medaille stieg ich vom Podium. Das Mikrofon schwankte vor meinem Gesicht herum und da konnte ich trotz Harrys Warnung nicht widerstehen. Ich beugte mich vor, um ein paar Worte zu sagen.

»Zuerst möchte ich der Akademie danken …«

Das Mikrofon quietschte, als würde jemand einen Meißel über eine Metallplatte ziehen. Alle zuckten zusammen und manch einer zog sogar den Kopf ein. Mitten im Saal ließ ein Kellner vor Schreck ein Tablett mit Geschirr fallen. Porzellanscherben schlitterten über den Boden. Harry knurrte, bohrte seinen Daumen in meine Niere, bugsierte mich vom Podium und beendete meinen ruhmreichen Moment.

Kapitel Zwei

Ein Foto, das beim Frühstück des Bürgermeisters aufgenommen worden war, machte tags darauf, also am Dienstag, die Runde. Ich bekam das Foto erst am Mittwoch zu Gesicht, als ich frühmorgens ins Büro kam, um den Papierberg abzuarbeiten. Ein Witzbold hatte das ausgeschnittene Foto an meinen Stuhl geklebt, zusammen mit einem gelben Haftnotizzettel, auf dem geschrieben stand: SUPERDETECTIVE EILT ZU HILFE.

Auf dem Foto hielten Harry und ich uns an unseren Medaillen fest und hatten den Bürgermeister in unsere Mitte genommen. Unter Harrys dickem Schnurrbart war ein Anflug von einem Lächeln zu erkennen. Meine Verbrechensbekämpferpose ließ mich wie eine Mischung aus Cotton Mather, dem amerikanischen Geistlichen und Schriftsteller, und einem selbstgerechten Idioten aussehen. Kopfschüttelnd schwor ich mir, niemals wieder eine Auszeichnung anzunehmen, und las den Text.

> POLIZISTEN DES JAHRES GEEHRT – Bürgermeister Lyle Edmunds ernennt beim Frühstück anlässlich seiner jährlichen Preisverleihung die beiden Mobiler Polizisten Harry Nautilus (links) und Carson Ryder (rechts) zu Polizisten des Jahres. Nautilus und Ryder gehören dem brillanten Psycho- und Soziopathologischen Ermittlungsteams, auch PSET genannt, beim MPD an und werden als Experten auf dem Gebiet der Serienmörder und anderen psychisch gestörten ...«

»Was hältst du davon? Haben Sie deine vorteilhafte Seite erwischt?«, fragte eine Stimme, träge wie Molasse, hinter mir. Als ich mich umdrehte, sah ich, dass Tom Mason grinste oder den Mund so weit verzog, wie sein zerknittertes Gesicht es ihm erlaubte. »Interessanten Gesichtsausdruck hast du da, Carson. Eindringlich, könnte man vielleicht sagen.«

Ich spürte, dass ich errötete wie ein Schuljunge, der mit einer Mädchenzeitschrift ertappt worden war, und knallte den Artikel auf den Schreibtisch. Tom sagte: »Wir haben gerade einen Notruf reingekriegt. Uns wurde eine Leiche in einem Motel gemeldet. Im Cozy Cabins. Ich denke, der Fall ist ein bisschen abgedreht, vielleicht sogar etwas mehr als nur ein bisschen. Harry habe ich vorhin schon informiert. Er ist bereits auf dem Weg dorthin.«

Ich stand auf und schnappte mir mein Sportsakko. »Inwiefern abgedreht, Tom?«

»Der Anrufer hat nicht gerade erstklassiges Englisch gesprochen. Wäre mir lieber, ihr verschafft euch selbst einen Eindruck. Der Leichenbeschauer ist schon vor Ort, die Gerichtsmediziner sind unterwegs. Ich habe allen gesagt, sie bräuchten sich nicht den Kopf zu zerbrechen, weil ich ihnen ja die Polizisten des Jahres schicke. Und wie du dir vorstellen kannst, hat ihnen das einen richtigen Kick gegeben.«

* * * * *

Das Cozy Cabins war ein heruntergekommenes Motel. Ein Dutzend kleiner Häuschen standen auf einem weitläufigen baumbestandenen Grundstück. In den Siebzigern mochte es mal ganz charmant gewesen sein, doch die Stadt war gewachsen, hatte sich ausgedehnt. Nun gab es in der näheren Umgebung kleine Einkaufszentren, Bars und zwielichtige Autohändler. Inzwischen vermietete das Cozy Cabins seine Unterkünfte hauptsächlich an Paare, die sich hier ein Stelldichein gaben, oder an Kunden, die ihre käuflichen Partner nicht auf den Autorücksitz, sondern an einen etwas netteren Ort einladen wollten. Ich fuhr auf die Auffahrt und sah, wie Harry in die erste Hütte ging. Im Fenster stand in Neonschrift BÜRO. Ich drückte auf die Hupe. Harry blieb im Türrahmen stehen und drehte sich um.

»Was liegt an?«, rief ich.

Harry schüttelte den Kopf, als reichten Worte in diesem Fall nicht aus, deutete auf die letzte Hütte und verschwand im Büro. Ich fuhr nach hinten zu dem Häuschen, vor dem die Fahrzeuge des Leichenbeschauers, der Gerichtsmedizin und ein Streifenwagen parkten. Officer Leighton Withrow lehnte am Kotflügel und wischte sich mit einem Taschentuch die Schweißperlen von der Stirn. Ich parkte hinter Withrow und stieg aus. Die Hitze war unerträglich. Der erste Atemzug, den ich im Freien tat, zwang mich fast in die Knie.

»Was steht an, Leighton?«, japste ich.

Er deutete mit dem Kinn auf die Hütte. »Gehst besser schnell rein, Ryder. Die fangen gleich an, ›Happy Birthday‹ zu singen.«

»Happy Birthday?«

Withrow drehte sich um und nahm den Verkehr auf der Autobahn in Augenschein, als würde ihm das Freude bereiten. Ich ging zu dem etwa zwanzig Quadratmeter großen Häuschen, das einen neuen Anstrich vertragen konnte. Wayne Hembree, der Leiter der Spurensicherung, stand mit dem Rücken zu mir im Türrahmen. Hembree war ein fünfunddreißigjähriger Schwarzer, dessen Haar sich lichtete und der weniger Fleisch auf den Knochen hatte als ein Rasse-Windhund. Als er Schritte hörte, drehte er sich um. Ein trauriges Lächeln blitzte in seinem Mondgesicht auf.

»So was wie das hier verdirbt mir die Lust auf ein

Candlelight Dinner«, sagte er und machte mir Platz, damit ich einen Blick in den Raum werfen konnte.

Kerzen. Dutzende von Kerzen. Auf dem Boden, auf dem wackligen Mobiliar, auf dem festgeschraubten Fernseher. Runde Kerzen, quadratische Kerzen, achteckige Kerzen, Dreiecke. Einige waren Duftkerzen, die Luft war geschwängert von einer heftigen Geruchsmischung. Die kleineren Kerzen waren heruntergebrannt, doch die großen und dicken Kerzen brannten noch und ihre hellen Flammen flackerten in dem dunklen Raum.

Etwa vier Meter hinter der Eingangstür lag auf einem roten Bettüberwurf ein nackter Frauenkörper, der mit verwelkten Blumen bedeckt war. Die riesengroßen, weißen Augen der Frau mit den winzigen, wurmartigen Pupillen quollen aus den Höhlen.

»Jesus«, flüsterte ich und überlegte, ob sich ihre Augen wohl irgendwie verflüssigt hatten. Als ich näher trat, stellte sich heraus, dass dieser abscheuliche Effekt den weißen Kerzen zuzuschreiben war, die auf ihren Lidern heruntergebrannt waren. Aus den Augenhöhlen quoll Wachs; was wie Pupillen ausgesehen hatte, waren die abgebrannten Dochte. Die Dochte starrten mich an. Ihr Mund mit dem verschmierten Lippenstift stand offen und schien *Warum* zu fragen.

Hembree gab die Kamera einem Techniker der Spurensicherung, forderte mich mit einem Nicken auf, ihm zu folgen, und bahnte sich durch die Kerzen einen Weg zum Leichnam. Dabei bewegte er sich so vorsichtig wie ein Mann, der barfuß über Glasscherben ging.

Ihre Hände waren auf dem Brustbein gefaltet und unter all den Rosen, Lilien und anderen mir unbekannten Blumen kaum zu erkennen. An fast allen Fingern funkelten billige Ringe. Ihre dunkelbraunen Haare waren frisch gewaschen und sie trug einen konservativen Kurzhaarschnitt, was so gar nicht zu ihrer restlichen Erscheinung passte. Versteinerten Tränen gleich hingen

Wachstropfen an ihren Haaren. Wundmale schmiegten sich wie ein roter Kragen um den Frauenhals und legten die Vermutung nahe, dass sie stranguliert worden war. Weitere Hinweise oder Anzeichen, dass ein Kampf stattgefunden hatte, gab es nicht. Trotz des süßlichen Blumenduftes roch ich die Verwesung. Wenn wir wieder zu Staub werden, ist die Verwandlung alles andere als schön.

Hembree sah mich an. »Auf wie alt schätzt du sie, Carson?«

»Ende dreißig, Anfang vierzig, würde ich sagen.«

Der Techniker von der Spurensicherung drückte auf einen unsichtbaren Knopf in der Luft und ahmte den Klingelton in einer Ratesendung nach. »*Bzzzt*. Falsche Antwort. Versuchen Sie's mal mit fünfzig. Minimum.« Er beugte sich über den Leichnam und tastete den Bizeps ab. »Gute physische Verfassung, der Muskeltonus gleicht das Alter aus. Jedenfalls bis vor kurzem. Wie viele fünfzigjährige Huren mit solch einem Muskeltonus laufen einem über den Weg?«

Mit Daumen und Zeigefinger formte ich eine Null. Die meisten Prostituierten erreichen die Fünfzig nicht, und falls doch, dann sahen sie aus wie achtzig. Ich kniete mich neben das Bett. Hembree gab mir die Hand der Frau. »Arbeiterhände«, fiel mir auf. Hornhaut an Handflächen und Fingern. »Arbeitet draußen. Und damit meine ich nicht, dass sie Straßen asphaltiert. Sehen Sie sich die Ringe an.«

Ich zog Metall und Glas im Wert von ein paar Dollar vom Finger des Opfers. »Aus dem Kaugummiautomaten«, meinte ich. »Wenn sie den Schmuck länger getragen hätte, wären Verfärbungen zu sehen.«

»Eigenartiges Design«, fand Hembree, während er sich die Ringe genauer ansah. »Der eine hat so eine Art Knoten, auf dem anderen ist ein Schwert. Und da drüben ein Mond.«

»Sie trägt auch einen Zehenring«, sagte ich. »Mit einem Pentagramm.«

»Satanistin? Goth?« Hembree griff hinter das Ohr des Opfers und hob eine Haarsträhne. »Carson, ich habe hier kurz vor Ihrem Eintreffen etwas gefunden, das uns vielleicht hilft, sie zu identifizieren.«

Am Halsansatz entdeckte ich ein Muttermal, ein hellroter Fleck auf der Haut, etwa so groß wie ein Zehn-Cent-Stück. Hembree schaltete eine kleine Taschenlampe ein und untersuchte die Falten im Nacken der Frau. Da waren rötliche Linien zu erkennen, die an rostfarbene Kreidestriche erinnerten.

»Schauen Sie mal, hier unten«, sagte er und richtete das Licht auf eine Armbeuge.

»Da also auch«, sagte ich. »Woher stammt die Tinte?«

»Nichts Genaues weiß man nicht. Jedenfalls bis wir das Zeug ins Labor gebracht haben.« Hembree spekulierte nicht gern und mochte es gar nicht, wenn er später eine Behauptung zurücknehmen musste. Andererseits war er ein extrem akribischer Mensch, weshalb er nur selten etwas revidieren musste. Den Ton, den er jetzt anschlug, kannte ich. Er hatte eine Vermutung.

»Los, Bree, spucken Sie es schon aus«, drängte ich und deutete spaßeshalber einen Schlag auf seinen Mini-Bizeps an. »Ich werde Sie auf nichts festnageln. Was denken Sie?«

Noch immer studierte er den Arm der Frau im Licht der Taschenlampe. »Ich denke, der perfekte Polizist des Jahres wäre nicht so eine Nervensäge.«

* * * * *

»Putzfrau findet Leiche«, erzählte Saleem Hakkam, der Manager vom Cozy Cabins, Harry gerade, als ich die Tür zu dem kleinen, verrauchten Büro öffnete. »Putzfrau kommt kreischend in Büro, ich lasse Kaffee fallen und rufe Polizei. Putzfrau kreischt weiter.«

Hakkam, der hinter einer abgeplatzten Resopaltheke stand, zog an einer Zigarette, die wie brennende Schuhputzlappen stank, und schnippte die Asche gelegentlich in eine Dr.-Pepper-Dose auf der Theke. Der beleibte Hakkam hielt die Zigarette mit drei Fingern fest, als fürchtete er, sie würde ihm entwischen.

»Können wir mit ihr reden?«, fragte Harry.

Hakkam nahm einen tiefen Zug. »Putzfrau kreischt. Springt in den Wagen und fährt weg. Kreischt noch hundert Meter weiter.« Rauchwölkchen untermauerten seine Worte.

»Wann kommt sie wieder?«

Hakkam schüttelte traurig den Kopf. »Wer so aufregt, nicht wiederkommt.«

»Wer hat das Zimmer gemietet, Mr Hakkam?«, fragte Harry. »Sind die Gäste hier gewesen und haben sich eingetragen?«

Hakkam wandte den Blick ab. Harry, der kapierte, was Sache war, stieß einen Seufzer aus. »Mr Hakkam, Sie kriegen keine Schwierigkeiten. Es sei denn, Sie lügen mich an.«

Hakkam, dem der Rauch in die Augen stieg, blinzelte argwöhnisch. »Lüge Polizei nicht an. Anruf kommen gestern Morgen, sehr früh. Will Zimmer mieten für Dienstagnacht.«

Diese Geschichte hörten wir beide nicht zum ersten Mal. »Und Sie wissen nicht, wer die Hütte gemietet hat?«

»Niemand gesehen. Gäste spät.«

»Und was war mit der Bezahlung?«, fragte Harry.

»Anrufer sagt, Geld ist im Briefkasten. Ich sehe nach. Geld da. Anrufer sagt, ich soll Tür offen lassen und Schlüssel auf den Tisch legen. Und warum nicht? Betrag stimmt.«

»Haben Sie das Fahrzeug gesehen?«

»Nein.«

»Haben Sie den Umschlag, in dem das Geld war?«

»Mit Abfall verbrannt.«

»Der Anrufer, war das ein Mann oder eine Frau?«

Hakkam schüttelte den Kopf und hob die Hand auf Stirnhöhe. »Stimme war nicht hier oben wie bei einer Frau ...« Dann senkte er die Hand auf Schritthöhe. »Und auch nicht hier unten wie bei einem Mann. Irgendwas in der Mitte.« Er zuckte mit den Achseln. Aller Wahrscheinlichkeit nach hatte der Anrufer oder die Anruferin die Stimme verstellt.

Harry sagte: »Wie viel Geld haben Sie erhalten, Mr Hakkam?«

»Fünfhundert Dollar.«

»Ungefähr das Zehnfache des Normalpreises. Sie dachten wohl, es handelt sich um ein Drogengeschäft, oder? Stoff?«

Hakkam senkte den Blick und nahm wieder einen tiefen Zug von der schmierigen Zigarette. In meiner Vorstellung sahen seine Lungen aus wie Schlammbeutel.

»Job ist es, Zimmer zu vermieten und sich um eigene Angelegenheiten kümmern.«

Er runzelte die Stirn, nahm einen letzten Zug und ließ die teergetränkte Kippe in die Dose fallen, wo sie zischend verglühte. Bräunlicher Rauch stieg aus der Öffnung. Das verdammte Ding wollte einfach nicht ausgehen.

Unter hohen Sumpfkiefern, deren Schatten diese Hitze nicht lindern konnten, kehrten wir zur Hütte zurück. Eine Unterhaltung wie die, die wir gerade mit Hakkam geführt hatten, war in dieser einkommensschwachen Gegend nichts Besonderes. Da die Geschäfte schlecht gingen, hatte er nur allzu gern an jemanden vermietet, der tief in die Tasche griff, damit man ihn in Ruhe ließ. Drogendealer, die ihre Ware umpackten oder verteilten,

Typen aus dem Pornogeschäft, die drittklassige Filme drehten. Hakkam tat genau, was man von ihm verlangte, und hoffte darauf, dass die Gäste wiederkamen.

Als wir um die Ecke bogen und zur Vorderseite der Hütte gehen wollten, blieb Harry abrupt stehen, krallte sich von hinten meine Jacke und hielt mich fest.

»Bussarde«, sagte er und zeigte um die Ecke. »Sabbernde und geifernde Garde.«

Harry hatte die Angewohnheit, in Reimen zu sprechen, was ich manchmal als Heimsuchung empfand. Im Laufe unserer fünf Jahre währenden Freundschaft hatte ich immerhin gelernt, die Hälfte dessen, was er sagte, zu entschlüsseln. Diese Bussarde waren allerdings auch mir nicht fremd. Zur Sicherheit spähte ich noch einmal um die Ecke.

Reporter.

Da Leighton Withrow sie von der Hütte fern hielt, warteten sie in der Nähe des Eingangs. Entweder hatten sie Polizeifunk gehört, oder ein verkümmerter Instinkt lockte sie wie Maikäfer, die gegen Fliegengitter donnerten, von Tragödie zu Tragödie. Fernseh- und Radioreporter und eine Hand voll Printjournalisten hatten Lunte gerochen.

Harry nickte schwermütig. »Wie ich sehe, sind da vorn Fotze und Funt von Channel 14.«

Seinen Ausspruch kommentierte ich mit einer hochgezogenen Augenbraue. Obwohl Harry nicht gerade für seine *political correctness* bekannt war, hielt er normalerweise nichts von abfälligen Bemerkungen. »Ähm, wer?«, fragte ich.

»DeeDee Danbury von Channel 14. Sie ist die F-Wort-Lady. Meist hat sie einen putzigen kleinen Kameramann im Schlepptau. Das ist Funt. So heißen sie jedenfalls drüben im Rathaus. Zumindest bei dem einen oder anderen.«

»Funt? Heißt der Kameramann tatsächlich so?«

Wieder spähte Harry um die Ecke. »Es gab mal eine Fernsehsendung namens *Candid Camera*. Die Leute steckten ihre Post in den Briefkasten und plötzlich kam da eine Hand raus und packte sie, war so ein billiger Trick. Und die ganze Zeit lief eine versteckte Kamera mit und filmte die Szene. Der Typ, der sich die Sendung ausgedacht hat, hieß Funt.«

»Der Kerl von Channel 14 versteckt sich in Briefkästen?«

»Nein, aber die beiden arbeiten so. Fo … ich meine, Danbury bombardiert die Leute mit Fragen in der Hoffnung, sie auf diese Weise zu überrumpeln, und Funt filmt dann, wie sie verlegen aus der Wäsche gucken.«

»Woher kennst du diese Danbury so gut? Siehst du neuerdings fern?« Harry war ein waschechter Musikfan. Überall in seinem Haus stapelten sich alte Blues- und Jazzschallplatten. Erst kürzlich hatte er äußerst widerwillig angefangen, CDs zu sammeln. Das letzte Mal, dass ich Harrys alten Schwarzweißfernseher gesehen hatte, fungierte er als Türstopper.

»Sie hat mich vor drei, vier Jahren in die Pfanne gehauen. Ich hatte mich verplappert und ihr erzählt, dass der Tote ein Drogenschwergewicht war. Ich hab noch versucht, es sofort zurückzunehmen. ›Kein Problem‹, hat sie gesagt. Und dann höre ich später am Abend den Namen in den Nachrichten.«

»Und?«

»Was ich nicht wusste, war, dass die Drogenfahndung den Typen im Visier hatte und eine Lieferung aus Kolumbien verfolgte, die zu ihm unterwegs war. Als öffentlich wurde, dass der Junge abgenippelt war, sind die Schmuggler untergetaucht. Ohne den Bericht wäre die Lieferung dem FBI ins Netz gegangen.«

Ich verzog das Gesicht. »Autsch.«

»Hat nicht viel gefehlt und ich hätte fortan Verkehrskontrollen durchgeführt und Traktoren stillgelegt«, sagte Harry und spähte um die Ecke. »Ich werde noch immer stinksauer, wenn ich sie sehe. Na schön, Carson, dann mal los. Und gib Gas.«

Wir rannten im Affenzahn um die Ecke. Kaum hatten die Reporter uns im Visier, stürzten sie sich auf uns.

»*Wer ist da drinnen*?«

»Kein Kommentar.«

»*War es ein Raubüberfall*?«

»Kein Kommentar.«

»*Schon eine Ahnung, was das Motiv war*?«

»Kein Kommentar.«

Mit eingezogenen Köpfen nahmen wir den Spießrutenlauf auf uns. Blickkontakt übte auf Reporter dieselbe Wirkung aus wie Blut auf Haie. Fragen zu beantworten war eh nicht unser Bier. Die Abteilung hatte Pressesprecher, deren Aufgabe es war, am laufenden Meter irgendwelchen Mist zu erfinden. Wir hatten alle Hände voll zu tun, uns mit der Wahrheit herumzuschlagen.

»*Ist das ein PSET-Fall, Detective Ryder? Ist das der Grund, weshalb Sie und Detective Nautilus hier sind?*«

Die letzte Frage überraschte mich. Ich drehte mich zu dem runden, mit Schaumstoff bezogenen Mikrofon um, das einen halben Meter weiter in der Luft schwebte. Dahinter stand DeeDee Danbury, die Reporterin von Channel 14. Die riesigen, grauen Augen waren der Blickfang in ihrem länglichen, aber durchaus ansprechenden Gesicht, das von aschblonden Haaren eingerahmt wurde.

»Um Himmels willen, sag nein«, flüsterte Harry.

»Nein«, plapperte ich wie ein Papagei nach.

Sie hob eine Augenbraue. »Aber sind Sie beide hier nicht außerhalb des Verantwortungsbereichs Ihres Reviers?«

Harry schob mich in die Hütte. Hembree schaute zu, wie die Jungs von der Spurensicherung die Kerzen aus den Augen der Frau fischten. Er hielt eine durchsichtige Plastiktüte mit mehreren roten Partikeln hoch. »Hab ich in den Haaren des Opfers gefunden. Gleicht der Substanz am Hals und in den Armbeugen. War auch unter ihren Fingernägeln und im Bauchnabel zu finden.«

Hembree hatte heute einen eigenartigen Tonfall drauf. Ich schaute mich um, doch außer mir und Harry war niemand in Hörweite. »Kommen Sie, Bree, keiner kriegt was mit. Was geht Ihnen durch den Kopf?«

»Zombies«, flüsterte er mit einem rätselhaften Lächeln auf den Lippen.

Kapitel Drei

Obwohl es noch taghell war, klapperten Harry und ich schon die umliegenden Straßen ab und redeten mit den so genannten Damen der Nacht. Das mit der Nacht ist eigentlich Unsinn, denn die meisten Frauen, die ihr Leben in Zehn-Minuten-Einheiten verkaufen, nehmen irgendeine chemische Substanz, um durchzuhalten, und süchtig ist man schließlich rund um die Uhr. Wir unterhielten uns mit einer ganzen Reihe von Frauen und einem Transvestiten. Die meisten warfen einen Blick auf das Foto und schüttelten den Kopf. Ein paar überlegten kurz, sagten dann aber »Nee, ist doch nicht die, an die ich dachte« oder – was noch populärer war – »Hab ich noch nie im Leben gesehen. Und wie wär's, wenn ihr Jungs jetzt verduftet, damit ich arbeiten kann?«

Harry und ich liefen uns ein paar Stunden die Füße platt, ohne das Geringste zu erreichen. Als wir ins Präsidium zurückkehrten, fing Tom Mason uns vor dem Büro des Detectives ab.

»Der Chef sucht euch, Jungs. Wartet drüben in meinem Büro.«

Mehr sagte Tom nicht. Harry warf mir einen kurzen Blick zu, ehe wir zu Toms Büro hinüberschlurften. Plackett, der Polizeichef, wippte auf den Fußballen und schaute aus dem Fenster auf die Government Road, den schmalen, nadelgestreiften Rücken uns zugewandt. Eine rosa Hand strich das perfekt frisierte schwarze Haar zurück. An seinem Handgelenk funkelte eine Golduhr. Mit gerunzelter Stirn wirbelte er herum, doch als er die Halbdrehung vollendet hatte, lächelte er.

»Da sind Sie ja«, sagte der Chef und streckte mir

die Hand entgegen, als ich über die Türschwelle trat. Wie ein Politiker schüttelte er meine Hand einmal lang, zweimal kurz und nahm sich dann Harrys Hand vor. »Meine Spezialisten.«

Harry stieß ein tiefes Grunzen aus, das nur ich hörte.

»Spezialisten?«, fragte ich.

»Die Spezialisten vom Psychopathologischen und Soziopathologischen Team. Mir ist zu Ohren gekommen, dass ihr Jungs einen schrägen Fall gekriegt habt – Prostituierte, Kerzen, ritueller Kram. Jetzt greift das PSET durch, nicht wahr? Und rottet diesen Wahnsinn gleich mit der Wurzel aus?«

Es gelang mir, keine Miene zu verziehen. Ursprünglich war das PSET, das nur aus Harry und mir bestand und im vergangenen Jahr ein einziges Mal zum Einsatz gekommen war, als Werbegag ins Leben gerufen worden. Obwohl fast alle gegen uns gewesen waren, hatten wir einen Erfolg erzielt. Jetzt dieses Team wieder einzusetzen, damit es »durchgriff«, war wesentlich komplizierter, als es sich anhörte, und schuf politische und logistische Probleme, die Harry und ich uns nur aufhalsen wollten, wenn es sich unter gar keinen Umständen vermeiden ließ.

»Ich denke nicht, dass das jetzt schon notwendig ist, Chief«, sagte ich.

Er zog eine Augenbraue hoch. »Und warum nicht, Detective?«

»Es gibt Beweise, dass da ein verwirrter Geist sein Unwesen treibt. Doch man könnte auch argumentieren, dass jeder vorsätzliche Mord das Produkt eines verwirrten Geistes ist, denn niemand, der bei klarem Verstand ist, würde seine Freiheit oder sein Leben aufs Spiel setzen, was aber jede Ergreifung nach sich zieht. Jetzt, wo das geklärt wäre, will ich ja gern zugeben, dass der Tatort Aspekte aufgewiesen hat, die die normalen Erwartungen übertroffen …«

Wie so oft, wenn ich ins Schwafeln komme, eilte Harry mir zu Hilfe. »Was Carson sagen möchte, ist, dass dieser Fall, so wie er sich jetzt präsentiert, alles andere als eindeutig ist, Boss, zumal noch eine ganze Menge Infos fehlen. Ein Grenzfall eben. Wir finden, fürs Erste sollten die Jungs vom dritten Distrikt den Fall bearbeiten.«

Plackett sah aus dem Fenster. »Ich erhalte Anrufe von Reportern, meine Herren.«

Wir warteten. Unser unausgesprochenes *Und?* hing in der Luft.

»Ich bin der Ansicht, ihr Jungs sollt euch um den Fall kümmern. Falls dort draußen ein Irrer rumläuft, ist es besser, wenn wir sagen können, Sie sind von Anfang an an dieser Sache dran gewesen. Ich habe keine Lust, mit heruntergelassenen Hosen erwischt zu werden.«

Nach dem Leichenschauhaus-Fall hatten die hohen Tiere schwere Geschütze abwehren müssen, denn ein paar Personen hatten nicht ganz unbegründet angedeutet, das PSET hätte früher hinzugezogen werden müssen.

»Chef, das Problem zieht das Interesse der Medien auf sich«, sagte ich, »und daran kann uns doch nicht gelegen sein. Die werden uns auf Schritt und Tritt verfolgen.«

Plackett schaute skeptisch drein. Tom, der seit zwanzig Jahren Bürohengste beschwichtigte, klatschte in die Hände. »Ich sag Ihnen was, Chef. Falls es danach aussieht, dass wir die umfassenderen Möglichkeiten des PSET benötigen – mehr Freiheiten für Carson und Harry und die Umorganisation der Befehlsstruktur –, kann ich das bis dahin koordinieren. Aber fürs Erste könnte ich doch deren wichtigere Fälle anderen Kollegen übertragen, damit sie die Leitung dieses Falles übernehmen, oder?«

Tom warf Harry und mir einen Blick zu. Seine hochgezogene Augenbraue sagte *Mehr kann ich nicht für euch tun*. Plakett nickte halb zufrieden und verschwand durch die Tür. Nur der schwere Duft seines Eau de Cologne, das in der Luft hing, blieb zurück.

Harry und ich setzten uns an unsere Schreibtische. »Verdammt«, murrte er. »Gestern wurde noch nicht mal richtig zugegeben, dass es das PSET gibt, und heute können wir sie nicht davon abhalten, uns die Verantwortung aufzuhalsen. Woher, zum Teufel, dieser Sinneswandel?«

Das Foto von der Preisverleihung des Bürgermeisters stand auf meinem Schreibtisch. Ich hob es hoch und tippte mit dem Finger darauf.

»Bruder, wir sind jetzt amtlich.«

* * * * *

Obwohl die Luft heiß und stickig war, fuhr ich mit heruntergekurbelten Fenstern nach Hause und versuchte so, mir das Gehirn richtig durchblasen zu lassen. In der Dämmerung überquerte ich den Mississippi-Sund. Das dunkle Wasser unter der Brücke schimmerte und ein paar träge dahingleitende Ausflugsdampfer kehrten in den Hafen zurück.

Ich wohne auf Dauphin Island, einem schmalen, langen Sandstreifen, dreißig Meilen südlich von Mobile. Zu Hause bin ich in einer Kiste mit Blick auf den Golf, die in luftiger Höhe auf Pfählen über der Insel schwebt. Sie entspricht genau meiner Vorstellung von einem perfekten Refugium. Die Gegend übersteigt meine finanziellen Mittel bei weitem, doch als meine Mutter vor ein paar Jahren starb, erbte ich genug, um mir diesen Luxus leisten zu können. Eigentlich hatte ich vorgehabt, mir einen Wohnwagen und ein billiges Stück Land zu kaufen und mit dem restlichen Geld ein einfaches Leben ohne Arbeit zu führen. Doch eines Tages – ich fischte gerade in der Dauphin-Brandung – erblickte ich mein zukünftiges Heim: Das Metalldach funkelte wie eine polierte Rüstung, es gab eine breite Veranda mit Blick aufs Meer und auf der Zufahrt stand ein Zu-verkaufen-Schild. In jener Nacht habe ich kaum ein Auge zugetan, und wenn ja, dann träumte ich wild: Das Haus war ein Boot und ich segelte durch ruhiges, sicheres Wasser. Zwei Wochen später schleppte ich Secondhandmöbel im Wert von ein paar hundert Dollar in ein Strandhaus, das vierhundert Tausend Dollar wert war.

Ich bog in eine zwanzig Meter lange Zufahrt aus Sand und zerbrochenen Muscheln, die zu meinem Heim führte, das mittlere von drei Häusern auf einer von dichtem Wald gesäumten Straße. John und Marge Amberly waren meine Nachbarn im Osten. Auf ihrer Zufahrt stand ein unbekanntes Fahrzeug, ein aufgemotzter feuerwehrroter Hummer mit überdimensionierten Reifen, Scheinwerfern auf dem Dach und Nevada-Nummernschild. Auf dem zwölf Meter breiten Sandstreifen zwischen den Häusern trieben sich ein paar Gestalten herum. Sie befanden sich auf meinem Grundstück, aber es gab keine Schilder und außerdem – wen kümmerte es? Die Frau fing etwas auf, das durch die Luft flog. Ich winkte kurz und rollte auf meine Zufahrt, während John Lee Hooker aus den Lautsprechern dröhnte.

Ein Großteil meiner Nachbarn waren Zugvögel, die in die entgegengesetzte Richtung ausflogen: Während der heißen Sommermonate flohen sie nach Norden, wo es kühler war, und vermieteten die Häuser an Urlauber, um so ihre Unterhaltskosten zu reduzieren. Von Mai bis September habe ich ständig neue Nachbarn, von denen manche nur eine Woche, andere einen Monat oder länger bleiben. Die Amberlys, die den Sommer irgendwo im Norden verbrachten, vermieteten ihr elegantes zweistöckiges Heim beispielsweise nicht unter einem Monat. Es war ungefähr dreimal so groß wie mein Haus und ging für zwei Riesen die Woche weg. Meine Nachbarn auf

Zeit waren größtenteils nette Menschen und die Mietpreise viel zu hoch für Studenten oder Trottel, die den Grill im Wohnzimmer anfeuern, weil dort die Klimaanlage am besten funktioniert.

Als ich ausstieg, hörte ich eine Stimme hinter mir. »Arschloch, wieso machst du beim Fahren nicht die Augen auf?«

Ich hob den Blick und sah eine Frau, vermutlich Mitte dreißig. Sie war auf jene Art attraktiv, die eine Menge Aufwand erfordert: gesträhntes, modisch geschnittenes Haar, das in gepflegten Locken herabfiel, Haut, die vom vielen Eincremen glatt und samtig war, gleichmäßige, wie mit der Spraydose aufgetragene Bräune. Das gelbe Sommerkleid kam ganz sicher nicht von der Stange, sondern war maßgeschneidert, um ihre überdimensionierten Brüste – nach der Symmetrie zu urteilen Modell Dow Cornings aus der Revuegirl-Serie – zu betonen. Äußerlich negativ ins Gewicht fielen nur die krummen Beine und der wütend zusammengekniffene Mund. Sie schwankte ein bisschen, als hätte sie schon ein paar Drinks intus.

»Wie bitte?«, fragte ich.

»Sie haben unser Frisbee überfahren«, sagte die Frau. »Ich habe ›Aufpassen‹ gerufen, doch Sie sind einfach weitergefahren. Habe gesehen, wie Sie extra darauf zugefahren sind, Blödhammel.«

Mein Blick fiel auf ein verbogenes, plattes Etwas, das ein Stück weiter den Weg hoch lag. »Nein, Ma'am. Ich versichere Ihnen, ich bin nicht absichtlich darüber gefahren. Ich wollte mir schon vor Ewigkeiten den Stoßstangenaufkleber ›Ich bremse für Frisbees‹ besorgen, bin aber leider noch nicht dazu gekommen.«

»He, Kumpel, verarsch ja nicht meine Frau«, meldete sich eine Männerstimme zu Wort. »Das geht mir auf den Zeiger.«

Auf einmal war ein neuer Spieler auf der Bildfläche

aufgetaucht, den identischen Eheringen nach zu urteilen der Göttergatte. Er war knapp eins neunzig groß, wog ungefähr 120 Kilo und zog, während er den harten Typen markierte, die Wampe ein, was bei der Größe alles andere als ein Kinderspiel war. Er trug eine von diesen grauen Ponyfrisuren, die Hollywood gern römischen Imperatoren andichtet. Wie seine Frau war auch er perfekt gebräunt, ein mit der Sprühflasche aufgetragener Eichenton, der bis in die faltigen Winkel seiner kleinen Augen reichte.

Die Frau hob das platte Frisbee auf und warf es in meine Richtung. Das Ding knallte mir gegen die Knie.

»Sechs Mäuse«, sagte sie, drehte die Hand um und tippte mit rot lackierten Nägeln darauf.

Solchen Typen begegnete ich nicht zum ersten Mal. Zumindest kannte ich Leute von ihrer Sorte, eine unangenehme Mischung aus reichlich Geld und schlechter Erziehung. Und es hatte leider den Anschein, als würden sich Menschen ihres Schlages auch noch vermehren. Sie krochen vor jedem, der mehr hatte, zu Kreuze und trampelten auf allen herum, die weniger besaßen. Sie waren der beste Beweis, dass vor der Bezeichnung *weißer Abschaum* nicht unbedingt noch das Adjektiv *arm* stehen musste. Ihr Hobby war es, Dinge zu besitzen, was unbewusst auch unsere kleine Auseinandersetzung hier ausgelöst hatte. Obwohl das Paar wahrscheinlich mehrere Millionen besaß, sollte ich sechs Dollar für ihr Plastikspielzeug abdrücken. Auf diese Weise wollten sie klar machen, wer hier das Sagen hatte, wer psychologisch wessen Eigentum war. Hier ging es nicht um sechs Dollar, sondern um Unterwerfung.

Der Göttergatte schmunzelte. »Hol mal lieber die Scheinchen aus der Brieftasche, Kumpel.«

Grinsend ließ er die Hände fallen, schloss und öffnete die Fäuste.

Ich hatte weder Grund noch Lust, mich mit diesen

Leuten anzulegen. Dazu war das Leben zu kurz und dieser Tag schon viel zu lang. Ich überlegte kurz, bückte mich und hob das kaputte Frisbee auf. Dann betrachtete ich es ganz genau, hielt es an mein Ohr und neigte den Kopf.

»Was soll das?«, fragte der Göttergatte.

Ich legte den Finger auf den Mund. »Psst. Ich höre zu.«

»Hä!«, grunzte der Göttergatte und kniff verwirrt die kleinen Augen zu.

»Es lebt noch«, erzählte ich ihnen kopfschüttelnd und mit trauriger Miene. »Es hat Schmerzen. Hören Sie's nicht?«

»Wovon, verflucht noch mal, quatschen Sie da?«, krächzte die Frau.

Ich bückte mich und legte das Frisbee auf den Boden. Und dann zog ich blitzschnell die Glock aus meiner Tasche, entsicherte sie und zog den Schlitten nach hinten.

»Du liebe Zeit«, sagte die Frau und wurde ganz blass. Der Göttergatte trat mit weit aufgerissenen Augen den Rückzug an. Ich kniete mich neben das Frisbee und tätschelte es sanft.

»Ich werde dich von deinem Leid erlösen«, sagte ich und zielte auf die Plastikscheibe. »Halten Sie sich die Ohren zu.«

Als ich wieder aufschaute, suchten die beiden immer noch das Weite, obwohl sie schon ein gutes Stück weg waren.

* * * * *

Zwei Nachrichten, sagte das blinkende Lämpchen auf meinem Anrufbeantworter. Ich legte Jacke und Waffe ab, hängte sie über einen Stuhl, zog Laufschuhe und ein T-Shirt an. Ich wollte gerade die Nachrichten abhören, als es an der Tür klopfte. Jimmy Gentry von der Dauphin Island Police stand auf der Treppe. Der schlanke, rothaarige Jimmy war ein paar Jahre älter als ich, er musste so um die zweiunddreißig sein. Er war auf dem Land aufgewachsen und Baptist und arbeitete seit fünf Jahren bei der hiesigen Polizei. Dass Leute mit Geld Gott nicht öfter dafür dankten, dass er sie auf die Champagnerseite des Lebens bugsiert hatte, verwunderte Jimmy immer wieder. Ich winkte ihn herein.

»Setz dich, Jimmy. Willst du was trinken?«

»Dann muss ich später nur rechts ranfahren, um zu pinkeln. Ich habe einen Anruf gekriegt und erfahren, dass du die Waffe auf die Blovines gerichtet hast.«

»Die wer?«

»Die Mieter nebenan. Die Frau hat ein ziemliches Mundwerk, was?«

Ich erklärte ihm, was vorgefallen war. Jimmy brach in Gelächter aus und wischte sich mit dem Ärmel die Augen trocken. »Na, dann werde ich ihnen mal raten, dich besser in Ruhe zu lassen. Wann kommen John und Marge zurück?«

»Nicht schnell genug. Mitte Oktober, denke ich.«

»Sind die Martins auch weg?« Die Martins waren meine Nachbarn auf der westlichen Seite.

»Besuchen die Enkel. North Dakota, glaube ich. Oder South Dakota?«

Jimmy grinste. »Vielleicht West Dakota. Hat sich jemand bei ihnen eingemietet?«

Ich zuckte mit den Achseln und trat ans Fenster. Das Heim der Martins war ein schlichtes einstöckiges Haus mit glänzendem Metalldach. Eigentlich war es eine Kopie von meinem mit dem kleinen Unterschied, dass ihres korallenrot und das Holzwerk grau und meins weiß und grün gestrichen war. Drüben brannte kein Licht. Die Jalousien waren heruntergezogen. Kein Wagen auf der Auffahrt.

»Niemand da«, meldete ich.

»Dann musst du dich nur mit diesen Nachbarn rumschlagen«, meinte Jimmy auf dem Weg zur Tür. »Mach's gut, Carson. Und versuch, die Blovines nicht zu erschießen. Auf den Papierkrieg bin ich echt nicht scharf.«

* * * * *

Jimmy schaute noch bei den Nachbarn vorbei und redete mit ihnen. Dass ich nicht in Ketten abgeführt wurde, erfreute sie gar nicht. Jimmys Sirene heulte zweimal auf, als er auf die Straße rollte. Auf die Art ließ er mich wissen, wie prächtig er sich amüsierte. Kichernd ging ich zum Anrufbeantworter und drückte auf Start.

Guten Abend, Detective Ryder. DeeDee Danbury von den Channel 14 Nachrichten. Hören Sie, das Opfer im Motel heute? Sie und Nautilus waren außerhalb Ihres Zuständigkeitsbereiches, richtig? Falls das hier ein Fall für das PSET ist, wüsste ich gern mehr. Vielleicht könnte ich von Ihnen ja ein Statement kriegen. Übrigens, ich habe Ihr Foto in der Zeitung gesehen, interessanter Gesichtsausdruck …

Ich drückte auf die Löschtaste und DeeDee Danbury war verschwunden. Und dann ertönte die zweite Nachricht.

Carson? Mein Sohn, hier spricht deine Mom, ich rufe aus dem Himmel an. Mein Handy, das kleine Ding, das ich vor einer Weile gefunden habe? Das hat nicht mehr viel Saft, Sohn. Und ich musste gerade feststellen, dass es im Himmel keine Aufladegeräte für Handys gibt. Nun, Carson, was soll eine Frau davon halten, wenn sie nicht hin und wieder mit ihrem Lieblingssohn reden kann? Ich habe natürlich noch einen Sohn, aber der ist EIN ZIMPERLICHER KLEINER MISTKERL, DER HOFFENTLICH IN DER HÖLLE SCHMORT …

Ich ließ mich in den Sessel neben dem Telefon fallen. Das war mein Bruder Jeremy. Einer der vielen Jeremys.

Die Stimme meiner Mutter hörte nicht auf zu sprechen.

Ich erinnere mich an Zeiten, wo ich meine ganze Kraft brauchte, um schöne Kleider zu nähen, und DIESER KLEINE BENGEL JEREMY ANDAUERND BRÜLLTE: ›HILF MIR, MOM, DADDY VERSUCHT MICH ZU TÖTEN – HILF MIR, MOM.‹ Also, ich weiß nicht, Carson, wie soll eine Frau etwas geschafft kriegen mit einem so EGOISTISCHEN KLEINEN MONSTER im Nacken? O je, was ich durchgemacht habe. Im Himmel ist es wunderbar, Carson, auf jeder kleinen Wolke eine Nähmaschine. Und du könntest das Leben deiner Mutter im Himmel noch schöner machen, wenn du mich auf diesem göttlichen Telefon anrufst, sobald du die Nachricht abgehört hast, und ihr sagst, wie sie an ein eigenes Ladegerät kommt. Und das braucht Mommy wirklich sehr schnell. Vielen Dank. Und Gott schütze uns alle, natürlich mit Ausnahme VON DIESEM KLEINEN IDIOTEN JEREMY, DEN DU ZUM TEUFEL JAGEN KANNST. Bitte, ruf mich heute Abend an, mein lieber Carson. Und bestell deiner Freundin, Miss Ava, schöne Grüße von mir. Bye.

Die Verbindung brach ab.

Mit dem Anruf verstieß mein Bruder gegen die Regeln, denn er durfte kein Telefon besitzen. Das galt für alle Personen, die an diesem seltsamen Ort untergebracht waren. Aber seine Hände waren so flink wie seine Worte trügerisch; er hatte das Telefon einem Wärter aus der Tasche gezogen. Ich hatte die zuständigen Behörden nie über Jeremys Errungenschaft informiert und auch nie begriffen, wieso ich das nicht getan hatte.

Ich löschte die Nachricht meines Bruders. Auf einmal war ich gar nicht mehr hungrig. Ich ging nach draußen, legte mich auf die Veranda und versuchte, mich auf das einlullende Rauschen des Golfs zu konzentrieren und abzuschalten.

Kapitel Vier

Als ich am nächsten Morgen aufwachte, kreischten die Möwen und das Licht hinter den Vorhängen schimmerte bernsteinfarben. Der Wecker war auf 5 Uhr 45 gestellt und wie fast immer wachte ich ein paar Minuten früher auf, denn wenn er klingelte, klang es, als versuche ein Schwein zu zirpen – alles andere als ein angenehmes Geräusch. Ich setzte Kaffee auf, stieg murrend in die Badehose und marschierte hinunter zum Wasser. Ich schwamm eine halbe Meile hinaus, drehte dann um und kämpfte mich zu den dicht beieinander stehenden Strandhäusern zurück. Mit einem Sechs-Meilen-Strandlauf versuchte ich, den Anruf meines Bruders aus dem Kopf zu kriegen – normalerweise lief ich vier. Hinterher zog ich ein Paar ausgebleichte Jeans und ein weißes Hemd an, warf, damit man das Schulterhalfter nicht sah, eine beige Secondhandjacke über und fuhr in Richtung Norden nach Mobile.

Als ich ins Präsidium kam, saß ein halbes Dutzend Bullen in ihren Büros. Die einen diskutierten Fälle, andere telefonierten. Harry war wegen eines aktuellen Falles bei einem Treffen im Büro des Staatsanwalts. Kaum hatte ich mich gesetzt, läutete mein Telefon. Anrufe für die Detectives gingen über Bertie Wagnalls Apparat.

»Rate mal, Ryder, was passiert ist«, sagte Wagnall. »Die lokalen Fernsehsender haben um zwölf Uhr etwas über die tote Hure gebracht. Diese Kröte Danbury von Channel 14 hat was davon geredet, am Tatort seien anscheinend Kerzen gefunden worden. Und sie hat zweimal versucht, dich zu erreichen. Die Dame möchte ein Statement von dir.«

»Kerzen, Bertie?« Harry und ich hatten darum gebeten, dass keine Details ausgeplaudert wurden.

Wagnall rülpste – ein feuchter Ton. »*Anscheinend*, hat sie gesagt. Und seither rufen dauernd Leute an und wollen dich oder Nautilus sprechen. Sie haben dein Bild in der Zeitung gesehen und möchten dich nun von ihrem Wissen profitieren lassen.«

Ich seufzte. »Die üblichen Spinner?«

Er kicherte. »Dein Zynismus überrascht mich, Ryder. Das sind aufrechte Bürger mit ernst zu nehmenden Anliegen. Wenn ich dir mal ein Beispiel geben darf …«

»Bertie, ich habe einen Arsch voll zu tun. Notier einfach ihre Nummern und –«

Das Klicken in der Leitung signalisierte, dass jemand durchgestellt wurde. Dann war die Stimme einer älteren Frau zu hören, die gegen einen sehr lauten oder sehr nahe stehenden Fernseher anbrüllte.

»Hallo? Ist da jemand? Spreche ich mit dem Mann, der sich um die Irren kümmert? Nun, es waren keine Wahnsinnigen, die die tote Dirne umgebracht haben … diese Verführerin wurde vom Schwert des Allmächtigen Herrn niedergemäht. Das ist passiert. Steht genau so hier in meiner Bibel, die …«

Ich legte den Hörer weg und massierte meine Schläfen. Vergangenen Monat hatte Harry einen Anruf von einem Mann erhalten, der die Buchstaben von *Fluoriertes Trinkwasser* Zahlen zugeordnet hatte. In der Summe ergaben die Buchstaben 666. Der Anrufer hatte überhaupt kein Verständnis dafür, dass wir nicht sofort alle Angestellten der Wasserwerke verhafteten.

Nach einer Minute hob ich den Hörer wieder ans Ohr. Ruhe. Ich legte auf. Es läutete prompt wieder. Wagnall verfluchend hob ich ab.

»Aber hallo, wie lange lassen Sie den steuerzahlenden Bürger denn warten?«, fragte eine kräftige, ältere Männerstimme. »Erzählen Sie mir was über die Nutte im Cozy Cabins Motelzimmer. Das mit den Kerzen habe ich in den Nachrichten gehört. Aber wie steht es mit Kunst? Haben Sie was in der Art gefunden? Ich spreche nicht von überdachten Brücken an den Wänden, ich meine etwas Kleines, vielleicht eine Zeichnung oder Öl auf Leinwand.«

»*Kunst*?« Anscheinend kamen an diesem Morgen besonders viele Spinner aus der Deckung.

»K-U-N-S-T. Vielleicht haben Sie ja schon mal davon gehört, Junge. Bilder, Farben, Formen?«

Ich schloss die Augen. Sah ganz so aus, als würde das heute einer von den Tagen, an denen ich ein Dutzend Aspirin brauchte.

»Hallo? Ich weiß, dass Sie noch dran sind, Bursche. Ich höre Bullen im Hintergrund furzen. Die ernähren sich beschissen. Ballaststoffe könnten da Abhilfe schaffen.«

»Nein, Sir«, antwortete ich mit meiner offiziellen Stimme. »Ich habe den Raum persönlich abgesucht, eine Stunde lang. Und unsere Jungs von der Spurensicherung ebenfalls. Kunst wurde nicht gefunden. Danke für Ihr Inter-«

»Eine Stunde ist nicht sehr lang. Sind Sie sich absolut sicher?«

»Hundertprozentig, Sir.«

»So schwer war's nun auch wieder nicht, oder?«, meinte mein Anrufer und brach die Verbindung ab.

Ich legte den Hörer auf und seufzte. Irgendwo auf der anderen Seite des Zimmers ließ einer meiner Kollegen einen fahren.

Da Harry nicht wusste, wann er zurück sein würde, machte ich mich auf den Weg zum Gerichtsmedizinischen Institut. Ausgüsse gurgelten. Drucker spuckten Papier aus. Schalttafeln blinkten. Hier roch es nach Chlor und ganz leicht nach ranzigem Fleisch. Hembree stand neben einer kleinen Zentrifuge im Hauptlabor. Er hob den Deckel und zog einen Kugelschreiber heraus. Ich fragte mich, welchen gruseligen Dienst dieser Kuli geleistet hatte.

Augenzwinkernd steckte Hembree den Kugelschreiber in seine Tasche. »Jag einen trockenen Kuli zehn Sekunden lang bei drei G durch die Zentrifuge, dann kannst du ihn noch 'ne ganze Woche benutzen.«

Ich nickte, als hätte sich mein Leben durch den Ratschlag zum Besseren gewendet. »Irgendwelche Treffer, was die Fingerabdrücke unserer Motellady anbelangt, Bree?«

»Um mal einen alten Witz zu paraphrasieren: Das war keine Lady, sondern meine Gabriele Mustermann.«

»Kein Treffer?«

»Nichts im System. Vielleicht stand sie erst am Anfang ihrer Karriere. Letzte Woche habe ich einen Bericht über Leute in den Fünfzigern und Sechzigern gesehen, die nur so zum Spaß wieder aufs College gehen …«

»Lassen Sie das, Bree. Irgendetwas über die anderen Abdrücke?«

»Muss noch ein paar bearbeiten und eingeben. Wird aber nicht lange dauern.«

Hembree lehnte sich mit seiner knochigen Gestalt an die lange, weiße Theke und grinste verschlagen. Ich kannte dieses Grinsen, trotzdem irritierte es mich immer wieder aufs Neue.

Ich sagte: »Sie warten darauf, dass ich Ihnen eine Frage stelle, stimmt's?«

Er wackelte mit den Augenbrauen. »Ähäm.«

»Sie haben was über die Kerzen?«

»Durchschnittsware, kann man überall kaufen. Gestern Abend haben wir getestet, wie lange sie brennen. Sieht ganz so aus, als hätten die Kerzen, die angezündet wurden, zwischen acht und zehn Stunden gebrannt.«

Das verschlagene Grinsen verschwand nicht von seinem Mondgesicht. Da war noch mehr im Busche.

»Was ist mit dem Schmuck?«, fragte ich.

Hembree stieß einen Pfiff aus. Sekunden später tauchte eine schlanke junge Frau auf. Sie war so um die zwanzig, plus oder minus ein, zwei Jahre, hatte orange-blaues Haar und mehrere Piercings. Oben an einem Ohr gab es eine Stelle, die noch nicht durchstochen war, aber vielleicht sparte sie die für etwas ganz Besonderes auf, wie zum Beispiel Christbaumschmuck.

»Das ist Melinda. Dieses Semester führt sie bei uns eine Studie durch und hilft mit. Melinda, das ist Carson Ryder. Vom Bürgermeister zum Polizisten des Jahres ernannt, und trotzdem weiß er immer noch nicht, wie man sich die Haare kämmt.«

»Mir gefällt es so«, sagte Melinda und musterte mich. »Punk ist zwar ein bisschen retro, aber mit dem richtigen Gesicht ganz cool.«

»Das ist kein bewusster Stil«, kicherte Hembree. »Das kommt raus, wenn man die Autofenster runterkurbelt und die Haare im Fahrtwind trocknet. Melinda, erzähl Detective Ryder doch mal was über den Schmuck des Opfers.«

»Billiger Schund. Ausgestanzt, nicht gegossen. Ziemlich miese Qualität.«

»Bedeuten die Symbole etwas?«, wollte ich wissen.

»Ist kunterbuntes Zeug. Manches, wie die Schwerter und die Pentragramme, ist Gothic. Anderes, die Feen und so, sind eher New Age. Zwischen den beiden Strömungen gibt es Gemeinsamkeiten, aber nicht viele.«

»Sie hat damit also kein persönliches Statement abgeben oder eine satanistische Botschaft unters Volk bringen wollen?«

»Falls doch, dann hatte sie keinen Schimmer, wie man das anstellt.«

Hembree schickte unsere Ornamentberaterin weg. Da sie sich ziemlich vorsichtig bewegte, spekulierte ich natürlich, wo sie sonst noch gepierct war.

»Eine wichtige Frage dürfen Sie noch stellen, Carson«, meinte Hembree.

»Was war die hennafarbene Substanz in ihren Hautfalten?«

»Bingo! Das war die große Frage«, sagte er. »Und, Carson, das ist nichts anderes als roter Lehm.«

»Schlicht und einfach Erde?« Ich überlegte kurz. Seine frühere Anspielung auf Zombies ergab auf einmal einen Sinn. »Wollen Sie mir damit verklickern, dass die Frau beerdigt und exhumiert wurde, bevor sie im Motel landete?«

Er grinste. »Manche Leute können sich einfach nicht entscheiden, denke ich.«

Ich kehrte zurück ins Büro und erzählte Harry die Neuigkeiten.

»Irr und wirr«, sagte er und riss an einer Krawatte, die so gelb war, dass sie eine Zitrone in den Schatten stellte. »Kerzen und Blumen, na schön, der Täter hat also den Hang, die Szene auszuschmücken. Aber diese Zurück-aus-dem-Grab-Nummer ist schon von einem ganz anderen Kaliber.«

Das Telefon läutete. Ich nahm ab. Hembree.

»Die Frau im Motel ist immer noch ein Niemand, Carson. Aber einen Fingerabdruck aus dem Zimmer konnten wir identifizieren. Wurde vor drei Jahren von einem Pass abgenommen. Der dazugehörige Name lautet Rubin Coyle. Anwalt bei Hamerle, Melbine und Raus. Blaue Augen, braune Haare. Vierundvierzig Jahre alt. Eins achtundsiebzig, wiegt hundertund –«

»Woher haben Sie die ganzen Infos?«

»Wurde als vermisst gemeldet. Bei der Polizei von Mobile. Redet ihr Jungs da drüben auch mal miteinander?«

Kapitel Fünf

»Verfluchtes Gemüse«, knurrte Officer Jim Smithson und starrte ein blasses Objekt an, das mitten auf seinem Schreibtisch auf einer Serviette lag. Er stützte die Ellbogen auf die Tischplatte und ließ das rundliche Kinn in die Hände sacken, als Harry und ich in sein kleines Büro spazierten. Auf dem Türschild stand VERMISSTENDEZERNAT.

»Wie bitte, Jim?«, fragte ich. »Gemüse?«

Als Smithson den Kopf schüttelte, wabbelten seine Nackenwülste. »Liegt an dieser Scheißdiät. Rohes Gemüse und Obst.« Er deutete auf das Objekt. »Wie würde es euch gefallen, morgens neben so was aufzuwachen?«

»Einem Stück Pommes?«, fragte ich.

»Das ist eine Pastinakscheibe, Ryder. Ist nur ein bisschen braun. Ein alter Pastinak, wenn du mich fragst. Die Dinger haben keins von diesen Etiketten mit Verfallsdatum.«

»Wusste ich gar nicht«, sagte ich. »Pastinaken hatte ich noch nie.«

Smithson warf einen finsteren Blick auf das mickrige Stück Gemüse. »Diese Scheibe Pastinak, die hier liegt, das ist mein Mittagessen. Der Arzt sagt, ich muss dreißig Pfund abnehmen. Hab Zucker, wisst ihr?«

»Tut mir leid.« Etwas Besseres fiel mir nicht ein. Keuchend schnappte Smithson sich einen Bleistift, spießte damit die Pastinakscheibe auf, hielt sie über den Papierkorb und ließ sie mit angewiderter Miene hineinfallen.

»Nichts zu essen ist nicht gut, Jim«, meldete Harry sich zu Wort.

»Mach dir meinetwegen keine Sorgen, Harry«, sagte Smithson. »Ich habe noch einen Kohlrabi im Spind.«

Schwerfällig veränderte Smithson seine Position auf dem Bürostuhl. Sein in Polyester gehülltes Hinterteil quietschte auf dem Plastikstuhl. Er war Mitte fünfzig, stand kurz vor der Pensionierung und tat seinen Dienst im Vermisstendezernat, wo ihm gelegentlich einer von den Jungspunden zur Hand ging. Smithson warf Harry einen mürrischen Blick zu. »Seid ihr Jungs aus einem bestimmten Grund hier oder wolltet ihr mir nur beim Essen zugucken?«

»Du hast für uns die Frau überprüft, die wir im Hotel gefunden haben. Und nichts herausgekriegt, richtig?«

Jim verdrehte die rheumatischen Augen. »Ja. Braun und braun. Gewicht und Größe durchschnittlich.«

»Ungefähr fünfzig. Hast du das auch eingegeben?«

»Verdammt, ja. Was, willst du etwa andeuten, ich wäre geistig schon auf Rente?«

»Hat vermutlich körperlich schwer gearbeitet. Womöglich im Freien, wie ich schon erwähnte ... Vielleicht als Erntehelferin oder auf dem Bau. Schifffahrt könnte auch in Betracht kommen. Hast du das?«

»Das hast du mir alles schon mal gesagt. Nichts dabei herausgekommen.« Smithson rülpste und hackte untröstlich auf seine Tastatur ein. »Weil ich mich gern wiederhole ... ich habe eine Nonne, die seit einiger Zeit überfällig ist, allerdings oben in Chilton County. Und ich habe eine Matrosin, die sich unerlaubt entfernt hat. Sie ist neunzehn. Außerdem ein Dutzend entlaufener Minderjähriger. Und eine Versicherungsmaklerin aus der Gegend. Bay Minette. Wiegt ungefähr 120 Kilo –«

»Da ist noch etwas«, sagte Harry. »Offenbar waren die Fingerabdrücke eines gewissen Rubin Coyle unter den Hunderten, die wir im Zimmer der toten Lady gefunden haben. Wie wir gerade erfahren haben, wird er vermisst. Wann ist er gemeldet worden?«

Smithson öffnete ein anderes Dokument und überflog es mit zusammengekniffenen Augen. »Vor fünf Tagen. Hat sich weder im Büro noch daheim blicken lassen. Gemeldet hat das eine Lydia Barstow, Anwaltsgehilfin, die Teilzeit in seiner Kanzlei arbeitet. Ist hier aufgetaucht und hat die Vermisstenanzeige aufgegeben.«

Harrys Miene verfinsterte sich. »Hab keinen Bericht über die von Coyle gesehen. Hast du vergessen, Kopien von der Anzeige rauszuschicken?«

Grunzend zog Smithson eine Vermisstenanzeige hervor und wedelte damit herum. »Ich habe sie rausgeschickt. Ist wahrscheinlich irgendwo auf deinem Schreibtisch vergraben, vielleicht unter einem Stapel mit Beschwerdebriefen.«

Ich schnappte mir die Anzeige und zwängte mich in Richtung Flur. Mit einem Seufzer griff Smithson in den Papierkorb, fischte die Pastinakscheibe heraus und pulte die Bleistiftspitzerspähne ab. Als wir zur Tür hinausgingen, hielt er das Gemüse hoch und öffnete den Mund.

* * * * *

Die Kanzlei Hamerle, Melbine und Raus befand sich in einem Bürohaus unweit der Airport Road und der Fluggesellschaft *USA*. Das Gebäude war eine fünfstöckige braune Schuhschachtel mit verspiegelten Fensterscheiben. Auf der Fahrt dorthin hatte es geregnet, aber da Unwetter in Mobile gerade mal so lange dauern, wie man braucht, um sein Kleingeld zu zählen, brach inzwischen schon wieder die Sonne durch die Wolken. Der Verkehr am Flughafen glich einer trägen Blechlawine. Auspuffgase und verdunstender Regen verwandelten die Luft in ein giftiges Gebräu, so dass wir schnell in die Schuhschachtel flüchteten.

Der Fahrstuhl brachte uns in den fünften Stock. Im Flur herrschte eine Ruhe wie in einem Beerdigungsinstitut um

Mitternacht. Die Türschilder, an denen wir vorbeikamen, priesen Gutachter und Finanzberater an. Die letzte Tür war die der Kanzlei. Die Büroräume demonstrierten zurückhaltenden Wohlstand: Seidentapeten mit dezentem Blumenmuster, beigefarbener Teppich, graue Lampenschirme, abstrakte Bürokunst in gedeckten Pastelltönen. Selbst der Trompeter in dem ausufernden Popsong, der leise im Hintergrund trällerte, spielte gedämpft.

Wir meldeten uns bei einer ältlichen Empfangsdame an. Sekunden später betrat Lydia Barstow das Foyer durch eine Seitentür. Ende vierzig, schätzte ich. Grüne Augen, rundliches Gesicht, schmale Nase und Lippen, Haare irgendetwas zwischen blond und braun. Sie trug ein altmodisches braunes Kostüm, eine hellbraune Bluse, beige Strumpfhosen und flache, braune Schuhe. Dezent. Von Lippenstift abgesehen trug sie kein Make-up. Beim Gehen hatte sie die Arme um den Leib geschlungen, als wäre es in dem Raum eiskalt.

Wir fragten Ms Barstow, ob wir uns in Rubin Coyles Büro unterhalten könnten. Sie nickte. Trotz ihres professionellen Auftretens hatte sie den Blick eines Menschen, neben dem erst kürzlich der Blitz eingeschlagen war. Sie führte uns einen Flur hinunter, vorbei an den einzelnen Büros der Anwälte. Coyle hatte sein Büro in einem Eckzimmer mit Ausblick auf eine Mobiler Vorstadtsiedlung, die von einer Backsteinmauer umgeben war.

»Haben Sie etwas über Mr Coyle in Erfahrung gebracht?« Nun war ihr Blick hoffnungsvoll.

»Nein, so leid es uns tut. Detective Smithson hat Ihnen wahrscheinlich erzählt –«

»Dass Sie ohne einen Beweis, dass … ein Verbrechen vorliegt, nicht viel unternehmen können. Ich verstehe. Ich hatte nur gehofft, dass vielleicht …« Sie sprach nicht weiter.

Harry entschuldigte sich dafür, dass er sie noch mal mit den Fragen behelligte, die Smithson ihr schon gestellt hatte, und begann dann mit Coyles Verschwinden. Er war seit fünf Tagen weg. Keine Anrufe. Keine E-Mails. Überhaupt keine Nachrichten.

»Er hat keine Frau, oder?«, fragte ich.

»Seit Jahren geschieden. Der Kontakt ist abgebrochen.«

»Freundin?«

Sie antwortete nicht gleich. Ihre Hände begannen zu zittern, bis sie sie im Schoß faltete. »Ich, das heißt …«

Aus ihrer Besorgnis und der Tatsache, dass sie die Vermisstenanzeige aufgegeben hatte, schloss ich, dass sie Coyle näher stand als eine gewöhnliche Anwaltsgehilfin.

»Sind Sie seine Freundin, Ms Barstow?«, fragte ich schnell.

Sie versuchte sich an einem Lächeln. Vergeblich. »So könnte man wohl sagen, ja.«

»Sie sind sich nicht ganz sicher?«

»Sein Beruf nimmt ihn sehr in Anspruch. Wir hatten nicht viel Gelegenheit, uns zu verabreden, zusammen zu sein. Kein Kino, keine Restaurantbesuche, keine Abende, wo man ausgeht und einen draufmacht. Meistens sind wir einfach, ähm …«

Plötzlich wirkte sie verzweifelt, als wäre sie vor lauter Reden vom rechten Weg abgekommen. Harry sagte: »Es ist nicht unsere Absicht, Sie auszuhorchen, Ms Barstow, aber je mehr wir wissen, desto mehr können wir tun.«

Lydia Barstow schien kurz vor einem Tränenausbruch zu stehen. »Meistens sind wir daheim geblieben. Rubin wollte es so.« Sie wandte den Blick ab und biss sich auf die Unterlippe. Ihre Worte interpretierte ich so, dass Rubin Coyle mehr an Gesellschaft lag als an Filmen und Restaurantbesuchen.

»Hat Mr Coyle jemals das Cozy Cabins Motel erwähnt oder ist er mit Ihnen mal dort gewesen?«

Totale Verwirrung vorzutäuschen ist extrem schwierig und führt gern zu Übertreibungen – der Betreffende macht dann große Augen oder lässt die Kinnlade fallen. Lydias Unverständnis wirkte echt.

»Warum?«

»Anscheinend ist er kürzlich dort gewesen.«

»Ich kann mich nicht erinnern, dass er es je erwähnt hat.«

»Hat sich die Art Ihrer Beziehung während der letzten Wochen verändert?«

Sie holte tief Luft. »Freitag vor zwei Wochen ... haben wir uns das letzte Mal getroffen. Er kam mir ganz normal vor.« Sie schaute sich im Büro um und schloss die Augen. »Können wir uns woanders unterhalten, Detective Ryder? Ich fühle mich hier unwohl.«

»Selbstverständlich.«

Sie ging zur Tür und ließ das Licht brennen. Eine Kerze im Fenster für den verirrten Matrosen. Wir gingen nach nebenan in ihr ordentliches kleines Büro. In den Ein- und Ausgangskörben stapelten sich Akten und Unterlagen.

»Arbeiten Sie ausschließlich für Mr Coyle?«, wollte ich wissen.

»Ich arbeite für verschiedene Anwälte. Um ehrlich zu sein, es gab nicht viel zu tun für Ru ... für Mr Coyle. Hauptsächlich Schreibarbeiten.«

Ich sagte: »Wir müssen das fragen – kennen Sie jemanden, der Grund hätte, Mr Coyle zu entführen oder ihm Schaden zuzufügen?«

Mit ihrem Kopfschütteln vertrieb sie meine Worte. »Rubin – Mr Coyle ist sehr ... sehr ... nett.«

»Keine aufgebrachten Mandanten, verlorene Fälle? Oder hat er mal Klage eingereicht und es vermasselt?«

»Er geht nie vor Gericht. Vergleiche sind seine Spezialität. Und Mediation. Er sagt immer: ›Lydia, wenn ich ein Gericht betreten muss, dann nur, weil ich versagt habe.‹ Er ist davon überzeugt, dass es seine Berufung ist, Vergleiche zu erwirken. Am Ende sind alle zufrieden oder doch so zufrieden, wie es eben geht.«

Harry und ich konnten nichts in Erfahrung bringen, was Rubin Coyle getan haben könnte, um jemanden gegen sich aufzubringen. Im Gegenteil, er schien eher so etwas wie ein Antianwalt zu sein, der alles daransetzte, Beziehungen zu kitten, rechtswirksame Vergleiche zu erzielen, bei jeder Gelegenheit Einigkeit herzustellen. Und am siebten Tag ruhte er, gelegentlich auch mit Ms Barstow.

»Wie steht es mit den Eigentümern, Partnern? Ich könnte mir denken, sie haben Sie angerufen. Wissen die etwas?«

Sie schüttelte den Kopf. »Mr Hamerle ist der Seniorpartner und die einzige Person, der Rubin Bericht erstattete. Mr Hamerle ist heute ins Büro gekommen und hat versucht zu arbeiten, doch dann ist es mit seiner Angina Pectoris wieder schlimmer geworden. Er ist zur Beobachtung ins Krankenhaus gefahren. Der arme Mann ist siebzig.«

»Was hält Mr Hamerle von all dem?«

»Er sagt immer wieder, dass Rubin nur ein paar Tage freimacht, Stress abbaut und bald wieder auftaucht.«

»Noch eine Frage zum Schluss, Ms Barstow. In der Woche, bevor Mr Coyle verschwunden ist. Ist da irgendwas passiert, was seltsam war? Es muss nichts Großes gewesen sein. Vielleicht nur eine Kleinigkeit. War irgendwas anders als sonst? Gut, schlecht, indifferent?«

Ihre Augen leuchteten kurz auf. Ihr war etwas eingefallen.

»Ein paar Tage, bevor er … nicht mehr ins Büro gekommen ist, hat Rubin sich mit einem Mandanten getroffen. Und ein Päckchen mit dem Aufdruck *Persönlich und vertraulich* erhalten, ohne Absender. In dem Päckchen war ein dicker, wattierter Umschlag. Den hab ich geöffnet. Und darin war wieder ein Umschlag, etwas kleiner. Es war wie ein Puzzle. Als Nächstes kam Luftpolsterfolie. Und darin eingewickelt waren Kartonstücke, die zusammengeklebt waren, wie ein Sandwich.«

»Und was war in dem Sandwich?«

Mit Daumen und Zeigefinger deutete sie eine Länge von fünf Zentimetern an. »Hmm, wie soll ich sagen ... ein winziges Bild.«

Ich spürte, wie mir ein leiser Schauer über den Rücken lief. »Entschuldigung, Ms Barstow«, unterbrach ich sie. »Eine Art Kunstwerk?«

Sie nickte. »Auf einer Leinwand. Die Ränder waren ausgefranst, als hätte jemand dieses Stück aus einer größeren Arbeit gerupft.«

Im Kopf hörte ich die Stimme meines morgendlichen Anrufers: *Aber wie steht es mit Kunst? Haben Sie was in der Art gefunden*?

Doch der Anrufer hatte Kunst am Tatort gemeint, oder? Ganz eindeutig. Ich sagte: »War es eine Zeichnung oder ein Ölbild, Ms Barstow?«

»Kein richtiges Bild. Eher Kreise und abstrakte Formen. Die Farben waren atemberaubend.«

»Keine Notiz oder sonstige Erklärung?«

»Ich fand es eigenartig, dass keine Nachricht dabei war. Das Päckchen habe ich in sein Fach gelegt.«

»Haben Sie es seit dem Tag noch mal gesehen?«

Sie schüttelte den Kopf. »Anscheinend hat er es mitgenommen.«

»Ist Mr Coyle Kunstsammler oder so was in der Art?«, fragte ich.

Ein trauriges Lächeln. »Ich habe Rubin mal überredet, mit mir ins Kunstmuseum zu gehen, in eine Ausstellung zeitgenössischer Künstler. Er sagte dauernd: ›Aber was soll das, Lydia? Das ist mir wirklich schleierhaft.‹ Zwanzig Minuten später sind wir dann gegangen.«

»Erzählen Sie mir noch mehr über das Kunstwerk in dem Päckchen.«

»Ich werde nie vergessen, wie umwerfend es war, diese unglaublichen Farben, die Art und Weise, wie die einzelnen abstrakten Formen zusammenpassten. Und trotzdem …«

Ihr verzagter Ton ließ mich von meinem Notizblock aufschauen. »Was, Ms Barstow?«

»Irgendetwas war da seltsam. Es war so, als könnte ich etwas fühlen, aber nicht sehen.«

»Was denn, Ma'am?«, fragte Harry.

Sie sah uns verwirrt an. »Als würde ich schlechte Träume kriegen, wenn ich es zu lange ansehe. Ergibt das irgendeinen Sinn?«

Kapitel Sechs

Wir verließen die Anwaltskanzlei und statteten Hakkam noch einen Besuch ab. Die Luft in seinem Büro war ganz blau vor lauter Rauch. Harry blätterte die Anmeldungen durch.

»Sieht ganz so aus, als würden vor allem die Smiths und die Jones ihre Familienfeiern in Ihrem Motel abhalten«, lautete sein Kommentar.

Hakkam zuckte mit den Achseln. »Habe kein Einfluss drauf, welchen Namen Gäste sagen.«

Harrys Zeigefinger fuhr über die Anmeldeformulare und tippte auf einen Eintrag. »Da haben wir's ja. Rubin T. Coyle. War vor drei Wochen hier. Name, Adresse, Kennzeichen, alles richtig. Nichts verheimlicht. Wahrscheinlich der Einzige, der sich in den letzten zehn Jahren richtig eintragen hat. Mr Hakkam, hat er erwähnt, wieso er hier absteigt, zumal er von hier war. Sind vielleicht die Anstreicher bei ihm gewesen?«

Die älteste Entschuldigung der Welt, die einem die Leute auftischen, die in ihrer Heimatstadt im Motel absteigen: *Die Maler sind gerade in meiner Wohnung. Ich kann den Gestank nicht ertragen. Und, ähm, meine Frau da draußen im Wagen auch nicht.*

Hakkam überlegte kurz. »Sagte, es hätte was mit Arbeit zu tun. Recherche. Meinte, er will hier vielleicht Geschäft abschließen. Wollte wissen, wie lange vorher Reservierung nötig, wenn man sieben, acht Hütten braucht.«

»Und was haben Sie geantwortet?«

Hakkam nahm einen langen Zug von seiner Zigarette. »Zwanzig, dreißig Minuten.«

Wir gingen zum Wagen zurück. Ich rutschte auf den Rücksitz, Harry nahm vorn Platz. Als er losfuhr, machte ich mich lang, legte den Kopf auf die Arme, schaute in den blauen Himmel, beobachtete, wie die Baumwipfel vorbeirauschten. Als ich noch klein war und die Stimmung in meinem Elternhaus zunehmend düsterer wurde, kroch ich in unseren alten Kombi und versteckte mich auf der Rückbank. Bis zum heutigen Tag waren Rückbänke für mich so etwas wie ein Refugium, ein wunderbarer Ort, um nachzudenken. Dass ich Harrys Fahrstil nicht ertragen musste, war ein weiterer Vorteil. Er saß gern hinter dem Steuer, hatte aber – wie bei den Farben – nie ein Gespür dafür entwickelt. Auf diese Weise hatten wir Hunderte von Meilen zurückgelegt und irgendwann war es uns zur zweiten Natur geworden.

»Ich glaube nicht, dass Coyle unsere Unbekannte getroffen hat«, sagte Harry in den Rückspiegel. »Er war elf Tage, bevor sie auf der Bildfläche erschien, im Cozy Cabins. Hat seinen Besuch nicht vertuscht. Hatte vermutlich eine Frau im Wagen. Oder einen Typen. Coyle ist nicht gerade Feuer und Flamme für Ms Barstow. Sie betet ihn allerdings an. Was manch einer – und ich nehme mich da gar nicht aus – für naiv halten könnte. Vielleicht hatte unser Anwaltsbursche ja eine Midlifecrisis. Beispiele dafür gibt's genug. Ganz spontan fällt mir da Dale Bryson ein.«

Dale Bryson war ein 38-jähriger, freudloser Bauingenieur, der vor ein paar Monaten als vermisst gemeldet worden war. Ein Kreditkartenbeleg hatte ihn mit einem Mann in Verbindung gebracht, der in einem Schnapsladen getötet worden war, und so war der Fall bei Harry und mir gelandet. Zwei Tage, nachdem wir uns auf Bryson gestürzt hatten, gestand ein anderer den Mord, aber da wir eh schon an der Sache dran waren, spürten wir Bryson in einem schicken Motel in der Nähe der I-10 auf. Vor seinem Zimmer parkte ein funkelnagelneuer BMW-Cabrio. Wir fanden Bryson nackt in der Wanne. Er badete in fünf Kartons Champagner – zu vierzig Dollar die Flasche. Auf dem Bett lagen Unmengen von Teddybären. Er versank vor Scham fast im Erdboden, konnte aber bis auf ›Ich musste das einfach tun‹ keine plausible Erklärung für sein Tun liefern.

Brysons Fall war womöglich ein bisschen extrem, aber keineswegs ungewöhnlich: Heutzutage scheinen Männer der Mittel- und Oberschicht in gehobenen Berufen von Mitte dreißig bis Mitte vierzig kulturell auf solche Ereignisse programmiert zu sein. Wenn sie verschwinden, dann selten länger als eine Woche, und die größte Gefahr besteht darin, dass sie das Bankkonto leer räumen und ein Schnellboot oder einen Sportwagen kaufen. Die Chancen standen also gut, dass Rubin Coyle, wo immer er auch stecken mochte, in Sicherheit war. Und nichts mit unserem unbekannten Opfer zu tun hatte.

»Eins ist da aber noch, Harry«, meinte ich.

Ich spürte, wie der Wagen schlingerte, gegen den Bordstein knallte und wieder zurückscherte. »Was denn, Bruder?«

»Heute Morgen habe ich einen verrückten Anruf gekriegt. Von einem Kerl, der wissen wollte, ob bei unserer Unbekannten Kunst gefunden wurde. Klang schwer nach einem Spinner. Ich hab ihn auflaufen lassen.«

»Cars, in der Hütte wurde nichts gefunden, das man als Kunst bezeichnen könnte.«

»Aber ein Stück von etwas, das als Kunst durchgeht, ist Coyle zugeschickt worden.«

Harry tat das mit einer Handbewegung ab. »Ob es Kunst war, wissen wir nicht. Mann, meine erste Frau hat von Innendekorateuren andauernd irgendwelche Muster von Tapeten, Polsterbezügen und Vorhängen zugeschickt bekommen.«

»Erste Frau? Ich dachte, du wärst nur einmal verheiratet gewesen.«

Über seine Scheidung redete Harry kaum und ich hatte ihn nie danach gefragt. Er atmete langsam aus. Seine Miene verfinsterte sich, als er sich an alte Zeiten erinnerte. »Stimmt, aber manchmal fühlte es sich wie viel mehr an.«

Harry setzte mich beim Leichenschauhaus ab. Die Autopsie der Unbekannten war zwei Stunden zuvor von einem Beamten des dritten Distrikts veranlasst worden. Dann hatte man ihnen den Fall abgenommen und Harry und mir übertragen. Ich wollte so schnell wie möglich wissen, was bei der Voruntersuchung herauskam, und die Ergebnisse vielleicht sogar ein bisschen beeinflussen. Dr. Clair Peltier saß in ihrem spartanischen Büro am Schreibtisch. Ihr Mobiliar war kaum schicker als das im Büro der Detectives. Sie hatte sich die Unbekannte vorgenommen und war gerade dabei, den Bericht abzufassen. Ich steckte den Kopf in ihre Tür. Auf Claires Schreibtisch stand eine Vase mit Rosen, der einzige Farbtupfer in dem Zimmer.

»Die Voruntersuchung der Unbekannten, Clair?«

Alle anderen nannten Clair *Dr. Peltier*. Seit unserer ersten Begegnung nannte ich sie Clair und sie hatte mir diesen Fauxpas durchgehen lassen und damit gekontert, dass sie mich immer nur mit dem Nachnamen anredete. Clair war die Leiterin der Mobiler Abteilung des Forensischen Instituts von Alabama und sich meiner Stimme für »Beste Augen« sicher, denn ihr entging nichts. Clair war Mitte vierzig, hatte kurze, anthrazitgraue Haare und bemerkenswert blaue Augen, die gern mal kalt wirkten, einen aber gelegentlich mit einem warmherzigen Blick überraschten. Ich begab mich auf den einen Stuhl vor ihrem Schreibtisch. Clair setzte die Brille auf, die an einer Kette um ihren Hals hing, und warf einen mürrischen Blick auf ein Blatt Papier. Der Duft der Rosen war so betörend, dass er einem die Sinne verwirrte. Ein rotes Duftkissen.

»Ich habe Postmortem-Hautabschürfungen entdeckt, die offenbar von Schaufelschlägen stammen. Zudem *livor* mortis-Male, die nicht da wären, hätte sie nur in einem Motelbett gelegen. Zieht man dann noch die Lehmspuren an und in ihrem Körper in Betracht, kommt man zu dem ziemlich eindeutigen Schluss ...«

Ich nickte. »Dass sie begraben und wieder ausgegraben wurde, ich weiß.«

»Selbstverständlich habe ich mir den Bericht der Spurensicherung angesehen – Blumen, Kerzen. Was halten Sie davon, Ryder?«

Ich zuckte mit den Achseln. »Kerzen und Blumen lassen mehrere symbolische Deutungen zu. Allerdings bin ich mir nicht sicher, ob dies das Werk eines Durchgedrehten ist.«

»Konnten Sie nachweisen, ob sie eine Prostituierte war?«

»Sie war nackt in einem Motel, das wahrscheinlich die Hälfte seines Umsatzes mit Gästen bestreitet, die nur eine Stunde bleiben.«

Clair tippte mit dem Fingernagel auf das Papier. »Das ist nicht der Unterleib einer Hure, Ryder. Keine Verletzungen, keine Narben, keine Anzeichen dafür, dass es jetzt oder früher Geschlechtskrankheiten gab. Keine Blutergüsse, keine Abschürfungen. In Anbetracht ihres Alters sehen ihre Genitalien aus, als wäre die Gewährleistungsgarantie noch nicht abgelaufen. Und es gibt keinerlei Anzeichen, dass sie in der betreffenden Nacht sexuell aktiv war.«

Ich legte die Fingerspitzen zusammen und führte sie an die Lippen. »Da ist noch was, was komisch ist, Clair – ihre Fingerabdrücke sind nicht im Computer. Vielleicht neu im Geschäft. Drogen könnten für so was der Auslöser sein.«

Clair blätterte die Unterlagen durch. »Dann will ich Ihnen mal die ungefähre Todeszeit nennen, die wir ermittelt haben. Tod durch Ersticken zwischen Samstag null Uhr und Sonntagmittag ...«

»Mir sind die Abdrücke rund um ihren Hals aufgefallen.«

»Was Sie nicht gesehen haben, sind die inneren Verletzungen. Die Schnur, mit der sie erdrosselt wurde, wurde mehrmals zugezogen und wieder gelöst.«

»Folter.« Ich spürte, wie mir flau im Magen wurde. So etwas machten nur Leute, die Spaß daran hatten. Clair las weiter.

»Das Opfer wurde wahrscheinlich am Sonntag beerdigt. Und Montagnacht wieder ausgebuddelt. Gewaschen.«

Ich spann den Faden weiter. »Sie wurde in ein Motelzimmer gebracht, das Stunden vorher angemietet worden war. Jemand hat eine Menge Kerzen angezündet und sie mit Blumen bedeckt.«

»Das Zimmer hat nichts hergegeben?«, fragte Clair.

»Bree überprüft Unmengen von Abdrücken. Auf den Kerzen und den Blumen war nichts zu finden. Die Oberflächen in der Nähe sind abgewischt worden! Ein vorsichtiger Täter. Ich bin mehr als skeptisch, dass wir etwas finden werden. Die Spurensicherung hat den Teppichboden abgesaugt auf der Suche nach winzigen Beweisstücken. Na, mir würde es keinen Spaß machen, den Dreck aus dem Beutel zu untersuchen.«

Clair hob eine geschwungene, dunkle Augenbraue. »Hört sich nach einer harten Nuss an, Ryder.«

Ich musste daran denken, dass der Boss sich wegen der Medien sorgte. Er wollte, dass wir einen guten Eindruck machten, und ich wollte, dass wir von deren Radar nicht erfasst wurden. Aber die Kompetenzen waren intern auf mehrere Personen verteilt, irgendetwas gelangte da immer durch die Hintertür an die Medien.

»Was werden Sie in Ihrem Bericht hervorheben, Clair?«

»Dass das Opfer erdrosselt wurde. Und die Ergebnisse der Standarduntersuchung.«

»Was ist mit den Kerzen auf den Augen, der Beerdigung und Exhumierung? Dem Folteraspekt?«

Sie warf mir einen kurzen Blick zu. »Sie möchten nicht, dass das verbreitet wird?«

»Könnte später für uns von Vorteil sein, wenn wir es jetzt nicht erwähnen.«

»Bislang handelt es sich nur um Spekulationen. Ich werde so viel wie möglich auslassen.«

»Danke, Clair.«

»Aber für ewig kann ich es nicht unter den Teppich kehren, Ryder. Eine Woche, höchstens zwei. Danach gelangt der komplette Bericht an die Öffentlichkeit. Könnte eine nette kleine Episode am Rande werden.«

Ich stützte die Hände auf die Knie und erhob mich. Ich war schon in der Tür, als Clair sich noch mal zu Wort meldete.

»Ryder? Haben Sie was von Ava gehört?«

Ava Davanelle war früher die stellvertretende Gerichtsmedizinerin im Leichenschauhaus gewesen. Sie war letztes Jahr ohne Eigenverschulden in einen Fall reingezogen worden und dabei fast ums Leben gekommen – und das in einer Phase, wo sie gerade versuchte, vom Alkohol loszukommen. Hinterher waren wir ein paar Monate ein Paar gewesen – für mich vielleicht die glücklichste Zeit in meinem Leben. Und – wie ich hoffte – für sie auch. Vor vier Wochen hatte sie mich dann ohne Vorankündigung wissen lassen, dass sie Mobile und ihre Freunde hier unten verlassen, ihren Job und alles andere aufgeben wollte.

Und plötzlich war ich Teil ihrer Vergangenheit.

Ava kehrte nach Fort Wayne in Indiana zurück, wo sie aufgewachsen war. Sie hatte vor, nun Kurse in klinischer Pathologie statt in forensischer Pathologie zu belegen, um »mit den Lebenden zu arbeiten statt mit den Toten«.

Dreimal hatten wir telefoniert, seit sie weggegangen war. Unsere Gespräche waren gestelzt gewesen, gespielt geschwätzig, ohne Tiefgang – wie eine Unterhaltung zwischen Barbie und Ken.

Die hatten sich auch getrennt, oder?

»Ryder? Sind Sie noch da?«, riss Clairs Stimme mich aus meinen Gedanken.

»Ich habe seit einer Woche nichts von Ava gehört, Clair. Keine Silbe. Hoffentlich ist sie glücklich. Sie hat es verdient.«

Clairs Blick wurde weicher, als sie über den Brillenrand spähte. »Und Sie, Carson? Kommen Sie ... darüber hinweg?«

Das Zimmer wurde gleißend hell. Meine Knie fühlten sich eigenartig weich an. Ich drehte mich um, winkte über meine Schulter und verließ das Büro so schnell, wie die Höflichkeit es zuließ. Ein Stück den Flur hinunter stürmte ich in die Toilette. Wusch mein Gesicht. Starrte zwei, drei Sekunden mein Spiegelbild an, bis mich der Anblick ermüdete. Atmete tief durch und ging zur Tür. Zu meiner Überraschung stand Harry am Empfangspult. Er hatte gerade mit Vera Braden, der Frau am Empfang, gescherzt, drehte sich um und zeigte mit dem Daumen in Richtung Eingangstür.

»Die Bussarde sind draußen, Bruder. Dachte, ich warne dich lieber.«

Wir hielten auf die Tür zu. Draußen hatten sich mehrere Reporter versammelt. Das Paar von Channel 14 war erstaunlicherweise nicht zu sehen. Harry legte von hinten seine schwere Hand auf meine Schulter. »Was Neues in der Post, Bruder?«

»Schlimme Sache«, sagte ich. »Folter.«

Ich spähte durch die Tür. Die Medienleute pressten ihre verzerrten Mienen ans Glas. Sklaven der neusten Neuigkeiten, die immer hofften, dass sie so schlimm waren, dass man mehr Zeitungen an den Mann brachte, bessere Einschaltquoten erzielte, mit denen man dann mehr Werbezeit verkaufen konnte. Mit einem Mal hatte ich alles satt: das Leichenschauhaus, Frauen, die sich ohne Vorwarnung aus dem Staub machten, Menschen, die den Tod einer Frau in einen Zirkus verwandelten.

Und vielleicht auch mich, weil ich für Ava Davanelle nicht Grund genug war, in Mobile zu bleiben. Ich sagte: »Scheiß auf diese Typen, Harry. Wir gehen jetzt da raus.«

Und dann traten wir gemeinsam in die feuchte Hitze, so undurchdringlich wie eine Wand. Alle redeten gleichzeitig, als hätte jemand den Hauptschalter umgelegt. Die laut gerufenen Fragen vermischten sich zu einem unverständlichen Kauderwelsch.

Wie finden ist Mord Art für Waffe? Glauben Sie waren Umstände? Falls Sie gibt es einen Täter? Wie viel der Gerichtsmediziner können Sie den Zeitpunkt der Beweise Hinweise liefern? Wird als Nächstes Angehörige benachrichtigen?

Nach ein paar Schritten hatten wir sie abgehängt. Harry und ich joggten die dreißig Meter zum Wagen. Neben uns wurde eine Tür aufgestoßen. Danbury und Funt sprangen aus einem schwarzen Geländewagen. Sie hielt uns das Mikro entgegen. Der winzige, ganz in Jeansstoff gehüllte Funt stand neben ihr und richtete das gläserne Auge der Kamera mal auf mich, mal auf Harry, als könnte er sich nicht entscheiden.

»Na, sieh mal einer an«, sagte Danbury. »Die Pogobos.«

»Pogobos?«, fragte ich.

»*Po*-lice *Go*-lden *Bo*-ys. Pogobos. Wie wäre es mit einem Exklusivinterview der Eliteeinheit? Was hat die Autopsie ergeben? Ist das ein Fall für PSET?«

»Kein Kommentar«, knurrte ich und hatte nun auch Menschen satt, die mir Mikrofone, Kameras und ihre Gesichter vor die Nase hielten. Danbury rückte näher;

das Mikro war nur noch ein paar Zentimeter von meiner Nase entfernt. »Detective Ryder, weist das Opfer Merkmale auf, wegen denen es in den Zuständigkeitsbereich des PSET fällt? Verstümmelung? Seltsame Flecken? Ein Muster --«

Ich schlug das Mikro so heftig beseite, dass es ihr aus der Hand fiel und auf dem Gehweg landete.

Sie machte große Augen. Ich sagte: »Scheren Sie sich zum Teufel. Und nehmen Sie Ihren Kameraschimpansen gleich mit.«

»Carson«, warnte Harry.

Der Kameramann grinste in den Sucher. »Ziemlich gereizt heute, was?«

Ich ging auf die andere Seite des Fahrzeugs. Danbury sagte: »Können Sie mir verraten, wieso Sie und nicht jemand vom dritten Distrikt hier ist?«

Ich starrte sie wütend an. »Konnten Sie keinen normalen Job kriegen? Wie viel verdienen Sie als Maklerin des Kummers?«

»Sie haben ein Problem, Ihre Wut im Zaum zu halten, Detective«, sagte der Kameramann mit noch breiterem Grinsen. Ich verspürte den Wunsch, ihm die Kamera in den Hals zu stopfen. Stattdessen stieg ich ein und bombardierte ihn mit finsterten Blicken. Er grinste immer noch und zwinkerte. Harry schaltete den Motor ein. Als er aufs Gaspedal trat, machte der Wagen einen Satz. Und dann hörten wir ein Geräusch – wie eine Lederflagge, die im Wind flatterte.

»Uhu«, sagte Harry, bremste, öffnete die Tür und begutachtete die Reifen. »Alles okay hier. Sieh mal bei dir drüben nach, Bruder.«

Ich sprang raus. Das Vorderrad hatte einen Platten.

Harry holte sein Handy heraus. »Steig ein, Carson. Ich rufe die Werkstatt an, die sollen sich darum kümmern. Wird nicht lange dauern.«

Wir waren etwa achtzehn, zwanzig Meter von Danbury und dem Schimpansen entfernt. »He, Detective«, rief er und schob mir die Kameralinse vors Gesicht. »Ein strahlendes Lächeln vom Bullen des Jahres für unsere Zuschauer. Ist gute Werbung für die Mordkommission.«

»Hauen Sie ab«, sagte ich. In meinem Magen regte sich etwas, das weniger Ausdruck eines Gefühls als einer erklingenden Saite war.

»Steig in den Wagen, Carson«, forderte Harry lauter.

Danbury kam näher. »Borg«, rief sie ihrem Kollegen zu. »Schluss jetzt. Lass das.«

»Los, Mister Ryder«, flüsterte der Kameramann so leise, dass nur er und ich es hörten. »Zeigen Sie mir doch diese Harte-Typen-Fresse wie in der Zeitung. Hat Ihrer Mami das Foto gefallen? Und wie steht's mit der Freundin? Oh, fick mich, Baby, aber vorher will ich diesen *harten* Blick sehen ...«

»Carson. Verdammt noch mal, steig endlich in den Wagen«, bellte Harry.

Da war es jedoch schon zu spät. Ich schnappte mir die Hemdbrust des Kameramannes, hob ihn hoch, bis unsere Gesichter auf gleicher Höhe waren, und erläuterte, was ich alles mit seiner Kamera anstellen würde, wenn wir uns mal irgendwo allein über den Weg liefen.

Nicht mal für eine Sekunde verschwand das Grinsen aus seinem verkniffenen Affengesicht.

Als ich an diesem Abend nach Hause kam, blinkte das rote Licht an meinem Anrufbeantworter. Ich ahnte, dass das Jeremy war – vielleicht weil es einer von diesen Tagen gewesen war. Ich drückte die Play-Taste und wurde mit der Erkenntnis belohnt, dass ich Recht gehabt hatte.

Carson, Mami wartet noch auf ihr neues Aufladegerät, waren die einzigen Worte, die er sagen musste. Und er sang sie, als könnte ihm nichts auf dieser Welt Sorgen bereiten.

Kapitel Sieben

Keine Ahnung, warum, aber Chief Plackett hat so einen schicken Globus in seinem Büro stehen – die Welt in der Größe eines Strandballs. Ich starrte auf den blauen Südpazifik und wünschte mir, dort zu sein. Plackett saß hinter seinem breiten, auf Hochglanz polierten Schreibtisch und musterte mich. Da sich der Morgennebel noch nicht ganz verzogen hatte, war die Welt vor seinem Fenster grau.

»Wie groß sind Sie, Detective Ryder?«, fragte er.

»Ähm, eins sechsundachtzig.«

»Und was wiegen Sie? 170, 180 Pfund?«

»So was um den Dreh.«

»Und Sie hatten eine heftige Auseinandersetzung mit einem Mann, der –« Chief Plackett nahm einen Brief vom Schreibtisch und überflog ihn, »eins achtundsechzig ist und 125 Pfund wiegt?«

Der Brief stammte von der Leitung des Senders und war gleich heute früh zugestellt worden. Mein Boss hatte schätzungsweise eine geschlagene Stunde mit verschiedenen Leuten beim Sender telefoniert.

»Chief«, meldete Harry sich neben mir zu Wort, »meiner Einschätzung nach wurde Detective Ryder provoziert –«

Mit erhobener Hand schnitt Plackett Harry das Wort ab. »Und Sie haben dem Mann nicht nur Schläge angedroht, Sie haben ihn auch angegriffen.«

»Ich habe ihm am Hemdkragen gepackt. Kam vielleicht ein bisschen überraschend.«

Plackett zitierte aus dem Brief: »... hat ihn hochgehoben, dass nur noch seine Zehenspitzen den Boden berührten, und ihn so lange festgehalten, bis sein Gesicht rot anlief.«

»Sein Gesicht ist von Natur aus rot«, meinte Harry.

»Jetzt nicht, Nautilus.«

»Gut, Sir.«

»Haben Sie das getan, Detective Ryder? Entsprechen diese Aussagen der Wahrheit?«

»Sir, ich denke, die Filmaufnahmen werden zeigen, dass der fragliche Mann mich verbal dazu getrieben hat –«

Der Boss warf den Brief auf den Tisch. »Ist mir doch scheißegal, was er zu Ihnen gesagt hat. Sie sind Polizist. Sie sind an Beschimpfungen von ganz anderem Kaliber gewöhnt, oder?«

Ich steckte die Hände in die Taschen und senkte den Blick. »Er hat mich auf dem falschen Fuß erwischt.«

Plackett trat ans Fenster und beobachtete den morgendlichen Verkehr. »Glücklicherweise ist der Sender bereit, die Sache zu vergessen. Ich musste mit einem Haufen Leute reden, Schulden eintreiben, Versprechungen machen. Verstehen Sie?«

»Nicht ganz, Sir.«

»Wir sind ihnen was schuldig, weil sie nicht vor Gericht gehen. Oder schlimmer noch, Material zeigen, das – wenn ich es richtig verstanden habe – vulgär und demütigend ist. Und das alles … drei Tage, nachdem Sie zum Polizisten des Jahres ernannt wurden. Ich muss Ihnen ja wohl nicht erzählen, was passiert, wenn der Bürgermeister Wind davon kriegt.«

»Es tut mir leid, Sir.« Ich war mir nicht sicher, dass das der Wahrheit entsprach, aber das Protokoll verlangte eine Entschuldigung.

»Ich hasse es, bei den Medien in der Kreide zu stehen, Ryder. Es läuft mir kalt den Rücken runter bei dem Gedanken, was sie dafür verlangen werden.« Er runzelte die Stirn. »Kommen Sie mit dem Fall mit der Frau im

Motel voran? Dem Fall, der offenbar Grund für diese Konfrontation war?«

»Ist schwierig, wie sich herausstellt, aber ich hoffe, dass wir –«

»Keine Spuren? Hinweise? Nichts? Das ist Ihr Metier, Detective. Sie sind unser Spezialist.«

Ich hielt kurz inne und hörte mich dann sagen: »Jemand hat uns angerufen und uns einen Tipp gegeben. Ist nur eine vage Spur, aber wir gehen ihr nach. Hat was mit Kunst zu tun.«

»Ist das ein ernst zu nehmender Hinweis?«

»Es ist alles, was wir im Moment haben –«

»Raus.«

* * * * *

»Kunst?«, fragte Harry, als wir uns von Placketts zugeschlagener Tür entfernten. »Meinst du damit etwa dieses Dingbums, das neulich der Anwaltsgehilfin zwischen die Finger gekommen ist?«

»Ich meinte damit den Alten, der mich angerufen und gefragt hat, ob wir im Motelzimmer Kunst gefunden haben.«

»Den Spinner?«

»Er war kein Spinner. Eher so was wie ein alter Kauz. Wäre es dir etwa lieber gewesen, ich hätte dem Chef auf die Nase gebunden, dass das, was wir haben, ungefähr so viel ist ...« Ich presste Daumen und Zeigefinger zusammen.

»Wo du Recht hast, hast du Recht, Specht. Ich werde mal sehen, was ich in den Kerzenläden in Erfahrung bringen kann. Vielleicht hat dieser Wahnsinnige ja fünfzig Kerzen auf Kreditkarte gekauft und mit derselben Karte auch beim Blumenhändler bezahlt. Hältst du das für möglich?«

Ich hetzte zum Empfangspult, wo die Anruflisten

aufbewahrt wurden. Der alte Zausel wohnte am Fort Morgan Highway, auf der anderen Seite der Bucht. Der Name des Anrufers war mir nicht bekannt, was nicht verwunderte. Ich stopfte die Adresse in die Tasche und rannte zur Tür hinaus.

Eine Stunde später bog ich auf einen tief gefurchten Weg, der eine Schneise durch Gebüsch und Unterholz schlug. Gelbkiefern ragten in den Himmel. Nach siebzig Metern landete ich auf der Rückseite eines beigefarbenen Bungalows mit Blick auf die Bucht. Ich stellte den Motor ab und rollte hinter einen schwarzen Pick-up, einen Dodge Ram 2500 mit dunklen Scheiben, Dieselmotor und zwei verchromten Auspuffrohren, die aussahen wie Torpedoabschussrampen. Hinten auf der Ladefläche war ein Gestell mit langen PVC-Rohren. Angelhalterungen, dachte ich. Einer, der in der Brandung fischt.

Nachdem ich mich vergewissert hatte, dass im Gebüsch keine Gefahr lauerte, ging ich auf Zehenspitzen ums Haus. Auf der schmalen Veranda stand ein Gleitboot. Die Sitzbank bestand aus ein paar Latten, der Boden war noch feucht. Draußen in der Bucht hörte ich Boote. Möwen am Himmel. Das leise Summen einer Klimaanlage. Wellen schlugen gegen die Pfosten eines etwa fünfzehn Meter langen Steges, an dessen Ende ein leichtes Motorboot vertäut war.

»Halt!«, rief eine Stimme hinter meinem Rücken.

Ich blieb stehen. »Ich bin vom Mobile Police Department und auf der Suche nach –«

»Pssst, Jungchen. Hände weg vom Körper, als würdest du fliegen. Ich habe hier eine .45er. Jagt dir ein Loch in den Bauch, so groß, dass man 'ne Katze durchwerfen kann.«

Die Stimme meines Anrufers, des Kunstinteressierten. *Woher war er gekommen? Aus der Luft*? Ich streckte die Arme aus.

»Hören Sie –«

»Marke raus, ganz vorsichtig, mit zwei Fingern. Wenn du nach der Waffe greifst, brauchst du einen Grabstein.«

Ich zog die Marke und den Dienstausweis heraus, klappte das Mäppchen auf und hielt es hoch.

»Gut«, sagte er. »Und jetzt die Hose runter und ›Moon River‹ furzen.«

»Wie bitte?«

Als ich mich umdrehte, stand da ein Mann, Mitte bis Ende sechzig, von schmaler Statur, mit leichtem Bauchansatz. Die Augen unter der schlappen Hutkrempe hatten die Farbe von Zinn. Er trug ein kurzärmliges Karohemd und seine Arme waren noch stärker gebräunt als sein Gesicht. Am Hals hing eine Lesebrille an einer gelben Strippe. Von Farbflecken überzogene Khakis fielen auf alte Laufschuhe. Mit verschränkten Armen lehnte er an einem Baum. Eine Waffe hatte er nicht.

Vor Scham und Zorn lief ich rot an. »Sie waren im Wagen?«

»Hab Sie kommen gehört und bin da rein. Jemand Klügeres hätte dort nachgesehen.« Er schüttelte den Kopf. »Ein bisschen was müssen Sie noch lernen, Sohn.«

»Wie heißen Sie?«

»Jacob C. Willow, ehemals Mitglied der Bundespolizei von Alabama«, sagte er. »Mir nach, Ryder. Sie sehen aus, als könnten Sie einen Drink vertragen.«

Wir gingen nach drinnen. Er schlurfte in die Küche. Mich ließ er im Wohnzimmer stehen, einem ziemlich großen, hellen Raum, der von der kleinen Küche mit Essecke bis nach hinten durch reichte. Mein Blick fiel auf ein Buchregal: dicke Wälzer über Angeln und Boote, dazwischen ungefähr ein Dutzend Biographien. Sachbücher der Kategorie »Wahre Verbrechen« nahmen etwa einen Meter auf dem Regal ein, größtenteils gebundene Ausgaben. Eine dicke Aktenmappe stand neben *Helter-Skelter*, Vincent Bugliosis Bericht über die Morde der

Manson-Familie. Die Couch und ein paar Stühle waren um ein niedriges Tischchen gruppiert. Willow kam mit zwei Gläsern Limonade zurück.

»Nehmen Sie doch Platz«, bat er und zeigte auf die Couch. »Warten Sie nicht, bis ich mich von meiner unhöflichen Seite zeige.«

Willow reichte mir ein Glas und hob eine graue Augenbraue. »Wahrscheinlich sind Sie hier, weil ein alter Sack am Telefon zwanzig Sekunden über einen Todesfall in einem Motel gequatscht hat, was? Und Sie haben sich ein paar Tage Zeit gelassen, bevor Sie den Anruf zu diesem Kerl zurückverfolgt haben. Sind die Spuren so dürftig, Detective? Ist das so ein Fall?«

»Vielleicht sollte ich hier die Fragen stellen«, sagte ich, als mir wieder einfiel, wie der alte Knacker mich draußen überlistet hatte.

Er musterte mich, nickte. »Geht in Ordnung. Aber wenn Sie nichts dagegen haben, möchte ein alter Hase wie ich sich erst mal vorstellen …«

Er ließ sich mir gegenüber auf einen der Stühle fallen. Jacob Willow war siebenundsechzig, hatte fünfundzwanzig Jahre bei der Bundespolizei Dienst geschoben, sieben in Uniform, die anderen als Detective, hauptsächlich im südlichen Drittel von Alabama. Ein Job im Innendienst war ihm nie angeboten worden, weil jeder wusste, er würde dieses Angebot ausschlagen. Die Feier anlässlich seiner Pensionierung, die er nach einer halben Stunde verlassen hatte, lag zwölf Jahre zurück. In drei Minuten hatte er mir seinen gesamten Background erzählt. Er stand auf und ging im Zimmer auf und ab – für mich das Signal, dass er fertig war. Ich räusperte mich.

»Kunst, Mr Willow. Wissen Sie noch? Das ist das Wort, das mich hierher geführt hat. Und Sie haben es nicht nur ein Mal erwähnt.«

»Ich wollte meine Geschichte erzählen, meine Glaubwürdigkeit untermauern. Das ist wichtig.«

»Ihre Vergangenheit kenne ich nun. Jetzt interessieren mich Fakten, die mir in Zukunft helfen.«

»In den Nachrichten über die tote Prostituierte wurden Kerzen erwähnt. Und ich wollte wissen, ob Sie auch ein Kunstwerk, ein Bild gefunden haben.«

»Ich bin nicht verpflichtet, Ihnen Auskunft zu geben, aber ich werde Ihnen sagen, dass in dem Zimmer nichts dergleichen gefunden wurde.«

»Sind Sie sicher?«

»Der beste Mann der Spurensicherung hat sich das Zimmer vorgenommen. Nada, was Kunst anbelangt.« Das Kunstfragment, das Lydia Barstow in die Hände gefallen war, erwähnte ich nicht, denn in meinen Augen handelte es sich dabei immer noch um einen Zufall. »Wie wäre es, wenn Sie mir mal erzählen, warum Ihnen Kunst so wichtig ist?«

In aller Ruhe spazierte er zum Fenster hinüber, schaute hinaus auf die Bucht. Eine Schar Pelikane flog über seine Anlegestelle.

»Auf einen Fall wie diesen warte ich. Warte ich seit Jahren.«

»Auf eine tote Prostituierte, die mit Kunst in Verbindung gebracht werden kann?«

»Darauf, dass Marsden Hexcamp aus der Versenkung auftaucht.«

Der Name kam mir bekannt vor, allerdings nur vage – wie eine verblasste Notiz in einem alten Kalender.

»Hexcamp? Serienmörder? Ist in den Sechzigern aktiv gewesen?«

Willow trat ans Bücherregal und zog die dicke Ziehharmonikamappe heraus, aus der er eine dicke Akte nahm, die dem Aussehen nach vor Zeitungsausschnitten überquoll. »In den Nachrichten habe ich von den Kerzen im Zimmer gehört. Hexcamps erstes Opfer war eine Hure. Er hat überall im Zimmer Kerzen aufgestellt.«

»Wann war dieser Mord, Mr Willow?«

»17. Juli 1969.«

Ich hob eine Augenbraue. »Dieser Hexcamp – lebt er noch?«

»Wurde am 14. Mai 1972 erschossen.«

Ich widerstand dem Verlangen, die Augen zu verdrehen. »Das liegt mehr als ein Vierteljahrhundert zurück, Mr Willow. Vielleicht ist das nicht mehr rele –«

Er warf mir die Akte zu. »Eine Kostprobe vom Gift vergangener Tage, Detective. Zeitungsausschnitte aus den Hexcamp-Tagen.«

Aus Gründen der Höflichkeit überflog ich ein paar Artikel und die Fotos, sofern welche beilagen. Obwohl in den Überschriften Worte wie *Irrer* und *Perverser* dominierten, sah Hexcamp ungefähr so bedrohlich aus wie ein Typ, der für *The Gap* Werbung machte. Die letzte und größte Überschrift lautete: *Geheimnisvolle Weinende tötet im Gerichtssaal Hexcamp und begeht dann Selbstmord.*

»Nach dem, was ich gelesen habe«, sagte ich, »wird in den Artikeln viel spekuliert und wenig mit Fakten untermauert. Sensationsgeheische. Hexcamp und mehrere seiner Gefolgsleute waren anscheinend echt geistesgestört.«

»Die Artikel zielen nur auf den Wahnsinn ab«, sagte er. »Er hat langsam und mit Genuss getötet, behauptet, sein Tun kreise um die Erforschung des letzten Moments im Leben eines Menschen, die ultimative Schönheit. Trotzdem hat er sich ganz selbstverständlich in der Öffentlichkeit bewegt. Er verfügte über die entsprechenden Umgangsformen, war ein begnadeter Gesprächspartner, ein Künstler, der eine weltbekannte Kunstschule in Paris besucht hat, das Institut Soundso. Wie ich gehört habe, war er der einzige Amerikaner, der dort je ein Vollstipendium erhalten hat. Ein kluger Kopf, der von einem ungeheuer großen Ego gefüttert wurde. Unglücklicherweise standen sein Charisma und sein Aussehen dem in nichts nach. Wie das Licht die Motten anzieht, zog er Frauen und Männer an. Doch in seinem Herzen war er eine dunkle Kraft, eine teuflische Mutation.«

»Soziopath. Von denen gibt es viele.«

»Die Zeitungsausschnitte schildern nicht mal annähernd die Finsternis, die von seinem Gehirn Besitz ergriffen hatte, Detective. Oder seine Wirkung auf andere. Die Wirkung kann tödlich sein, auch heute noch.«

»Marsden Hexcamp ist mausetot, Mr Willow. Nicht gerade die Verfassung, um auf andere eine tödliche Wirkung auszuüben.«

Willow atmete tief durch, fuhr sich mit den Händen übers Gesicht. »Es gibt Gerüchte, dass Marsden Hexcamp seine Gedanken und Taten gesammelt und festgehalten hat. In einer Künstlermappe, könnte man sagen. Eine visuelle Destillation seiner Gedanken über ... den Tod. Den Gerüchten zufolge wird seine Arbeit sehr geschätzt und nur in einem kleinen Kreis, der seinen Botschaften huldigt, weitergereicht. Diese Gruppe einzuengen ist schwierig, zumal niemand öffentlich darüber spricht.«

»Jetzt haben Sie schon zweimal das Wort *Gerücht* benutzt.«

Willow seufzte und lehnte sich zurück. »Es gibt keine konkreten Beweise, dass diese Sammlung tatsächlich existiert.«

»Gewisse Kreise glauben es aber. Sie auch?«

»Ich habe gehört, wie Leute eisern behaupteten, sie besäßen Stücke aus Hexcamps Sammlung.«

»Mr Willow, es gibt immer Geschichten, die um psychotische Mörder kreisen. Denken Sie nur an Jack the Ripper. Oder Jesse James. Die Gesellschaft macht aus blutrünstigen Mördern missverstandene Opfer. Das trägt zum Zauber bei und vergrößert den Kick.«

»Das weiß ich. Aber ich weiß noch etwas über diese Leute. Auf ihre Art waren sie, sind sie ... heimgesucht, aber zur Übertreibung neigen sie nicht.«

»Von wem reden Sie?«

»Von Menschen, die Serienmörder-Memorabilien sammeln.«

Solche Typen waren mir nicht fremd. Meine eher unkoordinierte Unilaufbahn hatte mich unter anderem ins Psychologische Institut der Universität von Alabama geführt. Teil meiner Studie war es, Gefängnisse und Nervenheilanstalten im Süden zu besuchen und ein paar der schrecklichsten Psycho- und Soziopathen auf dieser Erde zu befragen. Fast jeder dieser Personen hatte einen »Fanclub«, kranke Männer und Frauen, die ganz erpicht auf Gespräche und Souvenirs von bekannten Mördern waren.

»Ein paar von der Sorte bin ich begegnet«, räumte ich ein. »Einem Kerl, der Gekritzel von eingesperrten Irren sammelte. Einer Frau, die das gleiche Hobby hatte und jedem Mörder, der ihr etwas schickte, einen Heiratsantrag machte. Lauter kleine, pathetische Wichte. Krank, aber harmlos.«

Willow nickte. »So sind die meisten. Aber es gibt noch eine andere Sorte, genauso krank, aber wesentlich reicher. Sie können es sich leisten, ausgefallenere und teurere Stücke zu sammeln.«

»Was zum Beispiel? David Berkowitzs Lehnstuhl?«

»Gegenstände vom Tatort. Oder Dinge, die beim Tötungsvorgang verwendet wurden. Einen blutigen Hammer. Eine Schnur, mit der jemand erdrosselt wurde. Kleidungsstücke sind sehr gefragt. Umso besser, wenn sie nach dem Kot aus einem Schließmuskel stinken, der sich zum Zeitpunkt des Todes öffnet.«

Ich studierte Willows Gesicht. »Sie machen Witze, oder?«

»Ich wünschte, dem wäre so.«

Ein ganz und gar typischer Tatort kam mir in den Sinn: alle wichtigen Gegenstände eingetütet, etikettiert und in der Asservatenkammer verstaut.

»Viel von dem Zeug kann nicht im Umlauf sein«, gab ich zu bedenken.

Willow grinste schief. »Was den Wert nur steigert.«

»Und woher kommen die Sachen?«

»Nach der Urteilsverkündung wandern die Beweise in die Asservatenkammer. Geld wechselt den Besitzer. Beweise verschwinden.«

Ich warf einen Blick auf meine Uhr. Zwei Stunden hatte ich schon investiert; es würde eine weitere Stunde dauern, bis ich wieder in Mobile war. Ich erhob mich, bedankte mich für die Gastfreundschaft, schüttelte die steifen Beine und ging nach draußen. Er starrte durch die offene Tür, wartete, dass ich etwas sagte. Ich entschied mich für die Wahrheit.

»Ich habe keine Ahnung, wie ich dieses Gespräch beenden soll, Mr Willow. Es war interessant.«

Er runzelte die Stirn. »Interessant ist das Wort, das Menschen verwenden, wenn sie jemanden nicht als verrückt bezeichnen wollen.«

Ich schaltete den Motor ein. »Ich werde nichts von dem, was Sie erzählt haben, einfach abtun. Heute konnte ich nur zuhören. Sie waren Detective. Was würden Sie an meiner Stelle tun?«

»Offen bleiben«, sagte er und schloss die Tür.

* * * * *

Kurz vor der Straße blieb ich auf Willows Zufahrt stehen und rief auf dem Revier an. Nichts Neues über unsere Unbekannte. Harry hatte nichts über große Kerzenkäufe in Erfahrung gebracht, was seiner Meinung nach kaum überraschte, da »jeder vierte Laden auf der Welt diese verdammten Dinger verkauft«.

Ich nahm den Fort Morgan Highway in Richtung Westen, fuhr zur Fähre, hatte Glück mit dem Timing und rollte, kurz bevor die Rampe hochging, an Bord.

Die Fähre verband Fort Morgan mit Dauphin Island. Auf dieser Strecke überquerte man die Stelle, wo die Schlacht von Mobile Bay stattgefunden hatte. Seit dieser gewalttätigen Auseinandersetzung lauern Schiffwracks dicht unter der Wasseroberfläche, und egal wie heiß der Tag auch sein mochte, dieses Gewässer überquerte ich nie, ohne dass mir ein kalter Schauer den Rücken hinunterlief.

Während einer früheren Überfahrt hatte ich ein besonderes Ritual vollzogen. Vor drei Jahren, lange nachdem Jeremy unseren Vater erstochen hatte, habe ich die Tatwaffe, das Jagdmesser, in unserem Keller gefunden. Ich verbarg es unter meinem Hemd und nahm die Fähre. Mitten in der Bucht warf ich das Messer über Bord, in der Überzeugung, dass dieses Gewässer so viel Gewalt gesehen hatte, dass es auf ein Mordinstrument mehr nun auch nicht mehr ankam. Von jenem Moment an fühlte ich mich besser, irgendwie gereinigt.

In meinen Träumen habe ich das Messer schon hundertmal über Bord geworfen.

* * * * *

Da die Fähre knapp eine Meile von meinem Haus entfernt anlegte, aß ich dort zu Mittag, ehe ich in die Stadt fuhr und Harry die sonderbare Geschichte von Marsden Hexcamp erzählte. Als ich um die Ecke und auf meine Zufahrt bog, sah ich einen unauffälligen weißen Wagen vor meinem Haus stehen. Jemand saß am Picknicktisch unter meinem Haus und starrte auf den weiten, blauen Golf hinaus. Die Gestalt war mir vertraut.

Ava. Sie war zurückgekehrt.

Als ich über die zerbrochenen Muscheln fuhr, hörte sie das Knirschen, drehte sich um und schaute bestürzt drein. Mir rutschte das Herz in die Hose. Es war offensichtlich, dass sie mich nicht sehen wollte. Ihr halbherziges Winken untermauerte meinen Verdacht. Ich stieg aus und ging zu ihr.

»Ich dachte, du wärst in Fort Wayne«, sagte ich.

»Ich bin hier runtergeflogen, um ein paar Sachen zu erledigen, mich um ein paar juristische Dinge zu kümmern. Ich vermiete mein Haus hier, bis ich … mich entschieden habe, was ich damit anfangen soll. Ich habe ein kleines Haus in Fort Wayne gemietet. Es würde dir gefallen, Carson. Es ist winzig, hat aber viele Fenster, überall Licht. Ist in der Nähe vom Lakeside Park …«

Sie versuchte, sich fröhlich und gut gelaunt zu geben, doch ich starrte sie so lange an, bis ihr das Theaterspielen verging. »Du wolltest mir nicht Bescheid geben, dass du in der Stadt bist?«

Sie schloss die Augen. »Dieses Mal nicht, wo wir doch –«

»Wo wir was? Die Beziehung beenden? Uns vorübergehend trennen? Was läuft hier? Sag es mir.«

Ihre Augen wurden feucht. Eine Träne kullerte ihr die Wange hinunter. Wie gern hätte ich die Hand ausgestreckt und sie weggewischt, die Wärme ihres Gesichts gespürt, ihre Haare berührt. Gefühle dieser Art hatte ich noch keiner Frau entgegengebracht. Dies war ein fremdes Land und niemand hatte mir auch nur ein Wort seiner geheimnisvollen Sprache beigebracht. Dennoch fühlte ich mich ganz tief drinnen von Ava verraten, weil sie mich auf Distanz gehalten hatte, während sie Entscheidungen traf, die meiner Meinung nach uns beide angingen.

»Ich kapiere das alles nicht, Ava«, bekannte ich.

»Vielleicht gibt es ja gar nichts zu kapieren. Noch nicht.«

»Mir ist bewusst, dass dir grässliche Bilder durch den Kopf geistern. Sie werden verblassen, aber das dauert.«

»Nichts verblasst, Carson. Es wird schlimmer. Und das macht mir Angst.«

»Ein Wahnsinniger war auf dich fixiert. Insoweit warst du involviert. Das Schicksal hat dich auserkoren; daran kannst du nichts ändern. Egal wie schnell oder weit du …« Ich hielt inne – leider nicht früh genug.

»Du wolltest doch *davonlaufen* sagen, nicht wahr? Egal wie schnell oder weit ich davonlaufe?«

»Ist unwichtig.«

»Nein, ist es nicht.«

Ich steckte die Hände in die Taschen und sah zu, wie die Wellen kamen und gingen. »Es ist nicht wichtig.«

»Behandel mich nicht so herablassend. Sag mir die Wahrheit.« Ein Anflug von Zorn schwang in ihrer Stimme mit. Wenn sie die Wahrheit hören wollte …

»Heute hier, morgen da. Ich würde das davonlaufen nennen.«

»Das ist gefühllos, Carson.«

Ich spürte, wie sich mein Magen vor Wut zusammenzog. »Gefühllos ist, mir zu sagen, dass du gehst, nachdem du die Entscheidung schon gefällt hast. Gefühllos ist, mich außen vor zu lassen. Gefühllos ist, hier aufzutauchen, weil du angenommen hast, ich würde nicht da sein.«

Drei Tage Frustration quollen so schnell aus meinem Mund, dass ich erst hörte, was ich sagte, als es schon zu spät war. »Was ist da zwischen uns gelaufen, Ava? Eine kleine flotte Affäre? Eine Sache, die nach zehn Monaten vorbei ist? Jetzt, wo du nicht mehr an der Flasche hängst, siehst du mich da anders? He, ich bin Carson Ryder. Ich würde Ihnen gern meine Freundin, Ava Davanelle, vorstellen, aber sie ist trocken und über alle Berge.«

Ich wollte sie wütend machen, richtig wütend, einen heftigen Gefühlsausbruch auslösen, der vielleicht eine Erklärung lieferte, mich ihre Entscheidung begreifen ließ. Stattdessen richtete Ava den Blick aufs Meer. Ihre Augen waren grüner als nasse Smaragde.

»Ich werde jetzt gehen«, verkündete sie. Ihre zitternden Hände näherten sich mir, wollten mich umarmen, mich festhalten. Sehnten sich nach Verständnis oder einfach nur nach Trost.

Ich ließ meine Hände in den Taschen und drehte mich zum Wasser um, als gäbe es draußen auf den Wellen etwas, das mich mehr interessierte. Sie begann zu weinen. Ich hörte, wie sich ihre Schritte entfernten, wie die Wagentür zufiel. Bis ich mich umdrehte, war sie schon einen Block weit weg, und die Distanz zwischen uns vergrößerte sich von Sekunde zu Sekunde.

»Weshalb bist du hierher gekommen?«, brüllte ich. »Nur um auf das verfluchte Wasser zu glotzen?«

Und dann verstummte auch das Geräusch ihres Motors.

Kapitel Acht

Als Kind legte ich mir im Kopf notgedrungen Schubladen an: Gutes kam nach vorn, Schlechtes wanderte nach hinten. Ava verstaute ich in die hinterste Ecke, setzte mein Arbeitsgesicht auf und traf Harry auf dem Präsidium. Der Reifen unseres Dienstwagens war repariert. Während Harry uns zur Werkstatt kutschierte, wo wir die Fahrzeuge wechseln wollten, schilderte ich ihm meinen Besuch bei Willow.

Er kicherte höhnisch. »Kunst, die wieder auftaucht, Menschen heimsucht und tötet? Ist 'n bisschen wacklig, Cars.«

»Liegt an der Entfernung. Hier klingt es komisch, aber wenn er es erzählt, ist es nicht uninteressant.«

Harry wich einem Postauto aus, fuhr den Bordstein hoch und knallte wieder auf die Straße. »Hat er dir gesagt, wer hinter diesem Mord steckt? Vielleicht jemand aus der Vergangenheit?«

»Nein. Die meisten sind tot, jedenfalls die Hauptakteure. Willow meinte, unser Fall könnte etwas mit den Sammlern von Serienmörder-Memorabilien zu tun haben.«

»Voll gekritzelte Seiten aus dem Knast, abgedrehte kleine Zeichnungen? Das kennen wir doch.«

»Willow redet von Leuten, die grausigeres Zeug sammeln, zum Beispiel Gegenstände, die an Tatorten gefunden wurden. Oder bizarre, aber hochkalibrige Kunst.«

»Wie dieser Hexcamp sie anscheinend gemacht hat.«

Ich zuckte mit den Achseln. »Denke schon.«

»Trotzdem gibt es keine stichhaltigen Beweise, keine wie auch immer gearteten Indizien, die das belegen. Das sind nur die Theorien dieses alten Cops. Theorien, die hauptsächlich auf Gerüchten basieren. Und wo ist die Verbindung zu heute?«

»Hexcamps erstes Opfer war eine Nutte. Offenbar haben er und seine fröhliche Bande sie erdrosselt und in einem von Kerzen erleuchteten Motelzimmer zurückgelassen.«

Harry drückte aufs Gas und zog so dicht an einem Bierlaster vorbei, dass ich mir unterwegs einen Sixpack hätte schnappen können. Er sagte: »Das hat den alten Cop neugierig gemacht?«

»Vermutlich.«

»Kerzen, Carson. Kerzen sind nicht unbedingt eine Rarität, oder?«

Es kam schon mal vor, dass ein Ritualmörder der mehrdeutigen Symbolik wegen etwas für Kerzen übrig hatte. Und Prostituierte, die aufgrund ihres Lebensstils häufiger als andere Menschen Opfer von Verbrechen wurden, hatten ebenfalls ein Faible für Kerzen.

»Nein«, gab ich zu. Langsam klang Willows Geschichte auch in meinen Ohren ziemlich exzentrisch.

»Es geht um Obsession, Carson. Zumindest sagt mir das mein Gefühl. Ein Fall geht einem Mann an die Nieren, wird nicht gelöst oder, falls doch, dann nicht zu seiner Zufriedenheit. Und nach der Pensionierung wird das sein Lebensinhalt und er spielt den Film immer wieder ab.«

»Du glaubst also nicht, dass an der Geschichte etwas dran ist?«

»Ich habe Verständnis für den alten Knaben, bewundere seine Hingabe. Aber wenn du mich fragst, kann der Bursche einfach nicht loslassen.«

Wir fuhren auf den Hof und gingen in die Werkstatt, um den Wagen abzuholen. Drinnen war es auch nicht viel kühler als draußen. Mehrere Streifenwagen und unmarkierte Dienstfahrzeuge in unterschiedlichsten Reparaturstadien standen in Reih und Glied. Die Männer, die mit pneumatischem Werkzeug arbeiteten, gaben ein ohrenbetäubendes Presslufthammerkonzert. Ein Schwarzer, Anfang fünfzig und im Blaumann, kam herüber und wischte sich die Hände an einem Lappen ab. *Rafael* war auf seine Brusttasche gestickt.

»Hallo, Harry, was brauchst du?«, fragte er.

»Der nachtblaue Maserati mit den hübschen Aufklebern in den Radkästen ist unserer. Und Sie haben für uns eine Mikrowelle eingebaut«, scherzte ich.

Harry, der neben mir stand, stieß einen Seufzer aus und warf dem Mann einen von diesen Blicken zu, der sagte *Jetzt weißt du, was ich erdulden muss.* »Es ist der dunkelblaue Crown Vic, der gestern reinkam, Rafe. Platter Reifen.«

Rafael deutete mit dem Kinn auf mich. »Harry, dein Partner hier. Der macht sich mit seinen Witzen eine Menge Feinde, was?«

»Keine Ahnung. Den hat doch noch nie einer was Lustiges sagen gehört. Warum?«

Rafael winkte uns mit dem Finger heran, setzte sich in Bewegung und zwängte sich zwischen zwei Streifenwagen durch, die neu lackiert werden sollten. »Kommt hier rüber. Und passt auf, dass ihr nicht einen der Maseratis berührt.«

Wir folgten ihm vorsichtig, hielten Abstand zum Lack, wichen dem pneumatischen Werkzeug und diversen Schläuchen aus und arbeiteten uns langsam zum hinteren Teil des riesigen Gebäudes vor. Ein unmontierter Reifen lehnte an einer Werkbank. Rafael verpasste ihm einen Stoß mit der flachen Hand und rollte ihn in unsere Richtung.

»Der Reifen wurde aufgeschlitzt. Seitlich. Der Schlitz ist etwa so breit wie die Klinge eines Jagdmessers.«

Ich beugte mich vor, um den Schlitz zu begutachten, und musste an Harrys Fahrstil denken. »Vielleicht sind wir gegen einen Bordstein oder so geknallt«, spekulierte ich. »Und seine scharfe Kante hat uns den Reifen aufgeschlitzt.«

Rafael wandte sich an Harry und nickte anerkennend.

»Na, wenn das nicht witzig ist«, meinte er.

Wir fuhren aufs Revier zurück und holten am Empfangspult unsere telefonischen Nachrichten ab. Die beiden von Danbury warf ich weg. Ungefähr zeitgleich mit Harry entdeckte ich einen karierten Zettel von Smithson aus dem Vermisstendezernat. Ich zog mein Handy aus der Tasche und wählte Smithsons Nummer.

»Er ist doch nur ein paar Stockwerke höher«, sagte Harry.

»Willst du ihm wieder beim Essen zusehen?«, fragte ich.

Harry schnitt eine Grimasse. Ich hörte, wie Smithson abnahm. »Ryder hier. Ich habe gehört, Sie sind auf der Suche –«

»Hören Sie, Ryder, ich habe hier ein paar Sachen überprüft, bisschen im trüben Wasser gefischt. Die Frau im Motel – die Ergebnisse der Voruntersuchung kennen Sie?«

»Das Wichtigste, Jim. Und ich bin dort gewesen.«

»Hat man besondere Merkmale gefunden? Sie wissen schon, beispielsweise ein –«

»Hinten am Hals hatte sie ein kleines, rotbraunes Muttermal, ungefähr so groß wie ein Vierteldollar.«

»Ich denke, wir haben ein Problem. Wäre besser, wenn Sie schnell mal vorbeikämen. Beten Sie, dass ich mich irre, Ryder. Und ich wähle diese Worte nicht ohne Grund.«

* * * * *

»Sie ist eine Nonne?«, sagte ich fassungslos.

Smithson strich die künstlich schwarzen Strähnen über seinen blanken Schädel. »Schwester Anne Mary. Ihr richtiger Name ist oder war Marie Gilbeaux. Oben in Chilton County gibt es einen Konvent. Ist eher so was wie ein Bauernhof. Sie stellen Ziegenkäse her, machen Pfirsichkompott und so was und verkaufen das. Offenbar sollte sie durch den Süden von Alabama und Mississippi reisen und in den Geschäften vorbeischauen, die ihre Sachen verkaufen. Falls Sie sich noch erinnern, ich habe sie erwähnt, als Sie und Nautilus hier waren? Hat uns natürlich weiter nichts gesagt. Wer rechnet schon damit, dass eine Leiche in einem schäbigen Motel eine …«

Harry schnappte sich den Bericht, lehnte sich an die Wand und las. »Muttermal, etwa drei Zentimeter im Durchmesser, hinten links am Hals, unterhalb des Haaransatzes …« Er sah zu mir hinüber. Ich nickte. »Ziemlich eindeutig.«

Auf einmal passte alles zusammen. Feldarbeit ist eine harte, körperlich anspruchsvolle Tätigkeit im Freien. Sie erklärte ihre rauen, schwieligen Hände und die strammen, muskulösen Beine und Arme.

»Wir müssen die Leute im Konvent darüber informieren, was passiert ist«, sagte Harry. »Wir könnten das natürlich telefonisch erledigen, aber irgendwie schreit dieser Fall doch nach einem persönlichen Besuch.«

»Wir könnten die Cops in Chilton anrufen und sie das machen lassen.«

»Könnten wir. Das wäre am einfachsten, was?«

Ich dachte an den Leichnam im Bett, an die winzigen Kerzendocht-Pupillen, die mich angestarrt hatten, an den vor Schmerz aufgerissenen Mund, der *Warum ich?* fragte. Sie war während unserer Schicht gestorben, daher waren wir ihr etwas schuldig.

»Ich geh den Wagen holen«, sagte ich.

Kapitel Neun

»Wie lange ist Marie Gilbeaux bei Ihnen gewesen, Schwester?«, fragte Harry.

Schwester Beatrices Blick schweifte in die Ferne. Tränen funkelten in ihren Augen.

»Länger als ein Vierteljahrhundert«, sagte sie und fuhr sich mit der Hand über die Wange. »Wie schnell die Zeit vergangen ist.«

Schwester Beatrice war Vorsteherin des Villa Madonna Konvents und schätzungsweise Anfang siebzig. Ihre Augen waren so grün wie die Blätter der Eiche über unseren Köpfen. Und ihre Haut war so wettergegerbt, dass sie irgendwie alterslos wirkte. Wie eine leuchtende Kappe schmiegte sich ihr kurzes, silbernes Haar an den Kopf. Hätte ich nicht gewusst, dass sie Nonne war, hätten die weiten, verblichenen Levi's und das weiße Baumwollarbeitshemd mich vermuten lassen, dass sie ein Oklahoma-Cowgirl im Ruhestand war. Wir waren vor einer Viertelstunde eingetroffen. Da unsere Mienen offenbar Bände gesprochen hatten, hatte sie vorgeschlagen: »Lassen Sie uns nach draußen gehen. Ich kann es nicht ertragen, wenn traurige Augenblicke eingesperrt werden.«

Sie führte uns durch das große Hauptgebäude nach draußen auf eine Veranda unter einem aus Holzleisten zusammengezimmerten Sonnenschutz. Ein Stück weiter vorn lag ein Blumengarten mit Wald- und Wiesenblumen in den unterschiedlichsten Weiß-, Gelb- und Rottönen. Dahinter schloss sich eine riesige Weide an, die an einen Pfirsichbaumhain grenzte. In einiger Entfernung reparierten zwei Frauen einen Zaun. Eine hielt den Pfosten, die andere befestigte den Draht mit Nägeln. Eine

Ziegenherde sprang um sie herum. Einen Moment lang beobachtete ich die Ziegen, ungefähr ein Dutzend Tiere unterschiedlicher Größe. Meiner Meinung nach machten sie einen glücklichen Eindruck, für Ziegen jedenfalls.

»Ich habe keine Ahnung, wie das hier läuft«, sagte Harry, als wir uns von Schwester Beatrice durch Marie Gilbeaux' Leben im Konvent führen ließen. »Hat sie sich Ihnen nach der Schule oder Universität angeschlossen?«

Schwester Beatrice saß in einem Schaukelstuhl, Harry und ich auf einer breiten Holzbank. Für einen Augenblick schloss Schwester Beatrice die Augen, als könnte sie so den Wahnsinn bannen, den wir an diesen friedlichen Ort gebracht hatten.

»Sie war ein Findelkind, Detective Nautilus.«

»Ein Baby, das niemand wollte? Und das auf der Türschwelle abgelegt wurde?«

»Nun, das mit der Türschwelle stimmt. Doch ein Baby war sie nicht, jedenfalls nicht im eigentlichen Sinne. Zweiundzwanzig war sie an jenem Tag, als ich die Tür öffnete und in ihr verzweifeltes, tränennasses Gesicht blickte. Aber Marie war so verloren wie ein kleines Mädchen in den Slums von Rio oder Kalkutta. Ich fragte sie, wieso sie zu uns gekommen war. Wissen Sie, was sie antwortete?«

Harry beugte sich vor. »Was denn?«

»Sie sagte, sie wäre dem Licht gefolgt. Und es war ihr ernst damit.«

Harry nickte. »Schwierig, so jemanden abzuweisen.«

»Sie hat als Freiwillige bei uns angefangen. Im Gegenzug für ihre Arbeit haben wir ihr Obdach gewährt. Sie arbeitete wie ein Tier, ohne Unterbrechung. Ab und an sagte ich: ›Mach langsamer, Marie, leg eine Pause ein. Die Arbeit läuft dir nicht weg.‹ Und dann arbeitete sie noch härter, als müsste sie in Bewegung bleiben, denn Ruhe war ihr unerträglich. Später hat sie mir mal anvertraut, dass die Arbeit ihr half, die Erinnerungen abzuschütteln.«

»Erinnerungen an was?«

Schwester Beatrices nervöser Blick schweifte zur Weide hinüber. Die beiden Frauen schlenderten zum nächsten Zaunpfosten. Die Ziegen folgten ihnen.

»Wir haben über alles gesprochen, bevor sie mit ihren Studien begonnen hat. Aber alles, was gesagt wurde, bleibt unter uns. Ihr Leben … war nie für die Öffentlichkeit bestimmt.«

Entgegen dem, was sie sagte, spürte ich ihr Verlangen, sich mitzuteilen. »Das respektiere ich, Schwester. Aber es ist durchaus möglich, dass es ein Ereignis in ihrem früheren Leben war, das zu ihrem Tod geführt hat. Vielleicht genau das, das sie vor so langer Zeit zu diesem verlorenen kleinen Mädchen gemacht hat.«

Kurz glimmte Zorn in Schwester Beatrices grünen Augen auf und schwang auch in ihrer Stimme mit. »Gleich nach der Geburt hat man sie im Stich gelassen, Detective Ryder. Ihr Vater war ein wohlhabender und verdorbener Mann, der einen protzigen Lebensstil pflegte. Ihre Mutter war distanziert und gleichgültig. Marie war ein Unfall – ungewollt – und ihre Eltern ließen sie das permanent spüren, bis sie deshalb mit siebzehn von daheim weglief.«

Harry wandte seufzend den Blick ab. Geschichten, die so begannen, nahmen selten ein gutes Ende.

Schwester Beatrice fuhr fort. »Marie war eine verwirrte, aber intelligente junge Frau. Anfänglich glaubte sie, die Freiheit wäre ein Abenteuer. Doch einsame Menschen suchen immer eine Ersatzfamilie. Und sie fand sie an der Kunstschule, bei einer Gruppe Studenten, die nur ein paar Jahre älter waren. Sie wurden eine –«

»Paris!«, unterbrach ich sie und hatte das Gefühl, jemand würde mir mit einer eiskalten Klinge übers Rückgrat fahren.

Überraschung bei Schwester Beatrice. Und Skepsis.

»Woher wussten Sie das?«

»Wissen Sie zufällig, ob einer dieser Studenten Marsden Hexcamp hieß?«

Schwester Beatrice erstarrte, woraufhin der Schaukelstuhl quietschte und mitten in der Bewegung innehielt. »Was wissen Sie über diese Geschichte?« Ihre Stimme war kaum mehr als ein Flüstern.

»Kaum mehr als den Namen. Und ein paar Taten. Unter anderem Mord.«

»Marie hat niemandem etwas getan, Detective. Sie folgte der Gruppe von Frankreich hierher. Zu jener Zeit fraß sich Marsden Hexcamp schon in ihre Seele. Einige von Hexcamps Gefolgsleuten waren Mörder, das weiß ich. Andere Zuschauer. Hexcamp, diese Blume des Bösen, fand Gefallen an unterschiedlichen ... erotischen Vergnügungen. Und das war Maries Rolle. Sie sollte an diesen Zerstreuungen teilnehmen oder ihnen beiwohnen. Mit den Morden, den düstersten Facetten des Bösen, das dieser Mann verkörperte, hatte sie nichts zu schaffen.«

»Das hat sie Ihnen erzählt?«, fragte ich.

»Sie hat sich Gott überantwortet. Und danach gab es auch keine Geheimnisse mehr. Zuerst schaute sie ins Auge des Bösen und dann ins Auge Gottes. Dadurch konnte sie die Scham abstreifen. Mit mir sprach sie ganz offen, weil sie frei war.«

Ich beugte mich vor. »Das mag eigenartig klingen, aber es ist wichtig: Ist sie je Prostituierte gewesen?«

Schwester Beatrice musterte mich neugierig. »Nicht im klassischen Sinn. Ihr Vater zahlte ihr eine üppige Apanage, damit sie sich von daheim fern hielt. Dass sie über Geld verfügte, war in den Augen der Studentengruppe anfangs ein großer Pluspunkt. Sie verkaufte sich nicht für Geld an Fremde. Allerdings sagte sie, sie hätte ›für Hexcamp die Hure gespielt‹. Und deshalb hat sie sich wohl auch wie eine Hure gefühlt, denke ich.«

»Wie waren ihre letzten Tage hier?«

»Sie ist vor Sonnenaufgang aufgestanden und hat gearbeitet, wie sie das fast ein Vierteljahrhundert getan hat. Gärtnern, Kompott machen, die kleinen Ziegen füttern, das liebte sie. Und wie immer freute sie sich auf ihre Reise. Es machte ihr Spaß, mit unseren Abnehmern zu reden, neue Menschen kennen zu lernen. Zwei Tage später war sie verschwunden, ohne ein Wort.«

»Könnten wir ihr Zimmer sehen, Schwester?«, bat Harry.

»Selbstverständlich.«

Wir folgten Schwester Beatrice durch das Gebäude. Dabei kamen wir an den offen stehenden Türen einer verschwiegenen Kapelle mit Hartholzbänken vorbei, die im Halbkreis vor einem großen Kruzifix standen. Sonne fiel durch das Buntglasfenster. Das Glas färbte die Strahlen rot. Christus neigte das Haupt, den Blick gesenkt, vor Schmerz erstarrt. Ich merkte, dass ich auf Zehenspitzen ging, bis wir weit genug weg waren und einen langen Korridor mit Türen zu beiden Seiten erreichten.

»Das hier ist – war – ihr Zimmer.«

Es war ein heiterer Raum mit großen Fenstern. Staubflusen schwirrten durch ein gelbes Lichtband. Es gab ein Bett, ein Bücherregal, eine Kommode, einen Stuhl und einen Schreibtisch. Auf dem Boden lag ein kleiner Webteppich. Über dem Schreibtisch hing ein Kruzifix, eine kleinere Ausgabe des Kreuzes in der Kapelle. Ich bewunderte die Detailgenauigkeit. Die Dornen der Krone, gerade so groß wie ein Ehering, waren spitz wie Stecknadeln.

»Haben Sie etwas gefunden, das ihr Verschwinden erklären könnte?«, wollte Harry wissen.

»Ich habe ihren Schreibtisch durchsucht, aber nichts entdeckt. Vor ein paar Tagen ist die County Police hier gewesen, doch das war, ehe sie … gefunden wurde …«

Schwester Beatrice konnte nicht mehr. Harry führte

sie zum Stuhl und half ihr, sich zu setzen. Ich sah mir das Bücherregal an. Dicke Heiligenbiographien und Bände über die Glaubenslehre standen neben Büchern zum Thema Gärtnern und Tierhaltung. Ein paar Krimi-Taschenbücher waren auch darunter. In Schwester Maries Kleiderschrank hingen Arbeitskleidung, ein paar Kleider, Hosenanzüge und zwei Ordenstrachten. In ihrer Kommode konnte ich nichts Interessantes entdecken. Harry baute sich zwischen Schwester Beatrice und mir auf, während ich Schwester Maries einfache und schmucklose Unterwäsche durchsah. Ich warf einen Blick unters Bett, hob die Matratze und sah nach, ob auf dem Lattenrost etwas lag. Nichts.

Dann nahm ich mir ihren Schreibtisch vor. Auf der Tischplatte lag ein Stapel Briefumschläge, alles Werbung. Und ein kleiner, brauner Umschlag. Kein Absender, nur mit Adresse. Tinte, Druckbuchstaben.

»Ist das ihre Post, Schwester Beatrice?«

»Die der letzten Tage.«

»Würde es Ihnen etwas ausmachen, wenn ich ...«

»Nein, bitte, tun Sie, was Sie für richtig halten.«

Ich zog die Latexhandschuhe aus meiner Jackentasche und nahm den braunen Umschlag hoch. Er war etwa sechs Millimeter dick und letzten Mittwoch in Mobile gestempelt worden. Einen Tag, nachdem das Zimmer im Cozy Cabins gemietet worden war. Ich öffnete ihn und kippte den Inhalt aus.

Ein zweiter Umschlag. Braun. Wie die Sendung für Rubin Coyle, die Lydia Barstow beschrieben hatte.

»Rate mal, woher ich weiß, was kommt?«, fragte Harry.

Als ich den zweiten Umschlag öffnete, fielen zwei mit Klebeband fixierte Kartonstücke in meine Hand. Ich durchtrennte das Band und klappte die beiden Hälften auseinander.

Ein grellbuntes Rechteck fiel in meine Hand. Farbschichten auf zerrissener Leinwand, kaum größer als eine Postkarte. Rot, Weiß und Blau in allen Schattierungen, darüber eine Lasur, mit dem Pinsel aufgetragen, die dem Bild eine beachtliche Tiefe und einen naturalistischen Anstrich verlieh. Es war von atemberaubender Schönheit. Doch wenn man länger hinsah, entdeckte man einen weißen Strich, der Ähnlichkeit mit einem Stück Knochen hatte, aus dem Mark quoll. Und etwas, das an goldene Würmer erinnerte, die über eine Oberfläche krochen. Wie von einem Magneten angezogen, näherte Schwester Beatrice sich dem Bild.

»Es ist wunderschön«, sagte sie wie versteinert. »Und trotzdem ...«

Harry warf einen Blick auf seine Uhr. »Es sind drei Stunden bis nach Mobile«, sagte er. »Warum rufst du nicht diesen Willow an und informierst ihn, dass er Besuch kriegt.«

Kapitel Zehn

»Eine Woche nachdem Hexcamp eingebuchtet wurde, bin ich auf die Farm, wo er und seine Mutantenhorde gelebt hatten.« Willow hielt kurz inne und nahm einen Schluck Bier. »Ein halbes Dutzend Techniker von der Spurensicherung hatten nichts gefunden, doch ich hatte dieses Monster monatelang verfolgt. Und als er erst mal in Fleisch und Blut vor mir gestanden und ich im Schatten seines monumentalen Egos gesessen hatte, wusste ich, dass er etwas aufbewahrt hatte. Etwas, das ihn an die Morde erinnerte. Fotos. Irgendein Souvenir. Er brauchte so etwas.«

Ich saß in dem Gleitboot, Willow mir gegenüber in einem Weidensessel, Harry lehnte am Verandapfosten. Die letzten Sonnenstrahlen färbten die über die Bucht ziehenden Kumuluswolken bronze. Ein leichter Westwind machte die Hitze erträglich.

»Ich habe dort gegessen, meine Klamotten in seinen Schrank gehängt, mein Essen in seinem Kühlschrank aufbewahrt. Eines Morgens war ich im Schuppen, den er zum Atelier umfunktioniert hatte, und saß an dem Tisch, an dem er gearbeitet hatte. Ich musste pinkeln, und da es im Schuppen kein Klo gab und das Haus ein-, zweihundert Meter entfernt war, ging ich zum Außenabort. Und auf einmal traf es mich wie der Blitz. Ein Mann, der etwas verstecken will, hält es womöglich für eine prima Idee, die Sachen in der Scheiße zu vergraben, dachte ich mir. Also holte ich meine Taschenlampe und entdeckte ein Stück Seil, durchsichtig, extrem strapazierfähig, das in die Grube des alten Plumpsklos führte.«

»Und? Wie war das Fischen?«

»Ich habe eine wasserdichte Kiste gefunden. Darin lagen gerollte Leinwände, vermutlich für die Sammlung. Die Arbeiten waren noch nicht abgeschlossen.«

»Wie haben sie ausgesehen?« Mir fiel auf, dass ich flüsterte.

»Ein brillant gemachter Schädel, ein Brustkorb, auf dem das Fleisch verrottet. Mehrere Seiten philosophischer Gedanken, düsteres, freudloses Zeug, die ihm gekommen sind, während er seine Opfer aufgespürt und ermordet hat. Ein Gedicht über die Schönheit des letzten Moments – abstoßende Gedanken in wohlklingende Worte gefasst.«

»Jesus«, wisperte Harry.

»Jesus war nie dort, wo Marsden Hexcamp sich aufhielt. Der Mann kommt geradewegs aus der Hölle.«

»Wenn Sie diese Arbeiten behalten hätten, würden Sie sie doch bestimmt zeigen. Oder zumindest Kopien davon«, sagte Harry.

Er schüttelte den Kopf. »Ich habe sie den Cops in Mobile zur Aufbewahrung gegeben, zwei Tage später waren sie verschwunden. Einfach so. Glücklicherweise waren sie für die Verhandlung nicht wichtig. Der Mann hatte eine breite, rote Schneise geschlagen. Und dann dauerte es nicht mehr lange und Hexcamp war tot. Nach den Vorfällen hätte die Aufregung viel größer sein müssen, doch wer sich in der Geschichte auskennt, weiß –«

Ich nickte. »Einen Tag nachdem Hexcamp tot war, wurde George Wallace erschossen.«

Willow nickte. »Und dieser Fall begrub alles andere unter sich. Die Öffentlichkeit verlor das Interesse an Marsden Hexcamp.«

»Und Sie?«

»Ich ermittelte verdeckt und untersuchte den Mord eines Gewerkschaftsführers. Die Jahre zogen ins Land. Und trotzdem kriegte ich diese Bilder nicht aus dem Kopf. Seine letzten Worte richtete Hexcamp an mich,

Detective Nautilus. ›Folgen Sie der Kunst, Jacob‹, sagte er. Und dann hat sich dieser Dreckskerl umgedreht und ist gestorben.«

»Und das haben Sie während der letzten dreißig Jahre getan? Sie sind der Kunst gefolgt?«, fragte Harry.

Willow entging nicht, dass Harry damit andeutete, er wäre obsessiv. Sein Blick wurde hart, doch seiner Stimme war nichts anzumerken. »In den letzten dreißig Jahren habe ich in etwa dasselbe getan wie alle anderen auch, Detective. Gearbeitet, eingekauft, Steuern gezahlt, gefischt, wenn sich die Möglichkeit bot. Alles ganz normal, nichts Besonderes. Doch hin und wieder brachte mich ein Fall in Kontakt mit Menschen, die am Rand stehen, mit Grenzgängern, Sado-Maso-Typen, oder als was man sie auch bezeichnen möchte. Sie kennen sie – die Seelenlosen.«

Ich konnte nur den Kopf schütteln. Wenn man diese Sorte kennt, bedarf es keiner Worte. Oder sie taugen nicht, um das auszudrücken, was man sagen will.

»Der eine oder andere hat behauptet, er hätte die Sammlung gesehen. Solches Geschwätz bewirkte, dass ich mir wieder eine Weile den Kopf über Hexcamp zerbrach, bis mir der nächste Fall aufgehalst wurde und er in der hintersten Schublade meines Hirns verschwand.«

Willow atmete tief durch. »Dieses Bildfragment, das Sie im Konvent gefunden haben, konnten Sie nicht mitbringen?«

Ich schüttelte den Kopf. »Wir haben es bei den Jungs von der Chilton County Police gelassen. Ist schließlich ihr Zuständigkeitsbereich. Sie werden es ans FBI in Birmingham schicken. Sobald sie etwas herausfinden, kriegen wir Bescheid.«

»Was ist mit dieser Frau, die ihn erschossen und sich anschließend umgebracht hat?«, wollte Harry wissen.

»Die Weinende. Ihr richtiger Name war Cheyenne Widmer. Aus dem, was wir uns zusammengepuzzelt haben, war sie Hexcamps Hauptfrau, obwohl sie es kreuz und quer wie die Karnickel getrieben haben. Eine große Familie: Sex, Liebe und Tod.«

»Hört sich aber schwer nach dem Manson-Klan an«, meinte Harry.

Willow nickte. »Hexcamp beteiligte andere an seinen Verbrechen, die wiederum stolz darauf waren, ihm zu Diensten zu sein. Aber Mason war ein Süchtiger, dem die Syphilis das Hirn weggefressen hat. Hexcamp war ein Genie, ein Van Gogh mit einer Mördergrube als Herz.«

Harry legte die Stirn in Falten. »Mal angenommen – *angenommen* – da draußen ist ein großes Stück vom Kuchen, was auch immer dieser Kuchen sein mag. Warum sollte jemand dafür morden?«

Willow kicherte höhnisch. »Status. Um den anderen zu verklickern, dass man es hat, um dafür bewundert zu werden. Mit einem kleinen Unterschied: Als Sammler von Serienmörder-Memorabilien kam man natürlich nur in einer kleinen Szene auftrumpfen, was diese Leute allerdings mit Hingabe wettmachen. Oder Anbetung. Manche sind blöde Hirnis, sicher. Typen, die nicht erwachsen werden. Andere meinen es so ernst wie Leute, die Ming-Vasen sammeln. Und manche sind reich, *stinkreich*. Hexcamps Sammlung zu besitzen, wäre für diese Leute in etwa so, als gehörte ihnen die *Mona Lisa*.«

»Lassen Sie uns das mal aufdröseln. Wir fangen ganz von vorn an, dann können wir uns vielleicht einen Reim darauf machen, wo diese Bilder gelandet sind.«

»Am besten fangen wir mit den Sachen an, die Sie im Klo gefunden haben«, sagte ich zu Willow. »Und wo sie dann hingekommen sind.«

Harry überlegte kurz. »Sie sagen, die Sachen sind aus der Asservatenkammer verschwunden. In dem Fall kann man getrost davon ausgehen, dass es nicht viele Personen gegeben hat, die so etwas einfädeln konnten. Kennen Sie jemanden, der möglicherweise ...«

Willow kniff die Augen zusammen. »Ich habe schon eine ganze Weile jemanden in Verdacht.«

»Jemanden, der in einer Beziehung zu Hexcamp stand?«, fragte Harry.

»Jemanden, der ganz wild darauf war, sich ein paar Dollar nebenbei zu verdienen.« Willow sah mich an. »Wissen Sie noch, wie ich Ihnen erzählt habe, dass man mit Geld alles aus Asservatenkammern holen kann ... solange dort die richtige Person das Sagen hat?«

»Das alles ist gut dreißig Jahre her«, meinte ich. »Ob die betreffende Person immer noch am Leben ist?«

»Ambrose Poll. Seinen Namen habe ich nicht in den Todesanzeigen gefunden«, sagte Willow. »Nicht, dass ich es mir nicht gewünscht hätte.«

Kapitel Elf

Es war eine von diesen Nächten, in denen man sich nur herumwälzt und andauernd aufwacht. Bis sieben kämpfte ich mich immer wieder in den Schlaf zurück, dann ging ich zum Joggen an den Strand. Obwohl wir samstags turnusmäßig frei hatten, hatten Harry und ich beschlossen, an diesem Nachmittag Ambrose Poll einen Besuch abzustatten. Und wir hatten beschlossen, Willow mitzunehmen.

Ich lief den fast menschenleeren Strand hinunter. Die meisten Urlauber warten, bis die Sonne hoch am Himmel steht, ehe sie ihre Ferienwohnungen verlassen. Dieses Verhalten war mir seit jeher unbegreiflich, denn in den frühen Morgenstunden ist es am Strand kühler und wesentlich angenehmer. Ich begegnete ein paar nimmermüden Anglern, die ihre langen Ruten neben sich in den Sand gesteckt hatten, und hin und wieder Strandspaziergängern, die gemächlich flanierten und Muscheln suchten. Die Küste von Alabama ist für ihren schneeweißen Sand berühmt und nicht für Muscheln. Exemplare, die man auf Sanibel Island wegwirft, werden hier eingesteckt – Hauptsache, sie sind noch heil. Ganze Familien geraten beim Anblick eines Seeigels von der Größe eines Vierteldollars in lautstarke Verzückung.

Ich ging nach drinnen, frühstückte im Stehen an der Küchentheke, fegte anschließend den Sand zur Tür hinaus, machte Besorgungen, ließ zwei Maschinen Wäsche durchlaufen und ölte die quietschende Badezimmertür. Beim Handtücherfalten zählte ich die Stunden, bis ich mich mit Harry und Willow traf, um zu Ambrose Poll zu fahren. Als ich die Muscheln knirschen hörte, spähte ich durch den Vorhang und sah, wie ein silberner Audi auf meine Zufahrt bog. Eine Tür wurde geöffnet, doch ich konnte nicht sehen, wer ausstieg. Bestimmt wieder so ein verdammter Makler, der sich erkundigen will, ob ich nicht Lust hätte, mein Haus gelegentlich an Feriengäste zu vermieten, dachte ich.

Als ich die Tür aufmachte, stand da DeeDee Danbury. Sie hatte die Hand gehoben und wollte gerade anklopfen. Fast hätte ich sie nicht erkannt. Sie trug ein ärmelloses blaues Jeanshemd und Khaki-Shorts mit Unmengen von Taschen. Zusammengehalten wurde die kurze Hose von einem geflochtenen Gürtel. Die Haare waren zu einem Pferdeschwanz gebunden, auf ihrem Kopf thronte eine Brille. Ein kleiner Feldstecher baumelte an ihrem Hals.

»Schon gut«, sagte ich, »ich lasse Sie näher ran.«

Zuerst war sie verwirrt, doch dann senkte sie den Blick. »Ach, das Fernglas. Ist für mich inzwischen so selbstverständlich, dass ich gar nicht mehr daran denke. Manche Mädels reden wahrscheinlich so über ihre Klunker, aber wen kümmert's?«

Ich winkte sie herein. Ihr Blick wanderte über meine Ansammlung von Postern und Treibholz. Die Möbel waren im Karton aus Schweden gekommen und hatten im Katalog besser ausgesehen, waren jedoch recht bequem.

»Was für ein Haus, Pogobo«, meinte sie. »Kriegen Sie was extra, wenn Sie einen großen Fall lösen, oder was?«

»Habe ich größtenteils einer Erbschaft zu verdanken«, sagte ich. »Was führt Sie her, Ms Danbury?«

Anscheinend hatte sie mich nicht gehört, denn sie schlenderte zu den Verandatüren und blickte nach draußen. Ohne Make-up, Designerfummel und dem entschlossenen Auftreten, das der Fernsehkamera geschuldet war, wirkte sie relativ human. Danbury hielt das Fernglas vor die Augen und betrachtete den Strand.

»Hätte ich so eine Aussicht«, meinte sie, »würde ich es nie schaffen, zur Arbeit zu gehen.«

»Gehört das Fernglas zum Journalistenberuf? Oder spionieren Sie nur gern Ihre Nachbarn aus?«

Das Fernglas fiel auf ihre Brust. »Ich beobachte Vögel. Auf diese Weise entspanne ich mich.«

Irgendwie passte das nicht. Ich hätte gedacht, sie sammelt Giftpflanzen.

»Heute Morgen war ich auf der anderen Seite der Bucht, mehr landeinwärts, und da dachte ich mir, ich schaue bei Ihnen vorbei und erkundige mich, ob was in der Luft liegt.«

Mit einer ausladenden Handbewegung zeigte ich Richtung Strand. »Pelikane, Möwen, Flussuferläufer, Reiher, hin und wieder ein Fregattenvogel ...«

»Zwischen uns, meinte ich. Nach dem kleinen Zwischenfall von neulich im Leichenschauhaus.«

»Meinem Boss habe ich Rede und Antwort gestanden. Ihnen gegenüber bin ich zu keiner Erklärung verpflichtet. Wenn Sie mich jetzt bitte entschuldigen würden ...«

»Ich hab mich nicht beim Management beschwert, Ryder. Solche Auseinandersetzungen sind Teil der Arbeit, so sehe ich das. Borg kann manchmal ein richtiges Arschloch sein. Nein, nicht manchmal. Immer. In der Hoffnung, dass es hilft, habe ich denen gesagt, dass man diesen Vorfall auch anders deuten kann.«

»Ich brauche Ihre Hilfe nicht, Ms Danbury.«

Sie spazierte ins Wohnzimmer. »Kam mir höchst spanisch vor, dass der Ton von Borgs Kamera immer gerade dann ausgefallen ist, wenn er selbst den Mund aufgemacht hat, während alles aufgezeichnet wurde, als Sie die verschiedenen mastdarmkundlichen Verwendungsmöglichkeiten einer Videokamera erläuterten.«

»Habe ich das getan?«

»Und zwar sehr eindrücklich.«

»Was ist der wahre Grund für Ihr Kommen, Ms Danbury?«

Sie deutete mit dem Kinn auf die Couch. »Darf ich mich setzen?« Ohne meine Antwort abzuwarten, machte sie es sich bequem.

»Ich weiß, wie Sie und Nautilus arbeiten. Ich habe Sie beide studiert.«

Sie lehnte sich zurück und schlug ein Bein über das andere. Die schmalen Knie bildeten einen schönen Kontrast zu den gut entwickelten Waden. »Ihr Jungs besitzt eine ganz spezielle Anziehungskraft oder so etwas in der Art. Die seltsamen Fälle tauchen auf, schauen sich um, bis sie euch sehen, rennen rüber und springen euch auf den Schoß. Die Hälfte der Zeit scheint ihr nicht zu wissen, was ihr tut, und dann *Trara-Halleluja*! Der Fall ist gelöst, eure Gesichter erscheinen in der Zeitung und alle kommen angerannt, um sich eine Scheibe von eurem Ruhm abzuschneiden.«

»Vielleicht haben wir einfach Glück.«

»Glück ist, wenn man immer genau den Pasch würfelt, den man gerade braucht. Die Würfel könnten aber auch anders fallen. Das nennt man Statistik. Und Nautilus und Sie sind, statistisch gesehen, bei den Irren Dauerbrenner. Magneten, die die Geistesgestörten anziehen.«

»Da bin ich anderer Meinung. Aber ich sehe nicht so richtig, was das mit Ihnen zu tun hat.«

»Ich glaube, hier kocht eine Story hoch. Gewähren Sie mir einen Blick durch die Hintertür. Quid pro quo. Ich werde Ihnen stecken, was ich weiß, auch wenn es nicht viel ist, und Sie auf dem Laufenden halten, sollte ich mehr herausfinden. Und ich finde mehr heraus, das wissen Sie. Denn das ist mein Job.«

»Es ist nicht meine Aufgabe, Sie über irgendetwas zu informieren, Ms Danbury.«

Sie hob eine Augenbraue. »Habe ich nicht gesagt, ich habe Sie und Nautilus studiert? Dabei habe ich mich vor allem auf Sie konzentriert. Nichts, was Sie in der Mordkommission getan haben, war typisch. Sie sind Ihren eigenen Weg gegangen, meistens relativ unorthodox. Ich erinnere mich noch an den Adrian-Fall, wie man Ihnen die Tür vor der Nase zugeschlagen hat und Sie die Wand eingetreten haben. Kommen Sie mir jetzt nicht mit Spielregeln, Ryder. Lassen Sie mich ein bisschen mitmischen. Und ich werde Sie über alles informieren, was mir unter die Finger kommt. Los, sagen Sie schon, was Sie davon halten.«

»Kein Kommentar.«

Sie wollte etwas sagen, schüttelte dann langsam den Kopf. Sie stand auf, ging zur Tür, öffnete sie. Sie wollte schon auf die kleine Veranda hinaustreten, hielt aber inne und drehte sich um. Danbury hob das Fernglas, hielt es falsch herum vor die Augen und betrachtete mich so.

»Ist das nicht verblüffend?«, fragte sie. »Ich hätte schwören können, dass Sie ein ganzes Stück größer sind.«

Kapitel Zwölf

Solange DeeDee Danbury im Haus gewesen war, war mir ihr Parfüm gar nicht aufgefallen. Ich bemerkte es erst hinterher. Ein angenehmer Duft, blumig mit herbem Unterton von einem getrockneten, exotischen Gewürz wie Nelke oder Kardamom.

Ich ging langsam durchs Wohnzimmer, schnupperte und versuchte herauszufinden, wo der Duft am stärksten war. Und fragte mich, wie lange es wohl dauerte, bis er sich verflüchtigt hatte.

Auf einmal kam ich mir wie ein Trottel vor und richtete den Blick auf den Strand. Während meiner Unterhaltung mit Danbury hatte er sich gefüllt. Auch die Blovines waren draußen. Sie sonnte sich mit heruntergeschobenen Topträgern. Ihre Melonenbrüste drohten seitlich herauszurutschen. Er versuchte zu fischen, hatte die Angel ausgeworfen und zerrte nun an der verhedderten Leine. Um so einen Salat wieder zu entwirren, braucht man eine Menge Geduld. Schließlich gab er auf und warf die Angelausrüstung in den Sand.

Punkt zwölf machte ich mich auf den Weg zu Mr Ambrose Poll. Harry und Willow warteten in einem Diner im Zentrum von Mobile. Die letzten paar Blocks legten wir in Harrys Dienstwagen zurück. Poll wohnte in einer von Bäumen und kleinen Bungalows gesäumten Straße. Die Häuser mit den zwei Schlafzimmern und Blumenbeeten stammten aus den Vierzigern. Davor parkten kastenartige Fahrzeuge, die Sicherheit ausstrahlten. Weit und breit keine spielenden Kinder, keine Sportwagen in Sicht. Ein Mann auf einer Veranda beobachtete uns über den Rand der Zeitung hinweg, die er zu lesen vorgab.

Nebenan goss eine ältere Dame mit silbergrauem Haar ihre Hartriegelsträucher.

Willow deutete mit dem Kinn auf den Mann mit der Zeitung. »Das da ist Poll.«

»Dann mal los«, sagte Harry.

»Hallo, Poll«, rief Willow, als wir die Zufahrt halb hochgelaufen waren.

Poll kniff die Augen zusammen. »Willow?«

»Ich bin es, Ambrose. Ein Geist aus vergangenen Tagen. Buh.«

Poll runzelte die Stirn, während er uns musterte. Er hatte ein rot geädertes Gesicht und einen Überbiss. Er schob das prägnante Kinn noch weiter vor und wollte so den harten Mann markieren, doch sein Blick, der nervös zwischen uns hin- und herwanderte, sprach eine andere Sprache.

»Was gibt es?«

Willow sprang die Verandastufen hoch, als gehörte ihm das Haus. »Das hier sind die Detectives Ryder und Nautilus, Ambrose. Sie befassen sich mit dem Hexcamp-Fall und würden gern mal mit dir darüber sprechen.«

»Hex-wer? Verdammt, wovon redest du?«

»Vergiss die Amnesienummer, Poll. Du erinnerst dich an den Fall. Wie könnte man den auch vergessen? Was ich nicht vergessen kann, ist, wie die Unterlagen, die ich in seinem Haus gefunden habe, sich zwei Tage später in Luft aufgelöst haben.«

»Ich weiß nichts über irgendwelche Unterlagen von Hexcamp.«

»Ich habe sie dir gegeben. Und dann sind sie verschwunden.«

Poll zuckte mit den Achseln und spuckte übers Verandageländer. »Das ist Ewigkeiten her.«

»Uralte Geschichte«, meldete Harry sich zu Wort. »Von daher wird es Ihnen bestimmt nichts ausmachen, wenn Sie die bestehenden Lücken schließen, Mr Poll.«

Poll drehte seinen Stuhl um fünfundvierzig Grad und richtete den Blick auf die Straße. Die Frau, die ihren Rasen sprengte, näherte sich der Veranda und drehte ein Ohr in unsere Richtung, als wollte sie uns belauschen.

»Sie haben viele Jahre in der Asservatenkammer gearbeitet, Mr Poll«, sagte Harry.

»Ich war gut. Und wenn man gut ist, behält man den Job.«

»Damals war die Aufsicht über die Asservatenkammer ein Job für Typen, die zu müde und zu schwerfällig für die Straße waren oder sich politisch ins Aus manövriert hatten. Sie bekamen den Job, als Sie noch keine dreißig waren, und behielten ihn bis zur Pensionierung. Dürfte ein Rekord sein.«

»Was ich gemacht habe, geht nur mich etwas an, und Sie können jetzt verduften.«

Harry zog sein burgunderfarbenes Jackett aus, legte es über den Arm und setzte sich aufs Verandageländer – ganz locker. Die längste Zeit schaute er die Straße hoch und runter.

»Nettes Viertel hier, Mr Poll. Sauber, angenehm. Viele Rentner, könnte ich wetten. Wie die Dame, die ihren Rasen sprengt. Oder der Kerl dort drüben, der durch den Vorhang späht.«

»Wirklich eine nette Wohngegend. Wird noch besser, wenn Sie endlich verduften.«

»Könnte wetten, dass die Leute hier gern Ihre Bullengeschichten hören. Wie Sie den Bankräuber geschnappt, die wichtigen Fälle gelöst haben. Ambrose Poll, die Geisel aller Kriminellen. Wie oft haben Sie in Ausübung Ihres Dienstes Ihr Leben aufs Spiel gesetzt, Poll?«

»Keine Ahnung, was Sie da reden. Ich denke, Sie sind verrückt. Ja, das denke ich.«

»Haben Sie den Leuten erzählt, Sie wären der wahre Retter in der blauen Uniform? Oder ein Ermittler, der einem Sherlock Holmes in nichts nachsteht? Oder haben Sie ihnen die Wahrheit gesagt – dass Sie mehr als zwanzig Jahre ein Bürohengst waren?«

Poll erstarrte. »Ich habe niemanden angelogen.«

Mit einem Lächeln auf den Lippen schlenderte ich zu der alten Dame hinüber, die das Wasser abgestellt hatte und nun keine zwei Meter von der Veranda weg an einer Myrthe herumzupfte.

»Morgen, Ma'am. Wie geht es Ihnen?«

Dass man Notiz von ihr nahm, freute sie. »Sehr gut, Officer. Sie sind Polizist, nicht wahr? Das sehe ich gleich.« Sie zeigte auf unser Fahrzeug. »Ihr Jungs fahrt immer die langweiligsten Autos. Die Marine hat graue Schiffe und die Polizei fährt langweilige Autos.« Sie beugte sich vor und spähte zwischen den Verandapfosten durch. »Morgen, Ambrose. Ich habe Ihre Tomaten gegossen.«

Poll, der ganz panisch dreinblickte, rang sich ein Lächeln ab. »Danke, Myrna.«

Sie zog eine dünne Augenbraue hoch. »Ist er Ihnen bei einem Fall behilflich?«, fragte sie mich. »Ich weiß, er mischt immer noch mit. Ihr jungen Männer könnt wahrscheinlich viel von Detective Poll lernen.«

»Aber sicher, Ma'am«, sagte ich und nickte. »Das Problem ist nur, dass er so bescheiden ist, dass wir kaum etwas aus ihm herauskriegen.«

»Na, fragen Sie ihn doch mal, wie er diesen Einbrecher gefasst hat. Den, den er wie in diesem Film mit Cary Grant und Grace Kelly auf dem Dach verfolgt hat.«

Es gelang mir, verwirrt aus der Wäsche zu gucken. »Einbrecher? Aber ich habe immer gedacht, Mr Poll hätte Innendie –«

»He da«, bellte Poll. »Kein Grund, die alten Kamellen wieder aufzuwärmen.« Seufzend betrachtete er seine Schuhe. »Kommen Sie rein. Ich könnte Ihnen vielleicht doch ein, zwei Geschichten erzählen.«

Poll schlurfte ins Haus, Willow und ich folgten ihm.

Harry bildete den Schluss. In der Tür hielt er inne, steckte den Kopf hinaus und sah die Frau an. »Mr Poll ist eine ganz erstaunliche Informationsquelle, Ma'am. Ich wüsste gar nicht, was wir ohne ihn tun sollten.«

Sie strahlte.

In Polls Haus roch es nach Kaffee und gebratenem Speck. Wir setzten uns an den Esstisch, auf dem ein paar ausgeschnittene Gutscheine lagen. »Der Außendienst hat mich nie interessiert«, sagte Poll. »Die Klimaanlagen in den Autos waren damals nicht wie heute. Die Hälfte der Zeit hatte man das Gefühl, in einer Sauna zu sitzen. Eines Tages habe ich dem stellvertretenden Polizeichef gesteckt, ich würde alles tun, wenn ich nur den Außendienst an den Nagel hängen könnte.«

»Sie haben sich den Job erkauft«, vermutete Harry.

Poll schob kämpferisch das quadratische Kinn vor. »An jedem Zahltag drückte ich zwanzig Prozent Provision vom Lohn ab, aber das war mir egal. Es war ein guter Job und jemand musste ihn ja machen.«

»Zwanzig Prozent ist ein ordentliches Stück vom Kuchen, Mr Poll.«

»Ich bin ein sparsamer Mensch. Ich kam über die Runden.«

»Und wie viel haben Sie mit Ihren Verkäufen erzielt?«

Poll wollte schon protestieren, aber Harry schnitt ihm mit erhobener Hand das Wort ab. »Die Märchenstunde ist jetzt vorbei, Mr Poll. Ihnen kann doch gar nichts mehr passieren, wenn Sie jetzt die Wahrheit sagen.«

Poll ließ Kopf und Schultern sinken, betrachtete seine Hände. »Scheiße, da lagen Waffen und Zeugs herum, die waren fünfzig Jahre alt. Die Fälle waren abgeschlossen. Wenn ab und zu etwas abhanden kam, das vermisste doch keiner. Ich habe nur so viel verkauft, bis ich die zwanzig Prozent wieder reingeholt hatte.«

Willow beugte sich vor. Seine Augen funkelten, aber

seine Stimme war eiskalt. »Hexcamps Sachen, Poll. Was war mit denen?«

Poll presste die Hände zusammen, senkte den Blick darauf. »Das war etwas anderes. Ich hab in jener Nacht einen Anruf gekriegt. Jemand meinte, es wären fünfhundert Mäuse drin, wenn die Sachen, die du gebracht hast, verlegt würden. Weißt du noch, wie viel fünfhundert Dollar damals waren?«

»Ungefähr so viel wie zweitausend heute«, meinte Willow. »Wenigstens warst du kein billiger Gauner.«

»Fick dich«, sagte Poll, doch seine Gehässigkeit war der Resignation gewichen. Ich sah, wie Harry Willow mit einem Blick zu verstehen gab, etwas auf die Bremse zu treten.

»Und wohin sind die Sachen gewandert?«, fragte Harry sanftmütig.

»Mir wurde aufgetragen, das Päckchen eines Nachts rauszuschleusen. Und zwar alles, den ganzen Kram. Und dann ist ein Wagen aufgetaucht und wir haben die Päckchen ausgetauscht.«

»Wie hat der Typ, der das Päckchen abgeholt hat, ausgesehen?«

Poll drückte die Handballen auf die Augen, als könnte er sich so besser erinnern. »War kein Mann«, sagte er so leise, dass wir uns vorbeugen mussten. »Das war eine Frau, wunderschön. Wie ein Engel hat sie ausgesehen.«

Wir verließen Poll, der immer noch auf seine Hände starrte. »Eine schöne Frau?«, fragte ich Willow auf dem Weg zum Wagen. »Eine von Hexcamps Anhängerinnen?«

»Nur weil sie im Kopf nicht ganz klar waren, mussten sie ja nicht hässlich sein. Ein paar von den hübschesten Frauen, die man sich vorstellen kann, hätten einen Monat aufs Essen verzichtet, um Hexcamp die Füße waschen zu dürfen.«

»Und was ist aus denen geworden?«, fragte Harry.

»Zwei wurden mit ihm verurteilt, haben lebenslang gekriegt. Ein paar haben wegen minder schwerer Verbrechen ein paar Jahre eingesessen. Und wie Sie ja gelesen haben, hat die Weinende sich erschossen, nachdem sie Hexcamp eine Kugel in den Bauch gejagt hat. Drei oder vier haben sich in Luft aufgelöst. Wie ich hörte, gab es auch ein paar Männer, aber die Typen sind nie lange geblieben. Es gibt eine Frau aus jenen Tagen, mit der Sie sich unterhalten können.«

»Wie heißt sie?«

»Carla Hutchins. Lebt auf dem Land, außerhalb von Chunchula. Müsste jetzt Anfang fünfzig sein.«

»Sie haben nicht mit ihr gesprochen?«

»Hab's zweimal versucht. Sie wollte nicht reden und zwingen konnte ich sie nicht. Ich hatte den Eindruck, sie wollte nicht an damals erinnert werden.«

»Hat sie gesessen?«, fragte Henry.

»Zwei Jahre. Ist mit weniger davongekommen, weil sie den Anklagevertretern behilflich gewesen ist. Sie war nicht so von der Rolle wie die anderen Hexcamp-Groupies, was wahrscheinlich nicht viel zu bedeuten hat.«

Kapitel Dreizehn

Carla Hutchins wohnte da, wo nur noch zwei ausgefranste Telefonkabel an den Masten hingen. Ich legte mich auf die Rückbank, starrte in den Himmel und dachte nach – um es mal so zu formulieren. Über uns zogen sich die Wolken zusammen, wurden dunkler. Dann regnete es in Strömen und kurz darauf war das Unwetter nur noch eine vage Erinnerung. Eine Viertelmeile weiter vorn tauchte inmitten der Felder ein Wäldchen auf. Zwischen den Bäumen versteckte sich ein kleines graues Haus.

»Da ist die Hutchins«, sagte ich mit einem Blick auf die Nummer auf dem Briefkasten. Harry steuerte den Wagen auf die unbefestigte Zufahrt. Vermutlich kam es öfter vor, dass sie verirrten Menschen den Weg zurück auf die Hauptstraße erklären musste. Sie zog ein Paar Jeans aus einem Korb vor ihren Füßen und schüttelte sie aus. Das *Watschwatschwatsch* kontrastierte mit dem Surren und Summen der Insekten.

»Entschuldigung, Ms Hutchins?«

Als sie ihren Namen hörte, wirbelte sie herum. Sie trug ein einfaches blaues Kleid und eine weiße Schürze mit einer Tasche. Ihre Füße im Gras waren nackt. Sie war sehr schlank, fast schon dürr und hatte ein schmales, hageres Gesicht. Ihre geraden, schulterlangen, blonden Haaren waren von grauen Strähnen durchzogen und glänzten, als wären sie erst vor kurzem gewaschen worden. Sie hatte kein Make-up aufgelegt, trug keinen Schmuck und hätte sich optisch ganz hervorragend in ein Dorf in Oklahoma während der Depression eingefügt.

»Ja?«

»Ich bin Detective Carson Ryder vom Mobile Police Department. Und das hier ist Detective Nautilus. Ich würde Ihnen gern ein paar Fragen stellen über …« Ich wusste nicht, wie ich den Satz beenden sollte.

Harry sprang ein. »Über die Vergangenheit. Als das Leben noch nicht so friedlich war.«

Hutchins drehte sich um und hängte weiter Wäsche auf. Wenn sie sich bewegte, klackten die Klammern in ihren Taschen. Die Wäsche flatterte in der leichten Brise. Der Zitronenduft ihres Waschpulvers stieg mir in die Nase.

»Bitte, gehen Sie«, sagte sie. »Ich bin jetzt sauber.«

»Tut mir leid, Ms Hutchins«, sagte Harry. »Ich verstehe nicht ganz.«

»Ich bin sauber. Früher war ich dreckig, aber jetzt bin ich sauber. Und wenn ich über damals rede, werde ich wieder dreckig. Bitte, gehen Sie.«

Harry hob einen Finger und berührte die Wäscheleine, als müsste er sich vergewissern, dass sie wirklich da war. »Meine Herren, heute ist es aber heiß wie in der Sauna«, meinte er und fuhr mit dem Handrücken über seine Stirn. »Und wenn es regnet, ist es auch nicht besser. Zehn Minuten später dampft alles. Haben Sie nicht auch Durst? Auf etwas Kaltes, Ms Hutchins, Carla? Ich darf Sie doch Carla nennen?«

»Ich weiß nicht. Ich meine, ja, ich bin durstig. Aber ich kann Ihnen nur Leitungswasser –«

Harry machte eine Kopfbewegung in Richtung Straße. »Carson, geh mal zu dem Laden runter, an dem wir vorbeigekommen sind. Hol uns ein paar kalte Getränke. Ich nehme ein Diät-RC oder, wenn sie das nicht haben, eine Cola. Und Sie, Carla?«

»Wirklich, Sie müssen doch nicht … Eine Orangenlimo. Wenn es keine Umstände macht.«

Als ich ein paar Minuten später wieder auftauchte,

hatte Harry Wäscheklammern zwischen den Zähnen und ging Ms Hutchins beim Aufhängen zur Hand. Ich verteilte die Flaschen, riss eine Tüte gerösteter Erdnüsse auf und setzte mich auf einen Gartentisch. Wie ein hungriger Gaul vor mich hin mampfend hörte ich Ms Hutchins zu. Sie redete schleppend und bediente sich – was Diktion und Vokabular betraf – einer überraschend gehobenen Ausdrucksweise.

»Ich habe keine Ahnung, wohin seine Arbeiten verschwanden, Detective Nautilus«, sagte sie und fixierte den Ärmel einer pinkfarbenen Bluse. »Ich weiß nicht viel darüber. Das mag Ihnen vielleicht ungewöhnlich erscheinen, zumal ich dort über ein Jahr gelebt habe, aber sein Werk in Gänze haben nur sehr wenige gesehen. Calypso sicherlich. Terpsichore möglicherweise. Persephone.«

»Eigenwillige Namen«, fand Harry.

»Wir erhielten Namen aus der Kunst oder Mythologie. Das war M-Marsdens Idee.«

Harry fixierte den anderen Ärmel an der Leine. »Und wie war Ihr Name?«

Hutchins hielt inne. Ich sah, wie ihre Lippen stumm ein Wort formten, ehe sie sich einen Ruck gab und es laut aussprach. »M-Maya, nach dem Gemälde von Goya. Fühlt sich komisch an, ihn auszusprechen. Das habe ich seit Jahren nicht mehr getan. Manchmal höre ich ihn in meinen Träumen. Ich habe gelernt, auf Kommando wach zu werden.«

»Warum hat er Sie seine Kunst nicht sehen lassen?«

»Ich bin mir nicht sicher, ob es seine Idee war, so geheimnisvoll zu tun. Das hat sich bestimmt Calypso ausgedacht. Wir haben einzelne Gemälde gesehen. Und es wurden extra Werkschauen veranstaltet. Damit wir seine Arbeit studieren, ihn und seine wunderschönen Bilder loben konnten. Vor einer … Affirmation fand immer eine Werkschau und eine Lesung statt.«

»Affirmation bedeutete, dass jemand sterben musste?«

»Dass jemand auserwählt wurde.«

»Wie ist das vonstatten gegangen? Wie wurde das entschieden?«

»Es wurde schlicht und einfach verkündet. Die Planung ging los und dann, ein paar Wochen später, fand das Ereignis statt. Calypso war die Verantwortliche.«

»Wohnte die Gruppe dem Ereignis bei?«

»Jeder hatte eine Rolle. Ich wurde nie für eine wichtige Rolle ausgewählt. Einmal war ich der Späher, in einer Telefonzelle. Falls jemand vorbeikam, sollte ich anrufen. Ich hätte ... jemanden anrufen können. Erzählen können, was gleich passiert.« Ihre Hände begannen zu zittern und sie ließ eine Klammer ins Gras fallen. Harry hob sie auf.

»Schhh, Carla«, sagte er. »Das ist lange her, tot und begraben. Und Sie haben ein gutes, ehrliches Leben vor sich. Sie sind in Sicherheit.«

Sie drehte sich zu Harry um. Ein gequälter Schluchzer entwich ihren Lippen. Sie kippte nach vorn und fiel ihm in die Arme. Weinte beinah tonlos. So verharrten sie fast eine Minute, ehe sie sich langsam von ihm löste und die Tränen von den Wangen wischte.

»Bitte, entschuldigen Sie, Detective Nautilus. Es geht ... jetzt wieder. Ich denke, es täte mir gut, öfter zu hören, dass die Vergangenheit tot und begraben ist.«

Harry zog eine Visitenkarte heraus, nahm ihre Hand, legte die Karte hinein. »Nehmen Sie sie, Carla. Und legen Sie sie nicht allzu weit weg. Falls Sie jemanden zum Reden brauchen, rufen Sie mich an. Tag oder Nacht, morgens oder abends.«

Sie schloss die Hand, in der die Karte lag. »Soll das heißen, Sie schlafen nie?«

Er zwinkerte. »Schlaf wird überbewertet.«

Wir drehten uns um, als ein grüner Subaru-Kombi

vorbeifuhr. Ein Mann hinterm Steuer, eine Frau auf dem Beifahrersitz. Der Fahrer trug einen Stetson, die Frau eine Baseballkappe mit langem Schild. Sie schauten in die andere Richtung, als würden sie etwas auf dem braungelben Feld gegenüber betrachten, auf dem vertrockneter Hopfen stand. Als der Wagen nur noch eine ferne Staubwolke war, ging Hutchins langsam zu dem Korb auf dem Tisch und füllte ihre Schürzentasche mit Wäscheklammern auf.

»Wer war die Frau, die im Gericht geweint hat? Die, die ihn getötet hat?«, fragte Harry.

»Calypso«, sagte Hutchins. Ihre Stimme klang kräftiger, als hätte etwas von Harrys Stärke auf sie abgefärbt.

»Sie muss entweder sehr weit oben oder unten gestanden haben, entweder extrem überflüssig oder sehr geschätzt gewesen sein.«

Hutchins schaute kurz zur Sonne hoch und drehte dann den Kopf weg. »Sie war aus Eisen, Detective. Ihr Verstand, ihre Seele, ihr Körper. Die totale Beschützerin, seine Beschützerin. Wer ihr in die Quere kam, dem kratzte sie beinah die Augen aus oder zerfetzte ihn mit Worten. Die Szene vor Gericht, das war ihr Einfall. Er wusste, dass er zum Tode verurteilt würde, und wollte nicht, dass die Regierung den Tod vollstreckt. Sein Plan sah vor, dass Gift reingeschmuggelt wird und er es im Gericht schluckt. Er wollte eine Rede halten, er wollte einen großartigen, einen künstlerischen Abgang.«

»Aber Calypso hat Plan B entworfen?«

»Sie legte Trauerkleidung an, schminkte sich so, dass sie älter aussah. In Wahrheit war sie Anfang zwanzig, obwohl ich schwören würde, dass diese Frau vor hundert Jahren geboren wurde, so viel wusste sie. Hinter dem dunklen Schleier konnte man sie nicht sehen. Eine Frau kommt in einem schwarzen Kleid und mit Schleier zu einer Gerichtsverhandlung in einem Mordprozess und weint sich die Augen aus – eine von vielen trauernden Familienangehörigen oder aus dem Freundeskreis der Verstorbenen. Welcher Wachmann sollte sie filzen? Zudem war sie eine begnadete Schauspielerin.«

»Klingt so, als hätte sie Menschenkenntnis besessen, gewusst, wie die Leute denken.«

»Sie kannte sich mit *Systemen* aus. In ihren Augen waren wir, seine Anhänger, ein System, das seiner Selbsterhaltung diente. Und das Gericht war für sie ein System, wo dem Kummer viel Platz eingeräumt wurde.«

»Aber Tag für Tag das Risiko einzugehen, entlarvt zu werden? Jetzt kapiere ich, was Sie mit Eisen meinen.«

»Es gab ihr einen Kick. Sie kehrte auf die Farm zurück, wo wir uns versteckten, und hatte Sex. Den brauchte sie. Immer und immer wieder. Vielleicht dachte sie auch, sie nimmt noch mit, was sie kriegen kann, wenn sie bald sterben muss.«

»Eine hungrige Frau.«

»Dieser Hunger kam ihr aus jeder Pore. Sie war hungrig auf alles und besonders … auf ihn. Für ihn zu sorgen, alles zu tun, damit er weiterarbeitete; das brauchte sie. Nach außen hin tat sie so, als würde er uns gehören, aber sein wahres Ich war für sie reserviert, für sie ganz persönlich. Die meiste Zeit verbrachten sie gemeinsam im Studio, einem ungenutzten Schuppen. Wir anderen blieben im Farmhaus. Die beiden schufen sich dort drüben ihre eigene kleine Welt. Gelegentlich durfte einer der Auserwählten ihnen Essen und Getränke bringen. Calypso nährte die Eifersüchteleien unter uns. Ich denke, sie tat das absichtlich. Sie lenkte unseren Zorn auf sich, damit wir ihn noch mehr vergötterten.«

»Offenbar hat sie ihn wirklich geliebt, wo sie doch für ihn gestorben ist.«

»Wir alle wären für ihn gestorben, wir traurigen kleinen Mädchen. Alles hätten wir für *ihn* getan, gestorben wären wir für ihn. Wir glaubten fest daran, dass uns das auf ewig zusammenschmieden würde. Und ihm hat unsere devote Haltung natürlich sehr behagt.«

Harry schüttelte den Kopf. »Heute würden sich solche Typen als Selbstmordattentäter rekrutieren lassen. Die Macht, die Hexcamp besaß, ist mir unbegreiflich.«

Hutchins schüttelte den Kopf. »Ich hätte mich auf dem Scheiterhaufen verbrennen lassen für die vage Möglichkeit, dass Marsd ... dass er mir einen Kuss gibt. Hilft Ihnen das weiter?«

Hutchins stand mit dem Rücken zu mir. Ich warf Harry einen Blick zu und sagte stumm *Willow*.

Er senkte die Lider zum Zeichen, dass er verstanden hatte. »Hat Hexcamp je einen Polizisten namens Willow erwähnt?«

»Er war derjenige, der es rausgekriegt, der die Puzzleteile zusammengesetzt hat. Selbstverständlich für viele viel zu spät. M-Marsden hasste Jacob Willow, womit ich sagen will, dass er ihn respektierte. Jeder, der ein so starkes Gefühl wie Hass hervorruft, genießt auch Respekt.« Sie hielt inne. »Vor einem Jahr ist Jacob Willow hier aufgetaucht. Und ein paar Jahre davor schon mal. Ich bin nicht nach draußen gegangen. Er hat eine ganze Weile gewartet, ehe er wieder gegangen ist.«

»Erzählen Sie mir von der Kunst«, bat Harry.

»Seine Arbeit blieb im Studio, im Schuppen, der immer abgeschlossen war. Schwere Schlösser. Wenn die Schaffenskraft ihn heimsuchte – er redete immer von ›Heimsuchung‹ –, war er wie in Trance. Calypso war die ganze Zeit über bei ihm, denn er musste gefüttert werden. Nur Calypso und ein paar Auserkorene durften ihm Essen und anderes bringen. Und seinen ... seinen Kot entsorgen. Er verlor dann nämlich die Kontrolle und machte sich ein. Und wenn er schließlich seine Arbeit beendete, litt er tagelang unter Erschöpfungszuständen.«

»So viel Aufwand, und trotzdem hat er nie etwas verkauft?«

»Das sollte sein Geschenk an die Welt sein – sein ›Vermächtnis‹, wie er es manchmal nannte. Das selbstverständlich nicht für die normale Welt bestimmt war, sondern für Menschen von unserem Schlage – oder so wie wir uns sahen. Menschen, die wussten, wie man seine Kunst interpretierte, benutzte. Wenn man Worte und Bilder richtig bündelte, wäre die Wirkung stärker als die der einzelnen Arbeiten, beteuerte er immer. Und er behauptete, das hätte er entdeckt während seiner Zeit am L' Institut des Beaux-Arts …«

»Das was?«, fragte Harry.

»Eine berühmte Kunstakademie in Paris. Er hat dort ein Vollzeitstipendium erhalten, worauf er sehr stolz war. Andauernd redete er davon. Manchmal sprach er Französisch.«

»Hat das sonst noch jemand gesprochen?«

»Das andere Mädchen, Persephone. Ich denke mal, sie haben sich in Paris kennen gelernt, während er auf der Akademie war.«

»Hatte sie etwas Besonderes an sich?«

Hutchins schüttelte den Kopf. »Calypso hätte nicht zugelassen, dass wir besonders oder irgendwie speziell waren. Soweit ich mich entsinne, war Persephone eine von denen, denen gestattet wurde – *gestattet*, können Sie sich das vorstellen –, den Schuppen zu betreten und seine Scheiße rauszutragen. Von daher war sie für uns alle etwas Besonderes, wissen Sie.« Hutchins schüttelte bedächtig den Kopf und lachte freudlos.

»Es gab also verschiedene Stufen? Wie in einem Kastensystem?«

Sie überlegte kurz. »Nicht wirklich ein System. Es gab zwei, drei Personen, die Essen ins Studio bringen, seinen Nachttopf wegtragen und dort putzen durften. Persephone gehörte zur Elite, falls man das so sagen kann. Vielleicht weil sie aus Paris herübergekommen war. Mehr weiß ich nicht über sie. Über unsere Vergangenheit, unsere Zukunft haben wir uns nie unterhalten, nur über ... ihn.«

Allem Anschein nach gab es nicht mehr über Persephone zu erfahren, die nur Marie Gilbeaux gewesen sein konnte. Harry sagte: »Sie haben über die Gefühle gesprochen, die seine Arbeiten bei ihm hervorgerufen haben.«

»Sie würden die Welt aus den Angeln heben, Detective Nautilus. Das waren seine Worte. Die Kunst würde ihn auf ewig berühmt machen.«

»Haben Sie in letzter Zeit vielleicht ein paar von seinen Bildern gesehen, Carla? Ist womöglich irgendetwas mit der Post gekommen?«

Die Frage warf sie völlig aus der Bahn. Auf einmal lag Furcht in ihrem Blick.

»Mein Gott, nein. Wieso?«

Harry winkte ab. »Nichts, ich habe nur laut gedacht. Diese Arbeiten, die die Welt aus den Angeln heben, die Sammlung von Bildern, Zeichnungen, was auch immer. Haben Sie eine Idee, wo all das nach seinem Tod abgeblieben ist, Carla?«

Hutchins ballte die Hände zu Fäusten. In ihren Augen glimmte ein leises Feuer auf. Als sie sich Harry zuwandte, war ihre Stimme kaum mehr als ein heiseres Flüstern.

»Ich hoffe nur, dass sich die Erde aufgetan, alles verschluckt hat und seine Sammlung in der Hölle gelandet ist.«

Und mit diesem Bild im Kopf fuhren wir in Richtung Süden, um unsere Notizen mit denen von Jacob Willow zu vergleichen.

Kapitel Vierzehn

Bis wir bei Willow eintrafen, war es dunkel. Es wehte ein leises Lüftchen. Wir gingen ans Ende seines Stegs und schauten auf die breite Bucht hinaus. Am Westufer funkelte eine Lichterkette. Wellen klatschten gegen die Pfosten; Willows Boot schlug gegen die Pontons. Die Luft roch nach Salz und Meer.

»Hutchins hat das verdammte Werk gesehen«, erzählte ich Willow. »Oder – besser gesagt – seine Einzelteile, denn es war eine Sammlung einzelner Arbeiten. Malerei, Texte, manchmal auch eine Kombination aus beidem.«

»Wie das, was ich gefunden habe«, sagte Willow. »Was Poll zur Hintertür rausgeschleppt hat.«

»Wie Hutchins uns das geschildert hat, führten sie einen schaurigen Lebensstil: Sex, Knechtschaft und Mord. Hexcamp hatte eine Lagerchefin oder so etwas wie eine der Hölle entsprungene Aufpasserin. Ihr Name war –«

»Cheyenne Widmer. Auch unter dem Namen Calypso oder die Weinende bekannt«, schnitt Willow mir das Wort ab. »War nicht viel über diese Widmer zu erfahren, obwohl sie sich eine .44er in den Mund geschoben hat und tot war, bevor sie auf dem Boden des Gerichtssaals landete. Wahrscheinlich derselbe Werdegang wie die anderen, denke ich.«

»Derselbe Werdegang?«, fragte Harry.

»Entlaufene Teenager, vorwiegend Mädchen, Streunerinnen aus kaputten Familien, Abfallprodukte der Drogenkultur. Keine Vergangenheit. Es gab auch ein paar Männer, doch die sind bald weitergezogen, weil man vermutlich keinen Blumentopf gewinnen konnte, wenn man mit Marsden in Konkurrenz trat.«

»Laut Hutchins bestimmte Calypso, wer wann mit Hexcamp zu tun hatte. Sie dagegen haben gesagt, Hexcamp wäre cool und ruhig gewesen. Hutchins hat da ein etwas anderes Bild gezeichnet. Der Hexcamp, den sie beschreibt, hat sich manchmal in sein ›Studio‹ zurückgezogen und für ein paar Wochen wie ein Irrer gearbeitet. Hat kaum gegessen, sich vollgeschissen und ist mehr oder minder zusammengebrochen.«

Harry seufzte. »Und dreißig Jahre später verkauft sich das Zeug, das der Kerl beim Scheißen gemalt hat, für mehrere Tausend Dollar.«

»Die Einzelstücke, Detective Nautilus«, sagte Willow. »Die ganze Sammlung auf einen Schlag ist wesentlich mehr wert.«

»Wie viel, schätzungsweise?«, wollte Harry wissen.

»Vielleicht eine halbe Million.«

Ein Schiffshorn tutete. Als wir uns umdrehten, sahen wir draußen in der Fahrrinne ein riesiges Frachtschiff, ein Schatten in der Nacht, mit Lichtern gerade mal so groß wie Glühwürmchen. Unsere Blicke folgten dem Ungetüm auf der Fahrt nach Süden, Richtung offenes Meer, und wir nutzten den Moment, um unsere Gedanken zu sortieren.

Ich wandte mich an Willow. »Poll hat uns nur erzählt, was damals passiert ist. Gibt es eine Möglichkeit, mit den Leuten, von denen Sie gesprochen haben, Kontakt aufzunehmen? Personen, die vielleicht mehr über seine Sammlung wissen. Wo sie heute ist.«

»Wichtige Sammler von Serienmörder-Memorabilien«, sagte Willow. »Eine eingeschworene Gemeinschaft. Man muss jemanden kennen, der jemanden kennt.«

»Die sind übers ganze Land verstreut, nicht wahr?«, fragte Harry.

»Es gibt auch ein paar Sammler in der Gegend. Und einer der größten Händler wohnt in Spanish Fort, ein Wurm namens Giles Walcott.«

»Kennen Sie diesen Walcott persönlich?«, wollte Harry erfahren.

Willow trat gegen einen Pfosten. »Ich komme nicht an ihn ran.«

»Ist er schon mal von der Polizei unter die Lupe genommen worden?«, fragte ich.

»Der Besitz von Objekten, die mit Mördern in Verbindung gebracht werden können, ist nicht strafbar. Walcott zahlt Steuern, hält sich vordergründig an die Regeln. Verkehrt nicht mit aktiven Mördern. Er handelt mit Stücken von Toten oder Gefängnisinsassen oder mit Objekten, deren Herkunft so nebulös ist, dass man ihn nicht für den Besitz gestohlener Waren drankriegen kann.«

»Wie müsste ich es anstellen, um von diesem Walcott empfangen zu werden? Sagen wir mal als neuer Sammler.«

»Das ist unmöglich. Es dauert Jahre, bis man die Verbindungen geknüpft hat, bis man bekannt genug ist.«

»Da, wo Gier und Geld aufeinander treffen«, gab ich zu bedenken, »ist alles möglich. Wie könnte ich mich ins Spiel bringen?«

Willow betrachtete den Himmel und kratzte sich am Kinn. »Sie müssten ein wichtiges Objekt, ein beeindruckendes Stück haben, das Walcott so sehr interessiert, dass er unvorsichtig wird.«

»Was verstehen Sie unter beeindruckend?«

»Etwas, das direkt vom Mörder stammt. Das physisch oder psychisch am Verbrechen beteiligt war. Haben Sie mal von Willy Palemountain gehört?«

Ich nickte. Palemountain war ein Mörder, der in den Vierzigern im Südwesten von einem Indianerreservat zum anderen gezogen war. Bevor er seine Opfer mit einer Axt tötete, zog er Wildlederkleidung an, setzte Federschmuck auf und knallte sich mit Peyote zu. Sein Leben wurde sogar verfilmt.

»Vor etwa fünf Jahren«, fuhr Willow fort, »ging ein Kopfschmuck, der Palemountain gehört hat, für hunderttausend Dollar weg. Das war so ein Stück, das Eindruck geschunden hat.«

»Federn vom Kopf eines Mörders?«, wunderte Harry sich. »So was wollen die Leute bei sich im Haus haben?«

»Die Nazis haben viele Millionen Menschen ermordet, Detective Nautilus, und in Europa ein Blutbad angerichtet. Und es gibt Menschen, die auf Börsen fröhlich Naziandenken tauschen.«

Ich ging ganz nach vorn und starrte in das glänzende schwarze Wasser.

»Könnte sein, dass mir noch etwas einfällt.«

»Carson«, warnte Harry. »Wir können uns etwas ausdenken. Einen Schwindel abziehen.«

Willow schüttelte den Kopf. »Extrem schwierig. Man muss eine plausible Erklärung liefern können, wie man in den Besitz dieses Gegenstandes gelangt ist. Jeder Idiot kann Schweineblut auf ein Hemd schmieren und dann behaupten, Jeffrey Dahmer hätte es immer auf festlichen Veranstaltungen getragen. Es wimmelt nur so von Fälschungen. Das war auch das Ass, das Poll im Ärmel hatte. An den Sachen, die er verscheuert hat, hingen noch die Schildchen aus der Asservatenkammer. Ihre Echtheit wurde vom MPD bestätigt. Sammler bestehen auf einen Echtheitsnachweis von einer glaubwürdigen Quelle. Wenn Sie das vermasseln, können Sie Walcott in den Wind schreiben.«

»Carson, lass die Finger davon«, sagte Harry.

»Walcott will was ganz Ausgefallenes«, sagte ich. »Und ich werde etwas finden, das sein Herz höher schlagen lässt. Das schwöre ich.«

»Wo wollen Sie denn so etwas auftreiben?«, fragte Willow.

»Carson, *nicht*«, flüsterte Harry.

»Ich habe Beziehungen«, sagte ich.

Der alte Cop war clever genug, nicht weiter nachzuhaken. Harry wandte sich kopfschüttelnd ab und schaute zu, wie der Frachter aus der Bucht in den grenzenlosen schwarzen Golf schipperte.

* * * * *

Um halb zehn war ich zu Hause. Auf meinem Anrufbeantworter war nur eine Nachricht. Ich drückte auf Start. Im Hintergrund erklangen zwei Takte Ellington, ehe ich Harrys Stimme hörte.

Lass die Finger davon, Bruder.

Der Apparat schaltete sich ab.

Ich ging nach draußen, wo es mittlerweile allerdings vollkommen windstill war, schlug nach den Mücken, die mein Gesicht, meine Ohren attackieren wollten, und schaute zum Strand hinunter. Der Sand schien im Licht des Vollmonds zu glühen. Östlich von mir hatten die Blovines mindestens zwei Fernsehgeräte auf volle Lautstärke gestellt. Ein letztes Mal nach den Insekten schlagend ging ich zum Telefonieren ins Haus. Jeremy versteckte sein Handy wie ein alter Knastbruder. Ich wählte seine Nummer und wurde an seine Voice-Mail weitergeleitet.

»Jeremy, ruf mich zurück«, war alles, was ich sagte. Dann setzte ich mich und wartete genau siebzehn Minuten.

»Carson«, trällerte mein Bruder. »Ich wusste, dass du es bist. Entweder du oder mein Arsch hat geklingelt.«

Vor meinem geistigen Auge sah ich ihn in seinem Zimmer in der Anstalt, das viel Ähnlichkeit mit einem Studentenwohnheim hatte: Bett, Tisch, Stuhl, Kommode, ein Spiegel aus einer Spezialfolie, der so verzerrte Bilder lieferte, als würde man sich in einer Quecksilberlache betrachten. Doch draußen war kein Campus, nur

Wächter und mehrere effektive Maschendrahtzäune mit Stacheldrahtzaunkronen.

»Du musst dir ein komfortableres Versteck suchen, Jeremy.«

»Habe ich doch. War nur ein Scherz.«

»Gut«, sagte ich.

Er kicherte irre. »Ein Freund versteckt es für mich. Was brauchst du, Carson?«

»Ich rufe an, weil du mich angerufen hast.«

»DAS WAR VOR ZWEI TAGEN«, brüllte er. »ICH HABE DICH GEBETEN ZURÜCKZURUFEN UND DAS HAST DU NICHT GETAN.« Danach redete er mit einer traurigen Kleinenjungenstimme weiter. »Warum hast du mich nicht angerufen, Bruder? Hast du mich nicht lieb?« Und dann veränderte sich seine Stimme erneut, klang angenehm, vernünftig. »Hallo, Jeremy, wie geht's? Schmecken dir die Erbsen? Sind die Toilettenbrillen sauber? Kann ich dir eine Schachtel Kekse schicken? WAS HÄLT DICH DAVON AB, DEINEN BRUDER ANZURUFEN?«

Mein Bruder kreischte, sang, flüsterte, ahmte perfekt andere Stimmen nach oder redete vernünftig – im dauernden Wechsel. Bei Jeremy wusste man nie, was kam oder wann. Ich beschloss, auf den Punkt zu kommen, und hoffte, dass mein makabres Anliegen einen seiner klarsichtigeren Charaktere zum Vorschein brachte.

»Es geht um einen Fall, der mir zugeteilt wurde, Jeremy.«

»DETAILS, CARSON. Gib mir, gib miir, gib miiir …«

»Es ist kein … Fall wie deiner, Jeremy. Aber ich brauche etwas Besonderes. Du hast es nicht. Aber vielleicht kannst du es beschaffen.«

»Etwas Besonderes? Ooooo, jetzt wird mir aber gaaanz andeeers. WAS IST ES, CARSON?«

»Ein Gegenstand, der bei einem … Ereignis zum Einsatz gekommen ist.«

»Einem Ereignis?«, spekulierte er. »Meinst du so etwas wie den 4. Juli? Soll ich dir eine Schachtel Wunderkerzen besorgen?«

»Ein Ereignis wie die, die dich dorthin gebracht haben.«

»OH-HA! Du willst keine WunderKERZEN, du willst ein FeuEEER – eins von diesen anderen strahlenden Dingern, die manch einsame Nacht erträglich gemacht haben. Ist es das, Carson, suchst du so etwas?«

»Kannst du mir so etwas besorgen? Du kannst das doch, oder? Oder mir verraten, wo ich so etwas auftreiben kann?«

Nun sang er mit einer Kleinmädchenstimme. »Ich weiß, was du tust, ich weiß, was du tu-ust. Du stellst jemandem eine Falle, du stellst jemandem eine Falle.«

»Nein. Dieser Gegenstand soll mir nur eine Tür öffnen.«

»Und wer ist hinter dieser Tür, Carson? Ein Abenteurer? VERSCHWEIGST DU MIR ETWAS?«

Abenteurer bedeutete psychotischer Mörder, und in Jeremys verdrehter Welt war das gleichbedeutend mit *Freund*. Ich sagte: »Nein. Kein Abenteurer. Nur ein ganz gewöhnlicher Mann.« Oder was immer Giles Walcott auch war.

»Du zeigst mir drei Karten«, zischte er. »Und wie sieht die vierte aus?«

»Ich sage dir die Wahrheit, Jeremy.«

Ich konnte beinah hören, wie Jeremy jede meiner Silben auf die Waagschale legte. Er war eine Wahrheitsmaschine; ihm konnte niemand eine Lüge unterjubeln.

»Sag mir, was du brauchst«, trällerte er schließlich.

»Wie ich schon sagte, einen Gegenstand, der bei einem … Abenteuer verwendet wurde.«

»Da gibt es verschiedene Kategorien. Meinst du A, also etwas eher Generelles, oder B, etwas, das ganz dicht dran war, oder C, etwas … das den Sirup gekostet hat?«

Ich schloss die Augen und schüttelte den Kopf.

»Wahrscheinlich C, Jeremy. Ich brauche etwas, das dur- … durchschlagenden Erfolg hat.«

»C und dur … C-Dur … HA! Du willst also eine Saite? KAPIERST DU, CARSON? EINE SAITE?«

Ich schwieg. Er flötete einen hohen, süßlichen Ton. »Du verlierst langsam deinen Sinn für Humor, Bruder. Ich würde eine ordentliche Darmspülung empfehlen. Vielleicht kommen ja Telefone dabei heraus. Hier bestimmt.«

»Kannst du das für mich tun, Jeremy?«

»Bist du SICHER, dass du es nicht benutzt, um einem Abenteurer eine Falle zu stellen?«

»Ich versuche nur, durch die Türe eines Mannes zu gelangen, der derlei Dinge verkauft.«

»DERLEI DINGE VERKAUFT? DAS IST KRANK, IRRSINNIG, PERVERS. Wenn ich das nur höre, möchte ich am liebsten kotzen … Wie hoch sind die Gewinnmargen, Carson? Und wie hoch belaufen sich die Kosten für die Geschäftsgründung? Kann man das Geschäft auch per Versand abwickeln?«

»Hast du von solchen Typen gehört, Jeremy?«

»Bruder, wenn ich hier eine Möglichkeit finden könnte, die Sachen rauszuschaffen, bräuchte ich einen Agenten, der die Angebote siebt. Aber konzentrieren wir uns auf das, was ansteht: Du brauchst etwas Ungewöhnliches und ich ein Ladegerät fürs Handy. Fällt dir da ein Muster auf?«

»Ich werde dir beschaffen, was du brauchst. Und was kriege ich, Jeremy?«

»KEINE AHNUNG, CARSON. Es ist ja nicht so, als hinge ich in einem verschissenen Toys R Us herum. Ich muss das Thema mal bei einem Kaffeeklatsch erwähnen. ICH MELDE MICH BEI DIR WEGEN DIESER SACHE. DEINE KLEINE SOLL SICH BEI MEINER KLEINEN MELDEN. Wo wir gerade von Mädels sprechen, Bruder, wie geht's dieser hübschen, kleinen Freundin von dir? Dieser Miss Ava, die aufgeschlitzt wurde?«

»Sie ist in Fort Wayne, Jeremy.«

»Ach, sieh an. Wo ist das? Tausend Meilen weit weg? Hat sie dich betrogen, Carson? Ist sie vor deiner Liebe weggerannt? Du hast gegeben und gegeben, und was hast du dafür gekriegt? Sie hat dir ins Gesicht gespuckt. Hat sie von so weit weg gespuckt, dass der Sabber schon kalt war, bis er in deinen Augen landete?«

»Lass das, Jeremy, du schaffst es nicht, mich –«

»Frauen betrügen unsere Liebe immer, nicht wahr, Carson? Habe ich dir das nicht schon vor Jahren gesagt?«

Äußerst zufriedenes Gelächter ertönte. Dann legte er auf.

Kapitel Fünfzehn

Um zwölf Minuten nach sieben klingelte mein Telefon. Ich absolvierte gerade die letzten Meter meines morgendlichen Strandlaufes. Aufs Schwimmen hatte ich heute verzichtet und war stattdessen mit dem Telefon in der Hand joggen gegangen. Der Strand war fast leer, vor allem in der Nähe meines Hauses. Die Blovines kamen vor Mittag nie so richtig in Gang. Jemand war ins Haus der Martins eingezogen, das westlich von meinem lag. Ich entdeckte unter dem Haus eine rote Toyota-Limousine, ein paar Handtücher über dem hinteren Verandageländer, zwei Paar Badelatschen, groß und klein. An der Wäscheleine neben dem Haus hingen ein paar Frauenkleider – T-Shirts, Bluse, kurze Hosen. Daneben flatterten mehrere Männer-T-Shirts, mindestens XL, auf denen *Auburn University* stand.

Ich stützte eine Hand aufs Knie, holte tief Luft und meldete mich.

Jeremy sagte: »Ich denke, ich kann stolz auf mich sein, Carson, was deine kleine Bitte betrifft. Es ist natürlich nicht hier, aber ich weiß, wo es ist, ich weiß, wo es ist ...«

»Wo ... ist was ... Jeremy?«

»Du hörst dich an, als ob du außer Atem wärst, Bruder.«

»Bin bis gerade eben gelaufen.«

»Bis du sicher, dass du nicht die gute alte Palme geschüttelt hast? Jetzt, wo die kleine Ava dich sitzen gelassen hat, kommt das wahrscheinlich öfter vor, oder? PUH, ES IST SIEBEN UHR DREIUNDVIERZIG, ZEIT, SICH EINEN VON DER PALME ZU SCHÜTTELN!

HERRJE, ACHT UHR NEUNZEHN, HÖCHSTE ZEIT, MIR MAL WIEDER DIE GLATZE ZU POLIEREN. PUH, SCHON ZWEI NACH NEUN ... Du musst essen, damit du bei Kräften bleibst, Carson. Und mal die eine, mal die andere Hand benutzen, sonst kriegst du eine Sehnenscheidenentzündung.«

Die Vorstellungen meines Bruders, was sexuelle Praktiken betraf, waren in der Adoleszenz stecken geblieben, etwa zu der Zeit, als er unseren Vater ermordete.

»Schluss jetzt, Jeremy. Was hast du?«

»Es ist größer als ein Brotkasten, schärfer als ein Hundezahn und, ach, all die Dinge, die es in seinem kurzen Leben gesehen hat ...«

»Komm schon, Jeremy, ich habe keine Zeit für –«

»Trey Forriers letzte Maske.«

Ich erstarrte und richtete mich dann ganz langsam auf. Trey Forrier, Serienmörder und Folterer, war in derselben Anstalt wie Jeremy untergebracht. Wie viele psychopathische Mörder – zu denen auch Hexcamp zählte – hatte Forrier etwas gegen Distanzwaffen und arbeitete lieber mit einem Messer, wo er nah an sein Opfer heranmusste. Die genaue Anzahl der Personen, die er im Lauf der Jahre umgebracht hatte, war nicht bekannt. Mehrere Mordfälle mit dem gleichen Muster waren nie aufgeklärt worden.

Forriers Wahn ging so weit, dass er vor jeder Tat eine geschmacklose Maske anfertigte. Ob er die Masken aufsetzte oder brauchte, damit sie ihm bei seinen bestialischen Schlachtereien zuschauten, wusste niemand zu sagen. Aus den Beweisen, die man in seiner kleinen Souterrainwohnung entdeckt hatte, wurde geschlossen, dass er vier Masken produziert hatte, obwohl nur drei gefunden worden waren. Niemand fand heraus, was mit der letzten Maske passiert war, und Forrier lächelte nur müde, wenn er danach gefragt wurde.

Er war vor etwa sieben Jahren gefasst worden. Damals ging ich auf die Uni, studierte Psychologie und verfolgte den Fall. Forrier war viele Jahre umhergezogen und hatte mal hier, mal dort als Tellerwäscher oder Restauranthilfskraft gearbeitet. Er wurde als »totaler Einzelgänger« und »Tagträumer« beschrieben. Freunde hatte er nicht. Soweit ich mich erinnerte, hatte er irgendeinen körperlichen Defekt, doch was es war, wollte mir nicht mehr einfallen. Dafür wusste ich noch genau, wie er anfänglich stets seine Unschuld beteuert hatte. Doch kaum war ihm in Aussicht gestellt worden, der Todesstrafe zu entgehen und stattdessen lebenslang in eine geschlossene Anstalt eingewiesen zu werden, hatte Forrier klein beigegeben und sich grinsend aller Verbrechen schuldig bekannt, deren man ihn verdächtigte. Da dieser Fall ziemlich merkwürdig gewesen war, nahm ich an, dass Trey Forriers Maske, richtig eingesetzt, mir Tür und Tor zur Welt der wichtigen Sammler von Serienmörder-Memorabilien öffnete.

»Das ist nicht dein Ernst, Jeremy«, krächzte ich mit staubtrockener Kehle.

»Bruder, mir ist es so ernst wie einem Hai im Kinderbecken. Bis bald.«

Die Leitung war tot. Ich atmete ganz langsam aus und bekam gerade richtig weiche Knie, als draußen vor meinem Fenster jemand wie von Sinnen schrie.

Ich eilte zur Tür. Der Lärm vor dem Haus war ohrenbetäubend. Als ich die Tür aufriss, sah ich einen Schwarm kreischender Möwen, die über der Zufahrt kreisten, herabstürzten und zuschnappten. Und dann hörte ich ein Kichern. Dort unten stand Danburys Audi. Sie saß auf der Motorhaube, eine Tüte Shrimps in der einen Hand. Mit der anderen Hand warf sie die Shrimps in die Höhe, worauf die Vögel augenblicklich durchdrehten.

Danbury warf die restlichen Shrimps, provozierte damit einen letzten schrillen Kampf und rutschte von der Motorhaube.

»Ein vertrauter Anblick«, lautete mein Kommentar, als ich die Stufen hinunterging.

»Sie füttern auch Möwen?« Sie setzte die Sonnenbrille ab und steckte sie in die Brusttasche einer weißen Leinenhemdbluse. Ihr blondes Haar flatterte im Wind.

»Shrimps, die von gierigen und kreischenden Raffzähnen zerpflückt werden.«

Sie ließ sich meinen Kommentar durch den Kopf gehen und grinste. »Wie die Medien, die zum Angriff blasen? Mein Gott, Pogie, das ist ja eine Metapher. Es gelingt Ihnen immer wieder, mich zu verblüffen.«

»Ich habe alle Hände voll zu tun, Ms Danbury«, sagte ich. »Falls Sie mich jetzt entschuldigen würden, ich muss arbeiten.«

»Darf ich reinkommen?«

»Nein.«

Sie bewegte die Finger. »Meine Hände riechen nach halb verrotteten Shrimps, Ryder. Sie werden mich sicher nicht zwingen, mit diesen Händen nach Mobile zu fahren, oder? Es steckt doch etwas von einem Gentleman in Ihnen.«

Ich zeigte unters Haus. »Neben dem Tisch, wo ich den Fisch ausnehme, finden Sie einen Schlauch. Und auch ein Stück Seife. War nett, mit Ihnen zu plaudern, Ms D.«

Gleichmütig schlenderte sie zum Tisch und wusch sich die Hände. »Haben Sie etwas Neues über die Frau im Motel in Erfahrung gebracht? Wie ich hörte, ist sie Nonne. Dieser Fall kriegt langsam einen komischen Dreh.«

Sie schaute mich an, wartete auf eine Reaktion. Ich hatte gestern erfahren, dass Marie Gilbeaux' Name von den Beamten im Norden veröffentlicht worden war. Das war nicht ungewöhnlich; diese Information konnte nicht länger unter den Teppich gekehrt werden. Ich tat so, als müsste ich ein Gähnen unterdrücken. »Das hat heute jeder mitgekriegt. Ihre Quelle hat – wieder mal – nur das geliefert, was jeder weiß.«

Danbury wedelte mit den feuchten Händen durch die Luft, inspizierte kurz ein schmutziges Handtuch, das an einem Nagel am Tisch hing, und wischte sich die Hände lieber an den Shorts ab.

»Darauf habe ich keinen Einfluss, müssen Sie wissen. Auf die Informationen, die ich erhalte. Oder zugesteckt bekomme.«

Einen Moment lang musterte sie mich. *Zugesteckt? Was kriegen Sie denn zugesteckt*, hätte ich gern gefragt. Stattdessen drückte ich den Rücken durch und fragte: »Wo steckt Funt?«

»Funt?«

»Ihr Videoäffchen. Sollte er nicht dabei sein und diese aufregenden Neuigkeiten festhalten?«

»Er heißt Borgurt Zipinski. Borg arbeitet nicht für mich, sondern für den Sender. Eigentlich ist er freier Mitarbeiter, mit festen Tagen. An dem Tag, wo ich mir einen Vollzeitkameramann leisten kann, werde ich Mobile mit strahlenden Augen und wehenden Fahnen den Rücken kehren. Außerdem«, sagte sie mit einem Lächeln, »würden Sie Borg wahrscheinlich dazu veranlassen, etwas ganz schön Frivoles mit seiner Kamera anzustellen.«

Sie schlenderte zu ihrem Wagen. Ihr Gang gefiel mir. »Wir müssen uns bald mal treffen, Ryder«, rief sie durchs offene Fenster und setzte die Sonnenbrille auf. »Und uns über diesen seltsamen kleinen Fall unterhalten.« Die weißen Zähne strahlten mich an. »Kein Kommentar, stimmt's?«

»Kein Kommentar.«

Danbury legte einen Gang ein. »Das mit dem ›Kein Kommentar‹ haben Sie langsam richtig gut drauf, Pogie. Könnte man fast als *Kunst* bezeichnen. Hmm, sehr interessantes Wort, oder?«

Sie lachte und stob in einer Wolke aus Sand und zerbrochenen Muscheln davon.

Kapitel Sechzehn

Auf dem Weg in die Anstalt wurde ich westlich von Montgomery zweimal wegen Raserei angehalten, konnte aber weiterfahren, nachdem ich meine Marke gezeigt hatte. Kurz vor eins fuhr ich durch das äußere Tor. Ein Wachhäuschen lockerte die Monotonie des umlaufenden Stacheldrahtzauns auf. Das Hauptgebäude bestand aus einem einstöckigen, braunen Betonquader. Im vorderen Drittel mit den schmalen, länglichen Fenstern waren die Büros und die Küche untergebracht. Im »Gästetrakt« gab es keine Fenster. An das Gebäude schloss sich ein kleiner eingefasster Hof an, der mit dickem Maschendraht überdacht war. In der Ecke des Hofes stand ein großer, schlanker Mann mit dem Rücken zu mir vor einer beigefarbenen Wand und dirigierte allem Anschein nach ein Symphonieorchester. Als er meinen Wagen hörte, hob er den Blick. Irgendetwas stimmte nicht mit seinem Gesicht, war aus dem Lot. Ich schaute stur geradeaus und rollte auf den Parkplatz.

Dr. Evangeline Prowse empfing mich an der Tür. Vangie – das war der einzige Name, auf den sie hörte – war Mitte sechzig, hatte ein fröhliches Gesicht und kurze, silberne Haare. Ihre dunklen Augen glänzten wie poliertes Walnussholz. Sie hatte den lässigen Gang einer Marathonläuferin im Ruhestand und einen festen Händedruck.

»Schön, Sie wiederzusehen, Carson. Jeremy war in letzter Zeit sehr ruhig. Vielleicht wird er ja erwachsen. Es war mir eine Freude, ein paar der Restriktionen zu lockern. Er darf jetzt länger fernsehen und Gäste in seinem Zimmer empfangen.«

Wir schlenderten den langen Flur zu ihrem Büro hinunter. Alle zwanzig Meter war ein Schalter in die Wand eingelassen, unter dem das Wort ALARM stand. Brände waren damit nicht gemeint.

Vangies Büro hatte eine hohe Decke, Regale, die sich unter der Last der Bücher bogen, und einen Orientteppich. Hinter der Tür gab es noch ein Regal mit Skulpturen, mehreren Zeichnungen, ein paar in Plexiglas gerahmten Seiten und einer Figur aus gebogenen Pfeifenputzern.

»Daran kann ich mich nicht erinnern«, sagte ich und nahm ein grobes Kunstwerk in Form eines Auges heraus, das offenbar aus Knetmasse war.

»Mein Kuriositätenregal. Die Sachen stammen alle von Insassen.«

Das Auge war uninteressant. Ich legte es weg und las ein gerahmtes Gedicht, das mit einem dicken Bleistift geschrieben worden war und von einem Hund, einer Karotte und einem roten Himmel handelte. Ich hielt das Gedicht hoch.

»Ist Ihnen mal zu Ohren gekommen, dass es Leute gibt, die so etwas zum Spaß oder sogar aus kommerziellen Gründen sammeln?«

»Sammler haben schon versucht, unsere Angestellten zu überreden, Gegenstände, die den Insassen gehören, herauszuschmuggeln, und zwar öfter, als Sie sich vielleicht vorstellen«, sagte Vangie.

»Und was tun Sie, wenn das passiert?«

»Das Sammeln solcher Gegenstände steht nicht unter Strafe. Wenn mir unsere Angestellten erzählen, dass man sie nervt, nehme ich Kontakt mit den Personen auf, die so ein Anliegen haben, und drohe rechtliche Schritte an. Den Naiven macht das Angst, die anderen lachen nur.«

»Haben Sie je von einem Kerl namens Hexcamp gehört?«

Sie dachte kurz nach, nickte. »Marsden Hexcamp,

natürlich. Serienmörder, ist mit einer Horde Außenseiter herumgezogen. Falls ich mich recht entsinne, war das so eine Manson-artige Kommune.«

»Sie wissen nicht allzu viel über ihn?«

Sie lächelte. »Er starb, ehe er lebenslang eingewiesen werden konnte. Wenn sie draußen frei rumlaufen, gehören sie euch. Wenn sie an einen Ort kommen, wo man ihre Psyche sezieren kann, gehören sie mir.«

»Haben Sie mal etwas über eine Hexcamp-Sammlung gehört?«

Sie schüttelte den Kopf. »Da läutet bei mir nichts. Was soll das sein?«

»Scheint niemand so genau zu wissen. Hat, vermute ich mal, etwas mit Kunst zu tun.«

»Carson, ein Großteil von dem, was die Leute als Kunst bezeichnen, ist primitiv und vom ästhetischen Standpunkt aus betrachtet beinah unterentwickelt.«

»Wie ihre Persönlichkeit?«

»Kunst ist Gefühl, oder? Wenn man keine normalen Gefühle hat, kann man auch kein bedeutendes Kunstwerk erschaffen. Diese Menschen produzieren keine Kunst, sondern kopieren das, was sie für Kunst halten. Selbstverständlich gibt es Ausnahmen. Gelegentlich stößt man auf eine interessante Arbeit. Ich könnte mir vorstellen, dass ein paar Stücke ganz bemerkenswert, vielleicht sogar erstaunlich sind.«

»Aber so was ist rar?«

Vangie stellte die Figur ins Regal zurück. »O ja, Carson. Extrem rar, denke ich. Möchten Sie nun Jeremy sehen?«

Ein Aufseher brachte mich zum hinteren Teil des Gebäudes. Die schweren Stahltüren hatten schmale Sichtfenster aus Sicherheitsglas. Vor Jeremys Tür blieben wir stehen. Ich spähte durch den Schlitz und sah ihn auf seinem Bett sitzen und lesen. Er hob nicht mal den Blick, obwohl er ganz genau wusste, dass ich da war.

»Wir möchten ungestört sein«, sagte ich dem Wärter und meinte damit, dass der Fensterschlitz geschlossen bleiben sollte. Er nickte und öffnete die Tür.

Mit einem Buch in der Hand saß mein Bruder auf dem gemachten Bett und schien in den Text versunken zu sein. Sein ordentlich gekämmtes Haar hatte die Farbe von Stroh. Jeremy hatte die fein geschnittenen Züge und den blassen Teint unseres Vaters geerbt, aber nicht dessen Statur. Obwohl Jeremy sechs Jahre älter war als ich, hätten die meisten Leute ihn vermutlich auf mein Alter, wenn nicht gar jünger geschätzt. Jeremy nahm keine Notiz davon, dass ich im Raum war, doch ich wusste, dass er unsere Schritte gehört hatte. Mein Bruder war mit außerordentlichen Sinnen gesegnet, die seit seiner Einlieferung Jahr für Jahr noch schärfer geworden waren. Vor allem sein Gehör war exzellent – er entdeckte die Lügen hinter den Worten, filterte die echten Gefühle heraus, hörte hinter der Fröhlichkeit die Trauer, die so tief vergraben worden war, dass man sich kaum daran erinnerte.

»Was liest du da, Jeremy?«

Er blätterte um, schaute nicht auf. Eine helle Haarsträhne fiel ihm ins Gesicht und er strich sie mit blassen, langen Fingern zurück.

»*Black Sun*. Über einen Mann und eine Frau, die einander zerstören. Es ist eine Komödie.«

Er las eine weitere Seite; seine Finger folgten dem Druck. »Was macht das Haus, Carson? Dein Haus am Strand, das du von dem Geld gekauft hast, das Mommy dir hinterlassen hat.«

Meine gute Laune war dahin. Wenn mein Bruder anfing, darüber zu brüten, wie unterschiedlich unser Leben verlaufen war, kam nie etwas Gutes dabei heraus. Ich gab mir Mühe, fröhlich zu klingen.

»Mit dem Haus ist alles in Ordnung, Jeremy.«

Wieder blätterte er um; ich wusste, dass er nicht mehr

las. »Keine Termiten oder statischen Probleme? Kein Dach, das sich absenkt, oder Schwamm in den Pfählen? Es steht doch auf Pfählen, oder? Damit du auf andere herabsehen kannst?«

»Ja, Jeremy, es steht auf Pfählen. Wie alle anderen Häuser am Strand.«

»Meinst du, Mommy hat dir Geld hinterlassen, damit du dir das Haus kaufen kannst, weil du bei ihr warst, als sie im Sterben lag?«

»Das dürfte einer der Gründe gewesen sein.«

Er warf das Buch weg und bombardierte mich mit einem zornigen Blick aus seinen blauen Augen. »Dann verrate mir doch mal, Carson: DU SIEHST EINER FRAU BEIM STERBEN ZU UND KRIEGST EIN HAUS AM STRAND. ICH SEHE FÜNF FRAUEN BEIM STERBEN ZU UND SITZE HIER DRINNEN FEST. WAS STIMMT MIT DEM BILD NICHT?«

»Jeremy --«

»FÜNF, ZÄHL NACH, FÜNF. WENN ALLES MIT RECHTEN DINGEN ZUGINGE, HÄTTE ICH JETZT FÜNF HÄUSER AM STRAND.«

Er umklammerte mein Handgelenk, zog mich neben sich aufs Bett und tätschelte meine Hand, während er die Stimme meiner Mutter imitierte.

»Vielen Dank auch, Carson, dass du mir beim Sterben zugesehen hast, das war so unterhaltsam. Hier ist ein dickes Bündel Geld für dich, das Daddy gemacht hat, bevor er abends nach Hause gekommen ist und Jeremy so richtig verdroschen hat. Warum kaufst du dir nicht ein nettes Haus am Strand, und falls sich mal die Möglichkeit ergibt, mein lieber, lieber Carson, dann piss doch für mich mal auf deinen Bruder Jeremy. Jetzt, wo ich tot bin, kann ich das ja nicht mehr tun.«

Jeremy sprang von dem Bett auf und ging in dem kleinen Zimmer auf und ab. Er erhaschte einen Blick auf sein verschwommenes Spiegelbild, das auf der Polyesteroberfläche zitterte. Er zwinkerte sich zu und wirbelte dann zu mir herum.

»Erzähl mir von der kleinen Ava.«

»Du weißt, was letztes Jahr geschehen ist. Das war sehr nervenaufreibend. Sie musste für eine Weile weg, Jeremy. Das ist alles.«

Er grinste. »Sie war deine Erste, stimmt's? Ich meine nicht« – wie ein läufiger Köter bewegte er das Becken vor und zurück – »von der Sorte *uhhh, uhhh, uhhh*: O MEIN GOTT, LIEBLING, *uhhh, uhhh, uhhh*, DU BIST BESSER ALS EIN TOPF VASELINE! *Uhhh, uhhh, uhhh*. Ich meine, deine ERSTE KLEINE LIEBE. Zwei Herzen, die miteinander verschmelzen, diese ganze Schose.«

»Wir waren uns nah, Jeremy. Wir sind uns ... immer noch nah.«

Er rannte durchs Zimmer, sprang aufs Bett und setzte sich im Schneidersitz neben mich. »Aber wenn es wirklich LIEBE ist, wie konnte sie dich dann einfach so aufgeben? ICH LIEBE DICH, CARSON, ABER – HERRJE – ICH MUSS WIRKLICH ZURÜCK NACH FORT WAYNE, BEVOR ICH STERBE.«

Er beugte sich herüber, legte die Hände an mein Ohr und flüsterte: »Sie verraten unsere Liebe, oder? Wenn sie dich geliebt hätte, hätte sie dich nicht verlassen. Du weißt das, Carson. WENN ETWAS AN DIR DRAN GEWESEN WÄRE, WÄRE SIE GEBLIEBEN.«

Er deutete die Gräuel, die unsere Familie erlebt hatte, absichtlich falsch und schlug in seinem blinden, fehlgeleiteten Hass auf unsere Mutter um sich.

»Scheiß auf dich. Was weißt du schon von Liebe?«

»Ich weiß, was VERRAT ist. Das ist alles, was es mit Liebe auf sich hat, Carson –« Er hüpfte vom Bett, baute sich vor mir auf, bewegte hektisch das Becken und ließ den Kopf baumeln.

»*Uhhh, uhhh, uhhh, uhhh* --«

»Lass das, Jeremy.«

»-- *uhhh, uhhh*, o Gott, Baby, *uhhh, uhhh* --«

»Ich hab gesagt, du sollst aufhören.« Ich spürte, wie ich wütend wurde, maßlos wütend, und kämpfte dagegen an, denn ich wollte nicht, dass er mir das wieder antat.

»-- *uhhh, uhhh, uhhh*, o bitte, Carson, *uhhh, uhhh, uhhh*, ich will noch mal kommen, bevor ich abhaue, *uhhh, uhhh, uhhh* --«

Ich stand auf, packte seine Schultern und schüttelte ihn. »Du kleiner Scheißkerl, ich werde ...«

Ich hörte, wie die Tür aufging, und sah hinüber. Auf der Türschwelle stand der Mann, den ich auf dem Hof hatte wild gestikulieren gesehen. Sein Gesicht sah aus, als hätte man ihn mit einer Saugglocke aus dem Unterleib seiner Mutter geholt. Die linke Wange hatte eine Delle statt einer Wölbung. Seine Haut war rau, seine dicken, schwarzen Haare waren ungekämmt. Er starrte mich an, als würden wir einander kennen, und stieß einen feuchten, amorphen Laut aus.

Jeremy riss sich von mir los, legte die Hand unter den Ellbogen des Mannes und zerrte ihn ins Zimmer. »Wirklich das perfekte Timing, wo Carson und ich doch gerade übers KOMMEN diskutiert haben, taucht mein guter Freund auf. Carson, das ist einer der talentiertesten Insassen, ein Mann, den du unbedingt kennen lernen musst ... Trey Forrier.«

Der Aufseher kam herein. »Heute Morgen hat Mr Ridgecliff darum gebeten, dass Mr Forrier hergebracht wird. Damit wollen wir das Verhalten Ihres Bruders belohnen, das sich während der letzten Monate gebessert hat. Mr Ryder, falls es Sie stört, Mr Forrier muss nicht hier bleiben. Er hat sich nie danebenbenommen, nur damit Sie es wissen.«

Mit »nicht danebenbenommen« wollte der Aufseher mir sagen, dass Forrier mich nicht in der Minute, wo die Tür ins Schloss fiel, umbringen würde – womit man bei vielen anderen Insassen rechnen musste.

»Schon gut«, sagte ich. »Lassen Sie Mr Forrier hier.«

Der Aufseher nickte und schloss die Tür. Forrier starrte mich immer noch an. Ich hatte den Eindruck, dass er so manches anstarrte.

»Trey, das hier ist mein Bruder Carson, den ich vor der Hölle bewahrt habe«, sagte Jeremy.

Ich streckte die Hand aus. »Schön, Sie kennen zu lernen, Mr Forrier.« Er schien keine Notiz von der Hand, von mir zu nehmen.

»Trey ist ein bisschen verschlossen, Carson. So ist es doch, oder, Trey? Du behältst deine Ansichten für dich?«

Aus Forriers zitterndem Mund blubberten eine Reihe feuchter Töne.

»Was hat er gesagt?«, fragte ich Jeremy.

»Er sagt, du hättest das Gesicht eines freundlichen Menschen. Trey hat ein gutes Gespür für Gesichter, für Formen. Er ist, hm, ein bisschen ungewöhnlich. Nicht besonders ungewöhnlich, meine ich, er ist ja nicht der Elefantenmensch oder so was. Ich finde, er übertreibt da ein wenig.«

Forrier fing wieder mit diesen komischen Bewegungen an, als dirigiere er mit einem Taktstock ein Orchester. »Hat er früher mal dirigiert?«, fragte ich, während ich ihn beobachtete.

Jeremy grinste. »Manche behaupten, er hätte bei einigen ziemlich künstlerischen Abenteuern den Takt vorgegeben.«

»Und was sagt er?«

»Dass es ihm hier gefällt. Er ist nicht gierig, doch wo wir gerade davon sprechen, ich bin ganz gierig auf mein kleines Geschenk.«

Ich sah zur Tür hinüber. »Der Aufseher ...«

»Ist den Flur hinuntergegangen. Hat sich vor einer Minute in Bewegung gesetzt. Also los, her damit, her damit.«

Ich griff in meine Hose und zog ein Ladegerät heraus, einen schwarzen Stecker, kaum größer als eine Streichholzschachtel, und ein, zwei Meter aufgerolltes Kabel. Jeremy wirbelte blitzschnell herum und machte sich kurz an seinem Bett zu schaffen. Als er sich wieder umdrehte, war das Gerät verschwunden. Sein Blick wanderte zu meinem Gürtel, an dem mein Handy hing.

»Lass mich mal deins sehen, Carson. Es ist, glaube ich, schöner als mein Modell. Ich würde dir meins auch zeigen, aber das braucht ein wenig Zeit und viel Gegrunze.«

Ich gab ihm mein Handy. Er spielte damit herum, drückte auf ein paar Tasten, polierte es mit seiner Hemdbrust. Und dann verkündete er mit einer Stimme wie in der Werbung: »Und Sie können von überall für eine geringe monatliche Gebühr telefonieren. Ich wette, mein Angebot ist besser.«

»Wie *kannst* du überhaupt telefonieren, Jeremy?«, fragte ich. »Was ist mit den Kosten?«

»Ist illegal, denke ich, ein Chip-Duplikat oder so.« Er bewegte die Augenbrauen, zwinkerte. »Das ist wahrscheinlich auch der Grund, warum es nicht als gestohlen gemeldet wurde.« Er gab mir mein Handy zurück.

»Ich habe meinen Teil der Vereinbarung eingehalten, Jeremy«, sagte ich.

Er zog die Augenbrauen hoch – das perfekte Unschuldslämmchen. »War da noch etwas?«

»Ein Ort.«

Forrier starrte mich an. Als ich seinen Blick erwiderte, schaute er schnell weg.

Jeremy ging zum Spiegel, studierte sein verwischtes Bild, zupfte mit den Fingern die blonden Haare zurecht. »Manchmal läuft im Leben nicht alles wie geplant, Bruder. Manchmal kriegt man, was man will. Und manchmal kriegt man nur *uhhh, uhhh, uhhh*. Jetzt ist Zeit für mein Mittagsschläfchen. Trey, verabschiede dich von Carson.«

Jeremys Spielchen kannten kein Ende. Mir blieb nichts anderes übrig, als nach Mobile zurückzukehren und zu hoffen, dass er es sich anders überlegte. Ich war eine halbe Stunde gefahren, als mein Handy klingelte.

Jeremys Stimme war laut und deutlich zu verstehen. »Aufgeladen funktioniert es gleich viel besser, Carson. Ich könnte bestimmt im Himmel anrufen und der lieben Mommy hallo sagen. Nicht, dass sie meinen Anruf entgegennehmen würde.«

»Hast du aus einem bestimmten Grund angerufen, Jeremy?«

»Du hast doch nicht geglaubt, Trey würde seine Maske einfach dem Nächstbesten überlassen, oder, Bruder? Er wollte dich sehen, sich vergewissern, dass du einer von denen bist, die verstehen.«

»Was verstehen?«

»Die Geschichte, Bruder. Hast du einen Stift bei dir? Ich hätte da eine Wegbeschreibung, die dir unter Garantie Freude bereiten wird.«

Anderthalb Stunden später marschierte ich dreißig Meilen nördlich von Mobile mit einer Spitzhacke über ein Stoppelfeld. Das Skelett einer alten Landmaschine rostete im Unkraut vor sich hin. Insekten summten durchs hohe Gras. Gemäß meinen Instruktionen fand ich das Betonfundament eines alten Hauses und ging in Richtung Süden. Ich zählte die Schritte bis zu einem kleinen Steinhaufen auf einem alten Brunnen. In der gleißenden Sonne brach ich in Schweiß aus, kaum dass ich angefangen hatte, die Steine mit der Spitzhacke zu lösen.

Zwanzig Minuten später wischte ich Staub von dem alten Leder. Auf einmal bekam ich es mit der Angst zu tun und die setzte mir genau so zu wie die Hitze. Ich klemmte den Koffer unter den Arm und joggte zum Wagen. Und ich verspürte das heftige Verlangen zu weinen, ohne den Grund dafür zu kennen.

Daheim stellte ich den Koffer auf meinen Tisch und starrte ihn durch den Schleier von zwei Bieren an, ehe ich den Mut aufbrachte, ihn zu öffnen. Da das Schloss eingerostet war, schlitzte ich das brüchige Leder mit einem Fleischermesser auf. In dem Koffer lagen mehrere versiegelte Plastiktüten. Die letzte Tüte war mit roten Zellstofftuchfetzen gefüllt. Ich griff hinein und zog die Maske heraus.

Sie war ungefähr anderthalbmal so groß wie ein normales menschliches Gesicht, die Nase ein spitzer Zinken, die markanten Wangenknochen überdimensioniert. Der anthrazitgraue Lack funkelte. In einem Mund, rot wie eine frische Wunde, stellten weiß bemalte Glasscherben Zähne dar. Die Augenhöhlen waren weiß umrandet und verliehen der Maske einen Ausdruck von wahnsinnigem Ingrimm. Wenn an Halloween jemand mit so einer Maske einen Korb Süßigkeiten verlangte, tat man alles, nur damit diese Fratze wieder von der Veranda verschwand.

Ich studierte die Machart: Pappmaché. In der fünften Klasse hatten wir eine Pinata gebaut. Von daher wusste ich, dass man Papierstreifen in einen Kleber aus Mehl und Wasser tauchte und übereinander schichtete. Diese Maske hatte eine Stärke von zweieinhalb Zentimetern.

Für den Bruchteil einer Sekunde überlegte ich, ob ich die Maske aufsetzen sollte, doch dann kam mir der Gedanke, dass das Böse vielleicht weniger das Ergebnis von Taten war, sondern ein Extrakt, ein geheimnisvolles, sich schnell ausbreitendes Toxin, von dem man zum falschen Zeitpunkt nur einen Atemzug nehmen musste. Ich legte die Maske in eine Kiste, die ich bereitgestellt hatte, verschloss sie und kroch ins Bett. Als ich unter das Laken schlüpfte, fiel mir auf, dass im Wohnzimmer noch eine Lampe brannte. *Ich bin zu müde, um aufzustehen und sie auszuschalten*, sagte ich mir – wohl wissend, dass das eine Lüge war. Denn nun, wo die Maske aus ihrem Versteck in der Erde geborgen war, konnte dieses Haus so viel Licht wie nur irgend möglich vertragen.

Kapitel Siebzehn

»Guten Morgen. Walcott Importe und Sammlerstücke.«

Eine tiefe Stimme, geschliffen, die Silben einzeln betont – dieser Mann erfreute sich am Klang der eigenen Stimme.

»Mr Walcott?«

»Ja. Wer spricht denn da?«

Da ein Neuling sicherlich nervös war, sprach ich absichtlich mit bebender Stimme. »Meine Name ist … Carrol Ransburg, Sir. Ich würde gerne mit Ihnen über den Schätzwert eines Objektes sprechen.«

Die Wahl des Vornamens beruhte auf der Theorie, dass sich kein Mann, der sich für jemand anderen ausgab, einen Namen zulegte, der normalerweise eher mit einer Frau in Verbindung gebracht wurde.

»Einer Antiquität?«

»Nein. Es handelt sich um einen anderen Gegenstand … um etwas Spezielleres.«

Vollkommene Stille, kein Fernseher oder Radio im Hintergrund, kein Verkehrslärm. »Zuerst möchte ich erfahren, wo Sie von mir gehört haben?« Das klang eher nach einem Befehl als nach einer Frage.

»Von … einem Freund«, antwortete ich. »Nein, kein richtiger Freund, eine Person, die ich kennen gelernt habe. Er hat vorgeschlagen, dass Sie der Richtige dafür wären. Für die Schätzung.«

»Und wie heißt die Person, die *vorgeschlagen* hat, mit mir in Verbindung zu treten?«

»Seinen Namen wollte er mir nicht anvertrauen. Er legt … großen Wert auf seine Privatsphäre.«

Von einer Sekunde auf die andere machte Walcott alle Schotten dicht. »Tut mir leid, aber ich mache nur Geschäfte mit Personen, die über entsprechende Referenzen verfügen.«

»Ich habe versprochen, sein Name würde nicht erwähnt werden.«

»Dann bleibt mir nichts anderes übrig, als Ihnen einen schönen Tag zu wünschen, Sir.« Die Stimme wurde leiser, als er den Hörer vom Mund wegnahm.

»Ich rufe wegen Forrier an«, brüllte ich. »Trey Forrier.«

Ich hörte, wie das Telefon wieder ans Ohr geführt wurde. »Was haben Sie gesagt, Sir?«

»Trey Forrier. Ich habe etwas von ihm.«

»Was?«

»Eine Maske.«

»Unmöglich. Sie lügen.«

Ich sagte nichts, ließ ihn schmoren. »Beschreiben Sie sie«, sagte er. Und ich schilderte ihm ganz genau, wie sie aussah und aus welchen Materialien sie angefertigt war. Als er sich wieder zu Wort meldete, war seine Stimme einen Ton höher, was auf unterdrückte Begeisterung schließen ließ.

»Und wie sind Sie an dieses … Stück gekommen?«

»Ich gehörte zu dem Team, das nach Forriers Festnahme seinen Geisteszustand evaluiert hat.«

»Sie sind ein Seelenklempner?« Ein Anflug von Überraschung.

»Ich bin … war … Psychologe.«

Keine Ahnung, ob Walcott irgendetwas über Psychologie wusste, aber im Notfall konnte ich mit dem richtigen Jargon aufwarten. Die Figur des Psychologen, für die ich mich entschieden hatte, war eine verkrachte Existenz; von der Sorte kannte ich den einen oder anderen.

»Weiter, sprechen Sie weiter …«

»Ich habe als klinischer, als forensischer Hypnotiseur gearbeitet. Bei den unterschiedlichsten Projekten.«

»Trey Forrier hat unter Hypnose nie etwas von Bedeutung gesagt.«

Ich tat pikiert. »Ich habe nie *gemeldet*, dass er etwas gesagt hat. Da besteht ein gewisser Unterschied.«

»Wo dieses Stück seit Jahren in Ihrem Besitz ist, wieso wollen Sie, dass ich es mir jetzt ansehe?«

Nun legte ich Scham in meine Stimme. »Ich ... weiß, dass es eine Stange Geld wert ist. Und ich könnte Geld brauchen, Mr Walcott. Die letzten Monate waren alles andere als einfach. Ich habe meine Lizenz verloren und kann nicht mehr praktizieren. Wegen eines Problems ... mit gewissen Substanzen.«

Eine lange Pause. »Ich weiß nicht, was ein solches Stück erzielen würde, Mr Ransburg. Der Markt ist flau. Wir alle leiden unter der schwachen Wirtschaft. Und in letzter Zeit hat es auf dem Markt ein Überangebot gegeben.«

Ohne Probleme legte er den Argwohn ab und wurde zum Kamelhändler. In der Hoffnung, ihn so endgültig ködern zu können, ruderte ich zurück. »Wahrscheinlich haben Sie Recht, Mr Walcott. Vielleicht ist jetzt nicht der richtige Zeitpunkt. Es tut mir leid, dass ich Sie behell –«

Der Befehlston schlich sich wieder in seine Stimme. »Bringen Sie sie heute Abend vorbei. Um neun. Punkt neun. Sie sind in der Gegend von Mobile? Meine Adresse ist ...«

* * * * *

In diesem gehobenen Viertel fiel Giles Walcotts Heim nicht aus dem Rahmen: extrem gepflegter Garten, dichter grüner Rasen, ein aberwitziger, teurer Springbrunnen mit einem springenden Delphin, aus dessen Nasenlöchern Wasser spritzte. Ich entdeckte eine Kamera in einer Baumkrone und eine über der Tür, die hinter einem Bronzeadler mit ausgebreiteten Schwingen versteckt war.

Ich hörte ein leises Summen, als die Türriegel elektronisch zurückgefahren wurden. Hinter der Eingangstür lag ein weitläufiges Foyer mit einem Kristallleuchter, dahinter teures Mobiliar, vier Meter hohe Decken und üppige Vorhänge.

»Hier entlang«, gurgelte eine tiefe Stimme. »Den Korridor hinunter und dann rechts.«

Überall Überwachungskameras vermutend, blieb ich stehen und tat, als versuchte ich, meine Panik in den Griff zu kriegen, drückte die Kiste mit der Maske an die Brust und trat in einen dürftig beleuchteten Raum. Ein dunkelblauer Teppich dämpfte beim Eintreten meine Schritte. Ein Mann, schätzungsweise Anfang sechzig, stand hinter einem riesigen Schreibtisch. Dem Aussehen nach war er nicht geboren worden, sondern aus einem Extruder gefallen: Bis auf die platte Nase und das fliehende Kinn hatten Kopf und Hals fast den gleichen Umfang. Schütteres, schwarzes Haar war in glänzenden Strähnen über den Schädel drapiert. Die schmalen Schultern und der zylindrische Körper steckten in einem dunklen Anzug, was den Eindruck der Extrusion noch verstärkte.

»Sind Sie Mr Walcott?«, fragte ich, ohne die Hand auszustrecken. Er nickte, musterte mich neugierig und machte keine Anstalten, mir seine Hand zu reichen.

»Hmm?«, fragte ich. »Stimmt etwas nicht?«

»Sie erinnern mich an jemanden, aber ich weiß nicht, an wen.«

Ich zuckte mit den Achseln und wandte den Blick ab. Auf seinem Schreibtisch lag eine den männlichen Genitalien nachempfundene Keramik, primitiv und überdimensioniert. Ich konnte den Blick nicht davon abwenden. Walcott zog eine Augenbraue hoch.

»Wissen Sie, was das ist, Mr Ransburg?«

»Kommt mir irgendwie bekannt vor.«

»Ich meine, wissen Sie, wessen Werk das ist? Nein? Das ist ein Vaughn Ray Bodie, ein Original. Er hat sie produziert, während er ... arbeitete. Primitiv, aber sehr eindrucksvoll, finden Sie nicht? Sein viertes ... Ereignis fand am 16. Mai statt. Das ist der einzige Bodie-Phallus, der derzeit nicht Teil einer Privatsammlung ist.«

Vaughn Ray Bodie war ein Serienvergewaltiger und -mörder, der Anfang der Sechziger endlich geschnappt worden war. Ich verbarg meine Abscheu und bemühte mich, interessiert dreinzuschauen.

»Ich könnte mir vorstellen, es ist wahrscheinlich eine ziemliche Rarität, Mr Walcott.«

»Sechs Opfer, sechs Phalli. Der hier ist für eine Auktion reserviert. Ich rechne damit, einen sechsstelligen Betrag zu erzielen, natürlich am unteren Ende. Ein anderer Gegenstand, den ich ebenfalls versteigern werde, ist ein T-Shirt von Vincent Canario aus der Zeit, als er mit Terrance Swan unterwegs war.«

Mit »unterwegs« umschrieb Walcott, wie Canario den vierzehnjährigen Swan entführt und anschließend mit dem verängstigten Jungen kreuz und quer durchs Land geflohen war. Keiner der beiden hatte überlebt.

»Was würde solch ein Gegenstand erzielen?«, fragte ich.

»Ich erwarte so etwas um den Dreh von elf- bis vierzehntausend Dollar. Dass er auf seiner Reise nicht nur ein T-Shirt getragen hat, mindert natürlich den Wert.«

»Schade, dass er nicht ohne Gepäck los ist.«

Walcott nickte traurig. »Die Maske. Lassen Sie mich die Maske sehen.«

Ich stellte die Kiste auf seinen Schreibtisch und holte die Maske heraus. Walcott hielt sie unter eine Kombination aus Lampe und Vergrößerungsglas und schaltete das Licht ein. Die Maske betrachtete er aus jedem Winkel, überprüfte die Abmessungen mit einem kleinen Lineal. Zweimal hielt er inne, betrachtete die Maske und musterte mich, ehe er weitermachte.

»Die Farbe ist teuer, offensichtlich auf Ölbasis, scheint unversehrt. Ist Ihnen die Pigmentdichte aufgefallen? Die Augenhöhlen haben den richtigen Durchmesser. Die Glaszähne passen genau in die vorgebohrten Löcher. Hier war ein Könner am Werk, Mr Ransburg. Es gibt Menschen, die eine Sache richtig machen. Sehen Sie hier …« Mit dem Daumennagel hob Walcott ein loses Ende des Werkstoffes an. »Ist nicht ausschließlich Papier, sondern eine Kombination aus Papier und Stoff. Das ist Gold wert und einer der Gründe, wieso sie in solch erstklassigem Zustand ist. Und auch einer der Gründe, warum ich weiß, dass es sich nicht um eine Fälschung handelt.«

»Es gibt Fälscher in diesem Geschäft, Mr Walcott?«

»Überall, wo mit Fälschungen Geld gemacht werden kann, gibt es auch Fälscher.« Lächelnd legte er das Lineal in die Schublade zurück. »Ich profitiere auch von ihnen.«

Es dauerte einen Moment, bis bei mir der Groschen fiel. »Weil es Ihren Wert steigert; Sie arbeiten als Schätzer, nicht wahr?«

»Ja, innerhalb der Grenzen, die mir meine Erfahrung und mein Wissen setzen.« Der Ton seiner Stimme verriet mir, dass er nicht der Meinung war, seine Expertise stoße gegen Grenzen.

»Dann wissen Sie sicherlich, wie viel diese Maske wert ist.«

Wieder erwischte ich ihn, wie er mich anstarrte. Diesmal machte es anscheinend Klick, denn er runzelte die Stirn. »Entschuldigen Sie mich bitte kurz, Mr Ransburg«, sagte er und verließ das Zimmer.

Am liebsten hätte ich seine Schubladen und Schränke durchsucht, doch da ich auch hier unsichtbare Kameras vermutete, harrte ich vor dem Schreibtisch aus und ließ meinen Blick durch den düsteren Raum schweifen. Andere Lakaien des Sensenmannes entdeckte ich nicht.

Walcott kehrte mit einem Umschlag in der Hand zurück. Er nahm die Maske hoch, seufzte und legte sie dann in die Kiste. »Gehört Sie tatsächlich Ihnen, Sir? Oder ist sie normalerweise im Gewahrsam eines Polizeireviers in der Nähe?«

Mein Herz setzte kurz aus. »Ich verstehe nicht ganz, Mr Walcott.«

»Ich denke, es ist ganz einfach. Sie sind nicht derjenige, für den Sie sich ausgeben.«

Ich zwang mich, gleichmäßig zu atmen, nonchalant zu gucken. »Und wer bin ich dann?«

Ein höhnisches Grinsen umspielte seine Mundwinkel. Er tippte auf den Briefumschlag. »Kürzlich bin ich über eine Information gestolpert, von der ich dachte, sie könnte irgendwie nützlich sein für ein paar Leute, mit denen ich entfernt, ganz entfernt geschäftlich zu tun habe.« Walcott zog einen Zeitungsausschnitt aus dem Umschlag und hielt ihn mir vor die Nase. Das Foto von der Preisverleihung.

»Offenbar haben Sie bei der Mobiler Polizei einen Doppelgänger, Mr Ransburg. Vielleicht einen Bruder?«

Das verfluchte Foto. »Ich bin nur hier, um zu recherchieren. Das ist alles.«

Er kniff ein dunkles Auge zusammen. »Ich habe mir nichts zuschulden kommen lassen. Sie müssen jetzt gehen. Sie machen mich nervös.«

»*Ich* mache Sie *nervös*? Einen Mann, der auf seinem Schreibtisch den Gipsschwanz von einem Serienmörder stehen hat?«

»Das ist eine Keramik. Und ich sammle diese Dinge nicht, ich *handle* mit ihnen. Ich bin nur ein einfacher Händler, der knappes Gut veräußert, mehr nicht. So wie seltene Briefmarken. Oder vielleicht Münzen.«

»Münzen sind nicht Teil eines Mordes.«

Er grinste höhnisch. »Falls Sie glauben, es wäre noch nie jemand wegen Goldmünzen gestorben, sind Sie hoffnungslos naiv.«

Ich zog das Mäppchen mit meiner Marke heraus und legte das schwarze Lederquadrat auf seinen Schreibtisch. »Wenn ich das da aufklappe, ist in diesem Raum eine Marke. Und das wird den Charakter unserer Unterhaltung drastisch verändern, Mr Walcott.«

Sein Grinsen wurde noch breiter. »Das bezweifle ich, denn ich habe nichts Falsches getan. Muss ich meinen Anwalt anrufen und ihn bitten, Ihnen dies zu erklären?«

»Ihr Anwalt hat hier nichts zu suchen, es sei denn, er recherchiert auch gern. Ich brauche nur eine historische Einordnung bestimmter Gegenstände. Das ist doch sicher nicht zu viel verlangt.«

»Und was soll historisch eingeordnet werden?«

»Ich möchte mehr über die Hexcamp-Sammlung erfahren, Mr Walcott.«

Er trat ans Fenster, schaute in den dunklen Wald hinter dem Haus und fixierte die Bäume. Als er sich wieder zu mir umdrehte, war sein Blick eigenartig unfokussiert, als richte er den Blick auf eine Stelle zwei Zentimeter über meinen Pupillen.

»So eine Sammlung existiert nicht, Sir. Sie ist ein Mythos, eine Gorgo.«

»Für etwas, das es nicht gibt, zieht es aber eine Menge Aufmerksamkeit auf sich.«

Er kehrte wieder an seinen Platz hinter dem Schreibtisch zurück und sorgte so dafür, dass uns ein Meter glänzendes Holz trennte. »In der Philatelie gibt es eine Marke mit dem Namen Scarlet Angelus. Manche behaupten, es gäbe sie, andere beteuern das Gegenteil. Dennoch lassen sich die Menschen nicht davon abhalten, nach ihr zu suchen.« Er legte eine kurze Pause ein.

»Jede Sammlung braucht ein Phantomstück, eine Arbeit, die einen erschauern lässt. Damit die Leute etwas haben, über das sie hinter vorgehaltener Hand tuscheln können.«

»Und wer tuschelt über die Hexcamp-Sammlung?«

Als er lächelte, erinnerten seine Zähne an winzige feuchte Meißel. »Die ganze Sammlergemeinde.«

»Und was sagt diese Gemeinde dazu?«

»Die Meinung der Gemeinde zählt nicht. Die Sammlung ist nur ein Traumgebilde ... bis jemand, der in der Position ist, Bescheid zu wissen, das Gegenteil verkündet.«

»Wie Sie?«

»In diesem Fall fehlt es selbst mir an der erforderlichen Qualifikation.«

»Dann muss ich eben weiterrecherchieren. Ich brauche den Namen eines wichtigen Sammlers, Mr Walcott. Aus der Gegend, wenn möglich.«

Er drehte seinen zylindrischen Kopf hin und her. »Falls ich Ihnen einen Namen nennen würde, würde ich meinen Ruf, äußerst verschwiegen zu sein, zerstören. Und dann wäre ich nicht mehr im Geschäft.«

»Ich werte das als ein ›Vielleicht‹.«

»Das ist ein emphatisches ›Nein‹.«

»Geben Sie mir mehrere Namen, die ich als Referenz angeben kann. Ihren werde ich nicht erwähnen. Niemand erfährt, wer mich geschickt hat.«

Er tippte auf das Glas seiner Armbanduhr. »Tut mir leid, Sir. Unsere Zeit ist um.«

»Es ist wichtig, Mr Walcott. Ich muss erfahren –«

»Meine Geduld ist langsam aufgebraucht, Sir. Wenn Sie nicht in zehn Sekunden mein Haus verlassen haben, muss ich wohl meinen Anwalt anrufen.«

Er legte die Hand aufs Telefon und musterte mich ruhig. Ich hatte nichts gegen Giles Walcott in der Hand. Es war davon auszugehen, dass er alle Verkäufe dokumentierte, die Buchhaltung stimmte und er sich generell so verhielt, dass er den Behörden keinen Anlass bot, ihn genauer unter die Lupe zu nehmen.

Doch wie stand es mit der Öffentlichkeit?

Da ich zu viel Zeit mit Mördern verbrachte, die bei ihrer Festnahme kicherten, mit Zuhältern, die ihre Frauen schlugen, mit Drogenhändlern, die BMWs mit Nerzpolstern fuhren, vergaß ich manchmal, dass es Menschen gab, die sensibel auf die öffentliche Meinung reagierten. Walcotts gepflegter Garten, sein maßgeschneiderter Anzug, sein Augenmerk auf finanzielle Details – all das offenbarte einen Mann, der nicht wünschte, dass seine Nachbarn wussten, dass er Relikte aus den Schlachthäusern veräußerte.

Ich streckte die Hand aus und schnappte mir den Keramikphallus auf dem Schreibtisch. Er legte die Stirn in Falten. »Vorsichtig damit, das ist ziemlich –«

Ich warf ihn hoch, fing ihn wieder auf.

»Ich denke, Sie sollten Ihren Anwalt anrufen«, schlug ich vor. »Und ich verständige die Polizei von Spanish Fort. Und dann geben wir eine Coming-Out-Party für Walcott Importe und Sammlerstücke.«

Seine Stimme war nur noch ein Flüstern. »Was haben Sie vor?«

»Wenn die hiesigen Bullen wissen, was Sie tun, wird es im Viertel die Runde machen. Und wie wird sich das anfühlen, wenn man in den Winn-Dixie fährt und hört, wie die anderen tuscheln? ›Das ist er, Giles Walcott. Er verdient sein Geld mit dem Tod.‹ Können Sie damit umgehen, Giles? Oder was ist mit den einfachen Irren, die sich vor Ihrem Tor einfinden und sabbernd auf eine Gelegenheit warten, an Vincent Canarios T-Shirt zu schnuppern? Sie können sich jetzt schon auf die Parade einstellen.«

Der Phallus segelte wieder durch die Luft, berührte die Decke. Ich musste weit ausholen, um ihn zu fangen. »Wissen Sie, was Ihnen hier drinnen fehlt, Mr Walcott?«

»Vorsicht! Was?« Sein Gesicht war schweißnass. Ich bewegte meine Hand, deutete einen neuen Wurf an.

»Eins von diesen Schildern.«

»Was – legen Sie das *bitte* hin – was für ein Schild?«

»Sie haften für die Schäden, die Sie anrichten.«

Er senkte den Kopf. Seine Hand rutschte vom Telefon. »Ich denke, wir werden uns schon irgendwie einigen, Sir«, murmelte er. »Bitte, legen Sie meinen Penis hin.«

Ich verließ Walcott mit dem Versprechen, dass er mir angemessenen Zutritt in die Welt seiner Käufer verschaffte. Ich hatte die Absicht, auch in Zukunft als Carrol Ransburg aufzutreten, der nun über die nötigen Mittel verfügte und ganz begeistert von der Idee war, Serienmörder-Memorabilien zu kaufen. Als ich mich von Walcotts Haus entfernte, rief er mir hinterher.

»Eins noch, Mr Ransburg. Die Maske. Eigentlich wird sie doch in irgendeinem Polizeirevier aufbewahrt, oder? Eine Leihgabe?«

Ich wandte mich um und warf ihm einen Blick zu, der sagte, dass ich nicht log. »Nein, Mr Walcott. Die Maske wird bei mir aufbewahrt.«

Noch lange, nachdem die Tür ins Schloss gefallen war, spürte ich seinen entgeisterten Blick.

Kapitel Achtzehn

Am Tag darauf, einem Dienstag, lieferte Walcott den Namen einer hiesigen Sammlerin: Marcella Baines, »eine anständige Frau mit exquisitem und sehr speziellem Geschmack«. Als ich mich überrascht zeigte, dass es sich um eine Frau handelte, bezichtigte Walcott mich des Chauvinismus und erinnerte mich daran, wie viele Frauen Serienmördern im Gefängnis schreiben und ihnen manchmal sogar Heiratsanträge machten.

Baines wohnte in einem am Strand gelegenen Hochhaus in Pensacola, das – wie ich hoffte – so weit entfernt von Mobile war, dass sie mein Foto im *Mobile Register* nicht gesehen hatte. Ich meldete mich am Empfang und durfte, nachdem der Wachmann meinen Namen auf seinem Klemmbrett entdeckt und den Fahrstuhl freigegeben hatte, hoch ins Penthouse fahren.

Da ich keinen Schimmer hatte, was angehende Sammler von Serienmörder-Memorabilien für fesch hielten, hatte ich mich für einen schwarzen Anzug entschieden, den ich sonst nur auf Beerdigungen, Hochzeiten und bei anderen traurigen Ereignissen anzog, und meine Haare mit irgendeinem Mittelchen, das Ava zurückgelassen hatte, nach hinten gegelt. Mein Haar sah wie ein Plastiktoupet mit Kammfurchen aus. Ich lächelte verschämt in die Kamera über der Tür und redete mit dieser abgehackten Präzision, die viele für intellektuell halten.

»Mein Name ist Carrol Ransburg. Ich habe einen Termin bei Ms Baines. Ist sie –«

Die Eingangstür ging auf und gab den Blick auf einen großen, hellen Wohnraum frei, der genau dem entsprach, was man von einer vermögenden Witwe erwartete. Zierliche Möbel, hübsche Gemälde an den Wänden, ein Panoramafenster mit Blick auf den Golf. Marcella Baines tauchte neben der Tür auf. Sie war Mitte sechzig, trug – falls ich mich nicht irrte – eine weiße Küchenschürze über einem schlichten blauen Anzug und eine Perlenkette. Sie war knapp eins achtzig und hatte einen kurzen, braun gefärbten Bob, der in starkem Kontrast zu ihrem blassen Teint stand. Ms Baines' Mund war extrem breit, und wenn sie lächelte, kam ein ganz außerordentliches Stück Dentalarbeit zum Vorschein. Ihre grünen Augen funkelten fröhlich, als wäre ich genau das, was sie sich für diesen Morgen gewünscht hatte. Ihre Hand griff nach meiner und zog mich sanft über die Türschwelle. »Ich freue mich sehr, dass Sie hier sind«, sagte sie. »Der Toast klemmt.«

»Wie bitte?«

Ich folgte ihr in eine mit kupfernen Kochtöpfen dekorierte Küche, wo sie auf einen Toaster mit vier Schlitzen zeigte. »Der Toast kommt einfach nicht raus. Wieso er das nicht tut, ist mir schleierhaft, aber es kommt immer öfter vor.«

Ich fummelte kurz herum und entdeckte einen verbogenen Draht im Toasteinsatz. Ein paar kurze Handgriffe und presto: Toast. Sie applaudierte und ihre Zähne funkelten wie Punktstrahler.

»Herzlichen Dank, Mr Ransburg. Ich wollte Kaviar servieren und dann tauchte dieses Problem mit dem Toaster auf. Bitte, nehmen Sie doch Platz; es dauert nur noch einen Moment.«

Ich begab mich ins Wohnzimmer und versank in einer grauen Ledercouch. Eine Minute später erschien sie ohne Schürze und stellte einen Servierteller auf den niedrigen Mahagonitisch zwischen uns. Gehackte Eier, Schalotten, Toastecken, Zitronenschnitze und ein Berg grauschwarzer Kaviar.

»Greifen Sie zu, Mr Ransburg. Bon appétit.«

Wir aßen Fischroggen, schlürften Champagner und

plauderten ein paar Minuten übers Wetter. Sie richtete den Blick auf mich, konzentrierte sich auf meinen Mund,

»Sie haben da etwas, ein Fischei, gleich da ... lassen Sie mich machen.«

Als ihr Finger über meine Lippe strich, musste ich dem Drang, zurückzuweichen, widerstehen. Ihre Hand roch nach Fisch und Zitrone. »Sehr schön«, meinte sie. »Dieser gut aussehende Mann ist wieder ordentlich.« Sie beugte sich auf ihrem zierlichen Stuhl nach vorn, presste die Knie zusammen, faltete die Hände im Schoß.

»Wenn ich mich nicht täusche, sind Sie noch ein junger Sammler. Wie lange sind Sie denn schon dabei?«

»Ein Jahr. Knapp ein Jahr.«

Sie lehnte sich zurück, legte einen Finger unter das Kinn. »Und gibt es Berühmtheiten, deren Arbeiten Sie bewundern?«

»Berühmtheiten?«

»Selbst ein Neuling muss doch Vorlieben haben. Erzählen Sie mir, von wessen Arbeit Sie sich angezogen fühlen? Wen Sie bewundern?«

Ich erwähnte ein paar Serienmörder und Vergewaltiger, die ich im Gefängnis interviewt hatte. Während sie mir zuhörte, änderte sich ihre Miene immer wieder. Ein Name rief ein Zucken hervor, ein anderer geschürzte Lippen, der nächste eine Bewegung der Augenbraue, ein weiterer ein zufriedenes Lächeln. Sie streckte die Hand aus und tätschelte mein Knie.

»Ach, das sind durch die Bank neue Spieler, aus der jüngsten Vergangenheit. Sie müssen sich unbedingt auch mit den Klassikern beschäftigen.«

Ich setzte meinen zerknirschten Gesichtsausdruck auf. »Ich bin Mitglied einer Gruppe von Projektentwicklern. Wir waren sehr erfolgreich, aber der Erfolg kostet Zeit. Mit den Klassikern konnte ich mich bislang noch nicht beschäftigen.«

»Sagen Sie mir, wer Sie wirklich fasziniert? Wem fühlen Sie sich verwandt?«

Das Wort *verwandt* war ausschlaggebend für meine Wahl. Unter diese Kategorie fiel nur einer: Mein einziger Verwandter, mein Bruder. Obwohl wir unsere Kindheit zusammen verbracht hatten, hatten wir nicht mehr denselben Familiennamen. Während des Studiums hatte ich versucht, die Fesseln meiner Vergangenheit abzuschütteln, indem ich meinen Nachnamen gegen den eines Malers tauschte, der kleine Boote auf stürmischer See gemalt hatte – mit ungefähr demselben Ergebnis wie eine neue Haarfrisur. »Jeremy Ridgecliff«, sagte ich.

Baines stand abrupt auf, ging durchs Zimmer und lehnte sich an ein großes Sideboard. Sie musterte mich, ohne zu blinzeln. »Erklären Sie mir, weshalb Sie sich für Jeremy Ridgecliff entschieden haben«, sagte sie. In ihrer Stimme schwang unterschwellig eine Kampfansage mit. »In einer Zeit, wo es Typen wie Dahmer, Corona und Gacy gibt, ist das eine höchst interessante Wahl.«

»Er war ganz anders ... sehr künstlerisch, wie ich hörte, was seine Arrangements anbelangt. Und seine Methode der ... Akquisition war recht ungewöhnlich. Offenbar legte er eine gewisse Sensibilität an den Tag.«

Für einen kurzen Augenblick entdeckte ich ein Feuer in ihren Augen, sah ich ein Lächeln über ihre Lippen huschen.

»Erinnern Sie sich noch an Charlie Chaplin, Mr Ransburg? Sein Vagabund, diese Figur, die so wunderbar, verwirrt und feinfühlig war, alles auf einmal?«

»Ja. Von Filmfestivals.«

»So stelle ich mir Jeremy vor. Als süßen kleinen Chaplin-artigen Burschen, der durch Parks, Bibliotheken und Lobbys eleganter Hotels schlendert, sich stumm irgendwohin setzt und darauf wartet, bis seine Mutter auftaucht. Glücklich und zufrieden, sein Engelsgesicht eine perfekte Mischung aus Trauer und Verlangen.«

Sie sprach von unserer Mutter und Jeremys Verlangen, sie zu töten, weil sie ihn nicht vor den heftigen Gewaltausbrüchen unseres Vaters geschützt hatte, die in seinem Zimmer endeten. Da ich bei Pflegeeltern oder in einem Heim gelandet wäre, wenn er unsere Mutter getötet hätte, suchte mein Bruder sich Ersatz.

»Ich habe gehört, dass gewisse Frauen ihn unwiderstehlich fanden«, sagte ich.

»Weichherzige und romantisch veranlagte Frauen Anfang vierzig. Ein Blick genügte, um ihre mütterlichen Instinkte erblühen zu lassen wie Treibhausblumen. Wahrscheinlich ist ihnen die Milch in die Brust geschossen. Und irgendwann ist ihm ein mütterlicher Typ, genau im richtigen Alter und mit dem passenden Aussehen, über den Weg gelaufen, hat vorsichtig die Hand auf seinen Kopf gelegt und gefragt: ›Kann ich helfen, mein Sohn? Du wirkst bekümmert. Kann ich etwas für dich tun?‹«

»Ja? Das höre ich so zum ersten Mal«, log ich.

»Und später hat er sich bei der Arbeit ausgedrückt. Wissen Sie, Mr Ransburg, was Jeremy zu seinen potentiellen Wohltäterinnen gesagt hat?«

»Nein, das weiß ich nicht, Ms Baines.« Die nächste Lüge – ich wusste ganz genau, was Jeremy zu seinen Opfern gesagt, was er ihnen *vorgesungen* hatte.

Die Tonlage von Baines' Stimme veränderte sich, wurde höher, heiterer.

»Du kommst zu spät, du kommst zu spät, du kommst zu spät ...«

Ich fixierte den tiefroten Teppich. Marcella Baines kam zu mir. »Sie sind wunderbar, Mr Ransburg. Sie *empfinden*. Ich habe Ihre Augen beobachtet, während ich über Jeremy gesprochen habe, und ich habe Wut, Respekt und diese nur schwer zu definierende Verbundenheit gesehen. Dass Sie Jeremy Ridgecliff gewählt haben, verrät mir viel über Sie. Nur Menschen mit einem subtilen Geschmack können seine wahre Größe erfassen.«

»Ms Baines, ich weiß nicht, wieso ich ihn –«

»Psst, Mr Ransburg. Sie sind jung, neu. Neu in dieser schimmernden, strahlenden Welt. Aber eines weiß ich über Sie: Sie sammeln nicht, weil Sie eine interessante Investition suchen. Sie sammeln, weil es Ihrer Seele entspricht.«

Sie ging auf die andere Seite des Zimmers und drückte auf einen Schalter, woraufhin eine Spiegeltür aufglitt. Als sie lachte, klang es wie eins von diesen altmodischen Klavieren.

»Kommen Sie, Mr Ransburg«, lud der breite Mund mich ein. »Lassen Sie mich Ihnen zeigen, wo ich wirklich wohne.«

Kapitel Neunzehn

Ich ging durch die Tür und trat auf einen dicken, schwarzen Teppich. Der riesige Raum glich einer Kunstgalerie: Fotos hinter Glas, Objektrahmen an den Wänden, Vitrinen, Regale, Lichtleisten.

»Hier herüber, Mr Ransburg. Wir fangen mit den Fotos an.«

Sie legte die Hand auf meinen Unterarm, als wären wir ein Pärchen, das am Strand spazieren geht, und führte mich zu der Wand mit den gerahmten Fotos, auf denen ausschließlich Männer abgebildet waren: ein Mann in einem Clownskostüm, der Kerzen auf einem Kuchen ausbläst; ein Nackter, der inmitten von Waffen auf einem ungemachten Bett sitzt; einer, der aus einem alten Lastwagen starrt. Ich entdeckte ein Foto in einem Goldrahmen, auf dem ein grinsender, überall tätowierter Kerl saß, an dessen Brustwarzen die Klammern von einem Überbrückungskabel befestigt waren. Ich sah verkniffene Gesichter, schrecklich grinsende Münder, hängende Augenlider, glasige Augen …

Auch Marcella Baines grinste übers ganze Gesicht. »Das sind meine Jungs, Mr Ransburg.«

»Und Sie haben eine ganze Menge, Ms Baines. Jungs.«

Sie zeigte auf ein Schwarzweißfoto von einem Mann mit Schweinsäuglein und getrocknetem Speichel in den Mundwinkeln. »Charles Osland«, sagte sie.

Osland war ein berühmter Mörder aus den Fünfzigern, der fünf Frauen erdrosselt hatte. Sein bekanntestes Opfer war Tina Caralla, eine Fernsehreporterin aus Memphis.

Während ich das Foto studierte, trat Baines vor eine Vitrine, nahm etwas heraus und stellte sich wieder neben mich. Sie zeigte mir ein Stück Seil in einer verschlossenen Plastiktüte. »Damit hat Charles Tina ans Bett gefesselt«, sagte sie. »Nur zu, machen Sie die Tüte nur auf.«

»Das ist doch nicht nöt –« Ich hatte nun wirklich nicht das Bedürfnis, dieses grässliche Ding anzufassen.

»Ist schon gut«, sagte sie und klopfte mir auf die Schulter, als wollte sie einem kleinen Kind Mut machen. »Das ist Teil Ihrer neuen Welt.«

Ich hob die Tüte hoch. *Es ist nur ein ganz gewöhnliches Seil*, redete ich mir ein, *gebündelte Faserstränge*. Ich öffnete sie.

»Und nun riechen Sie«, drängte sie mich.

Ich hielt die Tüte unter meine Nase und inhalierte. Nichts. Marcella hielt den Kopf über die Tüte und nahm einen tiefen Zug. Mit einem verträumten Lächeln auf den Lippen lehnte sie sich nach hinten. »Da wird einem ganz schwindelig, nicht wahr? Chanel Nr. 5, das Parfüm, das Tina trug. Hat es auf ihren Hals getupft, auf ihren hübschen Schwanenhals.«

»Es ist … wunderbar«, meinte ich und wollte die Tüte zumachen.

»Noch mal«, insistierte sie. »Bitte, ich bestehe darauf.«

Ich schloss die Augen und tat so, als würde ich tief einatmen. Für einen Moment registrierte ich einen düsteren Geruch. Kein Parfüm, sondern den Geruch eines gewaltsamen Todes. Sie sagte: »Zwei der eindrücklichsten Augenblicke in zwei Menschenleben, für immer eingefangen in siebzig Zentimeter Baumwollseil.«

»Wie viel?«, fragte ich und schloss die Tüte.

Sie tätschelte meine Hand. »Das steht nicht zum Verkauf, denn es ist mein Amulett und schenkt mir Kraft.«

»Aber was würde es kosten, wenn es zu verkaufen wäre?«

»Lassen Sie uns nicht über das sprechen, was den Markt beschäftigt, Mr Ransburg. Wir sind hier, um zu genießen.«

Während der nächsten halben Stunde bekam ich zahllose Gräuelreliquien zu sehen: Halstücher, mit denen jemand gefesselt worden war; Geräte, die auf obszöne Weise Verwendung gefunden hatten; mehr Stromkabel, als ich in Erinnerung behalten möchte. Irgendwann reichte sie mir eine kleine Plastikschachtel mit ganz gewöhnlichen Reißzwecken, doch als sie mir verriet, wie sie verwendet worden waren, hätte ich sie am liebsten ins Klo geworfen und den ganzen Nachmittag die Spülung betätigt.

Nachdem ich alles gesehen hatte, fragte sie mich: »Was haben Sie vorher gesammelt? Jeder, der mich besucht, hat vorher etwas anderes gesammelt.«

»Das Übliche, denke ich. Briefmarken. Münzen.«

Ein mitfühlendes Lächeln. »Briefmarken waren mir zu distanziert, aber Münzen habe ich auch ein paar Jahre gesammelt. Nicht frisch aus der Prägeanstalt, sondern solche, die im Umlauf gewesen sind. Ich wollte die Abnutzung sehen, die Hände spüren, die mit diesen Münzen in der Tasche gespielt hatten, ihr Gewicht schätzen. Meine Vorliebe für dreckige, abgenutzte Münzen machte mich in der Sammlerwelt natürlich zum Gespött. Doch irgendwann kam ich dann in den Besitz von Münzen, die Merle Banton gehört hatten. Haben Sie von ihm gehört?«

»Na, das eine oder andere.« Banton war in den Dreißigern glücklicherweise nur eine kurze Heimsuchung gewesen. Der Gleisarbeiter hatte während der Depression ein Dutzend Wanderarbeiter, die auf Züge aufgesprungen waren, abgeschlachtet und sie auf der Strecke zwischen Saint Louis und Santa Fe neben den Bahnschienen deponiert.

»Plötzlich wurden die Münzen *lebendig*, Mr Ransburg. Ich erfuhr, dass Mr Banton die Münzen oft in den Mund genommen, von einer Backe in die andere geschoben hat. Und da fragte ich mich, hatte er die Münzen im Mund, als er …«

Ein paar Sekunden lang schien sie in Gedanken verloren zu sein. »Wann haben Sie mit dem Sammeln angefangen?«, fragte sie. »Wem oder was galt Ihre erste Leidenschaft?«

Ich kramte in meiner Vergangenheit: In der dritten oder vierten Klasse stromerte ich mit einem selbst gemachten Netz aus Gaze und einem Drahtbügel durch die Wiese.

»Schmetterlingen«, antwortete ich.

Sie lächelte. »Wie so viele von uns. Ich habe mit Lepidoptera angefangen. Die Monarchfalter mochte ich am liebsten. Als kleines Mädchen habe ich eine Insektenpuppe in einem Busch gefunden. Wie ein kleines Schmuckstück war sie, kostbar und zart. Ich habe sie von dem Ast gezupft und mit nach Hause genommen. Die Tage vergingen und ich beobachtete, wie sie die vor ihr liegenden Ereignisse zu spüren schien, wie das kleine Herz gegen die grüne Hülle schlug. Und dann das Unvermeidliche: Die Hülle platzt, die Flügel werden ausgebreitet. An diesem Tag beschloss ich, diesen Augenblick für immer festzuhalten, andere zu sammeln. Die Sammlung besitze ich immer noch, Mr Ransburg. Möchten Sie sie sehen?«

»Es wäre mir eine Ehre.«

Sie beugte sich über eine Sideboard-Schublade, nahm eine Kiste mit Glasdeckel heraus, schürzte die Lippen und blies den Staub weg.

»Es dauerte ein paar Jahre, bis ich sie zusammenhatte«, sagte sie und reichte mir die Kiste. »Aber jede ist perfekt. Es kommt auf das Timing an, wissen Sie.«

Ich senkte den Blick. Ein Dutzend grüner Puppen in drei Viererreihen, die grünbraunen Hüllen so dünn wie

Pergament, seitlich aufgeschlitzt. Aus jedem Riss ragte die Hälfte eines Schmetterlings, ein Flügel halb ausgebreitet.

»Sehr schön«, murmelte ich.

Sie wandte den Blick ab und gewährte mir so einen Augenblick allein mit der Sammlung, ehe die Kiste weggepackt wurde. Dann nahm sie wieder meinen Arm und führte mich zurück in die Wohnung.

»Ich habe alles Mögliche gesammelt, Mr Ransburg. Ich besitze ein paar wunderschöne Dinge, unwahrscheinliche und magische Dinge. Falls Sie es mir erlauben, könnte ich Ihr Mentor sein.«

Ich heuchelte Erstaunen über ihr großzügiges Angebot und ließ die Kinnlade fallen. »Das wäre ja unglaublich, Ms Baines. Ich weiß gar nicht, wie ich Ihnen danken soll.«

»Wir werden uns ergänzen. Sie werden lernen und mir wird es eine Freude sein, Sie dabei zu beobachten. Als würde ich die Reise noch mal neu antreten.«

Marcella Baines drehte sich herum und presste ihre Lippen auf meine. Ihr Kuss war zart, unschuldig. Sie wich zurück, warf einen Blick auf ihre Armbanduhr und lächelte traurig. »Uns bleibt noch viel Zeit, voneinander zu lernen, Mr Ransburg. Aber jetzt erwartet mich mein Bridgeclub. Langweilige alte Damen, deren Leben so grau und trist ist wie ihre Haarfarbe, aber man muss den Schein wahren. Sollen wir uns schon bald, vielleicht Freitag, wiedersehen?«

»Das wäre ganz wundervoll.«

»Es gibt ja noch so viel, was Sie lernen können. Und, was das Sammeln betrifft, ist jetzt genau der richtige Zeitpunkt. Ein goldenes Zeitalter ist angebrochen. Haben Sie schon mal von einem Mann namens Marsden Hexcamp gehört?«

»Ich, ähm, nur Gerüchte.«

Sie warf mir ein Tausendwattlächeln zu. »Dann will

ich Ihnen mal etwas erzählen, das in diese Schublade passt, Mr Ransburg: Marsden Hexcamp feiert seine Auferstehung. Wie finden Sie das?«

Kapitel Zwanzig

Im Büro der Detectives waren außer uns nur zwei Bullen, Wally Daller und Trent Madigan. In der gegenüberliegenden Zimmerecke zog Wally einen Kamm durch sein schütter werdendes Haar und begutachtete das Ergebnis. Madigan hing am Telefon. Harry, der sichergehen wollte, dass sich auf der anderen Seite niemand versteckte, spähte über die graue Trennwand, hinter der mehrere Schreibtische standen.

»Sie hat *was* getan?«, fragte Harry mit großen Augen.

»Du kannst mir glauben, Harry, das ist nicht auf meinem Mist gewachsen.«

»Du meinst, auf den Mund? Diese alte Dame?«

»Mit geschlossenem Mund. Fest geschlossen.« Ich presste die Lippen zusammen und zeigte mit dem Finger darauf. »Da bin ich geflohen. Ich hatte schon Schiss, sie heftet sich an meine Fersen.«

Madigan legte auf, schluckte eine Hand voll Tabletten gegen Sodbrennen, rülpste in seine Hand und ging auf die Toilette. Als die Tür ins Schloss fiel, sagte Harry: »Mal abgesehen von diesem Küsschen-Küsschen-Getue, Carson, was wusste sie über Hexcamp?«

»Sie hat nur gesagt, er würde seine Wiederauferstehung feiern.«

»Meinst du, sie weiß wirklich Bescheid? Oder ist sie nur ganz erpicht darauf, ein paar Schlucke aus dem Jungbrunnen zu nehmen?«

»Harry, die hintere Hälfte ihres Penthouses ist eine Art Asservatenkammer der Hölle. Sie hatte sogar eine Schachtel Reißzwecken, mit denen Tommy Murgatroyd –«

»Erspar mir die Details. Gehst du Freitag wieder hin? Übermorgen?«

»Dann werde ich sie in die Zange nehmen und rauskriegen, was sie über Hexcamp weiß. Und seine Arbeiten.«

»Wahrscheinlich wird sie dich auch in die Zange nehmen, deinen Hintern auf die Matratze werfen. Dir die Klamotten vom Leib reißen und zubeißen. Und du kriegst ein bisschen Geri-Aktion.«

Ich trank noch einen Schluck Kaffee und wischte mir ungefähr zum fünfzigsten Mal, seit ich die Baines verlassen hatte, den Mund ab. Die Vorstellung von dem, was noch hätte passieren können, war mir unerträglich. In Harrys Tasche klingelte das Handy. Irgendwo hatte er den Refrain von »Spoonful« gefunden.

That spoon ...that spoon ...that spoon-ful ...

»Nein. Überhaupt nicht. Hören Sie, Ma'am, so was würde mein Partner nie tun. Richtig. Und vor allem nicht mit ihr. ›Kein Kommentar‹, oder? Gut. Falls sie noch mal auftaucht, würde ich Ihnen empfehlen, die Tür zu verriegeln und die Vorhänge zu schließen.« Er seufzte und hängte auf.

»Weißt du noch, wie ich Carla Hutchins meine Karte gegeben und gesagt habe, sie kann mich anrufen?«

Ich nickte.

Harry schüttelte den Kopf. »Das war sie. Fotze und Funt haben sich offenbar gerade verabschiedet. Danbury hat versucht, sie mit Fragen zu löchern. Ms Hutchins ist, ähm, gar nicht gut auf dich zu sprechen.«

»Auf mich? Wieso?«

»Danbury hat mehrmals deinen Namen fallen lassen, als wären du und sie alte Kumpel. Hutchins hatte den Eindruck, du hättest Danbury geschickt.«

»Ich kümmere mich darum«, versprach ich.

Eine Stunde lang lief ich wütend auf und ab. So lange dauerte es nämlich, bis Danbury wieder in Mobile war.

Dann rief ich Channel 14 an. Die Frau in der Telefonzentrale holte tief Luft. »Willkommen bei Channel 14, einem Mitglied der Clarity Broadcasting Network. Wir liefern die Action 14 Nachrichten und die Mega-Doppler-Wettervorhersage.«

»Müssen Sie das jedes Mal sagen, wenn Sie den Hörer abnehmen?«, fragte ich.

»Ja«, antwortete sie und klang überhaupt nicht glücklich.

»Hier spricht Detective Carson vom Mobile Police Department. Ich möchte mit DeeDee Danbury sprechen.«

»Tut mir leid, Sir. Sie hat eben reingeschaut, ist aber schon wieder weg. Ich kann es ja mal auf ihrem Handy versuchen.«

Ich wurde in die Warteschleife geschoben und duldete mich im Vakuum.

»Sie geht nicht ran, Sir. Ist schwierig, sie zu erreichen, wenn sie nicht erreicht werden will.«

»Und wie steht's mit Funt? Kriegen Sie den an die Strippe?«

»Wen, Sir?«

»Den Kameramann, mit dem sie meistens arbeitet.«

»Borgurt Zipinski.« Als sie seinen Namen aussprach, hörte sie sich an, als würde ihr ein Geruch in die Nase steigen. »Den können Sie haben.«

Wieder in die Warteschleife. Zwei Minuten verstrichen, ehe am anderen Ende der Leitung jemand abnahm.

»Tag auch, Detective«, ertönte eine Stimme, die klang, als wäre sie gerade frisch geölt worden. »Was liegt an?«

»Ich muss mit Ms Danbury sprechen, und zwar pronto«, sagte ich. »Sie können mir da bestimmt helfen. Immerhin sind Sie die meiste Zeit ihr Panza, oder?«

»Ihr was?«

»Ihr Partner. Können Sie mit ihr Kontakt aufnehmen, auch wenn sie unter dem Radar durchfliegt?«

»Sie zieht eigentlich immer ihr Ding durch, Kumpel ... ähm, Detective, wollte ich sagen.« Der Junge amüsierte sich prächtig.

»Was halten Sie davon, Sancho?«, fragte ich. »Sie notieren sich meine Nummer und geben sie ihr durch. Und bestellen Sie ihr, ich bin nicht sonderlich gut drauf.«

»Ach, wenn sie das hört, werden ihr gleich die Knie schlottern.« Zipinski kicherte, als er die Nummer aufschrieb.

Ich starrte mein Handy an. Zu mehr war ich nicht in der Lage. Nachdem ich das Plastikding zehn Minuten lang angestarrt hatte, meldete sie sich.

»Hallo, Pogie. Was gibt's?«

»Ms Danbury, ich vermute schwer, dass Sie mich und Harry verfolgen. Und Menschen kopfscheu machen, die das überhaupt nicht brauchen können. Außerdem hege ich langsam den Verdacht, dass Sie Informationen zurückhalten, die relevant sind für die laufenden Ermittlungen, was illeg –«

»Weiß oder rot?«

»Wie bitte?«

»Ich fahre jetzt in ein Weingeschäft und besorge eine Flasche. Rot oder weiß, was trinken Sie lieber? Bei der Hitze ist mir weiß lieber, aber da wir die Flasche bei Ihnen daheim – gegen sieben? – trinken, dürfen Sie entscheiden.«

»Hören Sie mal, Ms Danbury, auf gar keinen Fall –«

»Ach, ich Dummchen«, sagte sie. »Ich bring einfach von jeder Sorte einen.«

Und damit beendete sie unser Gespräch.

Kapitel Einundzwanzig

»Rot oder weiß, Ryder?«, fragte Danbury. Mit einem sommelierähnlichen Korkenzieher in der Hand lehnte sie an meiner Küchenzeile. »Oder soll ich sie mischen? Wird so Zinfandel Rosé gemacht?«

Ich hob meine Flasche Bass Ale. »Ich hab schon.«

Kurz vor sieben war Danbury mit zwei Flaschen in einer braunen Papiertüte eingetrudelt. Ehe ich etwas sagen konnte, war sie in meine Küche gestürmt und hatte angefangen, den Wein zu entkorken.

»Ich habe vorsichtshalber einen Korkenzieher gekauft.«

»Um ehrlich zu sein, ich besitze einen Korkenzieher, Ms Danbury.«

»Einen richtigen? Oder nehmen Sie ein Schweizer Armeemesser?«

Ich schnitt eine Grimasse. Sie zwinkerte mir zu, ging zurück ins Wohnzimmer, setzte sich und stellte ihr Weinglas auf einem nackten Knie ab. Die Fernsehuniform hatte sie gegen ausgefranste, ausgeblichene Shorts und ein weißes T-Shirt eingetauscht. Auf der leicht gewölbten Hemdbrust prangte das Logo des Mobile Bay Birder Project.

»Ich gestehe.«

»Sie gestehen was?«

»Dass ich von den Kerzen wusste, dass das Opfer eine Nonne war, dass Carla Hutchins was damit zu tun hatte. Und ich gebe zu, dass ich nicht weiß, woher ich das alles weiß. Damit will ich sagen, ich kenne meine Quelle nicht.«

»Sie sind …« Ich riss mich zusammen.

Sie lehnte sich zurück und nippte unbekümmert an ihrem Wein. »Eine Lügnerin? Nein. Ich lüge nur sehr selten, Ryder, auch wenn Sie mir das nicht abkaufen. Manchmal biege ich die Wahrheit ein bisschen hin, wenn ich die Story anders nicht kriege …«

»Sie manipulieren«, korrigierte ich sie.

»Nennen wir es verdrehen«, verbesserte sie lächelnd. »Jetzt sind Sie dran.«

Ich beugte mich vor. »Warum kennen Sie Ihre Quelle nicht? Kriegen Sie Flaschenpost?«

»Ich kriege schnelle, kurze Infos per Telefon. Keine Ahnung, von wem oder warum.«

»Mann oder Frau?«

»Kann ich nicht sagen. Die Stimme klingt gedämpft oder gefiltert.«

Das stimmte mich nachdenklich. Hakkam, der Manager vom Cozy Cabins, hatte den Anrufer, der das Zimmer gemietet hatte, ganz ähnlich beschrieben.

Stimme war nicht hier oben wie bei einer Frau … Und auch nicht hier unten wie bei einem Mann. Irgendwas in der Mitte.

»Erzählen Sie mir mehr über die Infos.«

Sie erhob sich, schlenderte zur Verandatür hinüber und ging nach draußen. Ich wartete ein paar Sekunden, schüttelte den Kopf und folgte ihr. Sie lehnte am Verandageländer und betrachtete den glatten, schimmernden Golf.

»Danbury? Hallo?«

Sie stellte ihr Glas aufs Geländer und drehte sich um. »Erinnern Sie sich noch an mein Angebot, Informationen auszutauschen? Langsam entwickelt sich doch eine Form von Zusammenarbeit. Und wer ist nun der Boss?«

»Zusammenarbeit? Träumen Sie nur weiter.«

»Das sind wirklich höchst interessante Botschaften, Ryder. Fast schüchtern. Verführerische kleine Infohäppchen. Dennoch habe ich das Gefühl, dass da jemand mit mir spielt. Jeder versucht das bei Reportern, keine Frage. Worum geht es sonst in dieser Ideenfabrik? Aber da läuft noch etwas anderes. Ich kann noch nicht den Finger darauflegen. Vielleicht könnte jemand, der mehr Erfahrung mit so was hat, sich einen Reim darauf machen.« Sie klimperte mit den Wimpern, drehte eine Haarlocke um den Finger und imitierte Scarlet O'Haras Stimme. »Vielleicht ein großer, starker Polizist.«

Ich konnte nicht anders, ich musste einfach grinsen. »Sie sind mir schon 'ne Nummer, Ms Danbury.«

Sie nahm ihr Weinglas und trank einen Schluck. Während sie mich musterte, verfing sich ein Windstoß in ihren Haaren.

»Wir sind uns in vieler Hinsicht ähnlich, wissen Sie?«

»Inwiefern?«

»Wir sehen die Schattenseite des Lebens. Ich berichte über Morde, Autounfälle und Selbstmorde, weil die Zuschauer deswegen einschalten. Ich bin als Beobachter dort, Sie mischen mit, sind involviert. Und daran wird sich auch nichts ändern. Sie machen weiter und ich auch. Lassen Sie uns doch die Mauern zwischen unseren Tätigkeiten einreißen oder ein Stück weit abbauen. Vielleicht wird unser Leben dadurch ja leichter, einfacher.«

»Sie sind schon lange kein Beobachter mehr, Ms Danbury. Wenn Sie Informationen über den Fall erhalten, sind Sie ebenfalls involviert.«

Sie hob das Glas und prostete mir zu. »Touché. Aber da die Grenzen ohnehin verschwimmen, können wir doch sehen, wo uns das hinführt. Ich werde Ihnen von meiner Quelle erzählen. Wissen Sie noch, letzten Donnerstag, da habe ich während der Nachrichten über die Kerzen im Zimmer des Opfers gesprochen.«

»Ich entsinne mich.«

»Das lief auf keinem anderen Sender. Und der *Regis-*

ter wusste auch nichts. Ich wurde aus meinem Schönheitsschlaf gerissen von einer Stimme, die sagte: ›Fragen Sie die Bullen nach Kerzen im Cozy Cabins.‹ Klick, das war's. Eigenartige Stimme, Nummer unterdrückt. In der nächsten Nacht wurde die Information genauer. Zwei Uhr dreißig, mitten in der Nacht: ›Fragen Sie nach den Kerzen auf den Augen‹.«

»War's das?«

Sie hob die Hand zum Schwur. »Pfadfinderehrenwort. Bis Freitagnacht habe ich nichts mehr gehört.«

»Und dann haben Sie erfahren, dass das Opfer Schwester Anne Marie Gilbeaux war.«

»Richtig. Natürlich hatten an dem Nachmittag alle Sender die Neuigkeiten. Das war kein richtiger Knüller. Und dann höre ich gestern Nacht: ›Carla Hutchins ist in Chunchula.‹«

»Und Sie sind sofort zur Hutchins hochgesaust. Und haben meinen Namen erwähnt.«

»Ja, aber doch mit vollem Recht: ›Ms Hutchins, ich bin Reporterin bei Channel 14 und eine Bekannte von Detective Carson Ryder. Wir beide interessieren uns für die Umstände, die zum Tod von Marie Gilbeaux geführt haben.‹« Sie sah mich an. »Entspricht doch der Wahrheit, oder?«

»Ja, das ist die Wahrheit«, gab ich zu. »Verdreht, zurechtgebogen, kurz davor, sich ins Gegenteil zu verkehren, aber dennoch die Wahrheit.«

»Sie haben bei Ihrem Job vermutlich noch nie eine lahme Ausrede verwendet, was?«

Ich senkte den Blick in der Hoffnung, auf dem Boden etwas Interessantes zu entdecken. Danburys Lächeln sagte: *Jetzt habe ich dich erwischt.* »Wie ich schon sagte, wir sind gar nicht so verschieden. Zurück zu meiner Frage: Wieso gibt mir jemand diese Infohäppchen über eine tote Frau und eine, die noch lebt?«

Ich kniff ein Auge zu. »All das könnte von jemandem aus dem Revier stammen. Von einer Ihrer Quellen. Und die Anrufe mitten in der Nacht haben Sie sich nur ausgedacht, um bei mir ein bisschen an den Strippen zu ziehen.«

»Ich habe da ein paar Informanten, doch ich bin sicher, dass es keiner von denen ist. Sie haben es gut bewerkstelligt, ihnen den Mund zu verbieten. Welche Verbindung besteht zwischen den beiden Frauen?«

»Ich weiß von nichts.«

»Ist das eine andere Version von ›Kein Kommentar‹?«

»Kann sein.«

»Das kriegen wir schon noch raus. Wir stehen ja erst am Anfang.«

»Wir? Wir?«

Sie stand auf, ging zum Verandafenster, verschränkte die Arme. Starrte aufs blaue Wasser hinaus. »Ich hatte gehofft, Sie würden mir aus freien Stücken ein bisschen unter die Arme greifen, wo es doch ohnehin so laufen wird. Ich habe das nicht ins Rollen gebracht. Sie haben bei Borg die Kontrolle verloren. Und ich habe mich beim Management des Senders wirklich für Sie eingesetzt. Aber alles andere war meine Idee.«

»Was schwafeln Sie da, Danbury?«

Sie drehte sich zu mir um. »Heute Nachmittag hat mein Sender mit Ihrem Boss einen Deal ausgehandelt. Sie werden mich bei diesem Fall nicht mehr los. Wir sind Partner, Ryder. Erzählen Sie mir jetzt, was da wirklich läuft?«

Sie lächelte zaghaft, denn sie rechnete damit, dass ich einen Wutanfall erlitt. Und ich konnte nicht anders – ich schüttete mich aus vor Lachen.

»Da sind Sie aber einen Scheiß-Deal eingegangen«, sagte ich. »Niemand hat auch nur den Hauch einer Ahnung.«

Kapitel Zweiundzwanzig

»Das haben Sie sich selbst zuzuschreiben, Ryder«, sagte Chief Plackett und degradierte mich vom Detective zum Nachnamen. Er wandte sich vom Fenster hinter seinem Schreibtisch ab und drehte sich zu mir um. Seine Miene war alles andere als fröhlich.

»Ich sage ja nur, es ist einfach so aus dem Blauen heraus passiert, Chief.«

Er stützte sich mit den Knöcheln auf den Schreibtisch und beugte sich vor. »Ich wusste ja nicht, dass die Reporterin sich so schnell an Sie wendet. Ich wollte Sie heute Morgen anrufen und Sie über die Vereinbarung mit Channel 14 in Kenntnis setzen.«

Ich lenkte den Blick auf den Globus, entdeckte Sibirien, schaute in eine andere Richtung. »Sie haben nicht damit gerechnet, dass sie als Erstes –«

»Ich bin mit der ganzen Situation auch nicht glücklich. Und dass Sie versuchen, mir den schwarzen Peter zuzuschieben, gefällt mir noch viel weniger.«

»Das hatte ich nicht vor, Sir.«

Er kniff die Augen zusammen. »Und Sie wollten den Kameramann auch nicht –«

»Er arbeitet mit Video.«

Als ich Plackett korrigierte, kniff er wieder ein Auge zu. Wo steckte Harry nur, wenn ich ihn mal brauchte? Er hätte gewusst, was ich sagen wollte, und nach meiner ersten Hälfte laut geniest. Oder mir einfach einen Schlag versetzt. Der Chief hätte Harry wahrscheinlich sofort zum Lieutenant gemacht. Stattdessen drehte Plackett sich wieder in Richtung Fenster, als gäbe es auf der Welt nichts Interessanteres als dichten Morgennebel.

»Das ist bei all dem herausgekommen, Ryder. Der Sender vergisst, dass Sie einen Ihrer Mitarbeiter angegriffen haben. Im Gegenzug bekommt eine seiner Reporterinnen, diese Danbury, einen Fuß in die Tür. Sie will die Chance, bei diesem Fall voll mitzumischen, und wir sind übereingekommen, ihr diese Chance zu geben. Verraten Sie keine Betriebsgeheimnisse, aber was alle anderen Infos anbelangt, brauchen Sie nicht knauserig zu sein. Und sorgen Sie dafür, dass Nautilus sich auch an die Vereinbarung hält.«

»Sie hat ihre Nase in Dinge gesteckt, die sie nichts angehen. Wenn sie das noch mal macht, könnte –«

Er wirbelte zu mir herum. »Null«, bellte er.

»Wie bitte, Sir?«

»So hoch beläuft sich Ihre Erlaubnis, mit mir über dieses Thema zu diskutieren, Ryder. Auf Null. Mit einem N wie in ›Nichts sagen und Maul halten‹.«

Ich nickte. Er starrte mich wütend an, als fände er, ich nicke zu laut. Dann zeigte er mit dem Daumen auf die Tür. Ich nickte so leise wie möglich, verzog mich und lief zum Büro der Detectives. Harry war in Roy Trents Nische. Harry stand, Roy saß mit verschränkten Armen auf einem Stapel Akten.

»Ich weiß nicht, Harry«, sagte Roy. »Es läuft einfach nicht so, wie ich es mir vorgestellt habe. Wir werden den Fall schon noch lösen, klar, doch wir haben einfach noch nicht den richtigen Blickwinkel.«

»Da bist du nicht der Einzige, Roy«, meinte ich. »Wo fehlt dir der richtige Blickwinkel?«

»Bei dieser Sache letzten Montag. Der Orangenlady, die von hinten abgeknallt wurde.« Roy schob eine dunkle Haarsträhne zurück, die seine Augenbraue verdeckte. »Wie sieht meine Stirn aus, Carson?«

»Hmm, sieht okay aus, Ray.«

Er ließ die Haarsträhne fallen. »Seltsam. Seit einer Woche laufe ich gegen Wände.«

»Du hast unser Mitgefühl«, sagte Harry. »Aber wir haben auch einen Eimer voll Würmer, die wir auseinander wursteln müssen.«

»Wollt ihr tauschen?«, fragte Roy halb im Spaß. »Neue Perspektiven und so?«

»Unter einer Bedingung«, sagte Harry. »Dein Fall hat nichts mit Kunst zu tun, oder? Du hast keine kleinen Bildchen in der Nähe der Leiche gefunden, stimmt's? Glänzende, kleine Kunstwerke?«

Roy schüttelte traurig den Kopf. »Nee. Bei meiner Leiche gab es nur eine Blutlache zu finden. Und eine Orange.«

Harry und ich kehrten an unsere Schreibtische zurück. Es war ruhig auf dem Stockwerk – ein paar Jungs telefonierten, die anderen waren draußen und pflügten einen Pfad durch ihr jeweiliges Jammertal. Die Sommerhitze hatte fast ihren Höhepunkt erreicht, was die Mordrate immer in die Höhe schießen ließ. Dass Plackett unsere anderen offenen Fälle den Kollegen aufgehalst hatte, machte die Jungs nicht glücklich. Nun konnten wir uns voll und ganz auf diesen Fall konzentrieren, was allerdings keinen großen Unterschied machte.

»Hat dir der Chief eine kleine Kopfnuss verpasst?«, fragte Harry, als wir außer Trents Hörweite waren. »Dich Mores gelehrt und vor die Tür gekehrt?«

»Mir die Meinung gegeigt und den Vogel gezeigt.«

Harry dachte darüber nach. »Nicht schlecht.«

Ich sagte: »Du hast nicht zufällig Gerüchte über eine unheilvolle Allianz mit ...«

»Falls du auf uns und eine gewisse Reporterin anspielst, das habe ich gehört. Wir werden sie so weit mit ins Boot nehmen, dass sie denkt, sie wäre drin, doch in Wahrheit ...«

Ich hob anerkennend die Daumen. »... wird sie gar nichts mitkriegen.«

»Du sagst es.«

Ich schaute auf. Drei Meter weiter drüben stand mein Schreibtisch, auf dem sich die Unterlagen türmten: Akten, Ordner, Notizzettel, Terminlisten, Interviews, Fotos. Nichts von all dem hatte eines von diesen *Aha*-Erlebnissen ausgelöst, wo man auf den einen Fakt stößt, der ein Ereignis in Beziehung zu einem anderen setzt und dann zu noch einem und noch einem ... und – schwuppdiwupp – klingen die umfallenden Dominosteine wie eine zwölfsaitige Gitarre, auf der gerade *High Anthem Rock* geklimpert wird.

Ich sah nur einem stummen Aktenberg, den ich etwa ein Dutzend Mal aus sechs verschiedenen Perspektiven durchgeackert hatte. Wenn ich mich jetzt da wieder ranmachte, würde ich darin ertrinken.

Mitten auf dem Weg zum Schreibtisch blieb ich wie angewurzelt stehen.

»Carson?«, fragte Harry. »Alles in Ordnung mit dir?«

»Ich muss Wasser sehen«, sagte ich.

Fünfzehn Minuten später waren wir auf dem Damm und ich fühlte mich wesentlich besser als in den vergangenen Tagen. Der Damm – ein schmaler Streifen Land, der im Norden der Bucht die Countys Baldwin und Mobile verbindet – hat etwas Heiliges. Hier gibt es reiche Fischgründe, Buden, an denen frische Krebse serviert werden, und windschiefe Hütten, wo man sich mit Ködern eindecken kann.

Vereinzelt parkten Fahrzeuge, größtenteils Pick-ups und Kombis, auf den Seitenstreifen der zweispurigen Straße. In der Nähe eines Wagens entdeckte man dann einen alten Fischer, meistens schwarz, in einem Gartenstuhl, der mit der Angel in der Hand auf etwas Glück hoffte. Manchmal fischten hier ganze Familien – das Wasser und der Damm übten auf die verschiedenen Generationen dieselbe Wirkung aus.

Ein weiterer Grund, weshalb ich den Damm liebe,

ist die Tatsache, dass er sich den Launen der Natur unterwirft. Gelegentlich kommt es vor, dass der Damm, nur ein paar Fuß höher als die Wellen, überschwemmt wird. Dann wird er tagelang von Flundern, Forellen und flinken Krebsen bevölkert. Wenn das Wasser wieder zurückgeht, bemächtigen wir Menschen uns wieder seiner. Und trotzdem kann es vorkommen, dass ein großer Alligator aus der Bucht gekrochen kommt und einen Spaziergang auf dem Asphalt macht. Dann fahren alle langsamer oder der Verkehr kommt ganz zum Erliegen, bis der Sheriff jemanden schickt, der den alten Beißer wegschafft. Solche Augenblicke liebe ich.

Der Bayway, der quasi parallel zum Damm verläuft, ist eine höher liegende Röhre, die man gebaut hat, damit die Beförderung der Arbeitskräfte und Güter von und nach Mobile problemlos vonstatten geht. Keine Überflutung, keine Alligatoren, keine Familien, die am Ufer Entspannung suchen. Den Bayway nehme ich nur, wenn ich es eilig habe oder der Damm gesperrt ist. Wie viele Dinge, die nur erfunden wurden, um die Natur zu überlisten oder den Kommerz zu fördern, ist der Bayway ein seelenloses Bauwerk und das Gegenstück zum Damm.

Harry parkte hinter einer alten Karre, die hier entweder illegal abgestellt war oder auf den Abschleppwagen wartete. Wir standen auf einem breiteren Seitenstreifen. Von hier aus waren es etwa sieben Meter zum hohen Schilf am Strand. Sanfte Wellen schlugen ans Ufer. Ein paar Krebsfischer zogen ihre Körbe einige hundert Meter in die Bucht hinaus, holten andere Körbe aus dem Wasser und schauten nach, was sie ergattert hatten. Ihr Tun gehorchte streng geregelten Abläufen: einen Korb kontrollieren, ein paar Schlucke Bier trinken, dann auf zum nächsten Korb, der nur ein paar Meter weiter war. Ich bewunderte ihre Methode.

Harry und ich lehnten uns an den Wagen, tranken Kaffee aus dem Supermarkt und beobachteten die Krebsfischer. Die Sonne stieg höher. Das Wasser glitzerte. Ich sagte: »Ich musste mal vom Schreibtisch weg, Bruder. Die vielen Details treiben mich in den Wahnsinn.«

Harry nahm einen Schluck, dachte nach. Er nahm das verlassene Autowrack ein Stück weiter vorn in Augenschein, das mit Aufklebern zugepflastert war: *I'm On the High Road To Heaven. Jesus Saves. Read Your Bible. It's All There.*

»Reduzier den Fall mal für mich auf so schlichte Aufkleber-Formeln, Cars«, sagte er und zeigte auf den Schrotthaufen. »So in der Art.«

»Was soll ich machen?«

»Lass die Details aus. Erzähl mir kurz und knapp, was Sache ist.«

Ich überlegte kurz. »Zwischen 1970 und 1972 tötet Marsden Hexcamp bestialisch ein halbes Dutzend Menschen. Das nennt er die ›Kunst des letzten Augenblicks‹ und produziert eine Reihe Bilder und Zeichnungen, die auf diesen Morden basieren. Jetzt spule ich vor. Vor etwa zwei Wochen kriegt ein Mann namens Rubin Coy –«

»Ganz schön großen Aufkleber hast du da«, meinte Harry. »Kürz mal.«

Ich sagte: »Vor zwei Wochen erhält der Unterhändler Coyle per Post ein Bildfragment. Und verschwindet.«

»Gut«, fand Harry. »Und jetzt, fünf Tage später …«

»Wird Marie Gilbeaux getötet. Sie hat auch ein Bildfragment gekriegt.«

Harry riss den Deckel vom nächsten Kaffee, gab drei Tütchen Zucker und zwei Kaffeeweißer in den Becher und rührte das Ganze mit dem kleinen Finger um. »Bilder, die möglicherweise von demselben Künstler stammen, der vor dreißig Jahren ein halbes Dutzend Menschen ermordet hat. Mach weiter.«

»Marie Gilbeaux wird beerdigt.«

Harry schüttelte ein paar Tropfen Kaffee vom Finger und leckte ihn ab. »Und dann …«

»Wird Marie Gilbeaux wieder ausgegraben. Ins Cozy Cabins gebracht.«

Harry nahm einen Schluck Kaffee und beobachtete eine Weile lang einen Krebsfischer, der in seinem Motorboot an der Küste entlangschipperte.

»Weißt du, Carson, wenn man erst mal alle losen Enden abgeschnitten hat, sticht einem eine Sache ins Auge.«

»Stimmt«, sagte ich. »Die Exhumierung. Ergibt einfach keinen Sinn.«

Harry verschränkte die Arme und schüttelte den Kopf. »Und das alles sollen irgendwelche Ölschinken ausgelöst haben, die ein Typ, der seinen Darm nicht unter Kontrolle hatte, vor dreißig Jahren gemalt hat.«

»Sieht ganz so aus.«

Harry ging in die Hocke, riss einen Grashalm aus, warf ihn weg. Er lachte, was wie eine verstimmte Tuba klang, kam wieder hoch und riss den Wagenschlag auf.

»Weißt du, Carson, ohne die Leichen wäre das ein verdammter Witz. Komm, jetzt werden wir uns mal die Berichte vorknöpfen.«

Bis acht Uhr abends starrten wir aufs Papier. Ohne dass auch nur das Geringste dabei herauskam.

Kapitel Dreiundzwanzig

Das Nachttischtelefon neben dem Bett schnarrte irgendwo in meinem Kopf. Ich schaute auf die Uhr: 4 Uhr 24. Ich griff nach dem Apparat, ließ ihn fallen, hob ihn wieder auf.

»Rrrrdr«, grunzte ich.

»Kaltes Wasser«, riet die Stimme.

»Hnnf?«

»Kaltes Wasser, Pogie. Los, spritzen Sie sich kaltes Wasser ins Gesicht und kommen Sie dann wieder an die Strippe. Es funktioniert. Also, machen Sie schon.«

Ich stolperte zur Küchenspüle und spritzte mir Wasser ins Gesicht. Da die Rohre auf Dauphin Island nicht tief in der Erde liegen und die Hitze vor nichts Halt macht, war das Wasser lauwarm, doch der Gang zum Becken und zurück pumpte Blut in mein Hirn. Ich taumelte ins Schlafzimmer zurück und nahm den Hörer auf.

»Danbury, wenn das hier ein Scherz sein soll ...«

»Wer ist Heidi Wicky?«

Ich durchforstete mein schwerfällig arbeitendes Hirn, aber der Name sagte mir nichts.

»Ich kenne keine Heidi Wicky.«

Eine Pause. »Das ist eigenartig. Carla Hutchins haben Sie gekannt.«

»Wollen Sie auf etwas Bestimmtes raus?« Ich schnappte mir das Kissen und tupfte damit Gesicht und Hals ab.

»Ich wurde gerade auf meinem Handy angerufen. Die gewohnte Plastikstimme sagte: ›Heidi Wicky in Elrain.‹ Das war alles.«

»Elrain. Das ist doch in Florida, oder? Im Panhandle?«

»Nicht ganz so weit«, sagte ich. »Zweieinhalb Stunden. Vielleicht auch weniger.«

»Wer fährt, Partner?«

* * * * *

»Dann hat Danbury also wieder eine von diesen Botschaften erhalten«, sagte Harry, als ich vor seinem Haus aus meinem Wagen in seinen stieg. Es war Viertel vor sechs. Gleich nachdem ich mit Danbury telefoniert hatte, hatte ich ihn angerufen.

»Etwas ist anders«, meinte ich. »Der Name sagt mir nichts.«

Er schwieg kurz, dachte nach. »Richtig. Bisher wussten wir Bescheid und haben die Fo-, ich meine Danbury informiert. Nun läuft die Schose genau andersherum.«

»Oder wir haben etwas übersehen.«

Harry legte ruckartig den Gang ein. »Und der Plan sieht vor, dass wir jetzt nach Elrain fahren und diese Frau überprüfen?«

»Hmm, vorher müssen wir noch einen Zwischenstopp einlegen und eine Mitfahrerin einsammeln.«

Harry stieß einen Laut aus, den ich bislang noch nie gehört hatte: Er klang wie eine verhallende Posaune.

Danbury wohnte in einem gut erhaltenen zweistöckigen Backsteinhaus unweit des Oakleigh Garden Districts in der Nähe von Downtown, was mich überraschte, denn ich hatte sie für den Typ gehalten, der in einem Apartment im Vorort wohnte. Blumen wucherten am Fuß eines dicken Magnolienbaumes, an dessen Ästen ein halbes Dutzend Vogelhäuschen hingen. Am Haus wuchsen Azaleen und Immergrün. Als wir eintrudelten, trank Danbury auf der Veranda ihren Kaffee. Sie trug einen knielangen Khakirock und eine schlichte weiße Leinenbluse. Weiße Socken und Laufschuhe vervollständigten ihr zweckmäßiges Outfit. Ich öffnete meine Tür und stellte mich auf die Bordsteinkante.

»Sie sitzen vorn«, sagte ich. »Ich bin lieber hinten.«

Sie warf mir einen befremdeten Blick zu, bückte sich und spähte in die offene Tür. »Ist das da drinnen Nautilus? Hallo, Harry, ist eine Weile her.« Er seufzte leise, als sie auf den Beifahrersitz glitt.

»Hört sich an, als litten Sie unter Blähungen, Harry«, meinte sie. »Brauchen Sie ein Mittel gegen Verdauungsstörungen? Ich habe etwas in meiner Tasche.«

Harry legte den Gang ein, fuhr den Bordstein hoch, streifte beinah einen Telefonmasten und knallte dann wieder auf die Straße. Und dann begaben wir uns auf große Fahrt.

»Fast wie die drei Musketiere«, meinte Danbury und zwinkerte. »Wo ist mein Federhut, Jungs?«

* * * * *

Laut Schätzung sollten wir gegen Viertel nach acht unser Ziel erreichen. Um neun bretterten wir immer noch durch den westlichen Zipfel von Floridas Panhandle und zogen eine Staubwolke hinter uns her. Die Fahrt war ruhig verlaufen. Danbury hatte versucht, mit Harry zu plaudern, und er hatte grunzend geantwortet. Irgendwann sagte sie: »Was ist denn mit Ihnen, Harry Nautilus? Sie behandeln mich, als hätte ich ein Parfüm aufgelegt, das nach Rattenkot stinkt.«

»Wie gut erinnern Sie sich noch an unser letztes Zusammentreffen?«

Sie überlegte kurz und legte dabei die Stirn in Falten. »Bei der Tillman's Corner wurde ein Typ erschossen. Ich habe gefragt, wer das war. Sie sagten, ein Johnny Armstrong oder so. Ich habe meine Arbeit gemacht und anschließend die Sache vergessen. Warum?«

»Ich hatte Sie gebeten, es bleiben zu lassen.«

»Sie haben nervöse Laute ausgestoßen. An ein eindeutiges ›*Lassen Sie die Finger davon*‹ kann ich mich nicht erinnern.«

»Ich habe Ihnen unmissverständlich klar gemacht, dass Sie die Sache nicht bringen sollen.«

»Sie haben mir gesagt, Sie hätten den Mund halten sollen. Das weiß ich noch. Sie wollten die Geschichte unterm Deckel halten, ja.«

»Leute«, meldete ich mich zu Wort.

»Ich bin nur knapp einer Versetzung entgangen. Andernfalls dürfte ich jetzt Strafzettel verteilen, Danbury.«

»He, Leute.«

»Tut mir leid wegen des Missverständnisses, Nautilus. Aber meine Schuld war das nicht.«

»Nicht Ihre Schuld? Wessen –«

»HE, LEUTE!«

Harry warf einen Blick in den Rückspiegel, Danbury drehte sich um. Ich zeigte auf ein selbst gemachtes Straßenschild. »Haben wir ein Schild mit BALD WIRST DU GOTT GEGENÜBERTRETEN nicht schon ein paar Meilen weiter vorn gesehen?«, fragte ich. »Ebenfalls mit Einschusslöchern?«

Danbury breitete die Karte aus, drehte sie in die eine, dann in die andere Richtung. »Borg ist der Kartenleser. Diese Dinger machen mich ganz wuschig. N ist Norden, oder?«

Ein paar Meilen weiter die Straße hinunter entdeckten wir einen gleißend hellen Punkt, ein Objekt, das höchstwahrscheinlich aus Chrom gefertigt war. Als wir näher kamen, entpuppte sich dieses Ding als Teil einer Tankstelle – oder das, was man früher darunter verstanden hat. Heute waren Tankstellen schillernde architektonische Huren, die laut *Seht her* schrien.

»Halten Sie an, Nautilus«, meinte Danbury. »Und fragen Sie nach dem Weg, sonst fahren wir noch ewig im Kreis.«

»Wer geht fragen?«

»Ich habe nicht die falsche Ausfahrt genommen.«

»Es gab keine richtige Ausfahrt, *Miss* Danbury, denn alle führen in dieses endlose Scheiß-Nirgendwo.«

»Ich gehe fragen«, sagte ich schnell und hoffte inständig, dass sie sich in meiner Abwesenheit nicht gegenseitig umbrachten.

Von all den Gräueln der Moderne, mit denen der Süden überhäuft wurde, ist dieses Konglomerat aus Tankstelle, Supermarkt und Restaurant das schlimmste Übel. Die alten Tankstellen mit ihren kleinen Läden waren magische Orte, schattig und behaglich. Dort hingen ein, zwei ältere Knaben herum, tranken eine Limo und saßen zwischen dem Hier und Nirgendwo fest. Ob man ein Sternenbanner, einen *Jesus rettet dich*-Aufkleber, eine anständige Machete oder eine Schachtel Kaliber-12-Munition brauchte – hier fand man es. Draußen waren Melonen aufgestapelt, vielleicht auch noch Tomaten und Okra. Und wenn der Automat, an dem man sich eine Limo ziehen wollte, nicht funktionierte, erhielt man immer sein Geld zurück.

Sie verschwinden schnell; die Geschäfte an den Hauptstraßen waren fast ausgemerzt. Es ist, als flöge ein riesiges Mutterschiff durch die Nacht auf der Suche nach denen, die noch übrig sind. Und wenn das Schiff dann fündig wird, schwebt es über der Tankstelle, stößt ein vibrierendes elektronisches Geräusch aus, stülpt eine funkelnagelneue BP oder Exxon oder Shell über die alte Tankstelle und fliegt weiter zur nächsten Eroberung.

Am nächsten Morgen scheint niemand den Unterschied zu bemerken.

Für Harry kaufte ich ein Root Beer, für mich ein Dr. Pepper und für Danbury eine Diätlimo. Dann fragte ich die mürrische Dame hinter der Theke nach dem Weg und lief schnell nach draußen. Harry und Danbury blickten aus ihrem jeweiligen Fenster.

»Die Dame an der Kasse denkt, es ist ungefähr fünf Meilen in diese Richtung«, sagte ich und rutschte auf die Rückbank.

»Sie war sich nicht sicher?«, fragte Harry.

Ich zuckte mit den Achseln. »Jemand vom Mutterschiff hätte sicher genau Bescheid gewusst, aber die sind schon lange weg.«

Danbury schaute Harry an. »Mutterschiff?«

»Sie werden sich schon noch daran gewöhnen«, seufzte Harry und legte den Gang ein. Asphalt verwandelte sich in Schotter. Die zweispurige Straße schrumpfte auf eine Spur zusammen. Wir legten etwa eine Meile zurück und reduzierten an einer Eisenbahnkreuzung das Tempo.

»Die Frau hat eine Bahnstrecke erwähnt«, sagte ich. »Jetzt kann es nicht mehr weit sein.«

Im Schneckentempo rollten wir über die am schlechtesten gewartete Eisenbahnkreuzung der westlichen Hemisphäre. Eine Hand voll Bussarde in einer Baumkrone beobachtete uns. Danbury griff in ihre Riesentasche, kramte ein Fernglas heraus, hielt es vor die Augen und studierte die schielenden Kreaturen, während wir an ihrem Schlupfwinkel neben der Straße vorbeifuhren.

»Truthahngeier«, spekulierte ich.

»Rabengeier, Ryder«, korrigierte Danbury mich. »*Coragyps atratus*. Kleiner und dunkler. Mit weißen Flügelspitzen. Die meisten Leute verwechseln sie. Schauen Sie sich die Köpfe an: Rot bei den Truthähnen, kahl bei den Raben.«

Harry trommelte mit den Fingern aufs Lenkrad. »Sind beide Aasfresser, Cars. Aber Rabengeier stehen auch auf Fleisch von lebenden Tieren. Auf dem Speiseplan stehen frisch geborene Kälber, weshalb sie bei den Ranchern nicht sonderlich beliebt sind.«

Danbury drehte sich zu Harry um und hob eine dunkle Augenbraue. Sie wollte etwas sagen, schloss dann aber den Mund. Seine Augen fixierten die Straße. Mit fünfzehn Meilen pro Stunde polterten wir die Schotterstraße hinunter. Auf dem platten Land wuchsen verkrüppelte Bäume. Einige Felder wurden nicht bewirtschaftet. Die Straße beschrieb eine sanfte Kurve. Dreißig, vierzig Meter von der Straße entfernt entdeckte ich einen alten Wohnwagen hinter einem struppigen Busch. Auf dem demolierten Briefkasten stand in krakeliger Schrift *Wicky*.

»Was glauben Sie, wer Heidi Wicky ist, Danbury?«, fragte Harry. »Warum haben Sie diesen Anruf erhalten? Warum erhalten Sie überhaupt diese Anrufe?«

Verunsichert betrachtete sie den Wohnwagen und erschauerte. »Keine Ahnung, Nautilus. Ich weiß nur, dass es in diesem Wagen knapp dreißig Grad hat und ich friere.«

»Muss ansteckend sein«, sagte ich. »Fahr vor und lass uns nachsehen, was es da gibt.«

Wir rollten auf einen zugewucherten Hof. Die Fliegengittertür des Wohnwagens, die nur noch an einem Scharnier hing, stand offen. Die Tür selbst stand ebenfalls einen Spaltbreit auf. Als wir ausstiegen, wurden wir von einem Komitee hungriger Insekten empfangen.

»Die ganze letzte Nacht habe ich wie blöd neues Blut produziert«, sagte Harry und schlug auf seinen Hals. »Und nun geht es dafür drauf.«

Vorsichtig näherte ich mich dem Wohnwagen, spähte durch die Vorderfenster. Harry ging hinten herum. Danbury lief an mir vorbei, stieg die Stufen zum Wohnwagen hoch, klopfte und rief: »Hallo? Jemand zu Hause? Hallo?«

»Bleiben Sie da weg«, riet ich. »Lassen Sie mich mal nachsehen.«

Wieder rief Danbury einen Gruß in den Wohnwagen, schob dann die Tür auf und trat ein. »Scheiße«, sagte sie. »Hier stinkt es wie in einem –«

»Nicht«, rief ich. »Bleiben Sie draußen, bis –«

Wie eine Kanonenkugel schoss Danbury rückwärts aus dem Wohnwagen und kreischte. Schwarze Schatten flatterten nach ihr durch die Tür. Sie purzelte die Stufen hinunter, rollte durchs Unkraut. Die Schatten verwandelten sich in Geier, die schrille Schreie ausstießen, hektisch mit den Flügeln flatterten und davonflogen. Ich rannte zu ihr.

»Sind Sie –«

»Ja, ja«, japste sie und zeigte mit dem Finger auf den Wohnwagen. »Da drinnen, Ryder. Jesus. Sehen Sie selbst.«

Sie war arg mitgenommen, aber unverletzt. Ich erklomm die Stufen. Den Gestank, der aus der Tür drang, kannte ich nur zu gut. Mit angehaltenem Atem trat ich ein.

Kapitel Vierundzwanzig

Lieutenant Dorrel Ames von der Florida State Police blickte von seinem Notizblock auf. Bevor er sich mit uns unterhielt, setzte er seine Sonnenbrille ab, was sowohl professionell als auch höflich war. Der Hut blieb, wo er war. Schweißperlen funkelten auf seiner gerunzelten Stirn und tropften auf seinen mächtigen Brustkorb.

»Und Sie sagen, Sie sind hierher gekommen, um …«

»Um eine Befragung durchzuführen, mehr nicht. Über einen Fall, der dreißig Jahre zurückliegt.«

Er hielt inne und hob eine sonnengebleichte Augenbraue. »Immer noch offen?«

»Abgeschlossen. Wir sind uns nicht ganz sicher, wonach wir suchen. Es hat sich so ergeben, dass dieser Name aufgetaucht ist.«

Dass unser Tipp von der Frau neben mir stammte, erwähnte ich nicht, denn das würde nur zusätzliche Verwirrung stiften. Vielleicht würde Ames in seinen Spiegelsaal treten und etwas sehen, das uns entgangen war. Vielleicht hatte er mehr drauf.

Ames warf Danbury einen skeptischen Bullenblick zu. »Sie sagen, Sie sind drüben in Mobile Fernsehreporterin, Ma'am?«

Danbury grinste und bleckte die strahlend weißen Zähne. »Channel 14.«

Ames' Blick wanderte zwischen mir und Harry her. Seine Augen überbrückten den schmalen Grat zwischen Verwirrung und Skepsis. »Reist ihr Jungs immer mit Reportern?«

»Das geht vorbei«, meinte Harry. »Wie ein Hurrikan.«

Wir drehten uns um. Mit grimmigen Mienen trugen hiesige Polizisten den Leichensack durch die Tür zum Krankenwagen, dessen pulsierendes rotweißes Licht sich vom blauen Himmel abhob. Mit dem Sack mussten sie sich nicht groß abmühen; da war eh nicht mehr viel zu tragen. Ames nahm eine Prise Schnupftabak und schüttelte den Kopf.

»Herrje, diese Leiche sieht ziemlich übel aus.«

»Die Hintertür hat offen gestanden«, meinte Harry. »Da konnten die *Coragyps atratus* über sie herfallen.«

»Wie bitte?«, sagte Ames.

»Rabengeier«, erklärte Danbury.

Da Ames recht verwirrt dreinschaute, schlug ich ihm gegenüber diese vertrauliche Bullenart an. »Kannten Sie die Verstorbene, Lieutenant? Gibt es etwas in ihrer Vergangenheit, das zu einem Gewaltverbrechen geführt haben könnte?«

Ames schüttelte den Kopf, schob den Hut in den Nacken. »Sie gehörte nicht zu der Sorte, die will, dass man sie näher kennen lernt. War nicht unhöflich, blieb aber lieber für sich. Probleme hat es hier nie gegeben. Hab hin und wieder vorbeigeschaut und gefragt, ob sie was braucht …«

»He, Leute«, rief ein mit Kamera bewaffneter Techniker von der Spurensicherung durch die Wohnwagentür, »ich habe etwas Eigenartiges gefunden.« Der Mann starrte irgendetwas in seiner Hand an. »Klebte an der Decke, genau dort, wo ihre Leiche gelegen hat. Fast so, als hätte sie es beim Sterben gesehen.«

Seine behandschuhten Finger hielten ein kleines Kunstfragment, nur ein paar Zentimeter im Quadrat. Dicke Lackschichten, kräftige Farben, feine Textur. Winzige Goldkringel quollen aus etwas, das man für die Augenhöhlen eines eingeschlagenen Schädels halten konnte. Vielleicht war dieser Effekt aber auch dem Schattenwurf zuzuschreiben.

»Ist das ein Schlangenkopf?«, fragte der Techniker und zeigte auf eine Stelle neben einer Augenhöhle. »Oder nur eine eigenwillige Form?«

»Ich habe nicht den geringsten Schimmer, was das sein soll«, sagte Ames leise. »Aber, verdammt noch mal, ich kann den Blick nicht davon abwenden.«

»Wir müssen zu Hutchins fahren«, flüsterte ich Harry ins Ohr. »Sofort.«

Dank des klugen Einsatzes der Sirene in den dünn bevölkerten Gegenden und auf den volleren Autobahnen bogen wir nur zwei Stunden später in Hutchins' Straße ein. Harry hatte schwer auf die Tube gedrückt und das Lenkrad so fest umklammert, bis seine Knöchel weiß anliefen. Ein kastenförmiges, weißes Postauto, das die Straße hinunterbretterte und neben den dünn gesäten Briefkästen hielt, zog eine Staubwolke hinter sich her. Harry drückte auf die Hupe und raste an dem Kastenwagen vorbei. Wir fuhren in Carla Hutchins' Hof. Harry hielt auf die Veranda zu, als wollte er noch die Stufen hochfahren.

»Carla«, rief Harry und trampelte die paar Stufen hoch. »Ms Hutchins! Hier sind Detective Nautilus und Ryder. Sind Sie da?«

Die Fliegengittertür flog auf und Carla Hutchins kam mit fragendem Blick auf die Veranda. Sie trug ein weißes T-Shirt und Jeans. Ihre langen Haare wurden von einer blauen Bandana zusammengehalten.

»Geht es Ihnen gut?«, fragte Harry. »Ist hier alles in Ordnung? Wir haben versucht, Sie anzurufen, sind aber nicht durchgekommen.«

»Internet. Ich bin immer online. Bis auf Telefonverkäufer ruft hier ja eh niemand an.« Hutchins' Blick blieb an Danbury hängen. »Das ist die Reporterin. Wieso ist sie hier?«

»Sie kennt den Fall, Carla«, sagte Harry. »Nicht alles, aber sie weiß Bescheid. Ms Danbury verspricht, Ihren Namen nicht zu nennen, es sei denn, Sie willigen schriftlich ein. Oder sie setzt sich wieder in den Wagen und wartet dort, bis wir hier fertig sind. Nicht wahr, Ms Danbury?«

Danbury schmeckten Harrys aus dem Ärmel geschüttelten Regeln gar nicht, doch sie nickte und sagte: »So ist es.«

»Was läuft hier?«, fragte Hutchins.

»Es geht um eine Frau namens Wicky. Heidi Wicky. Haben Sie diesen Namen schon mal gehört?«

Hutchins starrte mehrere Sekunden lang in Harrys Augen. »Ich kannte mal eine Heidi. Damals, Sie wissen schon.«

»Ich dachte, Sie hätten nicht ihre normalen Namen benutzt, sondern sich welche aus –«

»Demeter. Unter diesem Namen kannten sie die meisten Leute. Aber sie sprach Englisch und Französisch. Und auch ein paar Brocken Deutsch, glaube ich. Ich habe sie deshalb mal gelöchert. Sie sagte, sie wäre Schweizerin. Der einzige Name, der mir einfiel, war aus einem Film, den ich als Kind gesehen hatte. *Heidi.* Ich habe sie aufgezogen und gefragt, ob sie Heidi heißt. Ja, sagte sie und fand es ziemlich komisch. Ihren Nachnamen hat sie nie erwähnt. Ich denke mal, zu der Zeit war er schon nicht mehr von Bedeutung.«

»Zu der Zeit?«

»Sie ist ... von Anfang an bei ihm gewesen, schon damals in Paris.«

Ich warf Harry einen Blick zu. Marie Gilbeaux gehörte ebenfalls zu Hexcamps Kerntruppe.

»Wer war noch von Anfang an dabei?«

»Persephone – Marie. Selbstverständlich Calypso. Vielleicht war sie sogar diejenige, die sich ihm als Erste angeschlossen hat. Heidi. Da waren noch ein paar andere, aber die sind einfach irgendwann verschwunden, denke ich. Wieso interessiert Sie das?«

Harry holte tief Luft. »Wir kommen gerade von Ms Wickys Haus drüben im Panhandle. Sie hat in Elrain gewohnt, nur ein paar Meilen oberhalb von –«

Der Postmann tauchte auf, hupte, wedelte mit ein paar Briefen. »Bin gleich wieder da«, sagte Hutchins und ging bis zur Straße hinunter. Sie nahm die Post in Empfang und wechselte ein paar Worte mit dem Mann.

»Wie viel willst du Carla erzählen?«, fragte ich Harry mit gesenkter Stimme, als Hutchins auf dem Weg zu uns ihre Post durchsah.

»Jetzt? So viel wie nötig ist, damit ihr nichts passiert.«

»Aber wer sollte ihr etwas antun?«, fragte Danbury.

Wir vernahmen ein leises Jammern, das zu einem durchdringenden Wehklagen anschwoll. Ein paar Meter weiter stand Carla Hutchins, zitterte, als hätte sie einen Anfall, und zeigte nach unten.

Harry setzte sich als Erster in Bewegung. Ich heftete mich an seine Fersen. Hutchins stieß unverständliche Laute aus. In der Hand hielt sie einen geöffneten braunen Briefumschlag. Ich erkannte die Druckbuchstaben. Mein Blick folgte ihrer Hand. Auf dem Boden, im Gras, lag ein Stück Leinwand, das so stark glänzte, als wäre es noch feucht. Harry nahm sie beiseite.

»Beruhigen Sie sich, Carla. Wir wissen ja noch nicht mal, was das ist.«

»*Ich* weiß, was das ist«, jammerte sie. »Und ich weiß, wer es gemacht hat. Etwas Grauenvolles läuft hier, nicht wahr? Ach, sie haben … *etwas* hat mich gefunden?«

»Es ist alles in Ordnung, Carla«, sagte Harry mit sanfter Stimme und nahm ihre Hand. »Ihnen wird nichts geschehen.«

»Ich bin hier mitten im *Nirgendwo*«, klagte sie.

Danbury machte einen Schritt auf sie zu, nahm ihren Arm, führte sie zur Veranda, weg von Harry.

»Nein, das sind Sie nicht, Carla. Denn von heute

Nachmittag an werden Sie in einem großen und sicheren Haus in Mobile wohnen. In meinem Haus. Ich habe so viele Alarmanlagen, dass sich J. Edgar Hoover noch in seinem Grab freut.«

»Es ist nicht an Ihnen …Ich kann nicht zulassen, dass Sie …«

»Sie können und Sie werden. Lassen Sie uns reingehen und packen.« Danbury steuerte Carla Hutchins in Richtung Tür. »Und außerdem, Ms Hutchins, werden Sie ja nicht lange bleiben. Die Pogobo-Zwillinge, die goldenen Jungs vom PSET, stehen Ihnen zur Seite. Ihr Bild war in der Zeitung, was beweist, dass sie etwas taugen. Sie werden diese kleine Sache in ein, zwei Tagen regeln.« Danbury warf einen besorgten Blick über ihre Schulter, schaute Harry und mich an. »Stimmt doch, oder, Jungs?«

Kapitel Fünfundzwanzig

Harry und ich warteten, während Danbury Hutchins beim Packen half. Gemeinsam fuhren wir nach Mobile, trennten uns dann von den Damen und hetzten ins Gerichtsmedizinische Institut. Hembree goss gerade Tee aus einem Becherglas in eine Tasse. Ich händigte ihm das Miniaturkunstwerk aus und berichtete in Kurzform, wie unser Tag bisher verlaufen war.

»Haben Sie vom FBI schon etwas über das Kunstwerk aus dem Kloster gehört?«, wollte ich wissen.

Widerwillig legte er das kleine, grellbunte Bild auf den Labortisch. »Ich kenne dort ein paar Leute. Von daher ist es mir gelungen, die Sache zu beschleunigen.«

Hembrees technisches Können und seine im Lauf der Jahre unter Beweis gestellte Intuition hatten sein Ansehen beim FBI deutlich gesteigert. Hin und wieder ließen sie ihn sogar nach Quantico kommen, um einen Vortrag zu halten. Und so kam es, dass er ein paar Strippen ziehen konnte, wenn die Situation es verlangte.

»Wann läuft die Frist ab?«, fragte ich.

»Sie machen Fortschritte und hoffen, uns bis morgen früh alles schicken zu können, was sie haben.«

»Was genau tun sie, um Kunst zu untersuchen?«, fragte Harry.

»Wollen Sie die Zehn-Dollar-Antwort?«

Harry griff in die Hosentasche, klimperte mit den Münzen. Hembree wirkte enttäuscht. »Na schön, die Vierteldollarversion lautet: laserinduziertes Spektrogramm und ein Karbonvierzehn –«

Harry hob die Hand. »Habe schon mehr erfahren, als ich bezahlen kann.«

Hembree seufzte. »Sie überprüfen das Alter, ob das Ding mehrere Schichten hat, ob sich etwas darunter befindet – testen die Pigmentzusammensetzung und so weiter und so fort. Die Farbe und Tinte, eben die Materialien. Und sie werden auch die Leinwand untersuchen, wie es um die Qualität bestellt ist. Außerdem hat einer von ihren Kunstsachverständigen die Komposition untersucht, den Pinselstrich, die Pigmentmischung und so.«

»Wir glücklichen Ignoranten danken Ihnen. Und dann wissen wir alles, was es über das Bild zu wissen gibt?«

Hembree grinste. »Nur schwerlich. Das ist eine Voruntersuchung. Wir sprechen hier von einer komplexen Analyse. Könnte Wochen dauern, bis mehr herauskommt.«

»Dann werden wir wahrscheinlich nichts erfahren, was uns hilft, die kursierenden Bilder zu finden?«

»Nein, es sei denn, das FBI kann das Bild zum Sprechen bringen: ›Hallo, ich bin Teil eines größeren Bildes, das momentan in der Maple Lane 25 in Atlanta, Georgia hängt.‹«

Harry runzelte die Stirn. »Die Jungs haben so was nicht drauf? Hm, Scheiße, Bree, wozu sind sie denn dann gut?«

Wir ließen Danbury ein paar Stunden Zeit, Carla ihr Haus zu zeigen, ehe wir zu ihr fuhren. Sie war gerade im Garten zugange und gab frisches Futter in die Vogelhäuschen.

»Wie geht es Carla?«, erkundigte sich Harry.

»Ist im Gästezimmer und schnarcht. Wenn ihr mich fragt, hat sie kein Auge mehr zugetan, seit ihr Jungs letzten Samstag bei ihr aufgetaucht seid. Hat zu viel aufgewühlt, von früher. Der Stress heute war dann eindeutig zu viel, sie muss mal für eine Weile abschalten, denke ich. Nachdem ich sie herumgeführt habe und sie sich von meiner Vorliebe für Schlösser und

Alarmanlagen überzeugt hatte, wurde sie ein bisschen ruhiger.«

Danbury stellte den einen Futtersack auf den Boden und hievte einen anderen hoch. »Als wir mit Carla hier runtergefahren sind, bekam ich auf einmal eine Vorstellung von dem Fall, den Sie zu bearbeiten haben. Sie hat mir die Glanzstücke des irren Marsden und seiner Landkommune geschildert.«

»Hat sie Marie Gilbeaux erwähnt!«, fragte ich.

»Das wenige, was sie über sie wusste. Die arme Marie. Mein Eindruck ist: Ein paar waren richtig blutdürstig, Ausgeburten der Hölle, und der Rest jämmerliche kleine Mitläufer. Die Grausamkeiten scheinen auf Hexcamps Kappe zu gehen, unter Leitung einer wahnsinnigen Nazi-Schlampe ...«

»Calypso.«

»Herrje, ja. Carla muss ihren Namen nur laut aussprechen und schon zittert sie wie Espenlaub. Marsden und Calypso waren von der Sorte ›He, Leute, lasst uns eine kleine Show abziehen‹. Und die kleine Buffy und Timmy und Marie und Carla und Heidi und Johnny ... oder wie immer sie bei Marsden hießen ... das ganze Gesindel stand Spalier, wartete auf Instruktionen und bildete sich ein, Teil eines wichtigen Experiments über den künstlerischen Ausdruck zu sein.« Danburys Blick schweifte zum Haus. »Dreißig Jahre sind ins Land gegangen und trotzdem glaubt diese Frau im Grunde immer noch, sie wäre nicht mehr als ein Stück Scheiße.«

»Hat das Gespräch mit Carla Ihnen irgendwelche Einblicke gegeben in das, was hier läuft? Oder Fragen aufkommen lassen, die wir noch nicht gestellt haben?«

Danbury schüttete schwarzen Samen in eine lange Röhre und hängte sie wieder in den Magnolienbaum. »Eine Sache fand ich eigenartig. Es scheint doch so, als wäre der kleine Marsden ziemlich schnell auf Hochform aufgelaufen, oder? An einem Tag ist er noch ein vielversprechender Student in einer schicken Pariser Kunstakademie und tags darauf zieht er mit einer Gruppe Wahnsinniger durch den Süden von Alabama, mordet und führt sich ungehörig auf. Ich würde zu gern wissen, ob Marsden in Frankreich irgendetwas angestellt hat.«

Harry grunzte. »Ist schon schwierig genug, hier in Mobile irgendwas herauszufinden, was vor dreißig Jahren passiert ist. Sich über Ereignisse, die zehntausend Meilen weit weg stattgefunden haben, ein Bild zu machen, ist nahezu unmöglich.«

»Eher fünftausend Meilen«, meinte Danbury.

Harry schloss die Augen und schüttelte den Kopf. »Wen kümmert's? Es ist trotzdem ein Riesenaufwand. Und falls Sie noch nicht davon gehört haben, Danbury, in Frankreich spricht man Französisch.«

Danbury tat überrascht. »Echt? Und wo sprechen sie Italienisch?«

Harry starrte sie wütend an.

»Nautilus, sehen Sie mich nicht so an«, sagte sie. »Falls Sie Bock darauf haben, die Frankreich-Verbindung unter die Lupe zu nehmen, kann ich mir doch die Mühe machen.«

»Wovon reden Sie?«

»Sie haben anderes zu erledigen, richtig?«, sagte sie. »Dann lassen Sie mich das tun, was ich am besten kann. Recherchieren.«

»Sie würden sich eh dahinterklemmen, oder?«

»Sicher. Aber es würde mir besser gefallen, wenn ich es für uns statt nur für mich täte.«

Harry ging zum Wagen und holte Kopien der Akten, die wir über Hexcamp zusammengetragen hatten. Für den Anfang reichten ihr die Informationen. Er sagte: »Wie viel sind wir, Danbury?«

»Was?«

»Wie viele Personen sind in diesem Garten?«

»Drei.«

»Und mehr stecken ihre Nase hier auch nicht rein, verstanden?«

Er drückte ihr die Akten in die Hand. Sie sah ihn kurz an, neigte dann den Kopf und rückte ihr Ohr in die Nähe seines Bauches.

»Das klingt wieder schwer nach Blähungen, Nautilus. Sind Sie sicher, dass Sie kein Mittel gegen Verdauungsstörungen brauchen?«

Kapitel Sechsundzwanzig

Harry und ich gingen ins Büro und erledigten den Papierkram. Inzwischen war es kurz vor neunzehn Uhr. Unser Tag hatte um vier Uhr früh begonnen, uns nach Chunchula in Florida und wieder zurück nach Mobile geführt. Wir waren einfach zu fertig, um uns zu unterhalten, und kommunizierten via Gegrunze. Er grunzte, wenn er Kaffee holte; ich grunzte, dass ich keinen wollte. Als mein Telefon klingelte, grunzte ich es an. Da das Läuten nicht aufhörte, nahm ich ab.

»Hä?«

»Sind Sie das, Carson? Taylor Maybry hier.«

Maybry arbeitete im CAP, Crimes Against Property, dem Raubdezernat. Sein Job hatte viel Ähnlichkeit mit dem Versuch, das Meer mit einem Teelöffel auszuschöpfen, zumal es eine Menge Leute gab, für die Diebstahl ein ganz normaler Job war.

Ich unterdrückte ein Gähnen. »Hallo, Taylor. Was kann ich für Sie tun?«

»Ich war ein paar Tage weg, zum Fischen in Tennessee. Streifenbarsch. Bin drei Tage dort oben gewesen. Wir haben gut ein Dutzend Barsche aus dem Wasser gezogen. Waren Sie in letzter Zeit mal fischen? Das Letzte, was ich gehört habe, war, dass Sie mit dem Kajak draußen waren, doch das dürfte schon ein Jahr her sein, wenn ich mich recht entsinne ...«

Bei Maybry wartete man, bis er für einen Sekundenbruchteil zögerte, und nutzte dann die Chance. »Ist etwas gestohlen worden, Maybry?«

Er hielt inne und überlegte, weshalb er angerufen hatte. »Ach ja. Bin gestern zurückgekommen und hörte von der Frau im Motel, den Kerzen und der ganze Schose, wissen Sie? Ziemlich irre Nummer. Gut, dass Harry und Sie darauf angesetzt worden sind …«

Maybry zögerte eine Millisekunde. »Kerzen?«, sagte ich.

»Letzten Montag habe ich einen Anruf erhalten, von einem Geschäft im Azalea Center, einem kleinen Einkaufszentrum. Der Laden heißt Karmic Revolution. Da gehen die Hippies hin, wenn sie alt werden.«

»Kerzen, Taylor. Kerzen.«

»Eine Frau, vierundfünfzig Jahre alt, nennt sich Freedom Sunshine, ihr richtiger Name ist Esther Gargletta, ist letzten Samstag kurz vor Ladenschluss nach draußen gegangen, um Bücher und CDs – Walgesänge und so'n Zeug – reinzuholen, als *Bumm* ihr jemand einen Schlag verpasst. Der Anruf kam um sechs nach neun, abends. Bis ich dort eintreffe, sind die Sanitäter schon da. Sie ist ziemlich benommen, will sich aber einen Überblick verschaffen. Offenbar fehlt nichts. Geld ist in der Kasse, für jedermann zu sehen. Wurde nicht angerührt. Wir gehen davon aus, dass jemand ziemlich sauer auf Lady Sunshine ist. Ein paar Tage zuvor hat sie ein paar Punks auf Skateboards verscheucht. Vielleicht wollten die es ihr heimzahlen und haben ihr ein Brett über den Kopf gezogen, wissen Sie …«

»Kerzen, Tay?«

»Heute ist sie endlich dazu gekommen, Inventur zu machen, Carson. Und was fehlt? Zwei Kisten Kerzen von FlamBrite Waxworks in Lexington, Kentucky. Ein ganzes Sortiment, unterschiedliche Farben, Größen, Duftnoten, aber größtenteils von der Sorte, die sie Jumbo Brites nennen. Können Sie sich vorstellen, dass es Kerzen gibt, die nach Cantaloupe-Melonen riechen, Carson? Was glauben Sie, wie die das machen? Geben die gehackte Melone ins Wachs?«

»Und sie hat keinen Schimmer, wer das getan haben

könnte, Taylor. Liege ich richtig?« Langsam gelangte ich zu der Überzeugung, dass unser Täter mit extremer Vorsicht zur Tat schritt.

»Nicht den geringsten. Miss Sunshine gehen die Lichter aus und keiner kriegt was mit. Was halten Sie von einer Kerze mit Sellerieduft? Ist es denn zu fassen? Wer will denn schon, dass das ganze Haus nach Sellerie stinkt? Ziemlich verrückte Welt da draußen, Carson, beängstigend, wenn man es sich genau überlegt, Selleriekerzen ...«

Als wir in die Straße bogen, auf der Karmic Revolution lag, färbte sich die dunkelblaue Nacht schwarz. Weiter vorn war ein kleines Einkaufszentrum mit einer Reinigung, einem *H&R Block* Outlet und einer ehemaligen Pizzeria. Nirgendwo brannte Licht.

Harry zeigte auf das Ladenfenster von Karmic Revolution – gut und gerne sieben Meter Glasfront. Mit breitem Pinselstrich war KERZEN ZUM HALBEN PREIS quer über das Fenster gemalt. Das Licht im Laden strahlte die roten Worte von hinten an.

»Die Buchstaben sind so groß, dass noch eine Fledermaus in Birmingham sie lesen könnte«, fand Harry. »Nicht uninteressant.«

Ein Glöckchen bimmelte, als wir in eine Sandelholzwolke traten. Bücher, Kerzen und Glocken nahmen die eine Hälfte des Ladens ein, Oberbekleidung die andere. Ich hatte gedacht, Batik wäre längst out. Eine schwergewichtige Frau mit einem Wust krauser, grauer Haare stand hinter der Theke, beobachtete uns und merkte uns vermutlich an, dass wir keine Selleriekerzen kaufen wollten. Harry zeigte der Frau seine Marke. Madame Freedom Sunshine höchstpersönlich.

»Ich wüsste, Sie würden sie finden«, sagte sie. »Ich habe es in den Karten gesehen.«

»Karten, Ma'am?«, fragte Harry.

Ich senkte den Blick auf die Theke und entdeckte einen Stapel Tarotkarten. Mit einem blauen Fingernagel tippte sie auf eine Karte. »Gerechtigkeit. Das sind Sie. Sie haben denjenigen gefunden, der mich niedergeschlagen und meine Kerzen gestohlen hat.«

»Tut mir leid, Ma'am«, meinte Harry. »Die Kerzen könnten Beweisstücke bei einem anderen Verbrechen sein. Falls Sie so freundlich wären, es würde uns helfen, wenn Sie uns alles noch einmal erzählen würden.«

Stirnrunzelnd betrachtete sie die Karten und steckte sie dann in eine Schublade, als müssten sie dafür bestraft werden, dass sie gelogen hatten. »Dienstagabend habe ich kurz vor Ladenschluss die Regale von draußen reingeholt, größtenteils Klamotten und Bücher. Ich bücke mich gerade, um eine Kiste mit CDs hochzuheben, als mir schwarz vor Augen wird. Ein paar Minuten später bin ich wieder zu mir gekommen und habe die 911 gewählt. Und dann habe ich mir einen Tee aus Betonien, Majoran und Nelken gegen Kopfschmerzen gemacht.«

»Und einen Tag vorher hatten Sie eine heftige Auseinandersetzung mit ein paar Skateboardern?«, fragte ich.

»Sie rasen hier immer durch, springen von den Stufen oder aufs Geländer. Ich bin rausgerannt und habe sie verscheucht. Sie haben nur gelacht und mir den Stinkefinger gezeigt.«

»Haben Sie sich bedroht gefühlt?«, fragte Harry erfahren.

»Nein, das ist doch schon wie ein Ritual. So geht es seit Monaten. Sie kommen her und machen ihre Kunststückchen, bis ich oder Ben von H&R Block sie vertreiben. Aber mir fällt auch kein anderer ein, der wütend auf mich sein könnte. Und ein paar Kerzen zu klauen, das ist so teenagermäßig …«

Während Harry Sunshine befragte, inspizierte ich die neusten Heilkristalle, Kleider mit aufgedruckten Monden, Duftsalben und Körperschmuck. Ich war gerade in der Abteilung mit den Sonderangeboten, als ich beim Anblick eines Korbes mit Ringen erstarrte. Darüber verkündete ein Schild: ALLE RINGE $ 5.99.

Ich wühlte den Korb durch und fischte die Modelle heraus, die Marie Gilbeaux getragen hatte. Dann brüllte ich: »Achtung.« Und warf einem erschrockenen Harry einen Keltischen Kreuzring und einen Pentagrammring zu.

Harry starrte den Schmuck an. »Hier hat jemand aber noch schwer auf den letzten Drücker eingekauft, Cars.«

»Sind von denen welche weggekommen an dem Abend, wo man Sie überfallen hat?«, fragte ich Sunshine.

»Das ist nur Schund. Jemand könnte die Hälfte von den Dingern mitnehmen und ich würde es nicht bemerken. Haben Sie gehört, dass ein Kleid neben meiner Hintertür lag? Als hätte ein Teenager es genommen und in letzter Minute beschlossen, dass er es doch nicht will.«

»Kleid?«, fragte Harry. »Ist es noch da?«

»Es war dreckig und zerrissen. Ich habe es weggeworfen.«

Harry inspizierte den Ort, wo das Kleid gelegen hatte, ging dann schnell zur Ladenvorderseite und informierte sich über das Sortiment. Anschließend ging er zu dem Korb mit den Ringen und schwenkte den Blick in Richtung Hintertür.

»Los, Carson. Wir machen eine Spritztour.«

Harry startete den Motor, dann rauschten wir mit quietschenden Reifen vom Parkplatz. Er fuhr über eine rote Ampel, was viel Gehupe nach sich zog, und bog auf dem Highway 31 einen Block nach Norden. Dann rollte er auf einen Restaurantparkplatz, machte kehrt, steuerte wieder auf die Straße und fuhr Richtung Karmic Revolution.

»Harry? Was soll das hier?«

»Ich bin der Täter«, sagte er. »Es ist Dienstagabend. Ich fahre in die Stadt, von Norden kommend. Im Kofferraum oder sonst wo habe ich eine Leiche, die ich aus irgendeinem Grund ausgebuddelt habe. Und aus irgendeinem anderen Grund fahre ich mit ihr ins Cozy Cabins.«

Ich hörte das Adrenalin in seiner Stimme: Er ließ sich von seiner Intuition leiten, von seinem Bauch. Er sagte: »Es ist so wie jetzt, dunkel. Diese Straße führt mich auf geradem Wege durch die Stadt, direkt zum Cozy Cabins. Ich fahre so …und BUMM!« Er trat auf die Bremse und schlitterte mit quietschenden Reifen gegen den Bordstein. Ich stützte mich mit der Hand auf dem Armaturenbrett ab.

»Herrje, Harry, was ist denn?«

»Ich schaue da hinüber und sehe …« Er streckte den Zeigefinger aus. Mein Blick folgte ihm. KERZEN ZUM HALBEN PREIS!

Harry schlitterte auf den Parkplatz des Einkaufszentrums und fuhr hinter das Gebäude, wo er den Motor ausschaltete und im Leerlauf bis zum Hintereingang des Karmic Revolution rollte. Wir stiegen aus. Er kontrollierte die Stahltür des Ladens. Abgeschlossen. Harry tat ganz heimlich, presste sich an die Hauswand und spähte um die Ecke.

»Okay, unser Täter sieht Freedom Sunshine, die mit dem Rücken zu ihm steht.«

Harry machte drei Schritte in Richtung Tür, holte mit dem Arm weit aus. »Der Mörder läuft um die Ecke, schlägt Ms Sunfree k.o., zieht sie durch die Tür. Fünf Sekunden alles in allem, ein Kinderspiel. Komm schon.«

Er rannte in den Laden. Ms Sunshine schaute überrascht auf. »Wird nicht lange dauern, Ma'am«, sagte Harry und steuerte auf einen neuen Stapel Kerzen zu. »Die Kerzen waren hier vorn oder im Lager?«

»Vorn. Mit den vollen Kisten baue ich die Auslage.«

Harry lief ins Lager, schaute hinein, deutete mit dem Kinn auf den Hintereingang.

»War die Alarmanlage am Hintereingang eingeschaltet, Ma'am?«

»Ich hatte gerade den Müll rausgebracht und sie noch nicht wieder aktiviert.«

Harry schob die Tür auf. Dort hinten stand eine große Mülltonne. Harry wühlte so lange darin herum, bis er einen kaputten Fußabtreter entdeckte, vermutlich aus der Reinigung.

»Was ist das denn, verflucht noch mal?«, fragte ich.

»Ein Kleid«, rief er über die Schulter und rannte wieder in den Laden. Ms Sunshine warf mir einen Hat-er-noch-alle-Tassen-im-Schrank-Blick zu.

»Ermittlungen nach der Stanislavsky-Methode«, flüsterte ich.

Wir folgten Harry zur Kerzenauslage im vorderen Bereich. »Es tut mir leid, Ma'am, aber Sie liegen jetzt bewusstlos auf dem Boden. Ich entdecke die Kerzen, schaue vielleicht nach hinten, sehe die Tür. Ich will ein paar Kisten Kerzen für später. Sie sind schwer und darum …« Harry streckte die Hände aus und tat so, als zöge er ein Kleid vom Ständer neben ihm. »Schnappe ich mir ein Kleid und lege es auf den Boden.«

Harry legte den Fußabtreter hin, stellte zwei Kisten Kerzen darauf, hob die Ecke der Matte und ging rückwärts in Richtung Lager. Die Kerzen rutschten problemlos über den gebohnerten Linoleumboden. Vor dem Korb mit den Ringen blieb er stehen.

»Ich ziehe gerade die Kerzen nach draußen, als ich den Korb mit den Ringen sehe. Und da bediene ich mich und nehme eine Hand voll mit.«

Wir folgten ihm ins Lager. Mit dem Hintern stieß er die Tür auf, stellte die Kisten in die Gasse, warf die Matte weg.

»Haben Sie das Kleid ungefähr hier gefunden, Ms

Sunshine?«

»Genau da.«

Es passte alles zusammen. Vielleicht war die Nummer nicht so gelaufen, doch in der Theorie besaß sie Eleganz. »Das ist unglaublich, Harry.«

»Unsere Spritztour ist noch nicht fertig.«

Wir verabschiedeten uns von einer amüsierten Ms Sunshine, stiegen in den Crown Vic und bretterten wieder auf den Highway 31.

»Was war sonst noch in dem Raum, Cars?«

»Blumen. Manche noch in Ordnung, andere schon etwas verblüht und angegammelt.«

Harry fuhr sechs Blocks ab, schaute von einer Seite auf die andere. Und dann zeigte er grinsend nach vorn und fuhr auf einen kleinen Friedhof. Überall Gräber – viele mit Blumen geschmückt. Harry lehnte sich an den Kotflügel, deutete auf die Gräber. Auf manchen lagen frische Bouquets, auf anderen verblühte Blumen.

»Am Wochenende, vor allem am Sonntag, bringen die Leute frische Blumen. Der Mörder konnte sich problemlos ein paar Sträuße nehmen. Frische, verblühte, ganz nach Belieben. Und wirft sie dann in den Wagen zu den Kerzen, den billigen Ringen.«

Grinsend verschränkte er die Arme und tippte mit dem Fuß, als spielte eine Kapelle in seinem Kopf.

»Könnte gut sein, dass unser Täter ziemlich improvisiert hat, Carson. Und das finde ich höchst interessant. Wie siehst du das?«

Kapitel Siebenundzwanzig

»Carrol Ransburg.«

Ich übte den Namen meines *Alter Ego* vor dem Spiegel, während ich mir die Haare mit Gel an den Schädel klatschte. Es war Freitag – Marcella-Zeit. Ich betrachtete mein Gesicht: vom Fischen einigermaßen braun, ein Bartschatten, dem kein Rasierer beikam, braune Augen, deren Intensität manchmal sogar mich erschreckte, genau wie auf dem Abzug des Fotografen vom *Mobile Register*.

Warum hatte jemand wie Trey Forrier Liebenswürdigkeit in diesem Gesicht entdeckt?

Im Grunde genommen war das nicht von Belang, denn er war verrückt. Sah die Welt vermutlich mit ganz anderen Augen. Der Mann hatte ein hartes, hässliches Gesicht und bastelte abscheuliche Masken, bevor er tötete.

»Carrol Ransburg.«

Dennoch hatte anscheinend auch Ava etwas in meinem Gesicht entdeckt. Des Öfteren hatte sie mit den Fingern die feinen Linien auf meiner Stirn oder Wangen nachgezeichnet, wenn wir uns in meiner Kiste, die auf einer Insel in der Luft schwebte, langsam und zärtlich liebten und hundert Meter weiter die Brandung leise ans Ufer schlug.

Damals hatte ich geglaubt, diese Augenblicke wären ein Vorgeschmack auf den Zauber, der uns erwartete, während wir uns langsam einen Platz im Leben des anderen eroberten. In einem Punkt hatte Jeremy Recht: Da ich noch nie zuvor so stark empfunden hatte, hatte ich diese Gefühle für Liebe gehalten. Bei mir waren die Frauen ein und aus gegangen, hatten mir – wie ich mich sehr wohl erinnerte – körperliche und intellektuelle Wonnen angedeihen lassen. Und dennoch hatte mir nie der Atem gestockt, wenn eine der anderen Frauen durch die Tür kam, hatte ich nie das Telefon angestarrt und auf einen Anruf gewartet, hatte ich mich nie zum Kreis der *Auserwählten* gezählt. Und dann war Ava gegangen.

»Carrol Ransburg.«

Ein letztes Mal sprach ich meinen falschen Namen laut aus, zog meine Krawatte fest und wandte mich vom Spiegel ab. Ich schlüpfte in meinen Regenmantel, fuhr nach Pensacola und stattete Madame Baines' Horrorkabinett einen weiteren Besuch ab.

* * * * *

»Ich hätte Marsdens Königin sein können, wissen Sie«, hauchte Marcella Baines. »Die Königin des letzten Augenblicks …«

Diesmal hatte Marcella mich an der Tür nicht in einem Anzug empfangen, sondern in einem hoch geschlitzten, weißen Seidenkleid, dessen Dekolleté bis zum Brustbein reichte. Ihre tief sitzenden Brüste mit den harten Nippeln fröstelten unter dem Stoff.

»… eine der großen Tragödien meines Lebens … hätte ich geahnt, dass Marsden nur dreißig Meilen weiter nördlich sein Studio hat, wäre ich zu ihm gegangen …«

Heute hatte es weder Kaviar noch Geplauder übers Wetter gegeben. Sie hatte mich schnurstracks in ihre »Galerie« geführt und sich neben mich auf ein kleines Zweisitzersofa gezwängt – unter den grauenvollen Fotos. Ich hatte sie dazu gebracht, über Hexcamp zu reden, und es hatte fast den Anschein, als ließe sie sich von ihren eigenen Worten verzaubern.

»Ich wäre ein paar Jahre älter als die anderen gewesen, was mir allerdings zum Vorteil gereicht hätte. Ich wäre seine Inspiration, sein Triumph, seine Zierde gewesen.«

»Das will ich wohl glauben, Ms Baines.«

Ihr Parfüm hing in der Luft, nicht einer von diesen aufdringlichen Blumendüften, den ältere Damen liebten, sondern etwas Herb-Jugendliches. Sie hatte sich rote Strähnen machen lassen, die mit Unmengen von Haarspray zu wilden Stacheln drapiert waren. Irisierender grüner Lidschatten rahmte ihre Augen ein und ihre Lippen leuchteten rot wie frisches Blut. Ihre Zähne schimmerten feucht und irgendwie obszön.

»Er wäre für mich gestorben und ich für ihn. So ist die Liebe nun mal, Mr Ransburg.« Ihr Blick war entrückt, ihre Worten kamen von weit her. Ich fragte mich, ob sie Drogen genommen hatte.

»Sie wären perfekt gewesen, Ms Baines.«

Als sie ein Bein über das andere schlug, fiel mir auf, wie hoch der Schlitz ihres Kleides tatsächlich reichte. Ein langes Bein schwebte vor mir in der Luft, die blaugrünen Äderchen unter den weißen, an Strapsen befestigten Strümpfen deutlich sichtbar. Sie presste sich enger an mich und ich spürte ihre Hand auf meinem Schenkel.

»Marsden arbeitete nur bei Kerzenlicht, wussten Sie das? Er sagte, wenn man am Feuer arbeitet, springt das Feuer auch auf die Arbeit über, erleuchtet sie von innen. So war Marsden, Mr Ransburg, von innen erleuchtet. Mit seinem Licht hatte er viele Motten angezogen.«

»Motten sterben, wenn sie ins Licht fliegen«, gab ich zu bedenken.

Ihre Hand kroch nach oben. Ihre roten Nägel waren wie Flammen auf meiner schwarzen Hose. »Schmetterlinge, Mr Ransburg. Sie blühen in der Sonne auf.« Ihr Mund war nur ein paar Zentimeter von meinem entfernt, ihr Blick glasig. »Wo war ich damals? Verheiratet mit einer Reihe von Idioten und Eunuchen. Habe mich mit meiner Münz- oder Briefmarkensammlung in meinem Zimmer versteckt und versucht, mit ihrer Hilfe zu erfahren, wer ich bin, welchen Sinn mein Leben hat, wo das Feuer ist. Und die ganze Zeit über war Marsden Hexcamp, dieser glühende Magier, dieses brennende Genie, nur ein paar Meilen weiter nördlich.«

»Ms Baines, Marcella –«

Ihre Nägel ratschten über meine Schenkel. »Er musste sie sterben sehen, wissen Sie, den letzten Moment miterleben. Und es ist alles da, wenn es richtig gemacht wird; alles wird offenbart. Meine Jungs, meine wunderschönen Knaben wussten das, aber sie konnten nur genießen, nichts erschaffen.«

Ihre Hand fuhr in meinen Schritt, begann zu kneten. Ihr Atem war flach, ihr Gesicht gerötet. »Er kehrt zurück, Mr Ransburg«, gurrte sie. »Marsden kehrt zurück.«

»Was meinen Sie damit?«

»Jemand wurde gefunden.«

»Wer?«, keuchte ich und presste die Schenkel zusammen.

»Jemand, der den Mut hat zu sagen, ja, Marsden Hexcamp hat dieses Werk geschaffen ... Nun kann es endlich zum Leben erwachen!«

»Wer ist das? Wer ist diese Person?«

Ihre grellen Nägel zischten über den Stoff meiner Hose, fuhren unter meine Hoden, drückten zu. »Das ist unwichtig, Mr Ransburg. Dass Marsden wieder leben wird, nur das zählt. O mein Gott, ich werde gleich ...«

Sie schnappte sich meine Hand, schob sie unter ihr Kleid. »Ich bin feucht, so feucht wie ein Fluss«, krächzte sie. »Wie ein gottverdammter Fluss.« Sie schraubte ihre Beine um meine Hand, während ihre Finger sich an meinem Reißverschluss zu schaffen machten.

»Wann wird man ... die Arbeit ... besichtigen können?«, japste ich. Sie ließ ihren riesigen Mund in meinen

Schoß fallen und begann zu kauen, zu lecken. Ich spürte, wie die Spucke aus ihrem Mund tropfte.

»Ms Baines, ich kann nicht …«

»Lassen Sie mich nicht im Stich, Mr Ransburg«, grunzte sie. Ihr heißer Atem streifte meine Leiste. »Sie *gehören* mir.«

Ich riss mich los. Mit schlotternden Knien steckte ich das Hemd in die Hose, ging zur Tür. Sie stand auf, taumelte. Ihre Haare waren verrutscht, das Kleid klebte zwischen ihren Schenkeln, ihre Augen funkelten gehässig.

»Schwindler. Hure. Eunuch!«, schrie der riesige Mund. »Ein ECHTER Mann würde für mich TÖTEN. Ein ECHTER Mann würde für mich STERBEN. Ein ECHTER Mann würde …«

Ich lief durch die Tür mit dem Gefühl, dass in diesem Raum ein unheilvolles Feuer auszubrechen drohte, das schon vor langer Zeit geschürt worden war.

Kapitel Achtundzwanzig

»Sie hat in deinem Schoß geknurrt und geschnurrt?«, fragte Harry und starrte mich über die beiden Schreibtische hinweg an. Wir hatten die beiden Tische zusammengeschoben, um so mehr Ablagefläche für den wachsenden Papierberg zu schaffen.

»Ich möchte nicht darüber reden.« Ich hatte meine Nase in den Bericht gesteckt, den ich über meinen Besuch bei Marcella angefertigt hatte. Eine eigenartige Schilderung war das. »Harry, ich denke, wir sollten später bei Willow vorbeischauen und ihn auf den neusten Stand bringen. Hat Hembree was verlauten lassen, ob das FBI seine Zusammenfassung über das Bildfragment geschickt hat?«

»Er meldet sich, sobald etwas reinkommt.« Harry spielte ein paar Sekunden lang mit einem Bleistift. »Carson?«

»Was?«

»Sie hat angefangen, ihre Hand über die Innenseite deines ...«

»Nur ganz kurz.«

»Und sie trug Strümpfe und Strapse? Und kein ...«

»Nein, nichts weiter.«

Harrys Bleistiftradiergummi schlug ein paar Takte auf dem Tisch.

»Carson, hat es während dieses Vorgangs irgendeinen Punkt gegeben, wo du wenigstens, ähm, ein kleines bisschen ...«

»Nie. Hör mal, Harry, ich denke, wir sollten Danbury auch über die jüngste Entwicklung in Kenntnis setzen. Wird sie versöhnlich stimmen.«

»Sicher.« Der Radiergummi klopfte eine weitere Minute. »Cars?«

»*Was?*«

»Als sie deine Hand unter ihr Kleid geschoben und über Flüsse und so geredet hat, diese alte Dame, war sie, war es ...?«

Ich schloss die Augen. Deutete das allervageste Nicken an.

»Puh«, flüsterte Harry und zog sich in die andere Zimmerecke zurück, um Trost bei einem Donut zu suchen. Bertie Wagnalls Stimme keuchte aus der Freisprechanlage meines Telefons.

»Ryder, da ist eine Lydia Barstool für dich auf Leitung fünf.«

Der Name sagte mir gar nichts, bis mir wieder einfiel, dass sie die Anwaltsgehilfin des abwesenden Coyle war.

»Barstow, Bertie.«

»Kommt ja fast hin. He, was ist mit dieser Danbury-Braut passiert? Sie hinterlässt hier gar keine Nachrichten mehr. Hattet ihr eine kleine Meinungsverschiedenheit oder was? Falls ja, dann schickt sie mal zu mir. Ich würde gern –«

»Hallo, Ms Barstow. Wie kann ich Ihnen helfen?«

»Ich ... ich weiß nicht, ob Sie das können. Ich habe heute Morgen Rubins Regenmantel, der im Schrank hing, durchsucht. Und eine Art Band gefunden.«

»Ein Band, auf das man etwas aufnehmen kann, wie beispielsweise eine Kassette?«

»Von einem von diesen Taschenrekordern. Er klingt gar nicht gut. Als ob er nervös wäre oder so.«

»Worum geht es auf diesem Band?«

»Das ist auch seltsam. Ich kann es Ihnen nicht sagen. Normalerweise weiß ich über die Projekte Bescheid, was sich ja von selbst versteht. Aber diesmal nicht. Vielleicht bedeutet es ja nichts, aber ...«

Mein Blick fiel auf den Papierberg auf meinem

Schreibtisch. Ich seufzte. »Wir sind gleich bei Ihnen, Ms Barstow.«

»Ich möchte Sie woanders treffen, nicht im Büro, wenn es Ihnen nichts ausmacht. Zwei Blocks weiter westlich gibt es einen Coffee Shop.«

»Mein Partner Harry sollte in Kürze wieder hier reinschneien. Ist es Ihnen recht, wenn wir uns in einer Stunde treffen? Okay, dann bis später.«

Harry kreuzte fünfzehn Minuten später auf – eine Schimäre aus zwei sich beißenden Blautönen. Wir machten uns auf dem Weg zu dem Treffen. Der Coffee Shop war ein multinationales Unternehmen, das sich als Nachbarschaftscafé ausgab. Die Rechtsanwaltsgehilfin saß an einem Tisch hinter einer Topfpflanze mit Blättern so groß wie Kanupaddel. Über ihr hing ein eigenartiges Gemälde, das aussah, als hätte ein Schimpanse seinen Hintern in Farbe getaucht und wäre damit über die Leinwand gerutscht. Ich spähte durch die Blätter. »Dr. Livingstone, nehme ich an?« Auf dem Tisch waren eine Tasse Kaffee und ein silberner Mikrokassettenrekorder.

Lydia gab ein verkorkstes Lächeln zum Besten. Harry schob sich an mir vorbei, setzte sich und gab mir damit zu verstehen, dass ich die Getränke holen sollte. Ich lief zur Theke und überlegte, ob ich für ihn einen eisgekühlten karamellisierten Macarena oder so etwas bestellen sollte, entschied mich, als ich wieder halbwegs bei Sinnen war, aber für zwei ordinäre Kaffee. Eine Tasse stellte ich vor Harry und setzte mich dann gegenüber von Ms Lydia auf einen Stuhl. Harry sagte: »Und dieses Band, das Sie heute Morgen gefunden haben, war wo?«

Lydia trug wieder ihre lauen Arbeitsfarben: beiger Rock, beige Jacke, beige Schuhe. Ihre Bluse war blassrosa, was zwischen all den undefinierbaren Brauntönen fast frivol wirkte. In den vergangenen Tagen schien sie gealtert zu sein. Vielleicht lag es auch an der Sonne, die durchs Fenster fiel und ihre Augenwinkel brutaler ausleuchtete.

»Der Rekorder war in seinem Regenmantel, Detective Nautilus. Im Büroschrank. Das ist nicht ungewöhnlich. Er vergisst oft Sachen wie seinen guten Füller, sein Handy oder so in seinem Mantel. Der Mantel hat viele Taschen. Wir haben darüber Witze gemacht, ihn sein ›zweites Büro‹ genannt.«

»War sonst noch etwas im Mantel?«

»Nein, nur der Rekorder. Oh, und eine Karte. Tut mir leid.«

Sie griff in ihre Tasche und zog eine Karte von Mobile heraus. Harry nahm die Karte, legte sie weg, hob den Rekorder hoch.

»Wieso haben Sie das Band nicht dem Seniorpartner der Kanzlei, diesem Mr Hamerle, gegeben?«

Ihr Blick wanderte vom Boden zur Wand, dann zu den Blättern und schließlich zur Tür.

»Ms Barstow«, sagte Harry. »Ist alles in Ordnung?«

»Ich weiß nicht genau, wie ich es ausdrücken soll. Ich habe … Angst vor ihm.«

»Vor Mr Hamerle?«, fragte ich.

Sie nickte, zwei knappe Kopfbewegungen. »Seit Rubin verschwunden ist, ist Mr Hamerle sehr fordernd geworden und wird schnell ärgerlich. Und er interessiert sich sehr für Mr Coyles Büro. Manchmal geht er da hinein und schließt die Tür hinter sich. Ich höre das. Er sucht etwas. Und als ich das Band gefunden habe, habe ich mich gefragt …«

»Ob er dieses Band gesucht hat.«

»Ich bin nur Anwaltsgehilfin, eine Halbtagskraft. Vielleicht geht es ja um rechtliche Fragen, die vertraulich sind. Was weiß ich? Und da dachte ich mir dann, ich könnte doch …« Sie schenkte uns wieder dieses verkorkste Lächeln. »… ich könnte den Krug doch an Sie weiterreichen.«

Harry tätschelte Lydias Hand, ohne ihr zu nahe zu treten. Das musste ich erst noch lernen. »Sie haben das Richtige getan, Ms Barstow.«

»Was hat Sie auf die Idee gebracht, das Band könnte wichtig sein?«, fragte ich.

»Da war etwas in seiner Stimme, eine Schärfe, eine Intensität, die mir fremd ist. Normalerweise ist er selbst während eines wichtigen Projekts fröhlich, wenn er auf Band spricht, eher so, als würde er sich mit einem Freund unterhalten. Aber das hier klingt so, als hätte er Angst, als wollte er nicht, dass jemand das hört. Und ich weiß nicht, für welchen Mandanten er arbeitet.«

»Dann wollen wir uns das mal anhören«, sagte ich.

Die Kassette war nicht weit besprochen. Harry spulte das kurze Stück Band zurück und drückte auf Start. Eine Stimme drang aus der silbernen Kiste.

»Das ist Mr Coyle«, klärte Lydia uns auf. »Er beginnt immer mit den Namen des Mandanten und dem Aktenzeichen. Hier nennt er keins von beidem.«

»Etwas, das nicht auf Rechnung läuft? Oder eine persönliche Sache?«, überlegte Harry.

Coyle hatte eine dünne, aber wohl modulierte Stimme mit diesem leisen Raunen, das typisch ist für den Akzent im Süden oder dem, was als seine aristokratische Ausbildung durchgeht. Selbst wenn Lydia nicht die Anspannung in Coyles Stimme erwähnt hätte, wäre sie mir aufgefallen. Er sprach mit der *sotto voce* einer Person, die sich heimlich unterhält. Zwischen den Sätzen gab es Pausen, in denen er seine Gedanken sammelte.

»*... Verhandlungen müssen unter strengster Wahrung der Geheimhaltung stattfinden und werden ein schnelles Pendeln zwischen den einzelnen Parteien erfordern. Es sollte davon ausgegangen werden, dass die involvierten Parteien häufiger den Wunsch äußern werden, das zu versteigernde Objekt während der Auktion zu besichtigen, was in dieser Situation kein Nachteil sein muss. Die*

Beschaffenheit des Objektes wird nach der Besichtigung weitere Offerten nach sich ziehen …«

Ich hörte, wie er etwas aufschrieb, dann ein Papier vom Block riss und es zerknüllte.

»Objekt?«, wunderte sich Harry.

»*… ziehe ein Hotel in Betracht. Oder ein Motel mit individualisierten Räumlichkeiten. Die Bieter werden nicht den Wunsch hegen, einander zu begegnen. Eine Einheit pro Partei wird den Bietern die nötige Privatsphäre sichern. Es gibt mehrere, nahezu schäbige Örtlichkeiten, die wahrscheinlich passender sind als exklusive Treffpunkte …«*

»Individualisierte Schäbigkeit«, sagte Harry. »Ist das der Eintrag, unter dem das Cozy Cabins im Branchenbuch steht?«

»*… erwarte ich, dass die Gebote gegen Ende sehr rasch steigen …«*

»Worum es sich auch handeln mag, es muss ein großes Ding sein«, meinte Harry.

»*… zu einem vorher festgelegten Zeitpunkt werden die letzten Gebote geprüft werden. Es muss streng darauf geachtet werden, dass sich die Teilnehmer beim Verlassen der Örtlichkeit nicht begegnen und auch hier ihre Privatsphäre geschützt wird.«*

Das Band surrte noch ein paar Sekunden, bis nichts mehr zu hören war. »Das ist alles«, sagte Lydia. »Über diese Sache.«

Lydias perplexer Blick wanderte zwischen uns hin und her. Harry faltete die Karte auf, die sie in Coyles Tasche gefunden hatte, und studierte sie ein paar Sekunden.

»Uhu«, murmelte er.

»Was?«

Er schob seinen Kaffee beiseite, breitete die Karte auf dem Tisch aus und tippte mit dem Finger darauf. »Ein halbes Dutzend Orte sind rot eingekreist. Sieht ganz so aus, als wäre einer unser gutes, altes Cozy Cabins.«

Auf einmal war ich wie elektrisiert. Plötzlich konnte ich mich nicht des Gefühls erwehren, dass wir endlich auf etwas gestoßen waren, das uns einen Schritt weiter brachte. Harry nannte so einen Durchbruch immer die »unsichtbaren Linien«. Meistens erkannten wir sie erst, wenn wir kurz davor waren, einen Fall abzuschließen, und uns klar wurde, dass wir schon eine ganze Weile über sie gestolpert waren.

»Privatsphäre ist äußerst wichtig«, sagte Harry eher zu sich selbst. »Und es muss vermieden werden, dass die betreffenden Personen, wer auch immer sie sein mögen, sich über den Weg laufen.«

»Sie wissen wirklich nicht, ob es sich dabei um ein Projekt der Kanzlei handelt, Ms Barstow?«, fragte ich.

»Mit diesem Fall war ich nie betraut«, sagte sie. Furcht schwang in ihrer Stimme mit. »Er hat sich über Lewis Aragorns bevorstehende Verhandlung Gedanken gemacht, doch das ist kein neuer Fall, sondern eher so etwas wie ein Dauerprojekt.«

»Lewis Aragorn!«, fragte ich. »*Der* Aragorn?«

* * * * *

»Ein Genie, er ist ein verdammtes Genie. Als ihr Jungs angerufen und mir erzählt habt, dass er vermisst wird, wurde mir speiübel. Fast hätte ich gekotzt und die große Gorgonzolapizza über meinen Schreibtisch verteilt, wisst ihr?«

Lewis Aragorn schlug auf die Schreibtischplatte, auf der er sich beinah übergeben hätte, stand auf und ging zu einem Fenster mit Blick auf den Mobile River. Über dem Wasser türmten sich Kräne, Container und riesige Schiffsrümpfe auf. Ich beobachtete, wie ein Kran einen Container, halb so groß wie ein Wohnwagen, von einem Schiff hob.

Aragorn hatte in etwa die Größe und Form einer Kanalboje. Als er vors Fenster trat, wurde es beträchtlich dunkler im Raum. Sonderlich hell war es hier drinnen eh nicht. Eine Reihe Neonröhren an der Decke, blassblau gestrichene Backsteinwände, auf dem Boden strapazierfähiges braunes Linoleum. Nach dem abgeranzten Schreibtisch zu urteilen, hatten kubanische Flüchtlinge sich ein Beispiel an Juneau genommen und waren darauf nach Miami gesegelt. Aragorn rammte die Hände in die Taschen seiner ungebügelten Khakis und produzierte einen gutturalen Laut, den ich als Seufzer interpretierte. Seine stark behaarten Unterarme ragten aus hochgekrempelten weißen Ärmeln und erinnerten an Telefonmasten mit kleinen Widerständen an den Handgelenken. Aragorns zerfurchtes Gesicht sah aus, als wären Charles Bronson und Keith Richards seine Erzeuger, und in all die Falten und Furchen hatte sich tief empfundene Trauer eingegraben.

»Der Mann ist ein verdammtes Genie, der geborene Vermittler. Hat ein paar Mal unsern Arsch gerettet.«

Aragorn war Vorsitzender der hiesigen Dockarbeitergewerkschaft. Diesen harten und schwierigen Beruf übte er seit vierzehn Jahren aus. Davor hatte er zwanzig Jahre auf den Docks gearbeitet. Er senkte den Blick, als würde er seine locker sitzende blaue Krawatte mustern und sich fragen, wie es dazu gekommen war, dass er so ein nutzloses Kleidungsstück trug. Als Harry sich vorbeugte, quietschte der Klappstuhl, auf dem er saß. Von Büromöbeln hielt Aragorn nicht viel.

»Und Sie haben ihn in Motels getroffen, wo diese Verhandlungen oder was auch immer durchgepeitscht wurden, Mr Aragorn?«, fragte Harry.

»Verflucht, ja. Wir haben uns während der Planungssitzungen in Motels getroffen. Kann nicht gerade behaupten, ich brächte meinen Gegnern viel Vertrauen entgegen. Doch das ist kein Problem, denn ihnen geht es nicht anders. Und woher soll ich wissen, ob die Ge-

genseite sich vor den Vertragsverhandlungen nicht in ein schickes Büro schleicht, irgendwelchen elektronischen Scheiß installiert und meine Ansichten ausspitzelt, was ehrlich gemeint und was nur Strategie ist. Scheiße, wenn ich könnte, würde ich das auch machen.«

»Und Sie hatten keinen Streit mit Rubin Coyle?«

Aragorn riss die Augen auf. »Streit? Scheiße, Mann, der Typ hat uns vierzehn Jahre lang aus Streiks herausgehalten, aus wilden Streiks. In diesem Gewerbe tut sich viel, neue Verlade- und Entladetechniken. Das Containergeschäft wird immer ausgefuchster. Und die Computer erledigen mehr und mehr. Wir müssen die Balance halten: Unseren Schnitt machen und sicherstellen, dass es nirgendwo hakt. Und das hat Rubin gemacht. Er konnte ihre Position und unsere einnehmen, hat hier ein bisschen getrickst, dort eine Vergünstigung herausgeholt. Und er hat dafür gesorgt, dass wir aufeinander zugehen. Ist schwierig, jemanden zu finden, dem beide Seiten trauen, doch Rubin Coyle vertraute jeder. Mist, wenn er nicht mehr da ist …« Aragorn schüttelte den Kopf und hob die Hände, Hände von der Größe und Beschaffenheit eines Baseballhandschuhs. Es sah fast so aus, als würden gleich Tränen in die Gräben seines Gesichtes kullern. »Wenn ihr mich fragt, besitzt er eine große Gabe: Er kennt die Menschen. Den Scheiß lernt man nicht auf der Uni, das hat man drauf oder nicht.«

Ich feuerte einen Schuss ins Blaue ab. »Und was ist mit dem Cozy Cabins? Ist dort mal verhandelt worden?«

»Hä? *Was* für Cabins?«

»Ach nichts. Ist nur Teil der Ermittlungen.«

»Hat er sich mit Ihnen mal über Kunst unterhalten, Mr Aragorn?«, fragte Harry. »Oder vielleicht über ein Portfolio oder eine Kunstsammlung?«

Auf dem zerfurchten Gesicht spiegelte sich Verwirrung. »Rubin? Ich weiß einen Scheiß über Kunst, Kumpel. Und das bedeutet, dass Rubin wahrscheinlich noch weniger Ahnung hat. Für solchen Schnickschnack hat dieser Mann nichts übrig. Aber eins kann ich euch sagen: Falls es was auszuhandeln gibt, was mit Kunst – oder sonst was – zu tun hat, ist Rubin Coyle der Mann, an den ihr euch wenden müsst.«

Kapitel Neunundzwanzig

Unserer Meinung nach war es an der Zeit, mit Warren Hamerle, dem Seniorpartner der Anwaltskanzlei, zu sprechen. Da es so aussah, als würde er nicht zu uns kommen – laut Lydia Barstow hatte er eine Angina, war aber auf dem Weg der Besserung –, gingen wir zu ihm. Wir mussten den Ball tief halten, durften uns nicht anmerken lassen, dass wir mit Miss Lydia gesprochen hatten, die fürchtete, er könnte dies als Verrat werten und sie auf die Straße werfen.

Wie ein Baldachin spannten sich die Kronen der Lebenseichen über das Grundstück in Spring Hill, auf dem Hamerles großes, zweistöckiges Haus stand. Die Sonne brach durch die Blätter und malte goldene Tupfer auf den Rasen. Harry und ich fuhren nach hinten auf den Parkplatz neben einer Dreiergarage. Das Haus war so weiß, dass man meinte, es wäre gerade erst frisch gestrichen worden. Blaue Läden umrahmten die Fenster. Die Eingangstür war eine imposante Wand aus dunklem Holz mit mehreren Schichten Schellack.

Als die Tür aufging, erkannte ich Warren Hamerle von den vielen Fotos, die an Rubin Coyles Wand hingen. Er war knapp eins fünfundachtzig groß und hatte breite Schultern, die leicht nach unten sackten, nachdem sie nun seit mehr als sechs Jahrzehnten der Erdanziehungskraft trotzten. Die Erdanziehungskraft gewinnt immer – wie Hurrikans und Erdbeben. Dafür war sein Haar voll und weiß und ließ die Farbe seiner wässrig blauen Augen intensiver wirken, als sie es von Natur aus waren. Dieser Effekt wurde von einem weißen Oxfordhemd, der cremefarbenen Köperhose und den beigen

Schuhen noch unterstrichen. Zur Begrüßung, die aufgrund unserer Mission eher traurig ausfiel, schüttelte er uns die Hand und führte uns in einen Wintergarten im hinteren Teil des Gebäudes, wo Holz, Leder und Messing dominierten. Dies war ein maskulines Haus. Nichts deutete darauf hin, dass bei der Einrichtung eine Frau mitgewirkt hatte.

»Sie müssen mit mir nachsichtig sein, meine Herren«, sagte er und tippte auf sein Ohr. »Mein Gehör lässt nach, ist manchmal besser, manchmal schlechter. Das Älterwerden legt einem schwere Prüfungen auf.«

Wir nahmen auf Stühlen mit harten Holzlehnen Platz. Die Glasplatte des runden Tisches war so dick wie ein Buchrücken. In der Mitte des Tisches standen eine Kanne, Tassen, ein Milchkännchen und eine Zuckerdose. Unaufgefordert schenkten Harry und ich uns Kaffee ein – eine gute Sorte, die Sherpas an den Hängen von Shangrila oder so gepflückt hatten. Wir fragten nach Rubin Coyles potentiellen Feinden und hörten von Leistungen, die mit Prämien vergolten wurden, von Können, das belohnt wurde. Hamerle behauptete, wenig über das Privatleben seines Angestellten zu wissen, und hatte anscheinend nicht mitbekommen, dass Coyle sich gelegentlich mit Miss Lydia traf. Ich schenkte mir noch eine Tasse von dem herrlich duftenden Kaffee ein und lenkte das Gespräch auf Coyles Arbeitsleben.

»Wie ich hörte, war Mr Coyle ein Genie, was Verträge und Verhandlungen anbelangte, Mr Hamerle«, sagte ich.

»Der Beste. Phänomenal.«

»Ist das etwas, was er von Ihnen gelernt hat?«

Hamerle blies in seinen Kaffee, nahm einen Schluck, schien zufrieden zu sein. »Mein Spezialgebiet sind Testamente und Nachlässe.«

Als ein putzmunteres Eichhörnchenpaar an dem Wintergarten vorbeiflitzte, drehten wir die Köpfe und verfolgten das possierliche Treiben, bis sie in einer Baumkrone verschwanden.

»Spricht Rubin ganz offen mit Ihnen? Über jeden Aspekt seiner Arbeit, seiner Vermittlungsbemühungen?«

Mir fiel auf, wie seine Augen wachsam wurden, seine Stirn Falten schlug. »Man muss nicht jede Faser eines Stoffes prüfen, um seine Qualität abschätzen zu können, Detective. Rubin informiert mich über wichtige Punkte, hält mich über die Fortschritte auf dem Laufenden.«

Zwischen den Zeilen lesend kam ich zu dem Schluss, dass Hamerle sich raushielt – einmal abgesehen von den Stundenzetteln und der Rechnungsstellung.

»Hält er Sie über alle Verhandlungen auf dem Laufenden?«

»Ich verschaffe mir einen Überblick und gehe jeden Fall durch, konzentriere mich allerdings nur auf die wesentlichen Punkte. Eine Mediation ist immer im Fluss.«

»Und an welchen Flüssen hat er in letzter Zeit gearbeitet?«

Hamerle wollte mir schon einen ärgerlichen Blick zuwerfen, überlegte es sich dann aber anders. »Es ging um die Überschreitung von Kosten. Er sollte eine Einigung erzielen zwischen einer Tiefbaufirma und dem Staat. Er versuchte, eine gemeinsame Ebene zwischen einem Stadtplaner und einer Gruppe von Umweltschützern zu finden. Und außerdem steht die Ausarbeitung des Vertrages für die hiesigen Dockarbeiter an. Bis dahin sind es noch ein paar Monate, doch Planung ist alles.«

Dieser Fall betraf Aragorns derzeitige Arbeit. Ich schaltete in einen anderen Gang.

»Hat er je an Projekten gearbeitet, über die Sie womöglich nicht informiert waren? Vielleicht selbständig Aufträge akquiriert?«

»Nein.« Fast ein bisschen zu schnell.

»Hatte einer seiner Fälle, seiner Klienten mit Kunst zu tun?«

Für einen kurzen Augenblick meinte ich, einen Anflug von Bestürzung in der kaum wahrnehmbaren Bewegung einer weißen Augenbraue zu erkennen. Er hielt inne und starrte mich an. Eine Weile später runzelte er die Stirn und sagte: »Punsch?«

»*Kunst*, Sir. Hat Rubin jemals das Wort ›Kunst‹ in Zusammenhang mit einem Vertrag oder einem Vermittlungsverfahren erwähnt?«

Er legte eine Hand hinter das Ohr und zog eine Augenbraue hoch.

»Kunst«, wiederholte ich laut. »Hatte er beruflich mit Kunst zu tun?«

Er schüttelte den Kopf. »Bestimmt nicht. So etwas ist mir nie unter die Augen gekommen. Darf ich erfahren, worauf Sie mit diesen Fragen hinauswollen?«

»Sind Sie sicher? Vielleicht hat er ...«

Warren Hamerle warf demonstrativ einen Blick auf seine Platin-Rolex und stand abrupt auf. »Ich fürchte, mir ist gerade eine wichtige Verabredung eingefallen, meine Herren. Auch das Gedächtnis ist ein Opfer des Alters. Bitte, entschuldigen Sie meine Manieren, aber vielleicht finden Sie ja allein nach draußen?«

Wir fanden den Weg tatsächlich. An der Tür blieb ich stehen, drehte mich um und rief: »Vielen Dank für Ihre Zeit, Mr Hamerle.«

»Keine Ursache«, rief er zurück. Er klang beunruhigt. »Bitte, halten Sie mich doch über Ihre Ermittlungen auf dem Laufenden.«

»Das Gehör funktioniert wieder«, flüsterte Harry.

Ich grinste. »Aber dass wir uns bald noch mal zusammentun und die Sache unter Dach und Fach bringen, hat er nicht vorgeschlagen.«

Harry legte den Gang ein und fuhr langsam die Auffahrt hinunter. An der Straße mussten wir warten, bis mehrere Autos vorbeigefahren waren. Ich warf einen letzten Blick auf das zwischen den Bäumen versteckte Haus.

»Meinst du, die Kunstfrage hat ihn aus der Fassung gebracht? Diese Nummer mit dem schlechtem Gehör hat er doch nur aufgeführt, um sich wieder einzukriegen, oder? Harry? Harry?«

Ich drehte mich zu meinem Partner hin. Er legte die Hand hinters Ohr und starrte mich mit großen Augen an. »Punsch?«

»Nicht wirklich überzeugend, was?«, meinte ich.

»Von einem Anwalt hätte ich mehr erwartet. Meinst du, wir können Lydia überreden, uns in Coyles Haus zu lassen? Ich müsste mal aufs Klo.«

* * * * *

Lydia rollte auf Coyles halbkreisförmige Auffahrt und stieg schwerfällig aus einem Accord, der schon ein paar Jahre auf dem Buckel hatte. Sie ließ es sich nicht nehmen, Rock und Jacke glatt zu streichen, die Haare in Ordnung zu bringen und ein müdes Lächeln aufzusetzen. Als sie auf Harry und mich zukam, fiel mir zum ersten Mal auf, dass es Momente gab, wo die biedere äußere Erscheinung nicht darüber hinwegtäuschen konnte, dass diese Frau Eleganz besaß. Manchmal war sie da und dann wieder nicht. Sie war eine von den Frauen, denen man auf der Straße begegnet, sich dann nach ihr umdreht und nicht genau weiß, warum man das tut.

»Danke, dass Sie gekommen sind, Ms Barstow«, sagte ich. »Es ist einfacher, wenn jemand einen Schlüssel hat.«

»Ich habe ihn noch nie benutzt«, sagte sie. »Rubin hat einen von meiner Wohnung, und ich habe ihn gedrängt, mir dann auch seinen zu geben. Mir ging es nicht darum, bei ihm ein und aus –« Sie brach ab, als wäre sie sich nicht ganz sicher, wie sie den Satz beenden sollte.

»Eher ein Symbol der Verbundenheit«, meinte Harry. »Der Nähe.«

»Ja«, sagte Lydia. »Das stimmt.«

Ihre Schlüssel hingen an einem schlichten Drahtring, keine Blumen, Smileys oder anderer Tinnef, schlicht und funktional. Sie ging etwa ein Dutzend Schlüssel durch, wählte einen aus glänzendem Messing und schob ihn ins Schloss.

»Ordentliche Schließanlage«, fand Harry. »Mit einem schweren Türriegel. Mr Coyle hat nicht geknausert.«

Lydia drehte den Schlüssel hin und her. Zog ihn heraus, steckte ihn wieder hinein, versuchte es noch mal.

»Er passt nicht.«

»Lassen Sie es mich mal probieren«, schlug ich vor.

Ich hatte auch kein Glück und reichte den Schlüssel Harry. Mein Partner hatte zwei Jahre im Raubdezernat gearbeitet, ehe er ins Morddezernat gewechselt war, und kannte sich von daher mit Schlössern aus. Harry führte den Schlüssel ganz behutsam ein, als wollte er etwas ertasten. Er studierte die Zähne, versuchte es erneut.

»Er passt fast«, meinte er. »Ist aber eben nicht perfekt. Entweder hat derjenige, der den Schlüssel gemacht hat, gepfuscht ...«

»Oder Rubin hat dafür gesorgt, dass er nicht funktioniert«, sagte Lydia. Sie drehte sich abrupt um, fixierte die Straße und verbarg ihre Tränen. Ich nahm den Schlüssel und trat in die Sonne. An mehreren Stellen war die Oberfläche des Schlüssels unterschiedlich abgeschabt.

»Benutzen Sie eine Lesebrille, Ms Barstow?«, fragte ich.

Sie war mittelstark und hatte ungefähr 2,5 Dioptrin. Ich betrachtete den Schlüssel durch die Gläser. »Die Feilspuren verlaufen alle rechtwinklig, bei einem Zahn allerdings nicht. Hier sind sie gröber und haben einen anderen Winkel.«

Harry sah sich die Sache an. »Hembree könnte uns Genaueres sagen, aber es sieht ganz so aus, als hätte jemand einen halben Zahn weggefeilt. Das reicht, um den Schlüssel unbrauchbar zu machen.«

Nachdem wir das Problem erkannt hatten, dauerte es alles in allem gerade mal fünfzehn Minuten, bis wir drin waren. Zuerst fuhren wir zum nächsten Eisenwarenladen.

»Sie brauchen *was*?«, hatte der Verkäufer gefragt.

»Ein Duplikat von diesem Schlüssel«, sagte Harry. »Nur gibt es da eine Stelle, wo der Zahn halb ab ist. Wir möchten, dass Sie diesen Zahn wiederherstellen, so wie er ursprünglich war.«

»So was habe ich noch nie gemacht«, sagte der Angestellte, hob den Schlüssel gegen das Licht und kniff die Augen zu. »Dürfte nicht allzu schwer sein.«

* * * * *

Die Luft in Coyles Haus war kalt und roch unbewohnt. Bewohnte Häuser riechen anders als solche, die leer stehen. Vielleicht liegt es an den Kochgerüchen, den Ausdünstungen des menschlichen Körpers oder einer Art Seelenaroma, doch selbst wenn ein Haus nur ein paar Tage leer gestanden hatte, konnte ich das auf Anhieb sagen.

Wir traten in einen großen Raum mit gewölbten Decken und glänzendem Holzfußboden. Das Mobiliar war ausgesucht. Eine graue Ledersitzgruppe war um einen niedrigen, grünen Marmortisch gruppiert und es gab ein paar Teppiche und Lampen, die Akzente setzen sollten. Eine Anrichte. Nichtssagende Bilder an den Wänden. Harry fuhr mit dem Finger über den Tisch.

»Zahlt er seiner Putzfrau einen ordentlichen Stundenlohn?«, fragte er Lydia.

»Er hat keine.«

»Gut, denn sie hat seit ein paar Wochen nicht mehr Staub gewischt.«

Unsere Absätze klapperten über den Boden, als Harry und ich von einem Zimmer zum nächsten schlenderten. Nichts in diesem Haus deutete auf Spontaneität hin. Hier herrschte Ordnung. Überall war aufgeräumt. Die Zeitschriften lagen im Ständer, die Fernbedienungen in Reih und Glied, die Stühle standen, wie es sich gehörte, unter dem Esstisch. Die Kissen waren aufgeschüttelt.

»Dieses Haus ist analer als eine Proktologenkonferenz«, flüsterte Harry. Lydia folgte mit ein paar Schritten Abstand. Sie war nervös und ihr Blick unstet, als rechne sie damit, dass Rubin jeden Moment aus einem Schrank gesprungen käme.

Schließlich standen wir vor einer Zimmertür in der oberen Etage und versuchten sie zu öffnen. Abgeschlossen. »Was ist da drin?«

»Sein Büro. So nennt er es jedenfalls.«

»Sie haben diesen Raum nie betreten?«

Ihre Verlegenheit versetzte uns einen Stich. »Ich bin erst ein paar Mal in diesem Haus gewesen. Er war lieber bei mir. Rubin sagte immer, bei ihm wäre es wie auf dem Friedhof und mein Haus sei so lebendig und aufregend …« Sie hielt inne und sprach dann mit monotoner Stimme weiter. »… wie ich.«

»Ich bin sicher, dass er so empfindet, Ms Barstow«, beeilte Harry sich zu sagen. »Manchmal haben wir Männer es satt, die eigenen Wände anzustarren. Vor allem solche Wände. Eine andere Wohnung, ein anderer Mensch, und schon steigt die Laune.«

Lydias Lächeln sagte *Danke, dass Sie es versucht haben.* Ich drehte den Knauf noch ein paar Mal hin und her. »Wenn das sein Arbeitszimmer ist«, sagte ich, »stoßen wir da eventuell auf etwas, das uns verrät, wo er steckt.«

Harry kniete sich vor das Schloss. »Das Schloss ist nicht mit der Eingangstür zu vergleichen, aber doch sicherer, als man das von einer normalen Zimmertür erwartet. Geht glücklicherweise nach innen auf.«

Er stand auf und zeigte auf das Fenster am Ende des Flurs. »He, ist das ein Truthahngeier?« Lydia und ich drehten die Köpfe, konnten aber nur blauen Himmel und Äste erkennen. Eine Explosion sorgte dafür, dass wir uns wieder zu Harry umdrehten. Die Tür stand sperrangelweit auf.

»Ups«, sagte Harry. »War wahrscheinlich nur eine Wanderdrossel.«

Das Zimmer war dunkel. Die dicken Vorhänge am gegenüberliegenden Fenster waren zugezogen. Harry trat zuerst ein, dann ich und Lydia. Harry tastete die Wand neben der Tür ab. »Muss doch irgendwo einen Lichtschalter geben ... Da.«

Obwohl es weder Steh- noch Deckenlampen gab, wurde es hell. Das Licht stammte von einem Dutzend Schaukästen, die an den Wänden montiert waren. In den Kästen lagen Seile, blutgetränkte Stofflappen, ein Schienenbolzen, ein paar Zentimeter von etwas, das wie Trockenfleisch aussah – und alles war ausgestellt wie Exponate in einem Kunstmuseum.

»Du liebe Zeit«, sagte Harry, als ihm langsam dämmerte, was er da sah. »Wie im Gruselkabinett.«

»Was für Sachen sind das denn?«, flüsterte Lydia mir von hinten zu.

»Sammlerstücke der Finsternis«, sagte ich und schob sie behutsam aus dem Zimmer.

Kapitel Dreißig

Coyles Fingerabdrücke an einem Tatort, sein Verschwinden und seine von uns eben entdeckte Begeisterung für Serienmörder-Memorabilien rechtfertigten eine Hausdurchsuchung. Die blasse und verängstigte Lydia schickten wir weg und gingen anschließend wieder in das Haus. Harry hielt kurz inne und machte eine ziemlich betroffene Miene.

»Ich sage das ja nicht gern, aber da der Boss uns das so aufgetragen hat, denke ich, wir sollten zum Hörer greifen und –«

»Ja«, sagte ich weniger angenervt als erwartet.

Zehn Minuten später stand Danbury in einem unauffälligen Van auf der Auffahrt. Offenbar hatte sie mitgedacht und auf den Wagen mit dem Senderlogo verzichtet. Wegen der Bäume und der kurvenreiche Straße würde unsere diskrete kleine Gruppe kaum jemandem auffallen. Sie hatte Zipinski mitgebracht. Der winzige Kameramann, der um Harry und mich einen großen Bogen machte, stellte das Kamerastativ am anderen Ende der Zufahrt auf. Auf die Weise diente ihm das Haus als Hintergrundmotiv.

»Dann landet das Material hier also im Archiv?«, fragte Zipinski Danbury.

»Gleich senden werden wir es nicht«, sagte sie. »Wir sammeln Material für eine potentielle Story. Mach nur Aufnahmen vom Haus. Alles, was rauskommt, kommt auch in den Kasten.«

»Hat das was mit der irren Nummer zu tun, von der Sie mir erzählt haben?«, fragte Zipinski. »Mit dem verrückten Künstler?«

»Das werden uns die Jungs sagen. Stimmt doch, meine Herren?«

Harry seufzte. »Geht es Carla gut?«

»Ist sicher in der Festung und legt keinen Wert auf einen Babysitter.«

Zipinski filmte Harry und mich im Garten. Da es den Journalisten nicht erlaubt war, uns ins Haus zu begleiten, gingen wir allein hinein. Danbury passte das gar nicht, aber sie kannte die Gesetzeslage. »Ich will einen vollständigen Bericht«, rief sie uns hinterher, als wir eintraten.

Harry und ich teilten uns Coyles Arbeitszimmer auf. Er konzentrierte sich auf den Schreibtisch; ich nahm mir einen Schrank, die Akten in der Anrichte und einen Stapel Unterlagen auf einem Stuhl vor. Anscheinend gehörten alle Unterlagen zu Verhandlungen oder Fällen, in denen er als Vermittler aufgetreten war. Davon musste ich die Finger lassen, weil ich sonst gegen das vom Gesetz geschützte Verhältnis zwischen Anwalt und Mandant verstieß. Während ich die Unterlagen kurz überflog, konnte ich nichts entdecken, was auf Kunst hindeutete.

»Carson«, sagte Harry leise. »Ich habe da was.«

Er stand hinter Coyles Schreibtisch. Ich legte die Akte weg und ging zu ihm. Harry hob eine etwa dreißig Quadratzentimeter große Plexiglaskiste aus der obersten Schublade. Auf dem Deckel war mit Klebestreifen ein weißer Umschlag befestigt.

Harry, der Latexhandschuhe trug, hob die Kiste hoch, in der ein in Braun- und Umbratönen gehaltenes Bild von einem Schädel lag. Der Schädel war mehrfach übermalt, hatte Schlaglicht und winzige rote Tupfen, die dem Betrachter Tiefe und Dreidimensionalität vorgaukelten. Und da waren auch wieder diese sich windenden, wurmähnlichen Körper. Das Bild war so hyperreal, dass man das Gefühl hatte, man könnte den Schädel in die Hand nehmen, ihm einen Vortrag über Pfeil und Bogen halten.

Harry stellte die Kiste vorsichtig auf den Schreibtisch und öffnete den weißen Umschlag. Er zog eine Karte heraus, ungefähr zehn mal sechzehn Zentimeter lang, mit drei getippten Textabschnitten.

»Na, wenn das nicht interessant ist«, sagte Harry und reichte mir die Karte.

> *Marsden Hexcamp*, mutmaßlich eine Studie zu »Die Kunst des letzten Augenblicks«. Gemalt im Juli 1970(?). Eine von siebzehn Studien für ein Werk von der Größe 367 (H) x 212 (B) Zentimeter. Die Studien loten das Thema des Oeuvres aus. Vierzehn sind von sehr guter Qualität, zwei weisen moderate Materialschäden auf (vermutlich wasserbedingt), eine ist stark beschädigt, wahrscheinlich zurückzuführen auf unsachgemäßes Verpacken unter Zeitdruck. Mehrere kleinere Werke, die Hexcamp als »Testversionen« dienten, sind auch noch vorhanden. Zwei von ihnen wurden gereinigt und für den Markt gestückelt. Neun dieser »Arbeiten« sind momentan ebenfalls erhältlich, fünf davon von erstklassiger Qualität, drei hingegen ziemlich stark beschädigt, da sie den Elementen ausgesetzt waren.
> *Hinweis*: Das beiliegende Werk hat die Katalognummer MH – KLA, stud.012.

Ich verdaute die Information. So knapp sie auch war, lieferte sie doch eine ganze Fülle an Einblicken. »Das ist ein Katalogeintrag oder so was Ähnliches: Marsden Hexcamp, Kunst des letzten Augenblicks, Studie Nummer 12.«

Harry, der über meine Schulter schaute und mitlas, begriff die Kürzel. »Siebzehn Studien, ein Hauptwerk, »Die Kunst des letzten Augenblicks«. Welche Größe hat der Schinken, Cars? Mal abgesehen davon, dass ich

Scotch in Literflaschen kaufe, habe ich das metrische System nie begriffen.«

»Ungefähr drei Komma sechs mal sieben Meter.«

»Verdammt«, sagte er. »Fast eine ganze Wand.«

»Und jetzt wissen wir, warum die Arbeiten, die wir zu Gesicht kriegen, Fragmente sind«, sagte ich. »Jemand hat ein paar Studien zerschnitten, sie im wahrsten Sinne des Wortes stückchenweise verkauft. Vielleicht waren die Fragmente Teil der beschädigten Arbeiten.«

»Kann auch sein, dass sie so mehr wert sind, Carson. Diese Sammler sind ja nicht in erster Linie hinter der Kunst her.«

»Stimmt. Sie möchten nur etwas Hübsches besitzen, das Marsdens heiße, kleine Finger berührt haben.«

Harry dachte kurz nach. »Bei der Sendung an Coyle könnte es sich um einen nachträglichen Erwerb handeln. Das hier ist seins. Vielleicht auf Dauer in seinem Besitz oder vielleicht trägt er die komplette Sammlung für die große Show zusammen.«

Ich spielte die Möglichkeiten durch. »Oder derjenige, der die Sammlung verkauft, hat Coyle dieses Werk in gutem Glauben als Aufwandsentschädigung oder als Ansichtsexemplar geschickt. Wer weiß?«

Harry sagte: »Könnte Coyle der Sachverständige sein, der die Echtheit dieser Bilder bestätigt?«

»Darauf würde ich nicht wetten, aber das hier untermauert seine Rolle als Verkäufer oder Organisator. Mit an Sicherheit grenzender Wahrscheinlichkeit weiß er, wer die Echtheit bestätigt. Durchaus möglich, dass er den Sachverständigen angeheuert hat. Wer könnte sonst noch die Katalogeinträge schreiben?«

Aus Coyles Arbeitszimmer entfernten wir nur das Gemälde. Seine Komposition und Technik ähnelten den Arbeiten, die wir in Maries Zimmer und Heidis Wohnwagen gefunden hatten. Der enggefasste Durchsuchungsbefehl erlaubte uns nicht, Coyles an den Wänden montierte »Kunstwerke« abzuhängen, da kein direkter Zusammenhang zu unseren Ermittlungen bestand. Wieder betrachtete ich die Auslagen und unterdrückte ein Frösteln. Zuerst Forriers Maske, dann Hexcamps Schädel – langsam erhielt ich einen besorgniserregenden Einblick in die Schattenwelt des kreativen Schaffens.

Harry steckte das Gemälde in eine Tüte. Wir gingen nach draußen und schlenderten zur Rasenkante, wo Danbury und Zipinski im undurchdringlichen Schatten eines Magnolienbaumes warteten. Danbury kam uns entgegen. Borg blieb bei seinem Kamerastativ. Wahrscheinlich hatte er keine Lust, sich zwischen Harry und mich zu stellen.

»Was haben Sie gefunden?«, fragte Danbury.

Harry hielt das eingetütete Kunstwerk hoch. »Mein Gott«, entfuhr es ihr. »Das ist ein Bild aus der Hölle.«

Zipinski riskierte einen Blick, legte die Stirn in Falten. »Ich kann fast das modernde Fleisch riechen. Wie wäre es mit einer Aufnahme davon?«

Harry wollte schon nein sagen, hielt dann aber den Mund. Wenn Zipinski das Bild abfilmte, war das auch nichts anderes, als wenn andere Kameraleute Cops dabei filmten, wie sie nach einer legalen Durchsuchung Beweisstücke wegtransportierten.

»Ja, nur zu«, murmelte er.

»Bleiben Sie so stehen und halten Sie es hoch«, wies Zipinski ihn an. »Ich muss nur noch das Licht richtig hinkriegen.« Er fummelte an dem Reflektorschirm herum. Heute gab es Wind, doch es war heiß. Der Wind verfing sich in dem Schirm, so dass Harry geblendet wurde, während er darauf wartete, dass Zipinski endlich so weit war. Harry blinzelte, knurrte und drückte mir das Gemälde in die Hand.

»Mach du das, Cars. Ich habe dich gerade zum offiziellen Posterboy von PSET ernannt.«

Der Reflektorschirm blendete mich, bis Zipinski endlich loslegte. Ich ließ ihn drauflos filmen. An der Kamera leuchtete ein rotes Lämpchen. Nach ein paar Sekunden sagte er: »Okay.« Ich gab Harry das Bild zurück, der es zum Wagen brachte.

Danburys Handy klingelte. Sie redete mit jemandem über einen Motorradunfall auf der Interstate 95, und dass sie diese Woche schon zwei Unfälle gehabt hatte und *sich jemand anderer um diesen kümmern könnte, du meine Güte*. Sie ging Richtung Straße und diskutierte immer noch mit dem Handy. *Wie wäre es, wenn der gottverdammte Moderator das übernimmt, falls er überhaupt noch weiß, wie das geht …*

Es klang, als würde sie gewinnen.

»Verflucht, das müssen 35 Grad sein«, sagte Zipinski, riss einen Hemdzipfel aus der Hose und fuhr damit über sein schwitzendes Gesicht. Sein Bauch war so stark behaarrt wie der eines Orang-Utans. Er legte die Baseballkappe auf die Kamera und tupfte sich den kahl werdenden Schädel ab. Dann sah er mich an, wollte etwas sagen, schaute weg.

»Was ist denn?«, fragte ich.

»Das neulich war mein Fehler. Wir machen einen investigativen Job. Überfallen die Leute und bombardieren sie mit Fragen. Sie wissen schon … springen vor einem Bürokraten, der sich die Finger schmutzig gemacht hat, aus dem Wagen. Sie fragt: ›Wie viel Geld haben Sie dem Waisenkinderhilfsfond gestohlen?‹ Und ich sorge dafür, dass sein Gesicht aufs Band kommt – dieser erste schuldigbewusste Ausdruck, ehe er alles leugnet. Und so war ich immer noch drauf, als ich Sie auf dem Parkplatz blöd angemacht habe. Das tut mir leid.«

Er hielt mir seine Hand hin, die ich kurz drückte. Borgurt Zipinski interessierte mich nicht, aber ich wollte auch nicht, dass er noch länger o-beinig um seine Kamera herumstiefelte. Er fing an, seine Ausrüstung abzubauen, hielt kurz inne und schaute dumm aus der Wäsche.

»Kann ich Sie mal was fragen, Detective Ryder?«

Ich nickte.

»Dieses Gemälde war gleichzeitig schön und abgedreht. Glauben Sie wirklich, dass dieser Irre, dieser Hexcamp, es gemalt hat? Und auch noch eine ganze Menge mehr von diesem Zeug?«

Ich nickte und warf Danbury, die ein gutes Stück weit weg war, einen Blick zu. Sie schüttelte den Kopf und ließ das Handy in die Tasche fallen. Sie wirkte müde, beinah ausgelaugt. Auf einmal dämmerte mir, dass das Nachrichtengeschäft womöglich doch kein Kinderspiel war – Fragen stellen, den Leuten Mikros vors Gesicht halten, Hinweisen nachgehen, die wahrscheinlich nirgendwohin führten. Ich vermute, man musste viel organisieren, Menschen treffen, die man nicht treffen wollte, einen Haufen Unfälle, Schießereien, Ertrunkene sehen. Gar nicht so anders als bei mir.

Ich beobachtete, wie sie auf mich zukam und dann stehen blieb. Sie schloss die Augen, holte ein paar Mal tief Luft. Als sie die Augen wieder öffnete, hatte sie auch wieder ihre Pokermiene aufgesetzt. Auf dem Weg zu uns kramte sie in ihrer Tasche herum. Dann blickte sie auf, grinste und hob den Daumen. Und ihr Gesicht erstrahlte schadenfroh. Ich winkte ihr zu, bewunderte sie für die Kraft, sich wieder aufzurappeln, obwohl man schon fix und fertig war.

»Detective Ryder?«, wiederholte Zipinski. Erst da fiel mir auf, dass ich mich voll und ganz auf DeeDee Danbury konzentriert hatte. »Wie kann ein Irrer so etwas produzieren?«

Das hatte ich mich selbst schon gefragt. »Vielleicht hat das Genie mit dem Soziopathen gekämpft und an manchen Tagen hat das Genie gewonnen.«

Zipinski schüttelte den Kopf, setzte die Baseballkappe wieder auf den von der Sonne geröteten Schädel und packte weiter zusammen. Danbury trat zu uns.

»Sie halten doch nichts vor mir zurück, oder? Wir sind die drei Musketiere, wissen Sie noch? Pogie, Nautie und DeeDee.«

Als Danbury in den Van stieg, bauschte der Wind ihren Rock auf, was sie offenbar nicht kümmerte, denn sie tat nichts dagegen. Ihre Beine waren lang und glatt, und ihr Slip blitzte scharlachrot auf. Die Tür fiel zu. Sie zwinkerte. »He, schauen Sie doch später bei mir vorbei, wenn Sie gerade in der Nähe sind. Vielleicht bin ich dann schon weiter mit meiner Recherche und kann mit ein paar Resultaten aufwarten. Mit dem Wein sind Sie an der Reihe. Ein Tipp: Kaufen Sie nichts mit Comicfiguren auf dem Etikett.«

Sie fuhren weg. Danbury winkte mit den Fingern, Zipinski saß hinterm Steuer. Ich setzte mich zu Harry in den Wagen und bemühte mich wirklich, an die üppigen und magischen Farben in dem Bild auf Coyles Schreibtisch zu denken, doch das Einzige, was ich sah, waren scharlachrote Blitze.

* * * * *

Mit frischem Wind in den Segeln fuhren wir zurück ins Büro. Wir hatten einen Mann enttarnt, der allem Anschein nach einer der Hauptdarsteller in dem Hexcamp-Drama war. Keine Ahnung, wie groß unser Fortschritt tatsächlich war, doch wenigstens fühlte ich mich nicht mehr so, als würde ich Astronomie betreiben, indem ich den Kopf in den Sand steckte und fragte, wann die Sterne aufgehen.

»Meinst du, wir sollten Willow über Coyles Privatgalerie informieren?«, fragte Harry.

Willow auf den neusten Stand der Dinge zu bringen hörte sich gut an. Wir zogen uns in einen kleinen Besprechungsraum neben dem Großraumbüro der Detectives zurück, schalteten eine Konferenzleitung und redeten in das Gerät auf dem Tisch, das wie ein Raumschiff aus einem Fünfzigerjahrefilm aussah.

»Wir haben noch einen Memorabilien-Fundus aufgetan«, brüllte Harry das Raumschiff an.

»Kein Grund, so zu brüllen«, meinte Willow. »Ich verstehe Sie gut. Wo?«

»Unser vermisster Anwalt, Rubin Coyle, ist Sammler und hat ein Haus voller Alpträume. Anfangs dachte ich, er wäre ein Niemand. Und nun kommt er mir wie die Ballkönigin vor. Verfügt selbstverständlich über die richtigen Attribute, angenehmer und tüchtiger Bürger, blah, blah, blah, eine Zierde in seinem Viertel, blah, blah … Das Standardgequatsche. Außerdem ist er ein begnadeter Vermittler. Und raten Sie mal? Sieht ganz so aus, als käme ein Riesending auf den Markt, wozu wiederum jemand nötig ist, der den Verkauf oder was auch immer organisiert.«

»Die Sammlung«, sagte Willow. »Das muss die viel beschworene Sammlung sein.«

»Wir sind uns ziemlich sicher, dass Coyle weiß, wer sie hat«, meinte ich. »Doch deshalb wissen wir noch lange nicht, wieso wir zwei tote Frauen haben und eine dritte, die bedroht wurde.«

»Und alles, was dieser kranke Anwalt tut, ist verhandeln?«, wollte Willow wissen.

»Er ist das knallharte Verhandlungsgenie bei Hamerle, Melbine und Raus.«

Am anderen Ende der Leitung war kein Muckser zu hören. Ich starrte das Raumschiff an. Die Verbindung stand noch; das Lämpchen leuchtete. »Mr Willow?«, sagte ich.

»Die Anwaltskanzlei. Von der haben Sie mir bisher noch nie erzählt.«

»Von Coyle, dem verschwundenen Anwalt?«, fragte Harry. »Sicher doch. Hat fünf Tage bevor Marie Gilbeaux gefunden wurde, einen Fingerabdruck im Cozy

Cabins hinterlassen. War einer von hunderttausend anderen Abdrücken.«

»Sie haben nie erwähnt, dass Coyle für Warren Hamerle arbeitet.«

»Was wissen Sie über Warren Hamerle?«, fragte ich.

Willow lachte, trocken und humorlos. »Ich kann Ihnen sagen, was ich bisher von ihm wusste, Detective Ryder. Das letzte Mal, dass ich mit Warren Hamerle zu tun hatte, war er ein verängstigter, mickriger, vom Gericht bestellter Anwalt ...«

Ich senkte meinen Kopf so weit, bis er auf den Tisch knallte. »Lassen Sie mich raten«, sagte ich. »Er hat Marsden Hexcamp vertreten. Hab ich Recht?«

Kapitel Einunddreißig

»Ich habe nichts von Marsden Hexcamp erhalten. Und von Rubens Vorlieben in Sachen Kunst weiß ich auch nichts.«

Dieses Mal hatte Hamerle uns keinen Kaffee angeboten, sondern uns nur mit einem Fingerzeig aufgefordert, auf den Stühlen neben der Eingangstür Platz zu nehmen. Alles andere als ein subtiler Mann.

»Er hatte nicht vor, Sie für Ihre ausgezeichnete Verteidigung zu entschädigen?«

Mit einem Glas Scotch lief Hamerle vor uns auf und ab; von dem Whisky hatte er uns auch nichts angeboten.

»Ich war jung, hatte noch nie die Verteidigung in einem Mordfall übernommen. Deshalb wurde ich ja ausgesucht. Die politischen Strippenzieher wollten eine Verhandlung, die schnell vorbei ist, und keinen ausgefuchsten Hund, der auf Kosten des Staates Anträge stellt, reihenweise Experten vorlädt. Sie wollten die Sache schnell vom Tisch haben.«

»Dann haben sie ja ihren Willen gekriegt«, meinte ich.

»Hexcamp wollte das auch. Er hat nichts zu seiner Verteidigung beigetragen. Ich habe ihn wegen Uhrzeiten, Terminen, möglichen Alibis gelöchert. Wissen Sie, worüber er geredet hat? Über Kunstgeschichte. ›Wen wird die Kunstgeschichte Ihrer Meinung nach am ehesten preisen, Warren?‹, fragte er mich immer wieder, mit diesem schrecklichen, irren Grinsen. ›Monet oder Cézanne?‹ Scheiße, die Hälfte der Zeit hatte ich keinen Schimmer, von wem er da redete.«

»Knappe Entscheidung«, sagte ich, »aber ich würde auf Monet setzen.«

Hamerle stöhnte. »Und er hat gern Reden gehalten. Endlos lange, pathetische Abhandlungen, die klangen, als würde er sie aus dem Stand halten. Einmal hörte ich, wie er Blackstone zitierte, dabei aber so tat, als sei das auf seinem eigenen Mist gewachsen. Am letzten Verhandlungstag entlarvte ein Geistlicher Hexcamps Gefasel als Zitat von Jonathan Edwards, einem puritanischen Pfarrer aus dem achtzehnten Jahrhundert.«

»Passt zur geistigen Verfassung«, fand ich. »In seinen Augen beging er bestimmt keinen geistigen Diebstahl, sondern verwendete einfach Worte und Ideen, die schon ein anderer vor ihm gehabt hatte. Er begriff, was damit gemeint war, deshalb gehörten sie ihm ebenso wie dem Urheber. Ergibt das so einen Sinn?«

»Nee«, sagte Harry. »Und deshalb stimmt es wahrscheinlich.«

Mit grimmiger Miene schüttelte Hamerle den weißen Haarschopf. »Ab und zu, so alle ein, zwei Jahre, werde ich angerufen. Von unterschiedlichen Leuten. Die fragen mich dann, ob ich etwas über Hexcamps Kunst wüsste. Sie sind immer vorsichtig, reden um den heißen Brei herum.«

»Erklären Sie mir das«, bat Harry.

»›Wissen Sie, ob Mr Hexcamp irgendetwas Interessantes hinterlassen hat, Mr Hamerle?‹ ›Befindet sich etwas in Ihrem Besitz, das Sie reich machen könnte, Mr Hamerle?‹ Diese Leute sind gruselig, schmierig. Kaum habe ich aufgelegt, muss ich mir die Hände waschen. Die meisten sind Männer. Zwei- oder dreimal waren es Frauen. Die sind die Schlimmsten.«

Ich sagte: »Sie waren Hexcamps Anwalt. Und einer Ihrer Partner sammelt Andenken von Serienmördern. In seiner Sammlung befindet sich auch ein Stück, das auf den ersten Blick von Hexcamp stammt. Und Sie wissen von alledem nichts? Wollen Sie uns das weismachen?«

Hamerle biss die Zähne zusammen. »Das ist die Wahrheit. Ich hatte keine Ahnung, dass Rubin ... so gestrickt war.«

Wir standen auf, machten uns auf den Weg. Hamerle brachte uns zur Tür. Draußen blieb ich noch kurz stehen, blickte in seine kalten blauen Augen. »Was, wenn Coyle in diesem Augenblick durch diese Tür käme, Mr Hamerle? Was würden Sie dann zu ihm sagen?«

Hamerle nahm einen großen Schluck von seinem Drink und überlegte kurz.

»Mit den Rechnungen bist du zwei Wochen im Rückstand, Rubin. Wo sind deine Stundenzettel?«

Die Tür schloss sich.

* * * * *

Es dämmerte, als wir von Hamerles Haus wegfuhren. Harry fuhr zur Cottage Hill Road hinüber, wo die dichten Baumkronen der Lebenseichen einen Tunnel bildeten. Ein älterer Schwarzer schob einen Einkaufswagen mit drei Rädern den Gehweg hinunter. In dem Wagen stand eine Lampe mit schiefem Schirm. Der Mann sah aus, als wäre er überaus zufrieden mit seinem Dasein. Als wir an ihm vorbeifuhren, winkte ich ihm zu. Er schenkte mir ein wirres, zahnloses Lächeln und zeigte aufgeregt auf den Wagen, als wäre die Lampe ein Geschenk Gottes.

»Falls jemand Hexcamps Sammlung richtig katalogisiert hat«, sagte Harry, »könnte diese Person vielleicht auch die Authentizität der Bilder bestätigen ...«

Ich nickte. »Durchaus möglich.«

»Du glaubst, Coyle lebt noch?«

»Wenn wir nicht ganz danebenliegen, muss er noch am Leben sein. Er ist der Kontaktmann, der Impresario der Auktion oder so was in der Art. Bislang sehe ich drei Teilnehmer: Coyle, den Sachverständigen und den Besitzer der Sammlung.«

Harrys Finger tippte rhythmisch auf das Lenkrad. »Wenn das Bild in Coyles Schreibtisch ein Hexcamp ist, erzielt es eine Summe im fünfstelligen Bereich. Laut Willows Schätzung. Aus welchem Grund hat Coyle den Hexcamp im Schreibtisch liegen lassen?«

»Er hat nicht damit gerechnet, dass wir da reinschneien. Er dachte, er wäre dort sicher. Vielleicht wollte er ja eher zurück sein. Vielleicht muss er reisen, um diese Bilder zu begutachten. Vielleicht hat er die Sammlung auch schon verkauft.«

»Vielleicht, vielleicht, vielleicht, Carson. Vielleicht war Marie Gilbeaux im Motel nur ein Intermezzo.«

»Könnte auch sein. Alles an diesem Fall stellt einen vor ein Rätsel.«

Harry kam zu dem Ergebnis, dass sich das Stoppschild vor uns nicht in Luft auflösen würde, und trat voll auf die Bremse. Ich stützte mich mit der Hand auf dem Armaturenbrett ab. »Wenigstens wissen wir, dass Coyle ein Sammler ist. Das ist seine Verbindung zu Hexcamp. Jetzt müssen wir rausfinden, in welcher Beziehung Coyle zu Marie Gilbeaux und Heidi Wicky steht.«

Harry gähnte. Er klang wie ein Nebelhorn. »Darum kümmern wir uns morgen, Cars. Im Moment habe ich das Gefühl, als wäre nur Sand in meinem Kopf.«

Er drückte aufs Gas und wir rasten nach Downtown. Ich warf einen Blick auf die Datumsanzeige meiner Uhr. Genau vor einer Woche hatte sich Ava aus dem Staub gemacht. Mir kam es wie ein Monat vor. Harry hatte ihr Verschwinden bislang mit keiner Silbe erwähnt, mal abgesehen von kurzen, indirekten Anspielungen. *Geht es dir gut, Carson? Kommst du zurecht*?

Im Lauf der fünf Jahre, die wir nun befreundet waren, hatten wir eine Methode entwickelt, persönliche Informationen auszutauschen: Keiner mischte sich ungebeten in das Leben des anderen ein. Ich wusste nicht genau, wie es dazu gekommen war, aber es war von Anfang an so.

»Harry?«

Er unterdrückte ein Gähnen. »Ja?«

»Was hältst du davon, dass Ava gegangen ist?«

Drei Blocks lang kein Muckser von Harry. Auf dem vierten fuhr er an den Bordstein und parkte unter einem Baum. Es wurde dunkel und die vorbeihuschenden Scheinwerfer malten bizarre Schatten in unseren Wagen. Harry umklammerte kurz das Lenkrad, ehe er sich zu mir drehte.

»Carson, wenn du mich fragst, war Ava eine der nettesten Frauen, denen ich je begegnet bin. Und eine der hübschesten. Vielleicht sogar eine der klügsten. Das ist meine Meinung.«

»Da schwingt doch irgendwo ein *Aber* mit, Harry.«

Er drehte sich weg, beobachtete den Verkehr, der an uns vorbeirauschte.

»Harry? Aber was?«

»Ich denke auch, dass sie eine der Leidgeprüftesten ist. Kann man das so sagen? Ist ja auch egal. Sie hat viel Scheiße durchgemacht. Viel kam von außen, war schlechter Einfluss. Aber sie muss auch ein paar Dinge über sich selbst rausfinden. Erinnert ein bisschen an die Phase, die du vor ein paar Jahren durchgemacht hast, Cars. Du bist endlich stehen geblieben, hast deine Vergangenheit an dir vorbeiziehen und dir von ihr in den Arsch treten lassen. Und du hast dich umgedreht und dich ihr gestellt. Ich denke, Ava wird es schon schaffen, doch im Moment ist sie ...« Seine Worte verhallten. Seine Finger trommelten aufs Lenkrad.

»Harry?«, drängte ich ihn.

»Sie hat sich auf eine Reise begeben und muss womöglich allein zurechtkommen. Ich denke, sie muss eine ganz schöne Strecke zurücklegen, bis sie weiß, was es wirklich bedeutet, zu Hause zu sein.«

Er legte einen Gang ein und fuhr in Richtung Büro. Ich wollte fragen, was er damit meinte, aber das war ein

Harryismus. Harryismen hatten große Ähnlichkeit mit Zen: Wenn ich fragen musste, was er meinte, würde ich seine Antwort ohnehin nicht kapieren.

Wir erreichten das Revier, erledigten noch eine Viertelstunde Schreibkram und machten dann Schluss. Wenn ich einen ganzen Tag lang nur in klimatisierten Räumen verbringe, brauche ich echte Luft. Also kurbelte ich das Fenster herunter und fuhr nach Hause. Es hatte vor kurzem geregnet, zumindest in dieser Gegend. Der Geruch von feuchtem Gras hing in der Luft. Mir fiel ein, dass Danbury ganz in der Nähe wohnte. Ich überlegte, ob es in ihrem Garten auch geregnet hatte, ob es dort wie hier roch.

Ein Stück weiter die Straße hinunter war ein Spirituosenladen, vor dem ich hielt. Wein war noch nie mein Steckenpferd gewesen, doch der Besitzer versicherte mir, dass der kalifornische Chardonnay seine fünfzehn Dollar wert sei. Da auf dem Etikett kein Cartoon war, sagte ich: »Den nehme ich. Ab in die Tüte damit.«

Das Verandalicht von Danburys Haus brannte nicht, doch hinten und seitlich waren die Lampen eingeschaltet. Ich parkte, schlenderte zur Tür, hielt dann aus irgendeinem unerfindlichen Grund inne und setzte mich auf die Veranda. Die Weinflasche fühlte sich schwer an. Ich stellte sie ab. Es hatte geregnet und die Luft war feucht. Die Blumen in ihrem Garten dufteten herrlich und der Geruch ließ mich an Farben denken: lila, fliederfarben, pink, rubinrot. Die Farben ließen mich schwindeln. Ich legte mich auf die Holzplanken, schlang die Arme um mich, als müsste ich mich festhalten. Ich schloss die Augen und inhalierte die floralen Farben. Und ich staunte, wie Luft sich in funkelndes blaues Wasser verwandelte …

Bleib hier …
im blauen Wasser
und hol Luft
atme
hol Luft

In einiger Entfernung schnappte etwas zu. Ein Türschloss. Es muss auch unter Wasser zu hören gewesen sein, denn ich schwamm doch, oder nicht?

»Pogie?«

Luftperlen brechen durch die Wasseroberfläche …

Ich schlug die Augen auf. Danburys Schatten zeichnete sich vor dem Verandalicht ab. Ich setzte mich abrupt auf. Mein Arm schlug gegen die Weinflasche, die polternd die Stufen hinunterrollte. Ich stolperte ihr hinterher.

»Sie haben auf meiner Veranda geschlafen?«, fragte sie mich.

Im Geist war ich immer noch unter Wasser. Ich gab mir Mühe, meinen Verstand, meine Zunge zu aktivieren. »Oh, ich war nur … ich meine, ich dachte …«

Sie lachte. »Wie lange sind Sie schon hier draußen?«

»Ich, ähm …« Ich kniff die Augen zusammen und sah auf die Uhr. »Etwa eine halbe Stunde. Es tut mir leid.«

»Was denn?«

Mein Gehirn funktionierte langsam wieder. »Keine Ahnung.«

»Kommen Sie rein. Oder ich komme raus. Offensichtlich fühlen Sie sich hier wohl.«

Ich reichte ihr den Chardonnay. »Ich muss los. Bin nur vorbeigekommen, um Ihnen eine Flasche Wein zu bringen. Diesmal war ich dran.«

»Das zählt aber nur, wenn wir ihn zusammen trinken.«

»Ich muss los. Es wird …«

»Wir sind nur zu zweit. Carla ist oben und liest. Oder schläft. Steht mit den Hühnern auf, geht früh zu Bett.«

Ich rührte mich nicht. Licht strömte aus der offenen Tür. Es wirkte einladend. Ich sagte: »Ich kann wirklich nicht bleiben.«

Ihr Gesicht lag im Schatten. Der Duft der nassen Blumen war überwältigend. Sie öffnete meine Hand, gab mir den Wein zurück. »Bringen Sie ihn mit, wenn Sie mehr Zeit haben. Ich werde ein paar Gläser polieren, herausstellen und warten. In Ordnung?«

Sie beugte sich vor, stellte sich auf die Zehenspitzen und küsste mich auf die Stirn.

Und dann war ich wieder allein in ihrem Garten.

Kapitel Zweiunddreißig

Elf Minuten vor sechs rief Danbury mich an.

»Guten Morgen, Sonnenschein«, sagte sie. »Ich habe gestern Abend vorsichtshalber ein Kissen und ein paar Decken auf meine Veranda gelegt für den Fall, dass Sie noch mal auftauchen und vielleicht gerade in einer Art Nestbauphase sind.«

»Wissen Sie, wie spät es ist?«, fragte ich.

»Hier oder dort?«

»Wie bitte?«

»In Frankreich ist jetzt Mittag. Ich habe drei Stunden lang telefoniert. Sie und Ihr Kumpel sollten hierher kommen und *avec moi* ein Powpow abhalten.«

Ich wickelte das Laken von meinen Beinen. Wenn ich ohne Decke schlief, fühlte ich mich seltsamerweise verwundbar. Mit Decke versuchte ich mich zu mumifizieren.

»Ist dieses Powpow nötig?«

»Ich habe neue Informationen über den erstaunlichen Mr Hexcamp. Oder vielleicht doch nicht so erstaunlich. Kommt ganz auf den Blickwinkel an.«

»In einer Stunde«, sagte ich. »Oder noch eher.«

Ich legte auf, rief Harry an, verkündete ihm, dass ich ihn im Revier abholen käme und wir dann gemeinsam zu Danbury fahren würden. Er stieß ein paar unglückliche Laute aus, ließ sich aber erweichen. Ich wärmte ein paar *cheese grits* auf, wickelte sie in eine Weizenmehltortilla und ging mit meiner Erfindung, dem *Grittito*, und einer Tasse starkem Getreidekaffee hinaus aufs Deck. Das Wasser bewegte sich kaum. Winzige Wellen schlugen ans Ufer. Ich schaute nach Osten. Die Blovines hatten schwer einen draufgemacht, als ich vergangenen Abend nach Hause gekommen war, doch nun herrschte drüben Ruhe. Bei meinem westlichen Nachbarn ebenfalls. Der Wagen stand an einem anderen Platz und auf der hinteren Veranda lag jetzt ein Strandball, doch von den Bewohnern war nichts zu sehen. Ich fragte mich, ob sie nur nachts das Haus verließen.

Um sieben trafen wir bei Danbury ein. Sie führte uns in eine geräumige Küche mit hoher Decke, an der sich träge ein Ventilator drehte. Kupfertöpfe hingen über einer Küchenzeile, wie man sie in Restaurants fand. Die Morgensonne färbte die Fenster orange. Carla Hutchins saß am Tisch und trank Kaffee.

»Geht es Ihnen gut, Ms Hutchins?«, erkundigte sich Harry.

Sie hob den Becher zum Gruß. »Ich fühle mich hier sicher, aber manchmal kommt es mir so vor, als würde ich DeeDee ausnutzen –«

Danbury fiel ihr ins Wort. »Schwachsinn. Carla hat das ganze Haus geputzt. Hier hat es schon richtig schlimm ausgesehen. Eine von den Spinnweben konnte ich als Hängematte benutzen.«

»Werden Sie sich über … ihn unterhalten?«, fragte Carla. Danbury nickte. Carla verzog sich mit ihrer Kaffeetasse nach oben. Harry und ich setzten uns an den Ahornküchentisch, auf dem eine Obstschale stand. Danbury schenkte Kaffee ein, stellte Sahne und Zucker bereit.

»Haben die Herren schon gefrühstückt? Ich habe Müsli, Joghurt, Bananen, Äpfel … Wie steht es mit Ihnen, Harry? Sie sehen mir ganz so aus, als würden Sie ausgiebig frühstücken. Soll ich eine Dose Schinken oder was anderes aufmachen?«

Harry knurrte. Er war groß genug, dass er ruhig einige Kilos auf die Waage bringen durfte, doch in der Taille hatten sich zwanzig überflüssige Pfunde angesammelt, an die er nicht gern erinnert wurde. »Lassen Sie uns anfangen, ja?«, sagte er. »Herrje, wann sind Sie denn heute Morgen aufgestanden?«

»Um drei«, sagte Danbury.

»Und wann sind Sie ins Bett? Um acht?«

»Punkt zehn. Ich wollte noch etwas aufbleiben und ein Glas Wein trinken, habe dann aber früher Schluss gemacht.«

Sie zwinkerte mir zu, was Harry natürlich nicht entging. Er kniff ein Auge zusammen und beäugte mich skeptisch, während ich, fasziniert von den zahllosen Wundern, die sich aus Plastik herstellen lassen, einen Serviettenspender studierte. Harry warf mir einen weiteren Blick zu und schwenkte dann zu Danbury hinüber.

»Sie möchten uns etwas erzählen?«

Sie lehnte sich an die Küchentheke. Unter ihrem Ellbogen lag ein Blatt mit Notizen. Sie hielt ein leeres Blatt hoch.

»Hier drauf wollte ich Hexcamps Gesetzesübertretungen in Frankreich notieren. Der Mann ist sauber. Wurde nie verhaftet, weil er jemanden mit einem Baguette erschlagen oder seinen Citroën auf einem Touristen geparkt hat.«

Danbury legte das Blatt weg, nahm ein anderes leeres Blatt Papier und hielt es grinsend hoch.

Ihre Mätzchen veranlassten Harry, die Augen zu verdrehen. »Und was, verdammt noch mal, ist das?«

Sie legte eine kurze Pause ein, um die Spannung zu steigern. »Marsdens Anwesenheitsliste im Institut des Beaux-Arts.«

Nun machte Harry große Augen. »Was?«

»Im Juli 1966 ist er in Frankreich angekommen und im Mai 1970 wieder abgereist. Und hat dort in der Zwischenzeit kein einziges Seminar besucht.«

»Dann ist er ein Blender?«, fragte ich.

Danbury legte mehrere ordentlich beschriebene Blätter mit Linien, Pfeilen und Fragezeichen auf den Tisch. »Nicht ganz. Er ging auf eine andere Schule – L'Académie d'Art Graphique –, die heute nicht mehr existiert. War nicht erstklassig, aber auch kein Hinterwäldlerinstitut. Ziemlich klein. Damals gab es dort dreihundert Studenten. Der Laden wurde von Henri Badentier geleitet, einem exzentrischen, aber hochgeschätzten Professor, der in der Kunstwelt den Ruf dieser Schule etablieren wollte.«

Hexcamps Schwindel stimmte mich nachdenklich. »Die Täuschung macht Sinn. Es ist typisch für egozentrische Soziopathen, dass sie mehr aus sich machen. Die Vorstellung, nicht die beste Schule zu besuchen, war ihm unerträglich. Und wo er schon mal dabei war, hat er gleich noch ein Stipendium dazu gedichtet.«

Harry überflog die Notizen. »Wie ist es Ihnen gelungen, all das auszugraben, Danbury?«

Sie hielt einen Kaffeebecher mit dem Logo von Channel 14 in den Händen und trank einen Schluck. »Ich habe mit verschiedenen Leuten gesprochen. Nach Reiseplänen, Visa, Stipendien für ausländische Studenten gefragt. Außerdem verfügt Frankreich über eine ausgezeichnete Bürokratie und Sie wissen ja, dass Bürokraten alles aufheben. Ich stelle mir immer vor, dass Frankreichs Keller mit Karteikästchen voll gestopft sind.«

»Dieser Bay-dent-yay ... der ist tot, oder?«

»Badentier. Ich habe mit seiner Schwester gesprochen. Eine unglückliche Frau, sehr garstig. Ich habe Madame verklickert, ich würde Informationen über einflussreiche Persönlichkeiten in der Welt der Kunstakademien sammeln. Die Franzosen bilden sich viel darauf ein, Künstler zu sein, und das habe ich schamlos ausgenutzt, andauernd *oh* und *ah* und *oh là là* geflötet. Und habe auf diese Weise das Eis gebrochen. Oder ihm kurz ein paar Risse verpasst.«

»Hauptsache, es funktioniert«, grunzte Harry. Er

wollte sich nicht anmerken lassen, wie beeindruckt er war. Danbury, die ihrem Instinkt gefolgt war, hatte nach ein paar Stunden Telefonieren eine ganze Menge Material zusammengetragen.

»Sonst noch etwas?«, fragte er.

»Eine Sache ist mir noch aufgefallen. Während ich mit Madame sprach, hörte ich Badentier im Hintergrund. Und als ich eine Geschichte über einen Mann aus Alabama erfunden habe, der sich in der Kunstwelt als Marsden Hexcamp einen Namen gemacht hat, hörte ich, wie sie diese Informationen an ihren Bruder weitergab.«

»Und?«, fragte ich.

»Er fing an zu lachen.«

»Ist das alles?«

Danbury sagte: »Es geht mir nicht darum, dass er gelacht hat, sondern um das *Wie*. Sie hätten ihn hören sollen. Als ob der alte Knabe sich gar nicht wieder einkriegt.«

»Und warum haben Sie nicht mit ihm geredet?«, fragte Harry und lieferte gleich selbst die Antwort. »Ach, er hat kein Englisch gesprochen.«

»Der hätte dreißig Sprachen sprechen können und wäre doch nicht ans Telefon gekommen.«

»Warum denn nicht?«

»Seine Schwester hat erzählt, dass Monsieur Badentier nur zwei Kommunikationswege akzeptiert: handgeschriebene Briefe oder von Angesicht zu Angesicht bei einem Glas Wein.«

»Und warum hat sie Ihnen das erzählt?«

»Ich denke, sie wollte mir auf diese Weise signalisieren, dass mein Kontakt zu diesem großen Mann damit *fini* war, zumal sie noch zugegeben hat, seine Post durchzusehen. Wie ich schon sagte, Madame ist keine angenehme Person.«

»Wie Sie Hexcamps Vergangenheit ausgegraben haben, ist toll, Danbury«, gab Harry zu. »Aber richtig weitergebracht hat uns das leider nicht.«

»Ist doch ein neuer Ausgangspunkt«, meinte sie. »Geben Sie es nur zu, Harry.«

»Er hat vor drei Jahrzehnten den Löffel abgegeben und wir haben zwei Frauen am Hals, die während der letzten vierzehn Tage gestorben sind.«

»Je mehr wir über seine Vergangenheit wissen, desto mehr können wir –«

»Das liegt dreißig Jahre zurück –«

Danbury und Harry verstrickten sich in eine Diskussion. Ich starrte aus dem Fenster und trank Kaffee. Die Platanenblätter reflektierten das Sonnenlicht. Vögel flatterten zu Danburys Vogelhäuschen, fraßen Saatkörner, flogen wieder davon. Ein graues Eichhörnchen rannte über die Zaunkrone.

»Verdammt, was hat Badentier denn so amüsiert?«, fragte ich laut.

Kapitel Dreiunddreißig

Mehrere Minuten lang sinnierte ich über Badentiers Reaktion, während Harry und Danbury im Hintergrund immer noch aufeinander einhackten. Mein Handy klingelte. Auf dem Display sah ich, dass der Anrufer vom AFB war.

»Carson«, sagte Hembree. »Ich muss Sie und Harry sehen.«

Hembree, der stellvertretende Direktor des Forensischen Instituts von Alabama, hasst Telefone. Wenn ich ihn anrufe, nimmt er ab, aber er ruft nicht von sich aus an, sondern lässt einen seiner Techniker telefonieren.

»Wann, Bree?«

Harry stellte den Kaffeebecher ab und beäugte mich neugierig. Dass Bree selbst anrief, überraschte auch ihn. Hembree sagte: »Jetzt wäre gut. Vor fünf Minuten wäre noch besser gewesen.«

»Wir sind in etwa zehn Minuten bei Ihnen. Bis gleich.« Ich steckte das Handy in die Tasche.

»Bree hat dich angerufen?«, fragte Harry.

»Hält irgendwas Heißes in seinen dürren, kleinen Fingern.«

»Ich hole nur schnell meine Tasche«, meinte Danbury. »Und sage Carla, sie soll überall abschließen.«

»Falls Sie es nicht mitgekriegt haben, Ms Danbury«, sagte Harry. »Dieser Anruf galt nicht Ihnen.«

Sie schnappte sich die Schlüssel, die auf der Theke lagen, und ließ sie in die Tasche fallen. »Wir gehören demselben Team an, Nautilus. Und wer hat die ganze Nacht damit zugebracht, Fakten auszugraben?«

»Falls es sich um etwas Wichtiges handelt, das im Zusammenhang mit dem Hexcamp-Fall steht, werden wir Sie informieren …«

Danbury kramte das Handy aus ihrer Tasche und drückte schnell hintereinander ein paar Tasten.

»Wen rufen Sie an?«, wollte Harry wissen.

»Chief Plackett. Ich brauche eine zweite Meinung zu der Einschätzung, dass man mich kaltstellt.«

»Warten Sie«, seufzte Harry.

* * * * *

Hembree nickte, als er mich und Harry sah. Die Augen hinter dem schwarzen Gestell waren groß und funkelten lebhaft. Danbury trat nach uns ein.

»Ähm, ist das …« Bree deutete mit einer Kopfbewegung auf Danbury.

»Unglücklicherweise, ja«, sagte Harry. »Was haben Sie für uns?«

»Hier herein.«

Hembree führte uns in den Besprechungsraum: langer Tisch, überdimensionierter Fernseher, Korkwände, an die man Fotos und Notizen heften konnte. Bree zog einen Stuhl mit Rollen unter dem Tisch hervor und schob ihn zu mir herüber.

»Was geht denn hier vor?«, fragte ich.

»Das ist ein Stuhl. Setzen.«

Ich schnappte mir den Stuhl und schob ihn unter meinen Hintern. Harry und Danbury setzten sich ebenfalls. »Bree!«, fragte ich. »Was soll das?«

Hembree, der mich ignorierte, schaltete die Deckenlampen aus und drückte auf einen anderen Schalter, woraufhin eine Leinwand von der Decke surrte. Und dann atmete Hembree langsam ein und aus.

»Ich habe die Ergebnisse von einigen Voruntersuchungen, die man mit dem Kunstfragment aus Wickys Wohnwagen angestellt hat. Ich habe ein paar Strippen gezogen und wurde vorgezogen. Ich möchte noch mal betonen, dass es sich um *Voruntersuchungen*, also oberflächlichere Analysen handelt. Das FBI hat Fotos gemacht, dabei Filme von unterschiedlicher Qualität und Lichtempfindlichkeit gewählt, um so das richtige Schärfen- und Farbspektrum zu gewährleisten, ganz zu schweigen von …«

»Bree«, mahnte Harry.

Hembree verstummte, berührte einen Knopf und plötzlich erschien auf der Leinwand eine Nahaufnahme des Kunstfragments von Heidi Wickys Tatort.

»Das ist, was wir alle gesehen haben, die Farboberfläche, im Grunde genommen Lack auf einer dickeren Pigmentschicht …«

Hembree wechselte zu einem anderen Foto, einer extremen Nahaufnahme des Randes. Die Farbe war als Impasto, also dick und mit deutlicher Textur, aufgetragen.

»Die Analyse der Farbschichten und die Datierung der Leinwand weisen auf eine ältere Komposition hin, zwischen dreißig und vierzig Jahre alt.«

»Hexcamps Zeit«, meinte Danbury.

Hembree nickte. »Aber das FBI hat Folgendes entdeckt: Auf diesem Kunstwerk ist ein zweites, unsichtbares Bild zu erkennen. Eventuell eine Skizze, die dann wieder entfernt wurde. Ein Geisterbild.«

Harrys Kopf wirbelte zu Hembree herum. »Können Sie das wiederholen?«

»Ein Bild in der Leinwand, das daher stammen könnte, dass jemand etwas auf die Leinwand gezeichnet hat. Von wann es ist, konnte nicht festgestellt werden. Das Bild tauchte in den detaillierteren Tests auf, bei denen spektrographische Daten vergrößert wurden mit Hilfe von –«

»Bitte, kommen Sie auf den Punkt«, sagte Harry.

»Ich habe ein Foto von dem isolierten Bild, dem Geisterbild.«

»Na, dann zeigen Sie es uns mal, Bree«, sagte ich. »Ich habe schon lange keinen Geist mehr gesehen.«

Hembree warf mir einen merkwürdigen Blick zu und drückte dann auf den Knopf. Ein Foto war zu sehen, zuerst verwischt, dann schärfer. Ein Umriss tauchte auf dem Bildschirm auf.

»Jesus«, sagte Harry.

»Nicht real«, flüsterte Danbury.

Ich brachte kein Wort heraus, denn mir stockte der Atem. Das war ein Bild von mir. Eine Zeichnung, kaum mehr als ein paar dunkle Linien – einfach, ohne Schnörkel, fließend. Ich stand auf. Mit der gleichen Macht wie die Schwerkraft zog die Projektion mich an. Mein Finger fuhr über meine Augen, meine Haare. Linien, die von meinen gezeichneten Schultern ausgingen, deuteten einen Baum an. Auf Taillenhöhe schien ein Zaun zu sein. Fein ziselierte Schnörkel, eine Handarbeit aus Gusseisen. Im Hintergrund war noch ein Bild zu erkennen. Mein Finger folgte den dünnen Linien, der Form, die sich hinter meiner Schulter vor dem Himmel abzeichnete.

»Liege ich mit dem, was ich vermute, richtig?«, flüsterte Harry.

»*Oui*«, erwiderte Danbury. »Das ist der Eiffelturm.«

Kapitel Vierunddreißig

Chief Plackett seufzte und warf einen Blick aus seinem Bürofenster, als hoffte er, auf diesem Wege verschwinden zu können. Oder mich da hinauszuwerfen.

»Sie wollen also nach Frankreich, Ryder? Verstehe ich das richtig? Wegen eines mordenden Künstlers, der vor gut dreißig Jahren gestorben ist?«

»Es geht um Kontakte, die Hexcamp in Frankreich gehabt haben könnte. Oder Morde, die er dort vielleicht begangen hat. Wir haben ein paar Türen aufgestoßen, können aber von hier aus nicht hindurchtreten. Außerdem …«

»Ich weiß. Ich habe das Bild gesehen«, meinte Plackett. »Bin vor einer Stunde im Forensischen Institut gewesen. Irres Ding.«

Er sah mich an, als müsste ich ihm dafür eine Erklärung liefern. Ich zuckte mit den Achseln. »Ist mir ein totales Rätsel. Das kann ich überhaupt nicht sein, jedenfalls nicht, wenn es vor vielen Jahren gemalt wurde. Das Gesicht ist meins, so wie es heute oder zumindest seit einiger Zeit aussieht.«

»Es sah Ihnen ähnlich, auch wenn es ziemlich schlicht war.«

Die Zeichnung war einfach, dabei aber so kunstvoll ausgeführt, dass die Sparsamkeit der Linien die Ähnlichkeit nur noch steigerte – mein Gesicht, meine Haltung aufs Wesentliche reduziert, jede Linie ein Teil von mir. Plackett trat an sein Fenster, faltete die Hände auf dem Rücken. Der Himmel färbte sich dunkel; Donnergrollen rollte heran. Nicht mehr lange und es würde regnen.

»Wir pfeifen jetzt schon aus dem letzten Loch«, stimmte der Chief seine Standardrede an, die er immer hielt, wenn eine Abteilung ein paar Dollar mehr verlangte. »Die Mittel für Ausrüstung, Nachbarschaftsprogramme, Fahrzeugwartung sind gekürzt worden. Ich sehe wirklich keine Möglichkeit, einen meiner Leute zum Spaß nach Paris zu schicken, wenn ich nicht mal –«

»*Zwei Leute* nach Paris«, sagte ich. »Harry und mich.«

»Woher sollen wir denn die Mittel nehmen, die notwendig wären, um –«

»Entschuldigung, Chief«, sagte Gloria Besherle, seine Verwaltungsassistentin, die draußen vor der Tür stand. »Ich habe zufällig gehört, was Sie gerade gesagt haben. Darf ich hereinkommen?«

Plackett nickte. Gloria, die groß und schwer war, trug anscheinend ein Zelt, das von Jackson Pollock bemalt worden war. Sie zwinkerte, als sie an mir vorbeiging, zog einen Spiralhefter aus dem Regal neben Placketts Schreibtisch und blätterte ihn durch. »Diese Reise, die Sie antreten möchten, Carson. Werden Sie, während Sie dort sind, mit französischen Polizisten oder Justizbeamten sprechen?«

»Was soll das, Gloria?«, fragte der Chief.

Mit ihrem fünf Zentimeter langen roten Fingernagel tippte sie auf eine Seite. »Es gibt einen speziellen Topf mit Bundesgeldern. Damit soll die kontinuierliche Weiterbildung zum Thema internationale Verbrechensbekämpfung gewährleistet werden. Da Mobile einen internationalen Hafen hat, sollen unsere Beamten ihre Kenntnisse über das internationale Schiffsrecht, den Schmuggel und was weiß ich ausbauen. Es gibt sogar eine Schnittstelle mit Interpol, die auch darunterfällt.«

»Interpol?«, fragte ich. Normalerweise war die berittene Polizei im County unsere einzige Schnittstelle zu einer anderen Behörde.

Gloria blickte auf. »Das hier ist so vage formuliert, dass ein Kontakt mit einer französischen Polizeibehörde reicht, um an die Gelder heranzukommen.«

»Wir könnten da drüben ja einen Bullen daheim besuchen«, sagte ich, »und ihn fragen, welcher Wein am besten zu Handschellen passt.«

Plackett nahm Gloria das Buch ab, fuhr mit dem Finger über die Zeilen und bewegte dabei die Lippen. »Na, groß ist dieser Topf aber nicht – nicht mal drei Riesen. Ich denke, ich könnte Ryder *oder* Nautilus für ein paar Tage nach Paris schicken, doch mehr als einer ist nicht drin. Detective Nautilus, Sie sind der Senior. Die Entscheidung liegt bei Ihnen.«

Harry war so scharf darauf, für zwei Tage nach Paris zu reisen, wie ich darauf erpicht war, zum Fliegenfischen in die Wüste Gobi zu fahren.

»Sosehr ich mich über die Gelegenheit freuen würde, die Schnittstelle zu unseren französischen Kollegen zu pflegen, mein Gesicht ist nicht auf dem Bild. Ich denke, für diese Aufgabe ist Detective Ryder der richtige Mann, Chief.« Harry sah mich an und zwinkerte. »Bon voyage, Carson.«

* * * * *

»Ryder, wenn Sie gehen, gehe ich auch«, sagte Danbury. »Das ist Teil der Geschichte und Teil der Abmachung.«

Ich lief auf ihrer Veranda auf und ab. Donner grollte in der Ferne. Die Wolken im Westen glühten rot. »Sie müssen auf Hutchins aufpassen. Sie haben sich freiwillig gemeldet und sind jetzt für sie verantwortlich.«

»Ich habe Ihnen doch gesagt, dass mein Haus Fort Knox gleicht. Wenn ich zu laut niese, kommen schon die Bullen.« Sie versuchte, uns mit ihrem Lächeln zu ködern. »Harry wird ein Auge auf Hutchins haben, nicht wahr, Harry? Und vielleicht Futter in meine Vogelhäuschen geben, damit Carla nicht das Haus verlassen muss? Ich schreibe alles ganz genau auf.«

»Harry kann das nicht übernehmen«, verkündete ich. »Er ist vollauf mit der Suche nach Coyle beschäftigt, stimmt doch, Bruder?«

Harry lehnte mit auf der Brust verschränkten Armen an einem Verandapfosten und schaute erst mich und dann Danbury leidenschaftslos an. Wie ein Zirkusartist, der das Gewicht einer Person schätzt, schien er irgendetwas abzuwägen.

»Na, ich denke mal, Futtersamen in eine Plastikröhre zu schütten, wird mich nicht überfordern. Wie viele von den Dingern haben Sie, Danbury?«

Danbury klatschte in die Hände. »Wunderbar, Nautilus.«

Ich starrte Harry fassungslos an. Was, verflucht noch mal, führte er im Schilde?

»Sie können nicht mitkommen«, wiederholte ich. »Einer kommt schneller voran als zwei.«

Sie stemmte die Hände in die Hüften. »Beantworten Sie mir bitte mal die drei folgenden Fragen, Pogobo. Erstens: Wer hat diesen Kontakt hergestellt? Zweitens: Wer hat schon mit Madame la Schwester gesprochen? Und drittens: Was wollen Sie denn antworten, wenn man Sie nach dem Sinn des Lebens fragt?«

Ich schüttelte den Kopf. Mit Danbury zu reden war so, als unterhielte man sich mit einem Mixer. »Ich gehe nicht davon aus, dass man mich fragt --«

»*Je ne sais pas le sens actuel de la vie*«, sagte sie, »*mais asseyez-vous et servez vous du fromage et du vin et nous débatterons de cela pendant six heures.*«

Ich starrte sie an. Und ich vermute mal, dass mein Mund offen stand.

Sie zwinkerte und grinste selbstzufrieden. »Übersetzung: ›Ich kenne den derzeitigen Sinn des Lebens nicht, aber setzen Sie sich doch und wir können uns gern bei

Wein und Käse sechs Stunden lang darüber unterhalten.‹ Das ist eine sehr französische Antwort.«

Ich starrte immer noch.

»Während meiner Kindheit habe ich mit meiner Großmutter mütterlicherseits Französisch gesprochen, denn sie beherrschte keine andere Sprache. Habe ich Ihnen mal verraten, wofür DeeDee steht? Danielle Désirée.« Sie legte ihr Kinn auf den ausgestreckten Zeigefinger und klimperte mit den Wimpern. »Ihnen gefällt doch dieser hübsche Name, oder?«

»Na, damit wäre die Sache doch entschieden«, sagte Harry, der sich nicht die geringste Mühe gab, ein Grinsen zu unterdrücken.

Kapitel Fünfunddreißig

»Bin gleich wieder da, Pogie. Und versuchen Sie ja nicht, die Plätze zu tauschen. Ich finde Sie eh.«

Entschuldigungen murmelnd zwängte Danbury sich den Gang hinunter und kämpfte sich zur Spitze vor. Die Küste war vor mehreren Stunden verschwunden. Ich spürte, wie der heftig vibrierende Jet durch ein Windloch flog. Die Tragflächen vor dem Fenster flatterten. Meilen weiter vorn entdeckte ich ein blinkendes Licht auf etwa gleicher Höhe, das sich uns näherte. Vielleicht ein anderes Flugzeug, das zur selben Zeit in Orly gestartet war wie wir in Atlanta. Zwei Flugzeuge, die ihren Platz am Himmel tauschten. Hoffentlich bemerkte unser Pilot oder ein Instrument – Radar? – das näher kommende Flugzeug. Was, wenn das Radar nicht funktionierte?

In dem Fall würde das Radar des anderen Flugzeuges sich um alles kümmern – so funktionierte das nun mal.

Und was, wenn in beiden Fliegern das Radar ausgefallen war?

Mit schweißnassen Handflächen musste ich an James Dickeys Gedicht »Falling« denken. Es handelte von einer Stewardess, die vom Himmel fiel. Dieses schöne und gleichzeitig beängstigende Gedicht mythologisiert die manchmal stürzende, manchmal fliegende Frau, bis sie sich symbolisch mit der Erde vereinigt. Ich denke eher selten an dieses Gedicht – es sei denn, ich sitze in einem Flugzeug. Und dann schere ich mich nicht mehr um Mythen und Metaphern, sondern sehe nur noch eine Frau, die aus einem kaputten Flieger auf die Erde stürzt. »O Gott« sind ihre letzten Worte, ehe sie sich in rotes Mus verwandelt.

Danbury kam zurück, setzte sich und warf mir einen fragenden Blick zu. »Schauen Sie nicht so, Ryder. Sie kommen gleich vorbei und bringen die Erdnüsse.«

Wieder eine Vibration. Und ein knirschendes Geräusch aus dem Bauch des Flugzeuges. Die Flügelspitze bewegte sich. Waren sie immer so flexibel? Und was, wenn nicht?

O Gott.

Sie senkte den Blick, sah, wie meine Finger mein Knie umklammerten. »Wie können Sie nur Angst vor dem Fliegen haben?«, wunderte sie sich. »Wo Sie sich doch von Nautilus herumchauffieren lassen.«

»Kleine Flugzeuge machen mir gar nichts aus«, gab ich zu. »Cessnas, Beeches. Mit einem Piloten, den ich kenne.« Das Flugzeug flog durch eine Turbulenz und bebte. Mein Magen rebellierte.

Danbury zeigte mit dem Kinn aufs Cockpit. »Aber nun sind Sie der Gnade eines Piloten ausgeliefert und hoffen inständig, dass er nicht suizidal veranlagt ist, und einer Truppe Mechaniker, die hoffentlich nicht gerade eine achttägige Koksorgie hinter sich hat. Von Terroristen ganz zu schweigen.«

»Danke für die Aufmunterung.«

»Selbst wenn man all diese Faktoren mit einbezieht, ist es immer noch sicherer, als über eine Straße zu gehen. Heißt es jedenfalls.«

»Mit dem Unterschied«, gab ich zu bedenken, »dass ich in dem Fall entscheide, wo und wann ich die Straße überquere. Oder ob überhaupt.«

»Es geht um Kontrolle. Hier oben müssen Sie sich auf Menschen verlassen, die Sie nicht kennen.«

Zur Antwort grunzte ich. Ihr Blick durchforstete mein Gesicht. Ich versuchte, nonchalant dreinzuschauen. Sie sagte: »Sie trauen nicht vielen Leuten, oder, Ryder?«

»Sicher. Gleich mehreren.«

»Wem?«

»Harry Nautilus.«

»Das ist einer. Wer fällt Ihnen sonst noch ein?«

Die Lichter der entgegenkommenden Maschine flogen mehrere Meilen weiter drüben an uns vorbei. Wir würden also nicht abstürzen, jedenfalls jetzt noch nicht. Ich verzichtete darauf, erleichtert aufzuatmen, und drehte mich um. Drei Reihen weiter hinten wand sich ein Kind in den Armen seiner Mutter.

»Ryder?«, fragte Danbury.

Ich deutete auf den Kopfhörer. »Ich werde mir jetzt einen Film anschauen und vielleicht ein bisschen pennen. Wir können uns ja später weiter unterhalten.«

Die Müdigkeit, die daraus resultierte, dass ich tagelang irgendwelche Sackgassen abgegrast hatte, war stärker als meine Anspannung. Ich fiel in einen tiefen, erholsamen Schlaf und wachte erst wieder über grünen französischen Feldern auf. Vielleicht lag es am Schlaf oder einfach an dem Wissen, dass Land – selbst viele Meilen tiefer – unter mir war, aber ich fühlte mich ausgeruht und gekräftigt. Danbury, die ebenfalls schlief, schnarchte leise. Ein Steward kam vorbei.

»Wir beginnen mit dem Landeanflug, Sir. Vielleicht möchten Sie Ihre Begleiterin aufwecken.«

»Das würde ich gerne, aber sie hat mich gebeten, sie bis zur allerletzten Minute schlafen zu lassen.«

»Ich habe das gehört, Ryder«, murmelte Danbury, die sich aus dem Traumland zurückmeldete. Sie suchte in ihrer Tasche nach einem Pfefferminzbonbon, steckte es in den Mund und kämmte sich dann mit den Fingern die Haare aus dem Gesicht. »Was würde ich nicht alles tun für eine Tasse Kaffee.«

»Sie servieren jetzt keinen mehr.«

»Ich bin ganz bematscht. Ich brauche Kaffee.«

»Vielleicht wenn wir gelandet sind.«

Der Steward kam noch mal vorbei und ließ den freundlichen Blick über die Passagiere schweifen. Danbury umklammerte ihren Hals und hustete trocken. Der Steward drehte sich um.

»Ist alles in Ordnung, Miss?«

Danburys Brust hob sich und sie stieß einen schnarrenden Laut aus. »Nur eine trockene Kehle. Ein Kitzeln. Ich kriege keine Luft.«

Der Steward klopfte Danbury auf die Schulter. »Ich werde Ihnen eine Flasche Wasser holen.«

»Kaffee ... wäre ... besser«, stotterte sie.

Der Steward verschwand in der Teeküche, um Kaffee zu holen. Danbury zwinkerte. Das Flugzeug kippte nach vorn. Ich schloss die Augen und versuchte, nicht an Dickeys herabstürzende Stewardess zu denken, was allerdings nicht funktionierte.

Um zwölf Uhr mittags Ortszeit landeten wir in Orly auf dem Rollfeld. Die Wahl der Unterkunft hatte ich Danbury überlassen und sie hatte ein elegantes, altes Hotel in der Nähe der Seine gefunden, wo die Zimmer klein, aber hübsch eingerichtet waren. Die Möbel waren aus echtem Holz, die Decken hoch, die Lampen aus Messing, das funkelte wie nagelneue Trompeten. Jemand hatte Blumen und Flaschen mit Wasser bereitgestellt. Danbury ging auf ihr Zimmer, um auszupacken und zu duschen. Ich folgte ihrem Beispiel. Die durchsichtige Seife duftete nach frisch geschlagenem Holz.

Ich fühlte mich gerade wieder einigermaßen lebendig, als es leise an meiner Tür klopfte. Ich zog mich schnell an und machte auf. Mit einer *Le Monde* vom Empfang kam Danbury hereingerauscht. Sie trug ein dunkles Kostüm und eine weiße Seidenbluse. Der Rock berührte so eben ihre Knie. Sie hatte schwarze Strumpfhosen und halbhohe, schwarze Schuhe an. Ihre Kleidung wirkte attraktiv, professionell und ein bisschen bohemienhaft. Sie setzte sich aufs Bett, hüpfte ein paar Mal auf und ab und zog die Schuhe aus.

»Wir haben einen Termin. Ich habe mit der grässlichen Miss Mimi gesprochen und sie sagt, Monsieur Badentier wird uns um drei Uhr empfangen, nach seinem Mittagsschläfchen.«

Danbury rutschte nach oben, riss ein Kissen heraus, stopfte es sich in den Rücken und lehnte sich an das Kopfteil. Sie kreuzte die Beine. Scham war ihr offensichtlich fremd. Es fiel mir alles andere als leicht, mich auf ihr Gesicht zu konzentrieren.

»Wir müssen ihn dazu bringen, über Hexcamp zu reden«, sagte sie. »Aber was, wenn er nur über Kunst quasseln will? Ich kann ja nicht dauernd ›Ah, Picasso‹ rufen.«

»Sie sprechen französisch und ich kann ein wenig über Kunst faseln, so vom Postimpressionismus bis hin zur Moderne.«

Das verwunderte sie. »Ich bin beeindruckt, Ryder. Nein, sprachlos trifft es eher. Sie haben Ihr Licht unter den Scheffel gestellt. Jemand hat mir gesteckt, dass Sie einen Abschluss in Psychologie haben.«

»Ja, ich habe das Studium gerade so geschafft, aber das Aufkommen der Psychoanalyse –«

»Frood und Joong und so –«

»– hatte einen gewaltigen Einfluss auf die damalige Kunst. Da ich während meiner akademischen Karriere mit Ausnahme meines Hauptfaches alles studierte, habe ich mich mit Dada, Surrealismus und so beschäftigt. Einen Monat lang habe ich sogar einen Salvador-Dalí-Schnauzbart getragen …«

Meine Zeigefinger beschrieben links und rechts der Nase Halbkreise. Ich erwähnte nicht, dass – obwohl ich nie besonders clever ausgesehen hatte – dies der blödeste Look war, den ich mir je zugelegt hatte.

»Dalí? Ich erinnere mich. Er hat dieses Bild mit den zerfließenden Weckern gemalt.«

»Armbanduhren. *Die Beständigkeit der Erinnerung*«, sagte ich.

»Ich wusste doch, es könnte sich lohnen, Sie mitzunehmen.« Sie lehnte sich zurück, schlug auf meinem Bett die *Le Monde* auf und begann zu lesen. Ich konnte meine Augen nicht davon abhalten, immer wieder zu dem üppigen Stück Schenkel zu wandern, das in den Schatten unter dem dunklen Rock verschwand.

Ich sagte ihr, ich müsste spazieren gehen, um einen klaren Kopf zu bekommen.

Die Hoteltür fiel hinter mir ins Schloss und ich schlenderte die Straße zu einem kleinen Café hoch, wo man draußen sitzen konnte. Einen Augenblick lang überwältigten mich die französischen Stimmen und ich wünschte, ich hätte Danbury mitgenommen, doch kurze Zeit und einen Kaffee später – dieses Wort versteht man, wie ich vermute, fast überall – fühlte ich mich auf einmal ganz wohl, obwohl ich noch nie so weit von Mobile weg gewesen war. Und auch nicht von Jeremy. Während der biblischen Buße von fünfunddreißig Jahren, zu der man ihn verdonnert hatte, würde mein Bruder niemals weiter als bis zum Zaun der Hochsicherheitsanstalt *cum* Gefängnis reisen.

Für einen Moment schickte ich meinem Bruder in meiner Phantasie kurze Notizen meiner Eindrücke: *Sieh doch, Jeremy*, die Frau, die einen Zuckerwürfel in ihren Espresso tut und die winzige Tasse mit dem abgespreizten kleinen Finger hochhebt, als wäre sie aus Eis. *Dort drüben, Jeremy*, die Matrone im Pelz mit den beiden kläffenden Hunden, die um ihre Füße herumspringen und an den Laternenpfahl pinkeln. *Gegenüber, auf der anderen Straßenseite, Jeremy*, der Blumenhändler, der vor seinem Laden an einem kleinen Tisch in der Sonne sitzt und die Dornen von den Rosenstielen entfernt.

Mein Bruder Jeremy hat unseren Vater ermordet, als ich neun und er fünfzehn war. Er tat das, um – wie er behauptete und ich glaubte – mich vor den grauenvollen Wutausbrüchen zu bewahren, denen bis dahin nur er ausgesetzt gewesen war. Ein paar Jahre später richtete Jeremy seine Wut auf unsere Mutter, weil sie ihn nie von unserem wahnsinnigen Vater beschützt hatte. Doch hätte er sie getötet, hätte das bedeutet, dass ich in einem Heim oder bei Pflegeeltern gelandet wäre, und so suchte sich mein Bruder Ersatz. Ehe man ihn schnappte, waren fünf Frauen gestorben.

Er war kein Stalker, sondern schlüpfte in die Rolle des Köders. Mit trauriger Miene setzte Jeremy sich in einen Park oder eine Hotellobby. Sein zartes, sensibles Gesicht erregte Mitleid. Wie Zucker Ameisen anzieht, zog er mitfühlende, mütterliche Frauen an.

»Kann ich dir helfen, mein Sohn? Du siehst so traurig aus …«

Obwohl Jeremy seinem Hass auf unsere Mutter immer wieder demonstrativ Ausdruck verlieh, trug sie keine Schuld. Diese beinah kindlich naive Frau konnte die Welt, in die sie geworfen worden war, überhaupt nicht begreifen. Sie konnte sich nicht schützen, weder vor unserem Vater noch vor dem Krebs, und während der letzten Tage, in denen sie qualvolle Schmerzen litt, verweigerte sie die Einnahme von Medikamenten in der Hoffnung, die Pein würde ihre Sünden ausradieren und ihr Zutritt zum Himmel gewähren. In meiner Familie war ich der Einzige, der verschont blieb. Ich war – wie mein Bruder sich einmal ausgedrückt hatte – zwar »neurotisch, aber meine Seele war nicht versengt worden«.

Eine leise Stimme hinter meiner Schulter. »Monsieur sieht traurig aus. Ich hoffe, es geht vorbei.«

Meine Bedienung – eine Frau in den Vierzigern mit sorgenvollem Blick. Ich rang mir ein Lächeln ab. »Ich dachte gerade an einen Freund in der Ferne und wie schade es ist, dass er nicht hier sein kann«, sagte ich. »Ansonsten geht es mir gut. Danke.«

Sie musterte mich kurz. »*Bien, monsieur*. Das Leben

ist zu kurz, um traurig zu sein. Und Ihrem Freund wünsche ich alles Gute.«

Als sie in die Küche zurückkehrte, begriff ich auf einmal, dass genau das bei Jeremy gelaufen war: eine traurige Miene, eine besorgte Frau, sein Wahnsinn, der ein Ventil suchte.

Ich trank meinen Kaffee aus und erhob mich, um zu gehen. Die Bedienung winkte mir zum Abschied zu, als wäre ich ein alter Freund. Ich schaute kurz bei dem Floristen auf der anderen Straßenseite herein und bat ihn, ihr zwei Dutzend Rosen zu bringen.

Kapitel Sechsunddreißig

Als wir die Straße überquerten und zu der Adresse gingen, die Danbury erhalten hatte, dauerte es ein paar Minuten, bis sich die Kirchen im Viertel einig waren, wann es drei Uhr nachmittags war. Die hohen, schmalen Backsteinhäuser in der breiten Straße hatten zwischen vier und sechs Etagen. Vor manchen Fenstern standen Blumenkästen, aus denen es rot, gelb und weiß blitzte. Danbury stieg ein paar Betonstufen hoch, die vom Gehweg zu einer breiten Holztür führten, durch die wir traten. Danbury klingelte und sprach in einen elektronischen Kasten. Das Schloss der Glastür surrte und gewährte uns Zutritt. Rechter Hand gab es einen kleinen Fahrstuhl. Kaum hatte ich einen Fuß in die Kabine gesetzt, machte ich vor Schreck einen Satz, denn eine Stimme auf Höhe meiner Taille fragte: »Möchten Sie nach oben oder nach unten?«

Ich senkte den Blick und entdeckte einen Zwerg, der den Fahrstuhlführer mimte. Bislang hatte ich immer geglaubt, so etwas würde nur in alten Schwarzweißfilmen passieren. Er trug einen kurz gestutzten Bart, eine runde Messingbrille und – wie ein Page – einen blauen Anzug. Mein Starren ignorierend schloss er die Gittertür, nachdem Danbury sich in die Kabine gezwängt hatte.

»Obwohl ich gefragt habe, ob Sie nach oben oder unten möchten«, fuhr er fort, »muss ich zugeben, dass es kein Unten gibt, jedenfalls nicht von dieser Etage aus. Sie haben die Wahl zwischen Stockwerk Eins und Stockwerk Fünf. Falls Sie es wünschen, kann ich zwischen den Etagen halten. Ich muss Sie allerdings darauf hinweisen, dass das Aussteigen sich dann schwierig gestaltet.«

»Sie sprechen Englisch«, entfuhr es mir, was lächerlich war. Er drehte an einem kleinen Rad und wir bewegten uns nach oben. Räder knirschten neben uns, Kabel schnarrten über unseren Köpfen.

»Nein, ich spreche Chinesisch. Sie hören es nur auf Englisch. Welche Etage?«

»Wir möchten in die fünfte«, antwortete Danbury.

»Um Monsieur Badentier oder Mademoiselle Badentier zu besuchen? Falls Sie die Dame des Hauses sehen möchten, wäre es Ihnen vielleicht lieber, wenn ich zwischen den Etagen halte.«

Danbury betrachtete den kleinen Mann. »Ich habe ein, zwei Mal mit Mademoiselle Badentier gesprochen, Monsieur. Sie scheint recht schwierig zu sein.«

Unser Fahrstuhlführer dachte kurz nach. »In einem Taxi Sex zu haben ist schwierig. Mademoiselle Badentier ist unmöglich.«

»Wir sind eigentlich hier, um Monsieur Badentier zu besuchen«, sagte ich.

»Egal. Sie werden ihr begegnen. Man kann ihr nicht entkommen.«

Die Etagen zogen an uns vorbei. Der Fahrstuhl zitterte. »Wie ist er denn so?«, fragte ich. »Monsieur Badentier.«

»Er sucht sich die Termine und Orte aus, wie es ihm passt. Er wird spielen wollen. Ich rate Ihnen zu spielen. Und möchte eine Empfehlung aussprechen: Mit einem Gemeinplatz ist kein Blumentopf zu gewinnen.«

In der obersten Etage angekommen, hielten wir abrupt. Der Fahrstuhlführer zog die Gittertüren auf. Wir traten in einen engen Flur, an dessen Ende eine Tür zu erkennen war. Der Zwerg schaltete auf *Abwärts*.

»In einem Fahrstuhl, der fast Lichtgeschwindigkeit erreicht«, sagte er, während er im Boden verschwand, »wären wir alle viel kleiner. Ich auch.«

Ich starrte dem Fahrstuhl hinterher, bis Danbury

mich wegzog und den Flur entlangführte. Gerade als ich anklopfen wollte, ging die Tür auf. Uns gegenüber stand eine Frau Anfang, Mitte sechzig, die dem Wort »streng« eine ganz neue Bedeutung verlieh. Tadelsüchtig vielleicht.

Ihr Gesicht war weiß und herzförmig, das Kinn lief spitz zu, der Hals war unaussprechlich lang. Die rabenschwarzen Haare waren streng zurückgekämmt und zu einem Knoten gedreht. Ihre Lippen waren dünn und rot. Sie blähte die Nüstern, als wollte sie uns nach unserem Geruch beurteilen, stieß dann die Tür weiter auf und gab uns mit einer knappen Kopfbewegung zu verstehen, dass wir eintreten sollten.

Mimi trug ein knöchellanges Kleid, schwarz wie ihr Haar und mit einem tief ausgeschnittenen Dekolleté, das mit funkelnden kleinen Opalen bestickt war. Die Halbedelsteine erinnerten an Augen. An ihrem langen Hals hing ein Anhänger, der das Augenmotiv aufnahm. Ich musste an Cerberus denken und konnte nur hoffen, dass sie ihre Pflichten nicht ganz so gewissenhaft verrichtete, wenn es um die Abschirmung von Monsieur Badentier ging.

Danbury sagte ein paar Worte. Als sie auf mich zeigte und mich als »Monsieur Carson Ryder« vorstellte, streckte ich die Hand aus. La Madame musterte sie, als wäre sie ein Kuriosum, bis ich sie wieder zurückzog. Mit einem langen Finger deutete Mimi auf zwei Stühle an der Wand. Wir setzten uns. Und dann sagte sie noch etwas, ehe sie durch die braune Tür verschwand. »Sie wird uns bei *Le Grand Homme* ankündigen. Rühren Sie sich nicht vom Fleck«, verkündete Danbury, zog *Le Monde* aus ihrer Riesentasche und las, während ich mich in dem Raum umsah. In der Ecke standen ein aufgeräumter kleiner Sekretär, ein paar Bücherregale, eine Standuhr an der Wand, die nach Mimis Abgang lauter zu ticken schien.

Als ich noch klein war, etwa fünf, waren wir vorübergehend woanders hingezogen, da mein Vater irgendein Ingenieurwunder vollbringen musste. Und in unserem möblierten Haus gab es auch eine Standuhr. Ich weiß noch ganz genau, wie sehr sie mit ihrem lauten Ticken unsere Aufmerksamkeit auf die Stille lenkte, so wie ein Leuchtturm die Dunkelheit ins Blickfeld rückt. Mein kindlicher Verstand hatte zweisilbige Sätze ersonnen, die zum Ticken des schwingenden Pendels passten. Auf diese Weise füllte ich die Dunkelheit mit erfundenen Geräuschen.

Tick Tack
Auf zack
Tick Tack
Ein Sack
Tick Tack
Ein Klack, kein Wrack …

Mich überkam das Bedürfnis aufzustehen, hinüberzugehen, die Uhr zu öffnen und das Pendel festzuhalten, bis Stille einkehrte. Was ich natürlich nicht tat. Das Ticken nervte mich noch fünf Minuten, ehe die Tür aufging und Mimi zurückkehrte.

»Monsieur Badentier wird Sie nun empfangen.«

»*Merci*«, sagte Danbury und steckte die Zeitung in die Tasche. »Kommen Sie, Ryder. Jetzt treffen wir den großen Mann.«

Wir setzten uns in Bewegung, doch die Frau versperrte Danbury den Weg, redete eine Minute im Flüsterton auf sie ein. Danach tippte sie auf ihre Uhr und verließ das Zimmer. Mit einer hochgezogenen Augenbraue sah Danbury mich an.

»Uns wurde ein Zeitlimit gesetzt?«, fragte ich.

»Nachdem sie uns vorgestellt hat, geht sie auf den Markt. Wenn sie zurückkommt, ist unsere Zeit um. Sie schätzt, dass sie etwa zwanzig Minuten braucht. Aber eigentlich ging es um etwas anderes. Offenbar hat Mr

Badentier manchmal einen Anfall und hält sich für einen berühmten französischen Maler. Ich denke, heute unterhalten wir uns mit einem Typen namens Marcel Duchamp. Kennen Sie den, Ryder? Ist er bekannt?«

»*Sacre bleu*«, sagte ich.

Danbury trat als Erste durch die Tür. Der Raum war schätzungsweise siebzehn Meter lang und vier Meter breit. Mit der vier Meter hohen Decke kam man sich vor wie in einer Schuhschachtel. Gemälde, teilweise in Kisten, lehnten an der Wand. In der gegenüberliegenden Ecke waren mehrere Leinwände mit alten Laken zugehängt. Licht fiel nur durch ein großes Fenster am anderen Ende. Von hier aus hatte man einen herrlichen Ausblick auf Paris. In dem Raum roch es stark nach Leinöl und Pfeifentabak.

Meine Augen brauchten ein paar Sekunden, bis sie sich auf die neuen Lichtverhältnisse eingestellt hatten. Am anderen Ende des Raumes entdeckte ich schemenhaft ein Bett vor dem Fenster. Und auf diesem Bett lag ein kleiner Mann mit mehreren Kissen im Rücken. Er rührte sich nicht. Wir kamen näher. Zuerst hatte es den Anschein, als wären die funkelnden schwarzen Augen des Mannes, die uns fixierten, das einzig Lebendige. Doch dann erwachte auch sein schmaler Mund zum Leben und grinste breit. Seine heisere Stimme rasselte vergnügt, wie ich fand. Dünne Arme tauchten aus den Decken auf und winkten uns heran. Ich warf einen Blick auf Mimi Badentier, die gar nicht erfreut zu sein schien.

Ein Tisch mit schwarzer Marmorplatte und etwa einem Meter Seitenlänge trennte uns von dem alten Mann. Plötzlich setzte er sich aufrecht hin und drehte sich blitzschnell zu uns um. Er trug einen Hausmantel aus dicker roter Wolle und schwang die nackten Beine über den Bettrand.

»*Les oreillers*«, sagte er, ohne Danbury und mich auch nur eine Sekunde aus den Augen zu lassen. Seine

Schwester trat zu ihm und bettete die Kissen so, dass er in unsere Richtung schaute.

»*Les pantoufles*«, befahl er, woraufhin sie sich hinkniete und seine weißen Füße in Hausschuhe aus braunem Leder steckte.

»*Du vin*«, sagte er dann. Schwester Mimi griff hinter eine Leinwand und zog eine fast volle Flasche Wein und ein Weinglas hervor.

»*Trois verres*«, herrschte er sie an. Mimi errötete und holte noch zwei Gläser. Während sie einschenkte, studierte ich den Tisch, auf dem jede Menge Krimskrams lag: ein Weinkorken, ein Salzstreuer, ein Kronkorken, mehrere bunt schimmernde Perlmuttknöpfe, ein Fingerhut, eine weiße Feder, ein Ohrring und so weiter und so fort. Die Abstände zwischen all diesen Gegenständen waren etwa gleich groß, als hätte jemand versucht, da eine gewisse Ordnung hineinzubringen. Am Tischrand stand ein Keramikaschenbecher mit integriertem Pfeifenständer. Der Pfeifenkopf wies deutliche Gebrauchsspuren auf.

Der Mann deutete auf die Pfeife und trug seiner Schwester etwas auf. Seine Worte ließen sie zusammenzucken. Dann stellte sie die Gläser ab und führte die Pfeife an den Mund. Sie riss ein Streichholz an, hielt es an den Tabak. Graue Rauchschwaden stiegen auf. Nachdem sie ein paar Mal daran gezogen hatte, nahm sie die Pfeife herunter. Badentier hielt sein Gesicht in den sich kräuselnden Rauch und inhalierte tief.

»*Ah, l'odeur du ciel.*«

Sie stellte die Pfeife auf den Ständer, warf uns einen kurzen Blick zu, wirbelte herum und verließ den Raum. Ihre hektischen Bewegungen verteilten den Rauch im Zimmer. Ich sah, wie der Mann auf den Tisch starrte, anscheinend ganz gebannt von dem Rauch, der über den Rand zog und unter der Marmorplatte verschwand.

Ich grinste den alten Kerl an. »Hallo, Marcel.«

Er starrte mich ausdruckslos an, deutete mit einem zittrigen Finger auf die schwarze Tischplatte und sprach ein paar Worte.

Danburys Blick schwenkte zu mir hinüber. »Er sagt, er will spielen.«

Ich musterte den Kram auf dem Tisch, versuchte mir einen Reim darauf zu machen. Marcel nippte an seinem Wein und schien sich über meine Konfusion zu amüsieren.

»Wie bitte?«, sagte ich.

Er hob eine Augenbraue. Ich betrachtete die Gegenstände auf dem Tisch und durchforstete mein Gedächtnis. »Er will Schach spielen«, sagte ich schließlich. »Duchamp hat seine Karriere auf dem Höhepunkt hingeschmissen und Schach studiert. Er behauptete, Schach wäre die einzig wahre Kunst.«

Danbury starrte den mit Plunder übersäten Tisch an. »Sie wollen sagen, dieses Zeug hier, dieser Tisch ... ist ein Schachbrett?«

Der alte Mann deutete mit dem Kinn auf den Krimskrams und wedelte mit der Hand, als wollte er etwas segnen. »*Echecs*«, sagte er. »Schach.«

»Sieht ganz so aus.«

Wieder sprach er und zwinkerte anschließend Danbury zu. Sie lächelte grimmig. »Er sagt, falls Sie gewinnen, wird er mit uns sprechen. Andernfalls macht er ein Nickerchen.«

Ich musterte Marcel. Er hatte sich abgewandt. Ein enigmatisches Lächeln umspielte seine Lippen. Ich senkte die Hand auf den Tisch, schob den Fingerhut fünf Zentimeter weiter. Der Arm des Alten schoss hervor. Er legte den Finger auf einen Knopf und schob ihn – von mir aus gesehen – nach links. Ich konterte, indem ich meinen Pfeifenreiniger vor seine Feder platzierte. Er verrückte ein Streichholz. Ich zog den Salzstreuer zurück. Er bewegte eine Büroklammer. Ich schob den Ohrring vor. Sein Füllerdeckel floh. Ich jagte ihn mit einer Nussschale. Er grübelte, schaute perplex drein und tauschte dann schnell eine Schraube und einen Radiergummi gegeneinander aus.

»Ich denke, er rochiert«, sagte ich.

»Tun Sie etwas.«

Ich schob meinen Knopf vor sein Taschenmesser. Der alte Mann hob das Gesicht und grinste heimtückisch. Danbury flüsterte: »Ich glaube, Sie gehen unter.« Der Alte brachte seinen Nagel ins Spiel und nahm mit drei schnellen Zügen meine Nussschale. Er stieß ein kurzes röhrendes Lachen aus und setzte einen Korken neben meinen Ohrring.

»*Shaques*«, verkündete er.

»Ich glaube, er sagt *Schach*, Pogie.«

Ich studierte den Tisch. Meine Achselhöhlen wurden feucht. Marcel beobachtete mich neugierig. Seine dunklen Augen blinzelten nicht. Mein Herzschlag war das lauteste Geräusch in dem Raum. Aus dem Augenwinkel heraus erhaschte ich eine Bewegung: Die Spinne, die vorhin schon über den Tisch gelaufen war, tauchte auf meiner Seite auf. Während ich das Tier nicht aus den Augen ließ, nahm eine Idee Gestalt an. Mit dem Finger versperrte ich der Spinne den Weg. Sie krabbelte darauf. Ich setzte den vom Rauch benebelten Langbeiner vor den Korken. Wie versteinert beugte Badentier sich vor. Die Spinne zögerte, krabbelte nach rechts, korrigierte nach links, kletterte auf Badentiers Stück und blieb stehen. Der Alte machte große Augen.

»Dada shah-mat«, sagte ich. Mir war gerade eingefallen, dass *shah-mat* das persische Wort für Schachmatt war. Das Auftauchen der Spinne war dem Zufall geschuldet und hatte zu einem dadaistischen Schachmatt geführt. Nur ein Marcel Duchamps konnte diesem Augenblick etwas abgewinnen.

»*Alors*«, sagte er kopfschüttelnd und stieß zum Zeichen, dass er verloren hatte, seinen Korken um. Die Spinne krabbelte weg. Der alte Mann betrachtete mich, hob eine graue Augenbraue und erwartete meine Fragen.

»Marsden Hexcamp?«, sagte ich.

Er brach in Gelächter aus.

Kapitel Siebenunddreißig

»Ex-comp? Marss-den Excomp?« Er schlug sich auf den knochigen Schenkel und lachte immer weiter – ein trockenes, hohes Gackern, von Atemstößen unterbrochen. Ich trat einen Schritt zurück, damit Danbury die Fragen stellen oder Wiederbelebungsversuche vornehmen konnte. Sie sagte ein paar Worte, reichte Marcel dann ein Foto von Hexcamp, das während der Verhandlung, laut den Akten also drei Jahren nach der Kunstschule, von ihm gemacht wurde. Der alte Mann nickte.

»*Oui*, 'excomp.«

»Befragen Sie ihn zu Hexcamps Kunst, Danbury.«

Sie sprach ein, zwei Sätze. Marcel hielt Daumen und Zeigefinger seiner bleichen Hand hoch, führte sie zusammen, bis nur noch ein Zentimeter Luft dazwischen war, und antwortete. Danbury stellte ihm weitere Fragen, woraufhin der alte Mann wieder losgackerte, diesmal allerdings kürzer, und die Fingerspitzen wieder fast ganz zusammenführte. Und dann führte er Daumen und Zeigefinger über den offen stehenden Mund, als wollte er etwas hineinfallen lassen.

»Danbury?«

»Mr Duchamp erinnert sich sehr gut an unseren Mr Hexcamp. Er hat ihn vor allem im figürlichen und perspektivischen Zeichnen und auch in der Malerei unterrichtet.«

»Und?«

»Am stärksten ist ihm in Erinnerung geblieben, dass Marss-den Ex-comp so viel Talent hatte.« Danbury wiederholte die Geste des Alten und hielt Daumen und Zeigefinger einen Zentimeter auseinander. »Er hat auch berichtet, dass Marsden ein charmanter junger Mann mit der festen Überzeugung war, ein missverstandenes Genie zu sein. Und abends wahrscheinlich nach Hause ging und Käfer fraß.«

»Kein Kandidat für den Club der Angepassten. Probieren Sie mal etwas über Hexcamps geistige Verfassung in Erfahrung zu bringen.«

Danbury bombardierte den Alten mit französischen Salven. In Mobile hätte ich die Augen des Befragten beobachtet und darauf gewartet, wie sein Körper auf die Worte und Fragen reagierte. Da mir dies hier unmöglich war, konzentrierte ich mich auf Danburys Stimme. Ihr Französisch klang wie ein Bergfluss, der über runde Kiesel plätschert.

»*C'est fini*!«, kreischte eine Frauenstimme.

Die Tür hinter uns flog auf und Mademoiselle Badentier kam hereinspaziert. Die Absätze ihrer hochhackigen Schuhe, die über die Holzdielen klackten, klangen wie Gewehrschüsse. »*Fini*!« Sie klatschte in die Hände und redete wie ein Wasserfall auf Danbury ein.

»Sie will uns vor die Tür setzen«, sagte Danbury zu mir. »Sie ist der Meinung, wir würden Marcel ermüden.«

Ich hielt zwei Finger hoch. »Zwei Minuten«, flehte ich Mimi an. »Bitte.«

Die Frau verschränkte die Arme und warf mir einen wütenden Blick zu. »*Non.*«

Non verstand auch ich. Da sie das aber nicht wusste, wiederholte sie es noch mal.

Ich schaute zu dem alten Mann hinüber. »Noch ein Spielchen?«, fragte ich und zeigte auf das Brett. »Schach, Monsieur Duchamp?«

Die Augen des Alten funkelten hocherfreut.

»*Non, non, non*«, sagte die Frau, schob die Hand unter meinen Arm und versuchte, mich aus dem Zimmer zu schieben.

»Mimi«, sagte der alte Mann leise. Sie erstarrte, drehte sich zu ihm um. Er lenkte den Blick auf die Tür. »*Quittez la chambre.*«

Zorn loderte in ihren Augen auf und sie schleuderte mir ein paar Worte auf Französisch ins Gesicht – kein Wasser, das über Flusskiesel plätschert, sondern Felsbrocken auf meinen Kopf.

»Sie kommt in zehn Minuten wieder«, sagte Danbury. »Beeilen Sie sich.«

Marcel ordnete den Tisch neu, fügte diesmal einen Korkenzieher und ein leeres Schneckenhaus hinzu. Er vergewisserte sich, dass sich unter dem Tisch nicht noch eine Spinne versteckte. Und dann rückte er mit einer weißen Feder vor. Ich setzte meinen Reißnagel dagegen. Er grunzte.

»Machen Sie ihn nicht wütend. Verlieren Sie, aber das darf nur ein paar Minuten dauern.«

»Stellen Sie ihm Fragen, Danbury. Und schenken Sie ihm Vino nach.«

»Du vin?«, sagte der Alte. Seine Augen wurden ganz feucht, als Danbury ihm einen ordentlich Schluck einschenkte. Mit dem Finger tippte er an das Glas, grinste Danbury an, sprach ein paar Worte.

»O Mist«, entfuhr es Danbury.

»Was denn?«

»Er will, dass ich die verdammte Pfeife rauche.«

»Na, dann mal los. Ich könnte wetten, das hat man Ihnen auf der Journalistenschule nicht beigebracht.«

Danbury verzog das Gesicht und zündete die Pfeife an. Sie zog daran, hustete, würgte. Tränen traten ihr in die Augen. »Von wegen himmlischer Duft«, keuchte sie. »Der Tabak schmeckt wie frittierte Wollmäuse.« Als der Tabak richtig brannte, hielt sie ihm die Pfeife vors Gesicht. Mit der Hand wedelte er sich den Rauch in die Nase.

»*Ah, l'odeur du ciel.*«

Marcel und ich machten Züge und Gegenzüge – Nägel, Federn, Muscheln glitten über den Tisch. Während wir uns in der verrauchten Luft duellierten, unterhielt Danbury sich mit dem alten Mann und übersetzte zwischendurch. Wenn Marcel über einen Spielzug nachdachte, wartete sie, bis er einen Gegenstand verschoben hatte, ehe sie ihm eine Frage stellte. Die wichtigsten Fragen sparte sie auf, bis er eine von meinen Figuren kassierte, weil er dann geschwätziger wurde. In dieser Situation war das die richtige Vorgehensweise und wahrscheinlich genauso lohnend für die Reporterin wie für den Cop.

Ich lauschte, feuerte Fragen ab und versuchte gleichzeitig, mir über den jeweiligen Wert der Gegenstände auf dem Tisch klar zu werden. Ich hoffte inständig, erst aus dem Spiel zu fliegen, wenn Danbury alle Fragen gestellt hatte. Unsere Zusammenarbeit entwickelte Rhythmus, beinah tänzerisch näherten Danbury und ich uns einem Punkt, den Harry und ich manchmal erreichten: Wir wussten im Voraus, wie der andere reagieren würde, selbst wenn alles noch in Bewegung, im Fluss war.

Ich schob einen Füllfeder vor; Danbury konzentrierte sich auf ihre zweisprachige Konversation. »Er sagt, Hexcamps Arbeiten hätten eine krude Vitalität besessen. Aber er war kein Genie, eher ein Illustrator als ein Künstler. Hexcamp erkannte seine Grenzen nie an, bezichtigte seine Kritiker als Lügner und behauptete, sie wären nur neidisch auf sein Talent.«

Meine Feder fiel dem Salzstreuer zum Opfer. Danbury übersetzte weiter.

»Hexcamp hielt sich für einen *roué*, einen Playboy. Aber auch hier machte er sich etwas vor. Er war ein … ein …«

Der alte Mann schnatterte mit Danbury und beschrieb mit dem linken Daumen und Zeigefinger einen Kreis, durch den er den rechten Zeigefinger stieß. Nach mehreren Stößen schloss sich seine linke Hand um den

Finger. Er stieß wieder dieses trockene, hohe Gackern aus und schob ein paar Worte nach.

Auf den Vorstoß einer Heftklammer parierte ich mit einem Knopf. »Übersetzung, Danbury.«

»Hexcamp war ein Sklave der, ähm, Möse. Anscheinend musste er in der Öffentlichkeit über Frauen dominieren. Im Privaten hat er sich ihnen jedoch unterworfen.«

»Woher weiß Marcel das?«

Danbury fragte für mich. Marcel antwortete kurz, zeigte mit einer Hand auf die andere, ballte sie zu Fäusten und öffnete sie schnell wieder. Ich hörte das Wort *pa-ri*.

»In Paris wird viel getratscht«, schlug ich vor.

Danbury grinste. »Verdammt. Sie lernen die Sprache ja schnell.«

Marcel drehte ein Streichholzbriefchen im Kreis. Ich stürzte mich mit einer Pipette darauf. *»Merde«*, flüsterte er, stieß die Pipette mit seinem Korken um und sagte wieder ein paar Sätze.

»Er meint, Hexcamps Charme, seine Art zu reden, sein hübsches Gesicht hätten die Frauen angezogen wie Motten das Licht. Aber die Frauen hätten sich immer verbrannt.«

Badentiers Schneckenhaus schnappte sich meinen Kerzenstummel. »An Hexcamp?«, fragte ich.

»Vin«, bat der alte Mann.

Danbury griff nach der Flasche und füllte sein Glas auf, während sie übersetzte. »An einer anderen Frau. Sie erlaubte den Frauen, ein paar Tage zu bleiben – frische Gespielinnen für Hexcamp – und jagte sie anschließend fort. Aber diese eine Frau hat Hexcamp angezogen wie das Licht die Motte. Er liebte ihr Feuer und suchte es. Sie hielt sein Herz in Händen, küsste und schlug ihn abwechselnd. Und er wurde fast wahnsinnig vor Verlangen nach ihr.«

Mit meinem Knopf ergatterte ich den Radiergummi. Danbury erstarrte, schüttelte den Kopf. »Ich höre den Fahrstuhl. Zehn Minuten sind noch nicht um.«

»Vielleicht vergeht die metrische Zeit ja schneller. Fragen Sie ihn nach der Frau. Wer war sie?«

Er legte einen Fingerhut hinter meine Spule und schnippte sie dann vom Tisch. Die Anzahl meiner »Figuren« schrumpfte rasant. Er unterhielt sich mit Danbury.

»Eine aus Hexcamps Freundeskreis. Ein paar von ihnen waren Studenten, andere die üblichen Parisbesucher. Wie die Heuschrecken fielen sie ein, klauten, was sie konnten, und wurden dann in alle Winde verstreut.«

»Wie hat sie geheißen, Danbury?«

Seiner Brotkruste begegnete ich mit meinem Uhrenglas. Er kicherte höhnisch, holte einen Kronkorken vom Spielfeldrand und setzte ihn auf mein Uhrenglas. Und dann brach er in Gelächter aus und wedelte mit einem krummen Finger vor meiner Nase herum.

»Échec«, sagte er. Schach.

»Der verfluchte Kronkorken«, schimpfte ich, »den habe ich völlig vergessen.«

Danbury spitzte die Ohren, drehte sich in Richtung Tür. »Schritte, draußen. Madame rückt an.«

»Wie hat die Frau geheißen, Danbury? Fragen Sie ihn.«

Als Danbury sich hinunterbeugte, um ihn zu fragen, flog die Tür auf und Mimi kam wie eine von der Tarantel gestochene Amazone herbeigerannt. Sie packte uns bei den Armen und zog uns mit verblüffender Kraft zur Tür. Der Tisch kippelte, Wein spritzte auf den Boden. Danbury rief: »Wie hat die Frau geheißen? Hexcamps Frau?«

Aber Marcel hatte nur Augen für den nassen Boden und plante im Geist vielleicht schon das nächste Spiel. Mimi scheuchte uns in den Vorraum. Marcels Tür fiel mit einem lauten Knall ins Schloss. Ihr langer Finger zeigte auf die Eingangstür. »Raus.«

»Bitte«, flehte ich ihre versteinerte Miene an. »Nur noch eine Frage, *une question.*«

Sie ging zu der Tür, die auf den Flur hinausführte, und riss sie auf. *»Non.«*

»Sie sind *dort* gewesen, nicht wahr?«, fragte ich. »Auf der Akademie? Sie haben sich immer auf die eine oder andere Weise um Ihren Bruder gekümmert?« Wir standen im Korridor. Danbury übertrug meine Worte ins Französische. Die Frau starrte mich an. In ihren Augen entdeckte ich Furcht.

»Sie sind dort gewesen, Mimi«, sagte ich. »Ihr Gesicht hat es mir verraten. Sagen Sie ihr die Wahrheit, Danbury. Sagen Sie, dass wir fünftausend Meilen zurückgelegt haben, weil Menschen sterben und ich den Grund dafür nicht kenne.«

Danbury redete. Die Tür schloss sich. Das Gebäude wurde stumm wie ein Stein. »Ich denke, diese Gastfreundschaft haben wir überstrapaziert«, sagte sie ruhig.

Wir gingen den Flur zum Fahrstuhl hinunter. Unser zwergenhafter Fahrstuhlführer war nicht da. Stattdessen fanden wir eine zusammengerollte Papiertüte. Als ich sie öffnete, fand ich ein Croissant und einen weißen Ballettschuh. Nach mehreren ruckartigen Versuchen – und einer rasanten Zitterpartie über zwei Stockwerke – gelang es mir, uns ins Erdgeschoss zu bringen.

»Passen Sie auf, wo Sie hintreten. Wohin soll es jetzt gehen, Danbury?«

»Sie müssen sich mit ein paar Polizisten von hier treffen, damit alles seine Ordnung hat, oder?«

Wir gingen hinaus auf die Straße. Ich zuckte mit den Achseln. »Würde den Boss glücklich machen. Und die Buchhaltung. Was soll's? Also … dann mal los.«

Sie zog ihre Notizen heraus und wedelte mit der Hand durch die Luft. Innerhalb weniger Sekunden hielt ein Taxi vor uns.

Kapitel Achtunddreißig

Auf dem Polizeirevier legte man gesteigerten Wert auf Sicherheit. Während unsere Pässe überprüft wurden, brachte man uns zu einer kleinen Bank im Flur, forderte uns auf, Platz zu nehmen und uns nicht von der Stelle zu rühren. Was wir auch taten. Ich konzentrierte mich auf das hektische Treiben und merkte, dass mich so einiges an zu Hause erinnerte. Mein Blick schweifte zu einem kompakten Mann mit zerzausten grauen Haaren. Er lehnte etwa acht Meter weiter drüben an einem Pfosten und musterte uns stirnrunzelnd. Ich wandte den Blick ab, faltete die Hände hinter dem Kopf und genoss die Show. Nach einigem Durcheinander informierte uns ein kräftiger französischer Cop darüber, dass Danburys Telefonkontakt nicht erreichbar sei und wir nun gehen müssten.

Er eskortierte uns zur Tür, während Danbury ohne großen Erfolg auf ihn einredete. Gerade als es so aussah, als wäre nichts mehr zu machen – wie oft konnte man uns an einem Tag noch rauswerfen? –, ertönte hinter uns eine schroffe Stimme und sorgte dafür, dass sich unsere Eskorte ohne ein Wort der Widerrede in Luft auflöste.

Als ich mich umdrehte, entdeckte ich den Mann, der mich vorhin gemustert hatte. Mit einer Handbewegung bat er uns wieder ins Revier und führte uns in ein kleines, verglastes Büro, wo sich Akten und Unterlagen türmten. Er setzte sich, deutete mit dem Kinn auf die beiden Stühle und sah mich an.

»Sie sind ein … ein Polizist.«

Ich war verblüfft. »Woher wissen Sie das?«

»Ich habe beobachtet, wie Sie zur Tür hereingekommen sind. Sie haben sich alles ganz genau angesehen und wurden dann locker. Es gibt nur wenige Leute, die auf einem Polizeirevier locker werden: Schwerkriminelle und natürlich Polizisten.«

»Und wieso halten Sie uns nicht für Schwerkriminelle, für Juwelendiebe oder so etwas in der Art?«

Er überlegte kurz, als suchte er die richtigen englischen Begriffe, ehe er antwortete. »Ich habe Sie vorhin lächeln gesehen. Dieses Lächeln war echt, die Augen und der Mund lächelten. Verbrecher können nicht lächeln. Ihre Augen sind nie mit dem Mund synchron. Das Lächeln ist das Erste, was einem die Unehrlichkeit abfordert.« Er deutete mit dem Kinn auf Danbury. »Außerdem reisen Verbrecher normalerweise nicht in so hübscher Begleitung.«

»Wer sind Sie, Sir?«, fragte ich.

Wie sich herausstellte, befanden wir uns in Gesellschaft von Deputy Inspector Bernard Latrelle, was unsere plötzliche Akzeptanz seitens des Reviers erklärte. Wir stellten uns vor und ich trug gleich mein Hauptanliegen vor.

»Wir möchten Ihnen eine eigenwillige Geschichte erzählen, Inspector Latrelle«, sagte ich. »Doch zuerst muss ich ein Wort laut aussprechen: *Schmuggel.*«

Er zog eine Augenbraue hoch. »Ihre eigenwillige Geschichte handelt von Schmuggel, Detective Ryder?«

»Nein, aber jetzt, da wir uns über das Thema Schmuggel unterhalten haben, wird die Regierung für meine Reisekosten aufkommen.«

Latrelle hatte ein durchdringendes Lachen, das immer wieder ertönte, als ich ihm die Zahlungsmodalitäten meiner Reise erläuterte. Als Polizist hatte er natürlich Erfahrung damit, denn die Bürokratie kennt keine Grenzen. Erst dann kam ich auf das eigentliche Thema zu sprechen. Latrelle war von meiner Geschichte über Marsden Hexcamp fasziniert. »Die Kunst des letzten Augenblicks?«, fragte er irgendwann.

»Ja«, sagte ich.

Latrelle schüttelte den Kopf und schrieb weiter. Meine Schilderung dauerte zehn Minuten, anschließend las er seine Notizen noch mal in aller Ruhe durch.

»Ich werde in den Akten nach Verbrechen suchen, die den Ihren ähneln. Haben Sie noch weitere Fragen, bevor Sie gehen?«

Aus einer Laune heraus reichte ich ihm eine Kopie der Zeichnung, auf der im Hintergrund der Eiffelturm zu sehen war. Er sah es sich ganz genau an, wechselte zwischen meinem Gesicht und der Zeichnung hin und her. »Und?«

»Gibt es eine Stelle«, fragte ich, »von wo aus diese Zeichnung angefertigt worden sein könnte?«

Er musterte mich skeptisch. »Sie wissen das nicht?«

»Ist mir ein Rätsel.«

Er schaute sich in seinem mit Akten vollgestopften Büro um. »Sie haben auch Büroarbeit zu erledigen? In Ihrem Dezernat in Mobile.«

Mit der Hand deutete ich an, dass sich die Akten bei mir einen Meter hoch stapelten.

»Wie Ihnen aufgefallen sein dürfte, geht es mir nicht anders«, meinte er. »Und nun haben Sie mir einen Grund geliefert, dem für eine Weile zu entfliehen.«

Wir folgten ihm zu einem großen, schwarzen Renault, der draußen neben einem Hydranten stand. Ich bat Danbury, vorn einzusteigen, und setzte mich nach hinten. Eine Viertelstunde lang flitzten wir durch die Straßen von Paris. Ich betrachtete alles aus dem Augenwinkel heraus und tat ganz lässig – *nur ein weiterer Tag in der Stadt der Lichter*. Ganz anders Danbury. Sie zeigte hierhin und dorthin, stellte eine Frage nach der anderen in zwei unterschiedlichen Sprachen. Latrelle mochte ihren Enthusiasmus.

Ich hatte nur eine Bitte: Würde Monsieur Latrelle vielleicht einmal kurz die Sirene einschalten? Er tat, worum ich ihn gebeten hatte. Die Sirene stieß ein zufriedenstellendes *Wah-hunh, Wah-hunh* aus.

Zehn Minuten später schaltete Latrelle erneut die Sirene ein, damit wir schneller durch den dichten Verkehr kamen, was mich ungeheuer freute, zog dann hinüber und parkte in einer engen, von Bäumen gesäumten Straße. Er zeigte auf eine Reihe Backsteingebäude mit grauen Fenstersimsen. Zwischen den Gebäuden war ein kleiner Hof, wo junge Männer und Frauen auf Bänken saßen oder auf dem grünen Rasen lagen. Die meisten unterhielten sich, ein paar fertigten Skizzen an. Ein junger Mann saß an einen Baum gelehnt und klimperte auf einer wasserblauen Gitarre.

»Ehemals l'Académie d'Art Graphique«, sagte Latrelle. »Nun die l'École d'Art et de Conception, die Hochschule für Kunst und Design. Paris ändert sich fortwährend und doch bleibt alles beim Alten.«

Wir schlenderten an den Gebäuden vorbei und gingen eine Anhöhe hoch, die zu einem kleinen Park mit Blick über die Stadt führte. Dort standen etwa ein Dutzend Bänke und die übliche Bronzestatue. Und es gab auch ein paar große und mächtige Bäume, allem Anschein nach irgendeine Eichensorte. Gelbe Blumen fassten die Stämme ein. Der Ort strahlte eine große Ruhe aus.

Latrelle führte uns zu einem kleinen Backsteinrondelle vor dem Abgrund. Ein Eisenzaun diente als Begrenzung. Zwanzig Meter weiter den Abhang hinunter ragte ein großer Baum auf. In der Ferne war über den Dächern und zwischen den Häusern der Eiffelturm zu sehen. Latrelle bat mich, mich an den Zaun zu lehnen.

»Hier haben Sie gestanden«, sagte der alte Gendarm und tippte mit dem Finger auf das Foto. »Erinnern Sie sich jetzt?«

»Hier bin ich noch nie gewesen. Und man geht davon aus, dass die Zeichnung vor fünfunddreißig Jahren angefertigt wurde.«

»Ein Verwandter?«, fragte er, während sein Blick zwischen mir und dem Bild hin- und herwanderte.

»Aus meiner Familie ist bisher noch niemand nach Frankreich gereist.«

Wieder studierte er das Bild und zog dann eine müde Augenbraue hoch.

»Jemand lügt«, meinte er. »Sie oder die Zeit.«

* * * * *

Latrelle setzte uns auf dem breiten Boulevard gegenüber vom Hotel ab. Tauben folgten uns, als wir ihn überquerten. Das Gras dämpfte unsere Schritte. Drei junge Mütter saßen auf einer Bank und sahen zu, wie ihre kleinen Kinder mit einem orangefarbenen Ball spielten. Einen Moment lang musste ich an die Tote denken, die in Mobile mit einer Kugel im Körper auf der Straße gelegen hatte. Ganz in der Nähe hatten wir die Orange gefunden. Ich fragte mich, ob Roy Trent den Fall schon gelöst hatte.

Sicher, dachte ich, immerhin ist das ja schon gut eine Woche her.

»Da drüben«, sagte Danbury, berührte meinen Arm und streckte den Zeigefinger aus. Auf einer Parkbank gegenüber von unserem Hoteleingang saß einsam und verlassen Mimi Badentier. Wie sie die weißen Hände auf ihrem Kleid faltete und wieder auseinander nahm, wirkte sie verängstigt.

»Was, denken Sie, will sie wohl?«, fragte Danbury.

Für mein Empfinden war die Fürsorge, die Mimi ihrem Bruder angedeihen ließ, übertrieben und unangemessen – als träfen unsere Fragen sie persönlich.

»Vielleicht will sie uns ein paar Geheimnisse anvertrauen«, mutmaßte ich.

Kapitel Neununddreißig

»Die meisten waren Kinder mit Gesichtern wie die Gedichte von Verlzine«, sagte Mimi mit gesenkter Stimme. »Schön waren sie, aber unglücklich.«

Wir hatten zwei Bänke zusammengeschoben und saßen uns nun gegenüber. Als Zeichen, dass die Kameradschaft stärker war als die Feindschaft, hatte Danbury sich neben die Frau gesetzt.

»Marsden Hexcamp?«, fragte ich.

Mimi sprach Englisch mit deutlichem Akzent. »Er war bildschön. Wie ein Sonnenstrahl. Man musste ihn nur einmal sehen, schon wollte man mit ihm befreundet sein, ihn glücklich machen, ihn dazu bringen, dass er sagte: ›Komm doch heute Abend mit, wir gehen in einen Club.‹«

Ich wartete, bis ein paar hupende Taxis vorbeigefahren waren. »Was haben die Leute von seiner Kunst gehalten?«, wollte ich wissen.

»Die meisten haben sie nicht verstanden. Mein Bruder hielt sie für extrem emotional und simpel – mehr Tatendrang als Talent.«

»Und wie hat Hexcamp darauf reagiert?«

»Er verkündete, mit Ausnahme von ihm und ein paar auserwählten Kameraden besäße niemand die Fähigkeit, seine Kunst zu verstehen. Er behauptete, einen neuen künstlerischen Ausdruck zu kreieren und dass dieser Ausdruck mit dem bourgeoisen Verständnis, welches dem Kunstestablishment, inklusive meinem Bruder, eingeimpft worden sei, nicht erfasst werden kann. Marsden beharrte nahezu obsessiv darauf, dass seine Kunst sein Vermächtnis sei. Man hätte meinen können, er erwarte sich vom Leben nur, der nächste Picasso zu sein.«

»Und was haben andere über ihn gedacht?«

»Die meisten hielten ihn für ein bisschen –« Mimi ließ den Finger neben ihrer Schläfe kreisen. »*Verrückt*. Oder auch mehr als ein bisschen. Ihn kümmerte das nicht. In dem Gedankengerüst, das er sich zurechtgezimmert hatte, waren alle, die ihn hinterfragten oder belächelten, minderwertige Kreaturen, Vieh. Nach einer Weile haben die Menschen – von wenigen Ausnahmen abgesehen – seinen Tiraden einfach keine Beachtung mehr geschenkt.«

»Die Auserwählten«, meinte ich. »Die Auserkorenen.«

»Die Verwundeten«, korrigierte Danbury mich. Ihre Worte gingen in dem tosenden Verkehr beinah unter. »Die Gepeinigten.«

Mimi Badentier schüttelte traurig den Kopf. »Marsden Hexcamp strahlte gar nicht so sehr Stärke aus, sondern vermittelte eher den Eindruck, jemand habe ihm eine schwere Verletzung, eine seelische Verletzung zugefügt. Und er behauptete, dieser Schmerz wäre die Quelle seiner Schaffenskraft.« Sie schaute mir in die Augen. »Manche Menschen folgen lieber einem Verletzten als einem Gesunden.«

»Weil sie sich ihm ähnlicher fühlen?«, fragte Danbury.

»Der Verwundete gibt ihnen Hoffnung«, sagte ich. »Gut möglich, dass die Gefolgschaft nie wieder gesund wird, doch sie können sich einbilden, ihr Schmerz verleihe ihnen Fähigkeiten, die andere nicht besitzen. Natürlich nicht in dem Ausmaß wie Hexcamp – jemand muss der Anführer sein, als Beispiel vorangehen –, aber schließlich wird man auch ihnen Bedeutung beimessen.«

»Fähigkeiten, die andere nicht besitzen …« Danbury sah mich an, hob eine Augenbraue.

Ich nickte. »Das Erfolgsrezept aller Soziopathen von Hexcamps Sorte. Sind die Begabungen der Gruppe überdurchschnittlich, versteht es sich von selbst, dass die normalen Gesetze der Gesellschaft ihre Gültigkeit verlieren.«

Danbury sagte: »Hirnverbrannt. Und trotzdem haben die Gefolgsleute Schlange gestanden.«

Mimis Blick war in die Vergangenheit gerichtet. Ich hatte den Eindruck, ich könnte mit einer brennenden Fackel vor ihren Augen herumwedeln und sie würde keine Notiz davon nehmen. »Mimi?«, sagte ich. Sie hörte mich nicht.

»Mimi?«, wiederholte ich. »Hallo?«

Ihre Augen sagten mir, dass sie wieder zurück war. Mit sanfter Stimme, wie ich es mir bei Harry abgeguckt hatte, sagte ich: »Diese Kinder, diese einsamen und besonderen Kinder, Mimi. Haben Sie auch dazu gehört?«

Sie schloss die Augen, wandte den Kopf ab. Als sie sich wieder zu uns drehte, waren ihre Augen feucht, ihre Stimme kaum mehr als ein Flüstern.

»Es war noch vor meinem dreißigsten Geburtstag. Eine Hochschule hatte ich nie besucht. Ich kannte mich nur mit der Schreibmaschine, dem Stenoblock, dem Diktaphon aus. Mein Bruder wollte meinen Eltern einen Gefallen tun und stellte mich als Assistentin ein. Und von da an schwirrten schöne junge Männer und Frauen mit Talent und Intellekt um mich herum. So kam es mir zumindest vor.«

Danbury nahm Mimis Hand und drückte sie. Ein sichtbarer Schauder lief durch ihren Körper bis in ihre Fußspitzen und versickerte wie Elektrizität im Boden. Sie holte tief Luft.

»Eines Tages ging ich nach der Arbeit in ein Café. Marsden war dort. Natürlich wusste ich, wer er war. Mich kannte er nur als kleine Angestellte, die mit Unterlagen, Akten und der Post durch die Flure schlich.

Dennoch brachte er seine Gruppe mit einer Handbewegung dazu, den Mund zu halten, und kam, nein ... glitt zu mir. Sein Lächeln war atemberaubend, seine Augen so blau wie das Mittelmeer. Er nahm meine Hand und sagte: ›Mimi Badentier, wie bezaubernd, Sie an diesem wunderschönen Abend hier zu treffen. Bitte, setzen Sie sich zu uns.‹ Dass er meinen Namen kannte, überraschte mich.«

»Und dann hat er Ihr Herz gestohlen«, schlussfolgerte Danbury.

»Für ein paar Monate war ich eine von ihnen. Nicht offen, ich wollte nicht von anderen ausgelacht werden oder Henri irritieren, der Marsden ja für einen skandalösen Poseur hielt. Ich traf mich außerhalb von Paris, auf dem Land mit ihnen. Oder auf Partys in Mansarden oder Kellern. Es wurde über Kunst und Musik und ... körperliche Freuden diskutiert.«

»Und auch über den Tod?«, fragte ich.

»Marsden sprach gern über den Tod. Er nannte ihn den Heiligen Augenblick. Oder ›die süße Rasierklinge‹. Sich solche Bezeichnungen auszudenken machte ihm großen Spaß. Doch das war alles nur Gerede, bis ...«

Wieder schauderte es sie. Danbury drückte die Hand der Frau fester. Mimi flüsterte: »Bis *sie* auftauchte.«

»Sie?«

Zorn verbannte den Schmerz aus Mimis Augen. »*La femme de l'enfer*. Die Frau aus der Hölle. Sie war keine Studentin, doch wir hatten sie schon früher gesehen. Attraktiv war sie und distanziert. Belauschte uns immer mit einem Ohr, interessierte sich für das, was wir redeten. Mir fiel auf, dass Marsden immer wieder zu ihr hinüberschaute und sie immer wegsah, als wäre er zu unbedeutend für ihre Augen.«

»Klingt in meinen Ohren schwer nach Anmache«, fand Danbury.

»Einige von uns gingen in ein Bistro. Es war schon

spät, doch Zeit hatte für Marsden keine Bedeutung. *Sie* war dort. Aber sie sah anders aus, hatte sich die Haare rot gefärbt und trug ein schwarzes Kleid. Jemand flüsterte, ihr Kleid sei so eng, dass man ihre Schamhaare zählen könne. Sie hatte die Lippen dunkelrot angemalt, eine Mischung aus Blut und Ruß. Und als sie hereinspazierte, bewegte sie sich wie ein Aal. Alles war im Fluss. Niemals habe ich jemanden gesehen, der sich so bewegte. Ihre Schuhe waren so spitz wie Eispickel.«

»Sie setzte sich zwei Tische weiter, trank irgendetwas mit Früchten. Sie leckte an den Kirschen, fuhr mit der Zunge über die Zitronenscheiben. Marsden war wie hypnotisiert. Während wir versuchten, Marsden von dieser Frau abzulenken, wurde die Unterhaltung an unserem Tisch immer heftiger. Doch er hatte nur Augen für sie.«

»Hat sie sich zu Ihnen gesetzt?«, fragte Danbury, die von dieser Vorstellung wie verzaubert war.

»Nein, so ist das nicht gelaufen«, meinte ich und sah die Szene vor meinem geistigen Auge. »Die Frau ist nicht auf Marsden zugegangen, oder, Mimi? Sie hat Marsden zu sich kommen lassen.«

Mimi starrte mich verwundert an, als verstünde ich mich auf Psychotricks. Sie senkte die Stimme.

»Die Frau wedelte mit dem Finger und Marsden rannte so schnell zu ihrem Tisch wie ein läufiger Hund. Sie redeten bei Kerzenlicht, in den Schatten. Ich sah, wie sie sich Eiswürfel in den Mund steckte, sein Ohr zwischen die Zähne nahm und fest zubiss. Seine Augen funkelten wie Sterne. Sie verschwand mit ihm durch die Tür, danach bekamen wir ihn eine Woche nicht mehr zu Gesicht. Als er zurückkam, war er fix und fertig, als hätte er die Welt zu Fuß umrundet.«

»Und dann?«, fragte ich.

Mimi schüttelte den Kopf. »Und ab da war es nie mehr so wie früher. Er konzentrierte seine ganze Energie auf sie. Alles, was wichtig war, hörte sie. Seine leidenschaftlichen Blicke galten nur ihr. Viele verließen ihn. Die wenigen, die blieben, gaben sich mit den Brocken zufrieden, die für sie abfielen. Für sie wäre eine Trennung unerträglich gewesen.«

»Sind Sie geblieben?«, wollte ich erfahren.

Ihre Augen funkelten böse. »Sie beide sind stark. Ich spüre Ihre Stärke. Ich bin schwach. Ich brauchte ihn wie eine Droge, brauchte das, was er mir geben konnte.« Sie senkte das Haupt. »Und dann verschwanden sie, Marsden, *sie* und die anderen. Nach Amerika. Ins Land der Exzesse, für sie der perfekte Ort.«

»Diese Frau«, fragte ich, »wie hieß sie?«

Mimi schloss die Augen und schürzte die Lippen, als wollte sie ausspucken. »Diese Frau hatte keinen richtigen Namen. Sie wurde nur Calypso genannt.«

Calypso.

Ich hörte das Blut in meinen Ohren pochen. Wenn sie sich Calypso genannt hatte, bevor sie in die Staaten gekommen war, legte das die Vermutung nahe, dass diese Kunstnamen vielleicht nicht auf Hexcamps Mist gewachsen waren. Zuerst hatte ich angenommen, diese neuen Namen wären ein Ausdruck von Zuneigung, eine künstlerische Marotte. Aber die neuen Namen sorgten auch dafür, dass sich die Anhänger von ihrem früheren Leben distanzierten, was wiederum ihre Abhängigkeit von Hexcamp steigerte. Außerdem gewährte es Anonymität innerhalb der Gruppe, nachdem sie sich erst mal in den Vereinigten Staaten etabliert hatte, und erschwerte das Eindringen Dritter.

Ein überaus effektives System, wie sich herausgestellt hatte.

»Haben Sie eine junge Frau namens Marie gekannt?«, fragte ich.

Mimi machte große Augen. »Marie Gilbeaux. Natürlich. Die süße kleine Marie. Manchmal nannten wir sie

Ma-*riche*, weil sie von den Eltern eine üppige Apanage erhielt. Sie war sehr großzügig. Um sicherzustellen, dass das Geld unaufhörlich floss, musste sie nur eins tun: Sie durfte nicht nach Hause. Sie machte Witze darüber, aber tief drinnen tat es ihr doch weh. Das war ihre Wunde, ihre Verletzung, denke ich.«

Ich wollte Mimi erzählen, dass Marie länger als ein Vierteljahrhundert in Frieden verlebt hatte, doch dann hätte sie mich gefragt, wo Marie heute lebte, und ich wollte ihr nicht die Wahrheit sagen.

Vielleicht spürte Danbury, welche Frage mir auf der Zunge lag, denn nun übernahm sie das Ruder.

»Warum sind sie weggegangen, Mimi? Marsden, Calypso, die Gruppe. Ihrer Erzählung zufolge kam das überraschend.«

Mimi schaute in eine andere Richtung. »Sie haben einen Mann totgeschlagen.«

»Wen?«

»Ich habe ihn nicht gekannt. Einen seltsamen Kerl, der in einer Mansarde in der Nähe wohnte. Es hieß, dass er abgedrehte, erstaunliche Kunstwerke schuf. Aber er ließ niemanden an sich heran, ein Einsiedler mitten in Paris. Er besuchte keine Hochschule, schloss sich nicht der Kaffeehausszene an. Das Einzige, was er tat, war arbeiten. Marsden hatte von dem Mann gehört, von seinen phantastischen Werken, und bedrängte ihn stets, ihm seine Arbeiten zu zeigen. Und Marsden war äußerst charmant und ehrerbietig. Eines schönen Tages nahm der Mann Marsden mit in sein Studio. Als Marsden zurückkehrte, redete er mit niemandem und verkroch sich eine Woche in seinem Atelier, zusammen mit Calypso.«

Eine lange Pause. Mimi Badentiers Hände begannen zu zittern. »Bald darauf hörte ich, dass man den Mann in seiner Mansarde gefunden hatte, dass er ausgeraubt und brutal zusammengeschlagen worden war. Sein Atelier war verwüstet worden, seine Arbeiten in Brand gesteckt. Er durfte nicht weiterleben.«

»Und Sie hatten den Verdacht, dass Marsden den Künstler angegriffen hatte?«

»Die Gruppe. Ein paar von den Mitgliedern.«

»Aber warum?«, fragte Danbury.

»Vielleicht hat der Künstler Marsden irgendwie gekränkt oder beleidigt. Der Mann hatte schlechte Manieren. Vielleicht hat er Marsden herabgesetzt und ihn damit wütend gemacht ...« Ihre Stimme verhallte.

»Was haben Sie getan?«, krächzte Danbury.

»Ich hatte Angst, dass die Polizei Marsden verhören und ich entlarvt, meine Beziehung zu ihm ans Licht kommen würde. Das hätte Henri sehr aufgebracht. Ich tat, als wäre ich krank, und fuhr für zwei Wochen nach Hause. Als ich zurückkehrte, war die Gruppe geflohen. Ich hörte nicht mehr viel über den Vorfall und glaube nicht, dass er je mit der Gruppe in Verbindung gebracht worden ist.«

Sind sie da zum ersten Mal auf den Geschmack gekommen? Haben sie da Blut geleckt?, fragte ich mich. Hatte der Umstand, dass sie in Paris so mühelos der Entdeckung entgangen waren, ihr Verhalten in den Staaten beeinflusst? So nach dem Motto: Lasst uns hier im südlichen Alabama ein blutiges Bankett anrichten?

»Wer ist Marsden gefolgt, Mimi?«, fragte Danbury. »Wer außer Calypso ist noch verschwunden?«

Madame Badentier wischte sich die Tränen von den Wangen. »Heidi, eine junge Schweizerin. Ein jämmerlicher junger Mann namens Ramone. Ich habe ihn später wieder in Paris getroffen. Die Gruppe hat ihm den Laufpass gegeben, weil er Drogen genommen hat. Als ich ihm begegnet bin, war er auf Heroin. Ich vermute mal, dass er inzwischen tot ist. Da war noch eine Frau namens Julia. Und Bonita, eine Spanierin. Terri, das amerikanische Mädchen. Und natürlich Marie Gilbeaux, die alles für Marsden gemacht hätte, auch noch, nachdem er Calypso verfallen war. Aber das hätten die anderen auch.«

»Ist das die Gruppe?«, fragte ich. »Mehr gab es nicht?«

Mimi überlegte. »Ach, da war noch eine Frau namens Nancy, eine Französin. Sie war eigenartig, so ein Hippie-Typ, mit wallenden Klamotten, Glöckchen und Perlen. Sie hatte eine hübsche Stimme und hat viel gesungen.« Mimi hielt kurz inne und sagte dann: »Orangen.«

»Wie bitte?«

»Nancy war die erste Vegetarierin, die ich kannte. Nur Obst und Gemüse. Sie liebte Orangen, aß davon zwei pro Tag. Das war wie ein Ritual.«

»Würden Sie mich bitte entschuldigen, aber ich muss schnell mal telefonieren.« Als ich aufstand, war mir von dem Dröhnen in den Ohren ganz schwindelig.

Kapitel Vierzig

Da niemand im Dezernat war, der mir behilflich sein konnte, hinterließ ich für Harry eine kurze Nachricht über die Orangenlady und ihre Verbindung zu Hexcamp. Es würde nicht mehr lang dauern, bis wir nach Mobile zurückkehrten, aber die Information gab Harry Zeit, Roy Trent in Kenntnis zu setzen und dessen Ermittlungen womöglich in eine produktivere Richtung zu bugsieren.

Weder Danbury noch mir stand der Sinn nach einem üppigen Abendessen. Wir suchten ein einfaches, kleines Restaurant, wo wir gut aßen. Wir hatten das Gefühl, eine Überdosis Informationen und Dramatik geschluckt zu haben, und begnügten uns während der letzten paar Stunden in Paris damit, uns all dies durch den Kopf gehen zu lassen. Danbury übersetzte die Schilder in den Schaufenstern und hin und wieder ein paar Brocken einer unabsichtlich belauschten Unterhaltung. Unsere letzten Euros warfen wir in die Hüte und Instrumentenkoffer von Straßenkünstlern. Ein paar Straßen weiter herrschte kaum noch Betrieb. Wir bogen in eine Straße mit drei- und vierstöckigen Häusern, wo schon die Straßenlaternen brannten. Die Dämmerung machte allmählich der Nacht Platz. Und in den Schaufenstern der Trödler und Klaviergeschäfte, der Bäckereien und Blumenhändler ging das Licht an.

Danbury blieb abrupt stehen und packte mein Handgelenk.

»Sehen Sie, dort oben.« Sie zeigte auf eine Reihe großer Fenster in der zweiten Etage eines Backsteinhauses auf der gegenüberliegenden Straßenseite. Hinter den

Fenstern hingen durchscheinende, seidig-glänzende Vorhänge. Schatten glitten über den Stoff. Kraftvolle Orchestermusik erklang.

»Gespenstisch«, meinte ich.

Danbury nahm meine Hand. »Los, wir sehen nach, was da ist.«

»Wir haben wichtigere Dinge zu – –«

Doch sie hatte jetzt das Sagen, zerrte mich auf die andere Straßenseite, zwischen Autos, Taxis und an einem Fahrradfahrer vorbei. »Da«, sagte sie und deutete auf ein Schild über der Tür. *L'Académie de Danse Classique.* »Das ist eine Tanzschule. Für klassischen Tanz.«

»Den Eindruck habe ich auch.«

Sie zog mich zu einer Treppe hinüber. Wie Wasser im Walzertakt schwappte Musik die Stufen hinunter. »Los, Pogie. Sträuben Sie sich nicht so.«

»Danbury? Haben Sie den –«

Als wir die Marmorstufen hochstiegen, glitt eine ihrer Hände über das Geländer, während die andere auf meinem Ärmel lag. Oben stieß sie die Tür auf.

Tänzer. Schätzungsweise zwei Dutzend Paare. Die meisten zwischen sechzig und siebzig Jahre alt. Die Männer trugen Anzüge, die Frauen Kleider aus fließenden Stoffen. Sie verneigten sich, machten ihre Schritte, drehten Kreise – alles unerhört gekonnt. Der Raum hatte eine hohe Decke, einen weißen Boden. Der Lichtschein aus den Messingwandlampen malte Dreiecke auf die roten Wände. Schatten folgten den Tänzern.

»Wie in einem Film. Das ist nicht real«, flüsterte Danbury.

Mein Blick wanderte weiter. Hinter einer Holztheke mit üppigen Schnitzereien schenkte ein Mann mit Schnauzbart und schwarzem Anzug Champagner ein. Er unterhielt sich mit einer gutaussehenden Frau in einem schwarzen Samtkleid, die die dunklen Haare elegant hochgesteckt hatte. Sie war wunderschön und wirkte geheimnisvoll – ganz und gar wie aus einem Gemälde von John Singer Sargent. Der Blick der Frau blieb an uns hängen. Mit strahlender und athletischer Grazie, die ihre siebzig Jahre Lügen strafte, kam sie auf uns zu. Sie lächelte und empfing uns mit ausgestreckter Hand. Ich begrüßte sie auf Englisch, was sie glücklicherweise verstand.

»Ich bin Serena Chardin. Sind Sie gekommen, um zu tanzen? Bitte, sagen Sie, dass es so ist.«

»Sie alle tanzen wunderschön«, fand Danbury. »Ist das hier eine Schule?«

Madame Chardin lachte, was zauberhaft klang. »Normalerweise unterrichten die meisten von uns Tanz. Wir kommen aus ganz Paris und den umliegenden Orten zusammen. Der heutige Abend gehört nicht den Schülern, sondern findet – wie würden Sie das noch gleich ausdrücken? – um der Gesellschaft willen statt. Heute tanzen wir.«

Danbury erklärte, weshalb wir hier waren. Serena Chardin nickte. »Du liebe Zeit, eine so weite Reise für solch einen kurzen Aufenthalt in Paris. Und dann auch noch wegen der Arbeit. Sie müssen bleiben und tanzen. Und selbstverständlich Champagner trinken.«

»Ich, ähm –«

Madame Chardin wurde von einem eleganten älteren Herrn gerufen, der vor der gegenüberliegenden Wand neben einem Foto stand. Sie entschuldigte sich und schwebte davon.

»Wollen wir nicht schnell eine flotte Sohle aufs Parkett legen?«, fragte Danbury. »Jetzt, wo man uns dazu eingeladen hat, erfordert das der Anstand.«

»Ich kann nicht tanzen«, sagte ich. »Und überhaupt, in unserer Altersgruppe kann das niemand.«

»Ich schon. Ist das zu fassen?«

»Wieder wegen Ihrer Großmutter?«

»Großmutter war der Meinung, dass alle junge Damen aus gutem Hause Walzer tanzen können müssen. Ich hatte allerdings niemanden, mit dem ich tanzen konnte. Die jungen Männer, die wie Holzklötze durch mein Viertel stapften, waren in erster Linie zornig. Großmutter glaubte, dass Tanzen dem Zorn überlegen ist.«

Ich spürte, wie ich vor Scham errötete. »Ich kenne mich mit Tanzen überhaupt nicht aus.«

»Dann müssen Sie eben wieder mir die Führung überlassen. Kommen Sie damit klar, *mon Pogiebeau*?« In ihrer Frage schwang unterschwellig eine Herausforderung mit.

»Ich werd das schon schaffen.«

Madame Chardin verkündete etwas und dann ertönte wieder die Musik. Von einer Schallplatte, die knarzte und knisterte. Violinen erklangen und kurz darauf Holzblasinstrumente. Die Tänzer suchten sich ihre Partnerinnen und legten los. Danbury nahm meine Hände und führte sie vorsichtig.

»Diese Hand hier hält meine Hand und diese Hand liegt genau hier.«

Ich tat, wie mir geheißen. Die beiden Stellen, die ich berührte, strahlten Hitze aus. »Fertig?«, fragte Danbury. *»Un, deux, trois.«*

Ich fing stockend an, stolperte, konnte mich weder auf ihren Rhythmus noch ihre Schritte einstellen. Meine Knie stießen gegen ihre, meine Füße trampelten auf ihren Zehen herum. Sie zog mich enger an sich heran, flüsterte *Locker, un, deux, trois*. Ich versuchte, mich auf ihren Rhythmus einzustellen, ihm meinen Körper unterzuordnen, *un, deux, trois*. Langsam konnten meine Füße etwas mit den Tanzschritten anfangen. Anfangs gab sie mir mit ihren Händen und Hüften zu verstehen, was ich tun sollte, doch irgendwann brauchte sie nur noch ihre Augen. Wir wirbelten herum, vollführten Drehungen, verneigten uns. Unsere Schritte waren einfach, aber flüssig. Wir machten eine Pause, tranken ein Glas Champagner, kehrten auf die Tanzfläche zurück.

Vor lauter *un, deux, trois* verging eine Stunde.

Um zehn Uhr verstummte die Musik. Alle applaudierten. Die anderen Tänzer verabschiedeten sich von uns und strömten zur Tür hinaus. Madame Chardin tauchte auf und tätschelte unsere Hände. »Sie sind ein sehr schönes Paar, sehen so gut aus in den Armen des anderen. Werden Sie wiederkommen?«

»In meinen Träumen«, versprach Danbury.

Die Nacht war lau, als wir durch die Lichtkegel der Straßenlaternen zurück ins Hotel schlenderten. Auf dem Weg kamen wir an einem Weinladen vorbei. Ich streckte die Hand aus, ergriff DeeDee Danburys Hand und übernahm die Führung. »Ich bin Ihnen noch eine Flasche Wein schuldig«, sagte ich. »Was wäre Ihnen lieber? Rot oder weiß?«

»Dummkopf«, sagte sie. »Diese Nacht schreit nach Champagner.«

Kapitel Einundvierzig

Danbury presste den Hörer des Telefons wieder in die Vorrichtung in der Rückenlehne ihres Vordermanns. »Keine Ahnung, wo Borg steckt. Das ist das erste Mal in zwei Jahren, dass es mir nicht gelingt, ihn aufzutreiben.«

»Wofür brauchst du ihn?«

»Er könnte uns filmen, wenn wir aus dem Flieger steigen, durchs Terminal gehen. Falls dieses Projekt irgendwann mal beendet wird, wären das doch nette Aufnahmen: Der unerschrockene PSET-Heißsporn Carson Ryder kehrt in Begleitung seiner vertrauenswürdigen Partnerin, *la femme* Danielle, mit neuen Beweisen nach Mobile zurück.«

»Und zwei Minuten, nachdem der Chief das gesehen hat, werde ich dazu verdonnert, in Zukunft Streifenwagen zu waschen.«

»Nicht, wenn die Geschichte ein glückliches Ende nimmt, Pogie. He, kann ich dich gelegentlich Carson nennen? Wenn ich mich recht entsinne, habe ich dich vergangene Nacht ein-, zweimal so genannt.« Sie grinste. »Hat dich anscheinend nicht gestört.«

Ich versuchte, ihr Lächeln zu erwidern, was nicht richtig funktionierte, so dass ich den Blick abwenden musste. Ihre Finger berührten meinen Arm, glitten unter meine Hand.

Ich zog sie vorsichtig zurück. »Ich muss Harry anrufen.«

Sie schaute mir in die Augen und lehnte sich dann zurück, während ich telefonierte und außerirdische Geräusche hörte, als das Signal von Satelliten oder dem

Mond oder was auch immer zurückgeworfen wurde. »He, Bruder«, rief ich gegen das Rauschen und Knistern an. »Dein vor langer Zeit verschollener Partner ist an der Strippe. Was hast du über Nancy, die Orangenlady, herausgefunden?«

»Nancy Chastain. Sie war eine von ihnen, Cars. Hat zu Hexcamps Truppe gehört. Ist vermutlich nicht hinter Gitter gewandert, weil sie so ein trauriger Fall und nie persönlich an den Morden beteiligt war. Später wurde sie disassoziativ, aber nur leicht irre. Hat in dem Heim gewohnt, die Katzen in ihrem Viertel gefüttert, sich Zitrusfrüchte besorgt. Harmlos.«

»Trotzdem stirbt sie zwei Tage vor Marie Gilbeaux. Irgendwelche Kunstfragmente gefunden?«

»Nein, aber wir suchen noch. Sonst noch was?«

»Ich habe viel zu erzählen, doch das eilt nicht. Holst du uns vom Flughafen ab?«

»Ja, Sir, Massa Ryder. Das ist doch mein einziger Lebensinhalt.« Er legte eine Pause ein. »Cars?«

»Was denn, Bruder?«

»Du und Danbury, habt ihr gut zusammengearbeitet?«

Ich hätte geantwortet, wenn mir nicht die Worte im Hals stecken geblieben wären. »Ich kann dich nicht hören, Harry«, krächzte ich. »Wir fliegen durch Sonnenflecken oder so.« Ich presste den Hörer in den Halter.

Der Steward kam mit dem Wagen durch den Gang. Ich nahm ein Ginger Ale, Danbury einen Kaffee. Sie blies in den Kaffee, drehte mir das Gesicht zu.

»Geht das mit gestern Nacht in Ordnung, Carson? Irgendwie kommst du mir heute Morgen wie ausgewechselt vor. Als würdest du es bereuen.« Sie schwieg kurz. »O mein Gott – triffst du dich mit jemandem? Ist es das? Herrje, wir hätten vorher darüber reden sollen. Nicht, dass dazu viel Zeit gewesen wäre. Hast du eine Beziehung?«

Ich starrte aus dem Fenster. Dicke, weiße Wolken hingen über dem silberblauen Meer. »Nein. Das heißt, ich hatte eine. Ach, ich weiß nicht.«

»Hört sich nach einer Beziehung im Übergangsstadium an.«

»So könnte man es nennen.«

»Entwicklung nach oben oder unten?« Wie die römischen Imperatoren bewegte sie den Daumen auf und ab.

»Ich habe keinen Schimmer.«

»Und was wäre dir lieber?«

»Das weiß ich auch nicht.«

»Wie wär's damit, Carson: Kennst du ihren Namen?«

Ich konnte nicht anders, ich musste laut loslachen. Das Geräusch strömte durch mich hindurch, als würde ich nach langer Zeit unter Wasser zum ersten Mal Luft holen. Und dann fiel mir auf, dass sich die vergangene Nacht genau so angefühlt hatte.

Ihr Finger berührte mein Kinn, drehte mein Gesicht in ihre Richtung. »Wir haben miteinander geschlafen, Carson. In der Stadt der Lichter. Ich finde, wenn man die Chance hat, mit einer Person seines Vertrauens intim zu werden, dann sollte man zugreifen. Und da man meiner Erfahrung nach selten jemanden richtig vertraut, sollte man dieses Gefühl auch auskosten. Wenn du mich fragst, war die letzte Nacht und auch der heutige Morgen toll.« Sie überlegte einen Moment lang. »Und angenehm. Weißt du, was ich meine?«

Ich schaute mich um. All unsere Nachbarn schliefen oder sahen sich einen Film an, der – ohne Ton – schwer nach einer endlosen, von Schießereien durchsetzten Autojagd aussah. »Letzte Nacht war sehr ... ich finde, es war ... will sagen ...« Ich brach ab und betrachtete meine Hände. »Mir fällt das Denken gerade etwas schwer.«

»Manchmal brauchen die Dinge Zeit, sich in die eine oder andere Richtung zu entwickeln.«

Ich nickte. »Klar.«

»Eine letzte Frage, Carson. Dann halte ich den Mund.« Sie beugte sich herüber. Ihr Parfüm verwirrte mir die Sinne. Ihr heißer Atem strich über mein Ohr. »Ich will hier mal einen Versuch wagen. Gestern Abend, *après la danse*. Unser Moment des Vertrauens. Würde es dir gefallen, wenn so etwas mal wieder passiert?«

»Ja«, antwortete ich, ohne zu zögern. »Sehr sogar.«

* * * * *

Wir landeten in Atlanta, warteten auf unseren Flug nach Mobile und kamen spätabends dort an. Ich hätte völlig fertig sein müssen, fühlte mich aber seltsamerweise beschwingt. »Sieh mal da vorn«, rief Danbury und streckte den Finger aus. »Da ist Harry Nautilus. Wetten, dass er sich ohne mich einsam gefühlt hat?«

Harry lehnte an einer Säule neben der Gepäckausgabe und glänzte in einem braunen Anzug, gelben Hemd und mit roter Krawatte. Das letzte Mal hatte ich ihn in diesem Ensemble auf einer Beerdigung gesehen. Danbury machte sich auf die Suche nach einer Toilette, während ich zu Harry hinüberging.

»Wir haben den Hintergrund in dem Wicky-Bild gefunden, einen kleinen Park neben der Akademie, auf der Hexcamp gewesen ist. Trotzdem habe ich immer noch keine Ahnung, wer das Bild gemacht hat oder warum.«

»Hat sich die Vermutung, die Danburys Recherche bezüglich Hexcamp nahe legte, bestätigt?«

Wir schlenderten zum Gepäckkarussell. »Egomanisch von galaktischem Ausmaß. Und Masochist. Diese Neigung hat Calypso voll ausgenutzt, um ihn sich gefügig zu machen. Sie hat ihn ausgesucht, seine düstere Seele gerochen und ihm das gegeben, wonach ihn dürstete.«

»Küss mich, entblöß mich, schlag mich, bis ich komme?«

»Es hatte schon vorher den Anschein, als müsste man sich vor ihr fürchten, aber inzwischen klingt es, als wäre sie total irre. Aus diesem Grund ist er nach seinen so genannten kreativen Sitzungen auch so erledigt gewesen. Wahrscheinlich hatte sie tagelang das Letzte aus ihm rausgeholt.«

Harry rümpfte die Nase. »So was werde ich nie begreifen, was allerdings kein Problem ist, denn ich will es ja auch gar nicht.« Er wechselte das Thema. »Die Orangenlady, der Fall, den Roy Trent nicht lösen kann, sein Opfer, das man von hinten erschossen hat. Nachdem ich Roy von der Verbindung erzählt habe, haben wir dem Heim, in dem sie gelebt hat, einen Besuch abgestattet. Keine Kunst in ihrem Zimmer. Ihre Post landet zuerst beim Empfang, wird anschließend vom Heimleiter kontrolliert und danach an die Bewohner ausgegeben. In diesem Heim wohnen nur acht Personen. Nicht gerade ein unüberschaubarer Haufen. Alles, was Nancy Chastain, die Orangenlady, letzte Woche erhalten hat, waren ein paar Flugblätter von ›Mitbewohnern‹. Sie bekam nicht oft Post.«

»Ihr habt ihr Zimmer auseinander genommen?«

»Lüftungsschächte, Rohre, alles. Und wir haben uns auch alle anderen Zimmer vorgenommen für den Fall, dass sie jemanden gebeten hat, etwas für sie zu verstecken. Nichts. Laut dem Leiter hat sich Chastains Art oder Tun in der Woche vor ihrem Tod nicht verändert. Sie wanderte in ihrer fröhlichen und vernebelten Welt herum, besorgte sich täglich ihre Orangen, sang ihre Lieder, half im Haushalt.«

Ich sah zu, wie das Gepäck aus dem tiefen Schlund des Terminals kam und aufs Band plumpste. Harry sagte: »Ich habe mir so meine Gedanken gemacht und einen Zeitplan erstellt. Nancy Chastain, Marie Gilbeaux,

Heidi Wicky. Und richtig abgedreht wurde diese Nummer mit den Kerzen, Blumen und dem ganzen Drum und Dran erst mit Marie G. im Cozy Cabins. Das mit der Kunst ist auch dort losgegangen, selbst wenn ein Fragment ins Kloster geschickt wurde.«

»Aber es sah doch so aus, als wäre dieses Drumrum eine spontane Sache gewesen«, meinte ich. »Wenn wir uns an deine Interpretation halten, ist der Täter an einem Geschäft vorbeigefahren, wo Kerzen im Angebot waren, und auf die Idee gekommen, dass das hübsch aussehen würde, hat dann noch ein paar Ringe mitgehen lassen und auf dem Friedhof ein paar Blumen besorgt ...«

Danbury tauchte wieder auf. Sie hatte ihre braune Tasche über die Schulter geworfen. »Wie wäre es, wenn wir zu mir fahren? Ich möchte nach Carla sehen.«

»Ich war dort, bevor ich hierher gefahren bin«, meinte Harry. »Carla hat die Wäsche gemacht.«

Sie kniff ein Auge zusammen. »Und was ist mit meinen Vogelhäuschen?«

»Der Weizen ist ausgegangen. Sie schulden mir acht Dollar.«

Danbury nahm Harry beim Arm, bettete den Kopf an seine Schulter. »Er kümmert sich um meine Vogelhäuschen, kauft Fressen für meine Vögel. Was für ein Kerl!«

»Machen Sie mal halblang, Danbury«, murmelte Harry. »Ich musste ohnehin in die Zoohandlung.«

»Seit wann hast du ein Haustier?«, fragte ich.

»Los, lasst uns das Gepäck holen und abhauen«, schlug Danbury vor. »Wir müssen Harry von dem großartigen Schachspiel erzählen. Dem Fahrstuhlführer. Und wie wir die ganze Nacht Walzer getanzt haben.«

Sie entdeckte ihre Tasche auf dem Band und lief ihr hinterher. Harry stieß mir den Ellbogen in die Seite.

»Die ganze Nacht Walzer getanzt? *Oh là là, Monsieur* Carson.«

Kapitel Zweiundvierzig

»Die Einzigen, die sterben müssen«, sagte Danbury, »sind aus Paris und Gründungsmitglieder des Hexcamp-Clubs. Viele sind es ja nicht, denn es ist ihm gelungen, bis auf die Unterwürfigsten – und damit meine ich dysfunktional – alle zu verscheuchen. Warum?«

Wir saßen auf ihrer Veranda und tranken Kaffee. Vögel flatterten zwischen den Vogelhäuschen in den Bäumen hin und her. Es war unüberhörbar, dass Carla Hutchins drinnen fernsah. Wie immer, wenn wir über Hexcamp diskutierten, wollte sie woanders sein, was ich ihr nicht verdenken konnte.

»Vielleicht«, meinte Harry, »weil sie wussten, dass er als Künstler nicht viel draufhatte?«

Ich nahm einen Schluck Tee und schüttelte das Glas, nur um das Klicken der Eiswürfel zu hören. »Hexcamp hätte mit heißer Pisse Bilder in den Schnee malen können und seine Anhänger hätten vor Ekstase gejubelt. Möglicherweise hat es etwas mit dem Angriff auf diesen Pariser Künstler zu tun.«

Danbury sagte: »Sie haben ihn totgeschlagen. Das glaubt jedenfalls Mimi Badentier. Könnte es sein, dass sich nach all den Jahren jemand vor einer Verurteilung fürchtet?«

Meiner Meinung nach funktionierte diese These nicht. »Diese Leute oder diese Calypso machen auf mich nicht den Eindruck, als hätten sie groß Schiss, verurteilt zu werden. Meinem Empfinden nach war sie furchtlos und alle folgten ihrem Beispiel.«

»Wir sprechen hier über eine Sammlung, die eine ordentliche Stange Geld kostet«, sagte Harry. »Was, wenn sich herausstellte, dass da was faul ist. Oder sich bald herausstellt? Käufer, die so viel Geld für das Geschmiere eines Mörders hinblättern, könnten rachsüchtig sein und nicht vor Gewaltanwendung oder noch Schlimmerem zurückschrecken.«

Danbury stand auf, stellte sich ans Ende der Veranda und legte nachdenklich die Stirn in Falten. Sie schob eine blonde Lockensträhne hinter ihr Ohr und tippte mit einem pinkfarbenen Nagel aufs Geländer. »Muss denn überhaupt etwas verkauft werden?«, fragte sie und drehte sich zu Harry und mir um. »Ich kann mit etwa zwei Dutzend Geschichten aufwarten, wo Leute ganz geil darauf waren, etwas zu kaufen, das es gar nicht gab. Anteile von Rassepferden, Strandgrundstücke in Cancun, den Backenzahn eines Heiligen ... Wie oft hat die Brooklyn Bridge den Besitzer gewechselt? Mach den Menschen ein Angebot, an das sie von ganzem Herzen glauben wollen, und sie werden gierig. Egal, ob sie klug sind oder über gesunden Menschenverstand verfügen, um Mitternacht werden sie nackt auf deiner Veranda stehen und Hundert-Dollar-Scheine in den Briefkastenschlitz stopfen.«

Ich lehnte mich zurück, spielte die verschiedenen Möglichkeiten durch. »Was, wenn sie Recht hat? Zumindest hypothetisch? Mal angenommen, die Sammlung existiert gar nicht. Nada. Nicht mal gefälschte Bilder. Es gibt nur die Story von der Sammlung und das Versprechen, dass einer Person, die das entsprechende Sümmchen aufbringen kann, das phantastische Glück zuteil wird, sie zu besitzen.«

»Solch ein Versprechen«, meinte sie, »zieht reiche Spinner an und schafft sie auf Coyles Hinterhof-Sotheby. Was wollt ihr wetten, dass nur der was ersteigern kann, der Bares mitbringt?«

»Bares«, sagte Harry. »Ein ganzer Haufen Mäuse als Vorauszahlung. Darum könnte es bei diesem verfluchten

Fall gehen.« Ein paar Minuten lang lief er auf der Veranda auf und ab. Seine Miene verdüsterte sich mit jedem Schritt. »Möglich ist es«, flüsterte er schließlich. »Nach fünfzehn Jahren als Cop braucht man mir nur genug Informationen zu geben, dann rieche ich, was läuft. Danbury ist da auf etwas gestoßen. Diese Sache hier riecht nach einem Schwindel, einer Abzocke.«

»Wie viele Kunden könnten laut Walcott an so einer Sammlung interessiert sein?« Die Frage war rhetorisch gemeint. »Ein halbes Dutzend oder mehr?«

»Und Walcott hat den Preis ganz konservativ auf eine halbe Million geschätzt«, sagte Harry. »Dann können wir also getrost von drei Millionen ausgehen. Ich habe mal zwei Typen gesehen, die wurden bei einem Würfelspiel wegen dreiundvierzig Dollar umgelegt. Was können da drei Millionen oder mehr anrichten?«

»Drei Leichen bislang«, sagte ich und zählte an den Fingern ab. »Chastain, Wicky, Marie.«

»Ist das diesem Coyle zuzutrauen?«, fragte Danbury. »Oder ist er nur für den Verkauf zuständig? Für die Echtheitszertifikate und so.«

Ich schnippte mit den Fingern und sprang auf, weil ich plötzlich viel zu aufgedreht war, um noch länger sitzen zu bleiben. »Falls es sich bei der Sammlung nicht um Bilder von Hexcamp handelt, ist der Sachverständige ein Schwindler. Oder ein Experte, der sich bezahlen lässt und falsche Bescheinigungen ausstellt. Das muss jemand sein, der in den Deal eingeweiht ist«, sagte ich. »Oder eventuell sogar die Person, die sich diese Nummer ausgedacht hat. Ich werde mich noch mal mit Walcott unterhalten. Und dazu brauche ich euch beide. Und sogar Borg, falls du meinen alten Kumpel auftreiben kannst.«

* * * * *

Zwanzig Minuten später nahmen wir den Damm nach Spanish Fort. Alle freuten sich darauf, Walcott weich zu klopfen, und zwar diesmal richtig. »Wo steckt Borg, verflucht noch mal?«, schimpfte Danbury und klopfte auf ihr Handy, während Harry einen uralten Pick-up überholte, der Möbel geladen hatte.

»Fürs Filmen brauche ich ihn nicht«, sagte ich zu ihr. »Aber ich will, dass er so tut als ob.«

Sie lachte. »Das wäre ja mal was. Wenn es darum geht, so zu tun, als liefe die Kamera nicht, obwohl sie jedes Wort, jede Geste festhält, dann ist er ein echter Profi, das geborene Genie.«

»Sorg nur dafür, dass er die große Linse auf Walcott und sein Haus richtet. Mehr verlange ich ja gar nicht.«

»Vielleicht ist er bei einer Freundin«, sagte sie und starrte wütend das Telefon in ihrer Hand an. »Was eher selten vorkommt. Aber wenn er eine Tussi abkriegt, dann führt er sich auf wie ein Schwein in der Matschkuhle. Ich werde jemanden vom Sender rüberschicken und mal bei ihm vorbeischauen lassen.«

Ich warf einen Blick auf meine Uhr. »Wird langsam spät. Falls Borg sich nicht mit uns treffen kann, müssen wir es allein durchziehen. Walcott legt großen Wert darauf, den Schein zu wahren. Dass du da bist, reicht schon, um ihn in eine Krise zu stürzen. Und dann ist da ja noch unser großer Amigo. Wenn Walcott sich nicht von den Medien beeindrucken lässt …«

»Einen großen und wütend dreinblickenden Cop sollte man nicht auf die leichte Schulter nehmen«, sagte Harry. »Du kannst dich auf mich verlassen.«

In Spanish Fort rollten wir auf einen Supermarkt-Parkplatz, damit Danbury noch mal den Kameramann anrufen konnte. Nichts. Nachdem wir Zipinski abgeschrieben hatten, fuhren wir zu Walcott, den ich im Vorgarten inmitten seiner gestutzten Hecken ausmachte.

»Er ist draußen, Harry, dann mal los.«

Der Crown Vic polterte auf die Auffahrt. Statt seines dunklen Anzugs trug Walcott weiße Hosen, weiße Schuhe, ein weißes Oberhemd und ein blaues Sportsakko mit Goldknöpfen. Die legere Kleidung änderte auch nichts daran, dass sein langer, schulterloser Körper an einen Zylinder erinnerte – er sah aus wie eine Zigarre auf Kreuzfahrt.

Walcotts Miene wurde zornig, als er mich sah. Mit großen Schritten kam er auf uns zu und deutete auf den Wagen.

»Dieses Auto. Jeder weiß sofort, dass das ein Polizeifahrzeug ist. Müssen Sie auf meiner Auffahrt parken? Über dieses Thema haben wir schon letztes Mal gesprochen. Sie haben versprochen, mein Geschäft würde …«

»Sehen Sie mich nicht so angepisst an, Giles. Ich habe Sie nicht auffliegen lassen. Noch nicht. Und solange wir noch kommunizieren – –«

»Ich kann Ihnen keine weiteren Namen nennen.«

»O doch. Die Sache ist die: Ich brauche sie nicht sofort. Jetzt will ich mehr über die Hexcamp-Sammlung erfahren. Und zwar alles, was damit zusammenhängt.«

Er tat entnervt. »Ich habe Ihnen gesagt …«

»Dass es ein Hirngespinst, eine Gorgo oder sonst was ist. Dass sie nicht existiert.«

»Dass sie nicht existiert, habe ich nicht gesagt. Ich sagte, es gäbe keinen stichhaltigen Beweis für ihre Existenz.«

»Blah, blah, blah. Das läuft doch aufs Gleiche raus«, sagte ich.

»Nicht in meiner Welt.«

»Und diese Welt ist es, die uns wieder zu Ihnen führt, Giles. Warum gehen wir nicht rein und besprechen das alles en détail?«

»Ich möchte nicht … Wer ist dieser farbige Mann?«

Ich grinste. »Das ist Harry Nautilus. Er schließt sich uns an. Ist ziemlich groß, nicht wahr?«

Walcott verschränkte trotzig die Arme vor der Brust. »Keiner von Ihnen schließt sich mir an.«

Das war Harrys Stichwort. »Doch, das tun wir beide«, brummelte er und stieg aus dem Wagen. »Und raten Sie mal ...«

Danbury hatte sich hinten auf dem Rücksitz in den Schatten versteckt. Und nun kam sie mit wehenden Haaren, strahlenden weißen Zähnen und gezücktem Notizblock aus dem Fond gesprungen. Giles Walcott wurde so weiß wie seine Hose, woraus ich schloss, dass er gelegentlich Channel 14 einschaltete.

»Ich bin gerade auf einer kleinen Recherchemission, Mr Walcott«, sagte Danbury. »Die Story handelt von Menschen, die Serienmörder-Memorabilien sammeln. Es gibt zwei Optionen, wie ich Sie in meiner Geschichte erwähnen kann. ›Ein anonymer Händler, der im Süden lebt‹ ist eine. Bei der anderen erwähne ich selbstverständlich den Namen. Hängt ganz von Ihrer Kooperation ab.«

Ich ließ mich zu einer brüderlichen Geste hinreißen, legte die Hand auf Walcotts Pseudoschulter und drückte ihn an mich.

»Gibt es in der Nähe eine Pizzeria, die liefert, Giles? Ist ja fast Mittag und wir werden eine ganze Weile bleiben.«

Kapitel Dreiundvierzig

»Ich habe nie eine Arbeit verkauft, die als Hexcamp ausgewiesen war«, beschwerte sich Walcott. Harry zuckte mit den Achseln, biss von seiner Pizza ab und rülpste. Die Pizzaschachtel lag auf einem hochglanzpolierten und vermutlich extrem teuren Kirschholztisch in Walcotts riesigem Esszimmer. Harry legte das angeknabberte Stück Pizza auf den Tisch. Wir spielten nicht gerade Guter Bulle/Böser Bulle, aber immerhin Höflicher Bulle/Unhöflicher Bulle.

»Mit Hexcamp kann man Geld verdienen, Giles«, sagte Harry. »Und es sind Kunstwerke im Umlauf. Mich interessiert jetzt, wieso nicht ein paar von diesen kleinen Geschichtsdokumenten in Ihre Hände gefallen sind.«

Walcott ging zu dem Bogenfenster, von wo aus man einen Blick auf den vorderen Rasen hatte. Die idiotische Delphin-Plastik spuckte Wasser in die Luft. Walcott wandte sich an mich. »Können wir uns unter vier Augen unterhalten, Mister Ryder?«

»Der ist kein Mister«, meinte Harry mit vollem Mund. »Er ist Detective. Detective Ryder. Und ich bin Detective Nautilus. Das hier ist Comtesse Danbury. Und nein, er wird nicht unter vier Augen mit Ihnen sprechen.«

»Comtesse?«, fragte Danbury.

»Eine Beförderung«, sagte Harry und leckte sich die Lippen ab. »Allerdings nur für heute.«

Walcott war durcheinander, was ja durchaus beabsichtigt war. Er hatte den Hang auszuweichen, verlor jedoch schnell die Fassung. Und da es ihm unangenehm war, wenn er die Fassung verlor, antwortete er bereitwilliger, offenbar in der Hoffnung, dadurch seiner Verwirrung die Grundlage zu entziehen.

»Comtesse ist klasse, auch wenn es nur eine vorübergehende Position ist«, fand Danbury. Sie zeigte auf Walcott. »Und welchen Titel kriegt er?«

Harry warf dem Händler einen hasserfüllten Blick zu. »Kranker.«

»Ich gehöre *nicht* zu diesen Leuten«, protestierte Walcott. »Das habe ich Detective Ryder schon bei seinem letzten Besuch erläutert.« Sein flehender Blick bat mich um Unterstützung, doch ich war voll und ganz mit einer Serviette beschäftigt.

»Sie haben Hexcamp-Bilder verkauft«, sagte Harry. »Sie sind nicht nur krank, Sie lügen auch noch.«

Jetzt war ich wieder an der Reihe. »Er hat Sie in der Zange, Giles. Keine Widerrede, bitte. Wir haben uns tiefer in diese Sache reingekniet, als Sie sich vorstellen können.« Und dann setzte ich die *Wir-haben-Sie-erwischt-*Miene auf. Nichts als Bluff.

Er wandte schuldbewusst den Blick ab. »Ich habe ein paar kleine Sachen verkauft, mehr nicht. Und ich habe nie behauptet, sie wären von Marsden Hexcamp. Ich habe sie als ›in der Tradition von Hexcamp‹ vorgestellt.«

»Nach dem, was ich gehört habe«, sagte Harry, »macht das keinen Unterschied.«

»Wenn die Käufer glauben möchten, dass die Arbeiten von Hexcamp sind, kann ich das auch nicht ändern.«

»Sie haben Bilder von Hexcamp verkauft, also mischen Sie auch mit. Und Sie werden aus dem ganzen Land angerufen und um Auskunft gebeten, richtig?« Harrys Stimme wurde so leise, dass Walcott sich vorneigen musste, um ihn verstehen zu können.

»Natürlich tun sie das«, ärgerte Walcott sich. »Ich bin ein renommierter Händler.«

Harrys Faust knallte auf den Tisch. Die Pizza schwebte fünf Zentimeter über dem Tisch. »DANN ERZÄHLEN SIE UNS, VERFLUCHT NOCH MAL, WO UND WANN DIE HEXCAMP-SAMMLUNG VERKAUFT WIRD!«

Walcott machte große Augen. »Ich weiß es nicht«, keuchte er. »Das ist die Wahrheit.«

»SIE RÖHRENFÖRMIGER WICHSER! HÖREN SIE AUF ZU LÜGEN UND SAGEN SIE MIR – –«

Harry sprang auf, schob den Tisch weg und wollte sich auf Walcott werfen. Ich ging dazwischen und hielt ihn davon ab. Diese Nummer hatten wir etwa vor einem halben Jahr geübt. Damals hatte Harry mich fast durch seine Wohnzimmerwand gedrückt, ehe die Nummer richtig saß.

»Großes Drama«, sagte Danbury und holte ihr Handy aus der Handtasche. »Ich muss jetzt ein Kamerateam anfordern.«

Walcott sagte: »Nein, stopp. Ich werde Ihnen sagen, was ich weiß. Viel ist es aber nicht.«

Es gelang mir, Harry wieder auf seinen Stuhl zu verfrachten. Danbury seufzte und ließ das Telefon in die Tasche fallen.

Walcott fixierte Harry besorgt. »Das, was ich Ihnen erzählen werde, sind Gerüchte, verstanden?«

»Dann sind es hoffentlich gute Gerüchte«, knurrte Harry.

»Die Echtheit der Sammlung – ja, es gibt eine Sammlung – wurde zur Zufriedenheit der potentiellen Sammler bestätigt. Wie ich verstanden habe, erst kürzlich. Es soll eine Auktion stattfinden, und zwar schon bald.«

»Wer hat die Echtheit bestätigt?«, fragte ich. Ein Name und wir könnten richtig nah herankommen.

»Ich habe keine Ahnung, um wen es sich dabei handelt. Eine Person, die über das Wissen und die entsprechende Position verfügt. Wir haben darüber gesprochen. Mir sind Gerüchte zu Ohren gekommen, dass sich ein Anwalt um die Einzelheiten der Auktion kümmert, ein

Mann mit einwandfreiem Leumund, was, ähm, derlei Transaktionen betrifft. Ich nehme an, der Sachverständige, der die Expertise gemacht hat, hat einen ganz ähnlichen Ruf.«

»Rubin Coyle kümmert sich um die Details«, sagte ich. »Er ist ein Sammler von hier. Wohnt zehn Meilen weiter und Sie wollen mir verklickern, Sie kennen ihn nicht?«

»Coyle?«, wiederholte Walcott. »Den Namen habe ich noch nie gehört.«

»COYLE IST EINER IHRER KUNDEN, ARSCHCOTT!«, schrie Harry und sorgte wieder dafür, dass die Pizza einen Satz machte.

»Ich kenne den Namen nicht«, flehte Walcott und wich zurück. »Sie müssen mir glauben. Manche Leute greifen auf Mittelsmänner zurück oder benutzen falsche Namen. Vor allem die namhaften.«

Das klang glaubwürdig, fand ich. Der Punkt ging an Giles.

»Wie kriegen wir heraus, wann und wo die Auktion stattfindet?«, wiederholte Harry seine Frage.

»Sie stellen mir Fragen, die ich nicht beantworten kann«, jammerte Walcott. »Ich versuche ja zu helfen.«

»Sie versuchen, heute Abend in die Nachrichten zu kommen«, sagte Harry und warf Danbury einen Blick zu, die gleich wieder nach ihrem Handy kramte. Als Schauspielensemble wurden wir langsam richtig gut.

Walcott gab ihr mit einer Handbewegung zu verstehen, dass sie das Telefon nicht brauchte. »Ich habe eine Idee. Nur wenige Sammler verfügen über die nötigen Mittel für solch eine Sammlung. Ich könnte sie anrufen. Sehen, was ich in Erfahrung bringen kann.«

Zum ersten Mal seit unserem Eintreffen grinste Harry. Rote Pizzasoße klebte an seinen Zähnen. »So ist es recht, Giles«, sagte er. »Bis wann können wir mit Ergebnissen rechnen?«

Walcotts Blick wanderte zur Haustür. »Je schneller Sie verschwinden, desto eher kann ich mich darum kümmern.«

Wir verließen Walcott mit dem Gefühl, dass es am Ende dieses Tunnels vielleicht, aber wirklich nur vielleicht ein Licht gab. Ein Licht von einem halben Watt und zehn Meilen weit weg, aber besser als gar kein Licht.

»Sie haben es drauf«, meinte Danbury, die neben Harry saß und ihm nun auf die Schulter klopfte. »Vor allem die subtilen Andeutungen haben mir imponiert.«

»Wie lange, glaubst du, wird es dauern, bis er sich meldet?«, fragte Harry.

»Marcellas Namen hat er mir am nächsten Tag geliefert.«

Er schaute auf seine Uhr. »Wenn wir bis morgen früh nichts von ihm gehört haben, schaue ich noch mal bei ihm vorbei und lass ihn in seinem Vorgarten nackig auf diesem dämlichen Delphin reiten.«

Danburys Handy klingelte. »Bestimmt Borg«, sagte sie. »Taucht endlich aus der Versenkung auf.«

Sie klappte das Handy auf, hielt es an ihr Ohr. Ich beobachtete ihr Mienenspiel: Wut, Verwirrung, Skepsis. »Mein Gott«, wiederholte sie immer wieder. Wir fuhren über den Damm auf die westliche Seite der Bucht. Harry fuhr rechts ran und sah mich an. *Was jetzt?*

Danbury klappte das Telefon zu und stierte es an, als könnte sie nicht fassen, was sie gerade gehört hatte.

»Stimmt was nicht?«, fragte ich.

»Der Sender hat eine Beleuchterin zu Borg nach Hause geschickt, eine Praktikantin. Als sie durchs Fenster spähte, lag er am Boden und überall war Blut. Die Polizei ist jetzt dort.«

Borg wohnte in einem zweistöckigen, grauen Haus südlich von Jackson Heights. Der Rasen musste dringend gemäht werden; das Haus brauchte einen neuen

Anstrich. Als wir dort eintrafen, wurde Borg gerade weggebracht. Die Sanitäter rollten ihn zum Krankenwagen, schoben ihn hinein und fuhren weg, ohne Sirene oder Blaulicht einzuschalten. Roy Trent und Clay Bridges waren das Team, das den Anruf erhalten hatte. Mitarbeiter von Channel 14 waren ebenfalls da. Danbury rannte gleich zu ihnen, um mit ihnen zu sprechen.

Harry und ich gingen ins Haus und entdeckten Roy im Esszimmer, der sich mit einem Techniker der Gerichtsmedizin unterhielt. Wayne Hembree beschäftigte sich mit dem blutgetränkten Teppichboden im Wohnzimmer. Wir passten auf, wo wir hintraten, als wir zu Roy und dem Techniker hinübergingen. Zipinski war ein penibler Kerl – die Bude blitzte nur so.

»Tag, Carson«, sagte Roy. »Danke für die Infos im Fall Nancy Chastain. Wir haben versucht, etwas über ihr früheres Leben in Erfahrung zu bringen, haben aber nur ein Jahr weit gegraben.«

»Na, da hast du etwa dreißig Jahre danebengelegen, Roy. Und jetzt rate mal! Dein Fall hat etwas mit unserem derzeitigen Alptraum zu tun – wir sitzen alle im gleichen Boot.«

»Und ... werdet ihr ihn bald lösen?«, fragte Trent mit hoffnungsvoller Miene.

Ich steckte die Hände in die Taschen, wippte auf den Absätzen herum. »Vor zehn Minuten dachte ich noch, ich wäre einen Schritt weiter, aber jetzt habe ich wieder keinen Durchblick.«

Harry betrachtete einen etwa ein Quadratmeter großen, roten Rorschach-Fleck auf dem Teppichboden und schüttelte den Kopf. »Was hat sich hier abgespielt, Roy?«

»Mr Borgurt F. Zipinski ist in die ewigen Jagdgründe eingegangen, Harry. Und zwar schnell.«

Der Techniker der Gerichtsmedizin trat zu uns. »Sieht nach einem Messer von hinten aus. Tiefe Stichwunde, durch den Kehlkopf. Ein Stich. Sauber, kein Gewürge. Zumindest nicht nach einer oberflächlichen Analyse. Macht einen ziemlich professionellen Eindruck: Zupacken, zustechen und wegspringen, bevor das Blut spritzt.«

»Aber wenn sie zusammenbrechen, leben sie noch«, sagte ich. »Man muss ihnen in die Augen sehen in ihrem letzten Moment.«

Der Techniker warf mir einen irritierten Blick zu. »Hm, richtig, denke ich.«

Ich sah Trent an. »Irgendwelche Anzeichen eines gewaltsamen Eindringens?«

»Nein. Sieht aus, als wurde der Täter eingelassen. War wahrscheinlich jemand, den er kannte.«

Hembree erhob sich und kam zu uns. Ich sagte: »Keine Kunst, Bree? Nichts in der Art hier?«

Er schüttelte den Kopf. »Auch keine Kerzen, Blumen oder Billigschmuck. Glauben Sie, es gibt eine Verbindung zu den Fällen Gilbeaux, Wicky und Chastain?«

»Ich denke, ich hätte Alligatorenbezwinger werden sollen.«

Hembree deutete mit dem Kinn auf den blutverschmierten Teppichboden. »Zumindest kann ich Ihnen sagen, dass dieser Kerl nicht begraben und exhumiert wurde.«

»Hallo, Pogo-Boys.«

Danbury stand in der Tür und wurde von einem Polizisten in Uniform am Eintreten gehindert. Ich ging hinüber, führte sie herein und sorgte dafür, dass sie sich nicht da hinstellte, wo noch keiner nachgesehen hatte. Augenscheinlich ratlos schaute Danbury sich um.

»Was denn?«, fragte ich.

»Sieht hier ja aus, als wäre die Wohnung für eine Besichtigung hergerichtet worden. Passt nicht richtig zu Borg.«

»Normalerweise war es hier nicht so aufgeräumt?«

»Ich bin nur ein paar Mal hier gewesen. Klamotten auf dem Boden, getrocknete Essensreste auf den Tellern, Ungeziefer auf dem …«

»Er hat für seinen Besuch sauber gemacht«, sagte Trent. »Für ganz besonderen Besuch. Ich bin Junggeselle. Ich kenne das.«

Harry rief mich nach oben. Er und Hembree standen vor einem alten Rollladenschreibtisch. Harry durchstöberte Unterlagen und Papiere. Unter seinem Schnauzbart war ein Grinsen zu erkennen. »Was tust du als Erstes, wenn du plötzlich zu viel Geld kommst, Carson? Wenn du auf eine Geldquelle stößt?«

»Kreditkarten auf null bringen. Ein paar Kröten in eine Altersvorsorge stecken und ein paar Mäuse ins Haus.«

Harry starrte mich an.

»Und mir etwas Cooles leisten, das ich eigentlich gar nicht brauche«, gab ich zu.

»Wie das hier?«, fragte er und hielt ein Corvette-Prospekt hoch, auf dessen Deckblatt eine Visitenkarte geheftet war.

* * * * *

»… Cabrio, milleniumgelb, automatische Niveauregulierung, Performance Paket, Aluminiumfelgen im klassischen Fünf-Speichen-Design, Satellitenradioempfänger und Automatikschaltung …«

Delbert Jennings, der Autoverkäufer von Performance Motors, las von einem Ausdruck in seiner Hand ab. Harry, Danbury und ich hatten uns in Delberts winziges Büro gezwängt, an dessen Wände zahllose Automobilpreise und Anerkennungen hingen. Ich widerstand der Versuchung, Delbert zu sagen, dass er Besuch von des Bürgermeisters Polizisten des Jahres hatte, denn ich wollte seine Erfolge nicht herabsetzen.

»Automatik? Bei einer Corvette?«, sagte ich. »Blasphemie.«

»Eine Hand am Steuer, mit der anderen hupt man einer Frau hinterher«, sagte Danbury. »Borg im Himmel.«

»Wie viel würde so ein Wagen kosten?«, wollte Harry wissen. »Etwa vierzigtausend?«

»Eher in der Größe von fünfundfünfzig«, verkündete Delbert. »Ein kleiner Preis für ein echtes Stück Amerika.«

»Ich habe einen zwölf Jahre alten Volvo Kombi«, sagte Harry. »Ist laut Liste viertausend wert. Ein kleiner Preis für ein echtes Stück Skandinavien.«

»Aber sicher«, erwiderte Delbert und wusste nicht, ob er lachen sollte.

»Hat er eine Anzahlung geleistet?«, fragte ich.

Delbert warf einen Blick auf seinen Ausdruck. »Vor zwei Wochen hat er zehntausend angezahlt. Der Wagen steht jetzt hier und kann abgeholt werden.«

»Und wann sollte Mr Zipinski sein neues Spielzeug holen kommen?«

»Heute. Ich habe versucht, mich mit ihm in Verbindung zu setzen …«

»Damit er den Scheck bringt?«, fragte Harry.

»Bargeld. Genau wie bei der Anzahlung.« Furcht blitzte in Delberts Augen auf. »Der Deal kommt wohl nicht zustande, was?«

* * * * *

»Borg hat zwei Tage, nachdem Marie Gilbeaux gefunden wurde, die Anzahlung für seine Muschikutsche geleistet.«

Nachdem wir Delbert verlassen hatten, waren wir zu mir nach Hause gefahren. Wir saßen auf dem Deck und sahen zu, wie sich die Sonne auf dem Wasser spiegelte.

Harry hatte zum Nachdenken um eine neue Perspektive gebeten. Er liebte es, aufs Wasser hinauszuschauen.

»Musst du ihn denn so nennen?«, fragte Danbury.

»Das ist in der Automobilwelt ein gängiger Begriff«, protestierte ich.

»Irgendwelche Vorschläge, wie Borg zu der Kohle gekommen ist?«, fragte Harry Danbury.

»Borg war freier Mitarbeiter. Und auf Heimlichkeiten hat er sich ganz hervorragend verstanden. Soll heißen, er hat für Agenturen gearbeitet, da er für so was ein angeborenes Talent hatte.«

»Aufnahmen von Pärchen in flagranti?«, schlug ich vor.

»Wenn das Bullensprache für fremdgehen ist, ja.«

»Du wolltest also sagen, er hat für Detektivagenturen gearbeitet?«

»Für Privatdetektive, Anwaltskanzleien, für jeden, der fünfzig Dollar plus Spesen pro Stunde hinblättert.«

»Fünfzigtausend in zehn Tagen«, sagte Harry. »Kann mir nicht vorstellen, dass er in der Zeit tausend Stunden runtergerissen hat. So rechnen nur Anwälte ab.«

»Ich denke, die Ereignisse und der Kutschenkauf sind parallel gelaufen«, spekulierte ich. »Zwei Tage, nachdem Marie im Cozy Cabins gelandet ist, wird Borg angeheuert und erhält zehntausend Mücken Vorschuss. Heute sollte Zahltag sein. Nur, dass in diesem Fall Borg die Zeche gezahlt hat.«

Harry musterte Danbury. »Hat Borg in den letzten Wochen an einem senderfremden Projekt gearbeitet?«

»Bis auf Paris war er viel mit mir unterwegs. Wir haben die Standardsachen gemacht und natürlich dieses Projekt.«

»Sie waren nicht lange in Paris«, sagte Harry. »Laut Gerichtsmediziner ist Borg kurz nach Ihrer Abreise gestorben. Ist ihm also nicht viel Zeit geblieben.«

»Borg brauchte nie viel Zeit«, meinte Danbury. »Der

Bursche war gerissen. Vor ein paar Jahren haben wir ein Exposé über einen Politiker erstellt, der eine Affäre hatte. Über den County Commissioner? Obwohl der Mann superdiskret war, brauchte Borg nur zwei Nachmittage, bis er die Beweise für die Liebschaft hatte. Er tauchte mit einem Band auf, auf dem der Mann im Grand Bay Motel mit einer Frau vögelt.«

Da klingelte bei mir im Hinterstübchen irgendetwas. *Beweise*? Bei diesem Fall spielten Beweise eine wichtige, eine entscheidende Rolle. Die Echtheit von Hexcamps Bildern musste bewiesen werden. Nicht nur seine Bilder, auch Hexcamp selbst musste echt sein. *Sammler wollen glauben* ... Das Klingeln verhallte, verwandelte sich in ein Echo aus Gestalten und Worten, in ein Durcheinander aus Geräuschen und Formen. Ein Hut auf einer Kamera. Ich stand auf, marschierte auf dem Deck auf und ab, versuchte, meine Geschwindigkeit meinen unstrukturierten Gedanken anzupassen.

»Carson?«, erkundigte sich Harry. »Ist mit dir alles in Ordnung?«

Ich nickte, marschierte weiter, vor und zurück, von Geländer zu Geländer, und versuchte gleichzeitig, die Gedanken aus dem Nebel in meinem Kopf zu filtern. Ambrose Polls gestohlene Gegenstände hatten laut Willow die richtige Herkunft, wurden vom MPD und durch die Aufkleber auf den Plastiktüten bestätigt. Und was hatte Giles Walcott gesagt? Die Käufer wollten glauben.

An einer Kamera blinkte ein rotes Licht.

Und dann blinkte es nicht mehr.

Der Boden unter meinen Füßen schien nachzugeben. Mein Atem stockte. Nur mein Herz schlug noch. Ich haute auf das Verandageländer und fluchte.

»Was denn?«, fragte Harry.

»Ich weiß, wer es ist«, sagte ich. »Ich weiß jetzt, wer die Echtheit der Kunstwerke bestätigt hat.« Ich rannte ins Esszimmer, schnappte mir einen Stapel Zeitungen, die auf dem Tisch lagen, warf die letzten Ausgaben auf den Boden, blätterte die anderen durch, überflog die Seiten.

Harry und Danbury, beide ziemlich perplex, folgten mir nach drinnen. »Carson?«, sagte sie. »Wer ist es? Wer hat die Echtheit der Gemälde bestätigt?«

Ich fand die Zeitung, die ich suchte, und hielt sie mit zitternden Fingern hoch. Das war die Ausgabe mit dem Foto vom Frühstück beim Bürgermeister. Ich tippte auf das Foto.

»Ich«, sagte ich.

»Was?«, brüllte Harry.

Kapitel Vierundvierzig

Um meine Interpretation der Ereignisse zu erläutern, brauchte ich gerade mal zwei Minuten.

»Haut hin«, fand Harry und fuhr mit der Hand über sein Gesicht. »Zumindest passen die wichtigsten Puzzleteile zusammen.«

Danbury sagte: »Du glaubst also, Marie Gilbeaux wurde exhumiert, weil ihr Mörder dich in der Zeitung gesehen hat?«

»Spiel es doch mal durch: Der Mörder hat womöglich jahrelang sehr gut von Hexcamps so genannter Kunst oder diesen Kunstfragmenten gelebt und die ganze Zeit über die Gerüchteküche angeheizt, dass von diesem Wahnsinn noch mehr auf Halde ist. Für Sammler ist das wie die Legende vom Heiligen Gral, nur dass er diesmal real ist. Der Mörder kommt auf die Idee, dass da mehr rauszuholen ist, und bringt alle um, die sich ihm in den Weg stellen könnten – Marie, Wicky, Chastain. Die Anhänger aus Paris. Ein Problem gibt es allerdings …

»Jemand muss her, der die Echtheit der Kunstwerke bestätigt.«

Ich las die Bildunterschrift zum Foto vom Frühstück beim Bürgermeister vor: ›*Nautilus und Ryder sind Mitglieder des sachkundigen PSET, dem Psychopathologischen und Soziopathologischen Ermittlungsteam beim MPD, und Autoritäten auf dem Gebiet Serienmörder und andere geistesgestörte Kriminelle. Nach einer zusätzlichen Schulung in der FBI-Zentrale stehen sie aufgrund ihrer Expertise, was die Identifikation und Analyse dieser fehlgeleiteten Individuen betrifft, an vorderster Front …*‹

Danbury nahm den Artikel und las ihn. »Da steht, ihr seid Autoritäten, eine wahre Fundgrube, was das Wissen über Serienmörder aus der Gegend anbelangt. Und dazu kommt dann noch dein Gesichtsausdruck, Carson – wie ein Pfingstprediger auf Speed. Du blickst dermaßen selbstgerecht drein, dass man es mit der Angst zu tun kriegt.«

Auf ihre Fotoanalyse ging ich gar nicht erst ein. »Der Mörder sieht das Foto und weiß plötzlich, wie das mit der Bestätigung, dass die Bilder echt sind, klappen kann: Er benutzt uns, das PSET. Aber wie soll er es anstellen, dass wir mitspielen, dass wir uns nahtlos in die Geschichte einfügen?«

»Er exhumiert Marie Gilbeaux«, antwortete Harry, »und schafft sie ins Cozy Cabins. Auf dem Weg dorthin besorgt er ein paar Kerzen und seltsame Ringe. Fährt noch kurz am Friedhof vorbei und holt sich ein paar Blümchen.«

»Und schon wird es bizarr«, sagte ich. »Und der Fall landet bei uns.«

»Und was ist mit der Kunst im Kloster?«, wollte Danbury wissen.

Im Geiste spielte ich den zeitlichen Ablauf durch. »Passt doch perfekt. Erinnere dich an den Poststempel. Der Brief wurde am selben Tag aufgegeben, als Maries Leichnam gefunden wurde.«

»Ein nachträglicher Einfall?«

Ich spürte ganz deutlich, wie unsichtbare Linien sichtbar wurden, wie Lampen Licht ins Dunkel brachten. »Der Mörder verlässt das Motel, legt sich einen Plan zurecht ... Kunst, denkt er, lass am Tatort Fragmente von Hexcamps Kunstwerken zurück. Ein Fragment gibt er per Post auf. Das ist doch die perfekte Verbindung. Ein bizarrer Mord ruft das PSET auf den Plan, mit der Kunst wird die Sache dann richtig festgezurrt.«

Harry nickte. »Heidi Wicky ist auch tot. Schätzungsweise seit einer Woche, doch davon lässt der Täter sich nicht abhalten. Er kehrt zurück und bringt über ihrer Leiche ein Fragment an. Hübsch gruselig.«

»Wie ist dein Bild auf das Kunstfragment bei Wicky gekommen?«

Ich schüttelte den Kopf, winkte ab. »Das passt noch nicht in meine Theorie.«

»Und was ist mit dem Fragment, das Carla erhalten hat?«

»Nur eine weitere Chance, uns mit Hexcamp vor der Nase herumzuwedeln. Seht her: Hexcamp-Kunst. Oben, unten, hinten, vorn. Überall! Hexcamp-Kunst. Es hat doch nur eine Konstante gegeben, nämlich die Suggestion, dass Marsden Hexcamps Kunst lebt und ungeheure Macht ausübt.«

Harry trat ans Fenster und schaute hinaus auf die Brandung. »Das ist so, wie wenn die Astronomen den Planeten nicht sehen, aber trotzdem davon ausgehen, dass er existiert, weil er die anderen Planeten in seiner Umgebung anzieht.«

»Den Planeten hat es nie gegeben, Harry. Wir Blödmänner haben uns nur trotzdem anziehen lassen.«

»Hühnerkacke«, sagte Danbury. »Ihr solltet euer Licht nicht unter den Scheffel stellen. Diese unglaublichen Kunstfragmente sind immer da gewesen. Ohne sie hätte es nichts gegeben, woran man hätte glauben können. Die Sachen bei Coyle, die haben dich doch kalt erwischt, Carson. Stimmt doch so, oder? Du hast etwas in der Art Borg gegenüber erwähnt.«

Ich erinnerte mich an das – oberflächlich betrachtet – unverfängliche Gespräch, an das, was er gesagt hatte, an die Entschuldigung, das Händeschütteln. Und wie er die Kamera berührte. »Ich habe nicht deutlich gesagt, dass es sie gibt, aber abgestritten habe ich es auch nicht. Er ist mit der Hand über sein Gesicht gefahren, hat die Kappe auf die Kamera gelegt.«

»Wenn sie läuft, blinkt ein rotes Licht. Er hat dich überlistet, es mit der Kappe verdeckt. Das hat er schon öfter so gemacht.«

Harry grunzte. »Und das Band landete selbstverständlich kurz darauf bei Coyle, der davon Kopien an potentielle Käufer schickte und den Zeitungsartikel beilegte. Wahrscheinlich mit einer Notiz von unserem Rechtsanwaltsknaben: ›Hochgeachtete Serienmörder-Autorität bestätigt Echtheit der Kunstwerke; Auktion findet um elf Uhr statt.‹«

»Dann wollen wir mal sehen, ob dieses Kettenglied passt«, schlug ich vor.

Da wir noch keine Pläne für den weiteren Verlauf des Abends hatten, fuhren Harry und ich in unterschiedlichen Fahrzeugen zum Büro von Hamerle, Melbine und Raus. Wir hofften, dass unser Arbeitstag nach diesem Besuch endete. Danbury parkte hinter uns. Sie war noch kurz beim Sender vorbeigefahren, um ein Foto von Zipinski zu holen. Das letzte Foto von Borgurt Zipinsky, das ein Mitarbeiter der Gerichtsmedizin gemacht hatte, wollte ich Lydia nicht zeigen.

Warren Hamerle war wegen seiner schwächlichen Konstitution offenbar nicht in der Kanzlei. Dennoch überraschte es mich, dass Lydia sich mit uns im Büro und nicht heimlich im Café treffen wollte. Dass sie heute ein Kleid mit mauvefarbenen Aufdrucken, passende Schuhe und einen gelben Schal trug, verblüffte mich noch mehr. Für ihre Verhältnisse war dieses Outfit extrem farbenfroh.

»Ja, ich erinnere mich an ihn«, sagte Lydia und deutete mit dem Kinn auf das Foto. »Mr Pizinski.«

»Zipinski«, korrigierte ich sie. »Dann hat er also für die Kanzlei gearbeitet?«

»Ja.« Missfallen schwang in ihrer Stimme mit.

»In erster Linie für Mr Coyle?«

»Zum ersten Mal vor ein paar Jahren. Mr Coyle verhandelte über Farmland, an dem ein Projektentwickler interessiert war. Das Land gehörte einem Bruder und einer Schwester, die nichts mehr miteinander zu tun hatten. Mr Coyle versuchte, die beiden zu veranlassen, sich auf einen Verkaufspreis zu einigen. Er hegte den Verdacht, dass der Projektentwickler und die Schwester gemeinsame Sache gegen den Bruder machten, um den Preis zu drücken, wobei die Schwester noch außer der Reihe abkassierte. Mr Zipinski lieferte uns das notwendige Material. Der Projektentwickler und die Schwester hatten eine Affäre. Die Bänder waren wirklich sehr – eindeutig. Vielleicht eindeutiger als nötig.«

»Coyle wusste, wer die Sache für ihn erledigen würde«, meinte Harry.

»Und warum er meine kleine Szene provozierte«, sagte ich. »Vorher hat er noch den Reifen aufgeschlitzt, um sicherzugehen, dass wir ihm nicht entwischen.«

Danburys Augen funkelten ärgerlich und sie ballte die Hände zu Fäusten. Ihre Stimme war kaum mehr als ein Flüstern. »Ich wurde benutzt. Ich bin eine Idiotin.«

»Regen Sie sich ab, Danbury«, sagte Harry. »Leute auszunutzen war Zipinskis Stärke, denke ich.«

Lydia beeilte sich, das Foto zurückzugeben, als könnte sie es nicht erwarten, es loszuwerden. »Ich konnte Mr Zipinski nie besonders leiden. Er war irgendwie … unappetitlich.«

»Wie geht es Ihnen, Lydia?«, fragte ich, denn mir war aufgefallen, dass sie nicht mehr von *Rubin* sprach, sondern von *Mr Coyle*, und das auch noch in eisigem Ton.

»Ich habe Mr Hamerle vor drei Tagen meine Kündigung ausgehändigt. Und für Mr Coyle einen Brief auf den Schreibtisch gelegt, in dem steht, dass er in der Hölle schmoren soll.«

Ich musste schmunzeln, auch wenn ich die Chance, dass Mr Coyle ihn irgendwann lesen würde, als relativ gering einstufte. »Gut für Sie, Lydia.«

Sie lächelte zaghaft, doch aus ihrem Blick las ich Entschlossenheit heraus. »Das denke ich auch. Es ist an der Zeit, weiterzuziehen.«

Der Wachmann im Foyer des Gebäudes war ein älterer Herr, der auf Stars stand und Danbury um ein Autogramm bat. Während sie ein bisschen die Werbetrommel rührte, stellten Harry und ich uns in die Sonne. Er sagte: »Jetzt, wo Miss Lydia bestätigt hat, dass Coyle Borg kannte, ist die Sache klar. Um es mit Walt Kelly zu sagen: ›Wir haben die Sachverständigen getroffen und sie sind wir.‹«

»Wer ist Walt Kelly?«, fragte ich. Harry seufzte und warf einen Blick auf seine Uhr. »Sieht ganz so aus, als müssten wir bis morgen früh warten. Dann werden wir erfahren, was Walcott herausgefunden hat. Wie sehen deine Pläne für den Abend aus, Carson?«

»Ich fahre nach Hause. Ich bin echt fertig.« Ich lief zu meinem Wagen hinüber.

»Carson?«

Ich drehte mich um. Harry kam auf mich zu. »Hast du Lust, irgendwo ein kühles Blondes zu trinken?«

»Ich, ähm, ich …«

Danbury kam durch die Tür und stürmte auf den Parkplatz. Wie immer hatte sie Angst, etwas zu verpassen. »Wartet doch, Jungs«, rief sie.

Harry musterte sie. Und dann mich. »Hast wohl etwas anderes vor, was?«

»Das hoffe ich«, erwiderte ich.

»Ist auch besser so. Hätte ich dir übrigens auch wärmstens empfohlen.«

* * * * *

Kurz vor sechs Uhr abends bogen Danielle Désirée Danbury und ich auf die Muschel-und-Sand-Zufahrt, die zu den drei Häusern auf meiner kurzen Straße führte. Die

Blovines fuhren gerade weg, als wir kamen. Mama trug etwas mit tiefem Ausschnitt. Ihre Möpse hüpften auf und ab, als der grässliche Hummer über den holprigen Weg polterte. Sie gaben sich viel Mühe, mich zu übersehen.

Aus reiner Böswilligkeit hatten die Blovines den Fernseher laufen lassen, damit es mir während ihrer Abwesenheit nur nicht zu wohl wurde. Die ruhigen Zeitgenossen auf der anderen Seite rührten sich nicht. Der rote Toyota stand immer noch auf demselben Fleck. Nachdem wir uns einen Drink gemacht hatten, gingen wir auf die Veranda und ließen uns vom Wind mal so richtig den Kopf durchblasen. Wir unterhielten uns noch kurz über Borgurt Zipinski. Dass er so ein mieser und egoistischer Kerl gewesen war, stimmte Danbury traurig.

»Bei ihm ging es immer nur darum, was er sich leisten und wen er – im wörtlichen und im übertragenen Sinn – ficken konnte, Carson. Kennst du solche Menschen?«

»Solche Typen findest du überall – im Knast, auf der Kanzel, im Gericht und im Klassenzimmer.«

»Ich bete, Carson. Kannst du das fassen? Keine Ahnung, zu wem oder wie das alles funktioniert, aber ich bete. Manchmal bedanke ich mich dafür, dass ich nicht so wie Borg geworden bin oder wie diese Menschen … nach denen du suchst. Die das sammeln, was der Sensenmann übrig lässt. Vielleicht sollte man so etwas nicht sagen, aber hältst du es für möglich, dass manche Menschen schon ohne Seele auf die Welt kommen?«

Ich wollte ihr antworten, ließ es dann aber, denn ich war zu müde zum Nachdenken. Ich verspürte das Verlangen, mich in etwas Einfachem, Ehrlichem, Physischem zu verlieren. Also stand ich auf und streckte die Hand aus.

»Lass uns reingehen«, schlug ich vor. »Ich möchte, dass du mir wieder Tanzunterricht gibst.«

Kapitel Fünfundvierzig

Der Morgen war klar und strahlend. Die Sonne warf ein bernsteinfarbenes Licht durch die Vorhänge. Ich machte Kaffee, den wir auf der Veranda tranken. Es war noch nicht mal halb sieben. Ich ging duschen. Nach dem Ankleiden kam ich in die Küche, wo Danbury wie gebannt die braune Kiste auf meinem Tisch anstarrte.

»Carson, ist das ...«

»Ja«, sagte ich. »Die letzte Maske von Trey Forrier.«

Sie zögerte einen Moment lang. »Kann ich sie sehen?«

Ich nahm die Maske heraus und hielt sie hoch. Sonnenlicht reflektierte von den Glaszähnen, spiegelte sich in der schwarzen Oberfläche. Vorsichtig nahm sie sie in die Hand, betrachtete sie aus einem gewissen Abstand, spürte ihre dunkle Macht.

»Würde sich wahrscheinlich gut in deinem Filmbeitrag über Serienmörder und Sammler machen«, sagte ich. »Eine Art Visitenkarte.«

Sie erschauderte und gab mir die Maske zurück. »Scheiß auf die Story. Wirf das verdammte Ding weg oder – besser noch – verbrenn es.«

Ich legte die Maske weg, drückte Danbury an mich, lauschte auf das leise Rauschen der Brandung. Ich war nicht der Ansicht, dass Feuer der richtige Weg war, sich der Maske zu entledigen. Vielmehr schien sie ein Kind des Feuers zu sein, ihr Rauch durchaus in der Lage, die Luft zu verpesten.

»Im Feuer geboren, im Wasser gestorben«, beschloss ich und richtete den Blick auf die Sonne, die dicht über dem Horizont stand. »Finden Hinrichtungen nicht traditionell bei Sonnenaufgang statt?«

Ein letztes Mal betrachtete ich dieses schreckliche Werk und fragte mich, welches Grauen Forriers Verstand ersonnen hatte, während er diese Maske schuf. War er, während er Streifen auf Streifen legte, einem Muster gefolgt, hatte er im Geist die Maske gesehen, ehe seine Hände sie geschaffen hatten? Oder war sie Ergebnis von Zufälligkeiten und die Gestaltung willkürlich? Orientierte sich ihr Aussehen an echtem Grauen oder nur an der Einbildung?

Ich steckte die Maske in einen verschließbaren Plastikbeutel und versprach Danbury, dass ich gleich wieder zurück sein würde. Dann ging ich unter mein Haus, schulterte den Kajak und marschierte zum Ufer vor. Es war ein lieblicher Morgen, windstill, der Golf fast ein glattes Tuch. Ich hatte vor, die Maske im tiefen Wasser hinter den Sandbänken zu versenken. Der Schmutz hatte ihre Hässlichkeit, ihre Intensität nicht ausgelöscht, doch vielleicht würde dies dem Wasser gelingen.

Ich befestigte den Beutel an einer Querleiste und paddelte ungefähr eine Viertelmeile aufs Meer hinaus. Dort steckte ich das Paddel in die Halterung und band den Beutel von der Leiste. Erst dort fiel mir auf, wie leicht die Maske war.

Idiot.

Ich hatte vergessen, etwas Schweres mitzunehmen, damit der Plastikbeutel samt Maske auch unterging. Wie eine Qualle würde das Pappmaché ans Ufer treiben. Mich über meine eigene Dummheit wundernd, knotete ich das Seil auf, mit dem der kleine, pilzförmige Anker des Kajaks am Boot fixiert war. Ich nahm die Maske aus dem Beutel und legte den Anker hinein. Die Maske saugte sich langsam mit Wasser voll, das nun den alten Kleber aus Mehl und Wasser auflöste. Hinten hingen Papier- und Stoffstreifen herunter. Die Maske zerfiel allmählich. Ich steckte sie wieder in die Tüte, zählte stumm bis drei – *un, deux, trois* – und warf sie über Bord.

Sie sank, eine dunkle Form, vom Meer verschluckt – der Untergang von Trey Forriers letzter Maske.

Komischerweise überkam mich ein Gefühl der Erleichterung. Meine Schultern wurden locker, meine Rückenmuskeln entspannten sich. Mit dem Kajak war ich zum letzten Mal rausgepaddelt, bevor man Marie Gilbeaux' Leichnam gefunden hatte. Vom Festland getrennt zu sein, jede gewünschte Richtung einschlagen zu können, fühlte sich großartig an. Mit dem Ufer im Rücken paddelte ich los. Hundert Meter weiter vorn sprangen ein paar schwarz glänzende Delphine aus dem Wasser. Ich nahm ihre Verfolgung auf. Mein Herz pochte laut, bis ich den richtigen Rhythmus fand. Alle Gedanken, die mir im Kopf herumgegeistert waren, lösten sich in Luft auf, während ich den Delphinen auf den Golf hinausfolgte.

Zwei, drei Minuten jagte ich ihnen hinterher. Schweiß strömte aus jeder Pore, Muskeln ächzten unter der Strapaze. Ich legte einen Gang zu, tauchte die Paddel tiefer ins Wasser, hörte, wie ich vor lauter Anstrengung ächzte. Wieder tauchten die Delphine auf, doch dieses Mal waren sie weiter weg als zuvor. Ich gab auf, kreuzte die Paddel auf dem Schoß, beugte mich nach vorn, holte tief Luft. Ich tauchte die Hände ins Wasser, benetzte mein Gesicht, meine Brust.

Und dann stieß ich einen Seufzer aus und paddelte zurück zum Ufer.

Zuerst schien es nur glitzerndes Wasser zu sein, möglicherweise eine optische Täuschung oder ein dahintreibendes Unterwassergewächs, dessen Farbe die aufsteigende Sonne veränderte. Auf der Wasseroberfläche entdeckte ich Kleckser in allen Regenbogenfarben, flache Streifen, die sich wie Aale wanden. Und dann tauchte ich in ein Feld greller Farben ein, in Rot-, Blau-, Orange- und Goldtöne. Ich streckte die Hand aus und erwischte einen Streifen grell bemaltes Leinen. Etwas

Weißes tropfte in die Wellen – der selbst gemachte Kleber, der sich auflöste.

Mit pochendem Herzen sprang ich über Bord, tauchte durch die Stofffetzen, die wie ein Schwarm Fische dahintrieben und mich zu dem Beutel führten, der reglos auf dem Meeresboden lag. Aus seiner Öffnung stiegen Farbkleckse. Ich schnappte mir die Tüte, schnürte sie zu und tauchte nach oben. Der zwanzig Pfund schwere Anker kam mir auf einmal hundert Pfund schwerer vor. Mit schmerzenden Lungen stieß ich durchs Wasser, warf den Plastikbeutel in den Kajak, schwamm herum und sammelte alle Streifen ein, die ich finden konnte.

Ich paddelte ans Ufer, rannte in mein Haus, rief in der Anstalt an. Kurz darauf sprach ich mit meinem Bruder persönlich und sagte ihm, dass ich Trey Forrier sehen musste.

Anschließend verkündete ich Danbury, sie könnte sich auf einen heißen Ritt gefasst machen.

Kapitel Sechsundvierzig

Auf der zweistündigen Fahrt schilderte ich, dass mein Bruder und ich in einem Umfeld aufgewachsen waren, in dem jedes Wort, jede Tat, egal wie arglos, bei meinem gewalttätigen Vater einen Wutausbruch hervorrufen konnten. Blinden Schwimmern in einem sumpfigen Flussarm gleich waren wir durchs Leben getaumelt und hatten uns vor allem und jedem gefürchtet. Mein Vater richtete seinen rasenden und unbegründeten Zorn auf Jeremy, der – kaum dass er zehn Jahre alt war – zum Hauptblitzableiter wurde. Später bildete ich mir ein, es läge daran, dass Jeremy meinem Vater sehr ähnlich sah.

»Mein Gott, Carson«, flüsterte Danbury. »Das muss ja die Hölle pur gewesen sein.«

»Für Jeremy war es schlimmer, jeder Tag ein Alptraum. Ich glaube, dass er seine Sinne deshalb so geschärft hat. Er kriegte jede Nuance mit. Er lebt in einer Welt, wo alles auf volle Lautstärke gedreht ist, auf eine verstörende Lautstärke. Nicht nur die Geräusche, sondern alle anderen Sinneseindrücke auch. Von daher haben seine Beobachtungen und Reaktionen ein ganz anderes Gewicht als unsere.«

Wir erreichten unser Ziel, fuhren durch Tore und an Aufsehern vorbei. Dr. Prowse war unterwegs, aber man erwartete uns. Ein Aufseher, der mich von vorangegangenen Besuchen kannte, brachte uns zu Jeremy. Er wusste, dass Dr. Prowse mir im Umgang mit meinem Bruder außergewöhnlich viel Spielraum einräumte. Der Aufseher legte die Finger auf das elektronische Schloss. »Die gleiche Prozedur wie immer, Detective Ryder? Die Tür bleibt geschlossen, während Sie drinnen sind?«

»Ja. Wenn ich klopfe, dann um das hier zu holen.« Ich legte ein zusammengerolltes weißes Badetuch neben die Tür und trat beiseite, als der Aufseher den Code eingab. Danbury umklammerte meine Hand. »Hast du Schiss?«, fragte ich sie.

»Ein bisschen. Ich weiß nicht, was mich erwartet.«

»Ich auch nicht. Verrate ihm nur nicht, dass du Reporterin bist. Die hasst er.«

»Und warum?«

»Für ihn waren seine Verbrechen eine persönliche Mission, eine heilige Vendetta. Er hat den Medien nie verziehen, dass sie ihn als mordenden Psychopathen abgestempelt haben. Das wertet er als Missinterpretation seiner Absichten. Wie ich schon sagte, seine Ansichten sind verzerrt, oftmals Spiegelbilder der Realität.«

Die Tür ging lautlos auf. Die schweren Angeln quietschten nicht. Fünf Schritte hinter dem Türrahmen starrte Jeremy uns aus seinen kalten blauen Augen an.

»Hallo, Jeremy«, sagte ich und trat über die Schwelle. »Ich möchte dir eine gute Freundin von mir vorstellen. DeeDee Danbury.«

Jeremy legte die Hand auf meinen Arm, zerrte mich durchs Zimmer und zischelte in mein Ohr. »DeeDee? Was, verflucht noch mal, ist eine DeeDee? Wer ist diese Schlampe? Und wo steckt AVA? Wo steckt denn meine süße, kleine Nachtigall?« Obwohl sie zum verhassten Geschlecht gehörte, bildete Jeremy sich ein, zwischen ihm und Ava bestünde eine Verbindung, die darauf basierte, dass sie Pathologin war: Dass sie mit ihren Händen in die Toten gefasst hatte, adelte Ava in Jeremys Augen.

»Ava ist in Fort Wayne, Jeremy. Das weißt du. Lass den Unsinn.«

Mit finsterem Blick flüsterte er mir ins Ohr, sprach aber absichtlich so laut, dass Danbury alles verstand. »Was für einer Arbeit geht Lady DeeDee nach? Muss sie dabei viele Stunden knien?«

»Ich habe keine Zeit für deine Spielchen, Jeremy. Sorg dafür, dass Trey Forrier vorbeischaut.«

Jeremy wandte sich an Danbury. »Er bringt all seine Huren hierher, wissen Sie. Er fickt sie vor meinen Augen. Wie die Ziegen treiben sie es auf dem Boden. Und hinterher braucht der Hausmeister zwei Stunden, bis er die ganzen Körperflüssigkeiten aufgewischt hat.«

»Halt die Klappe, Jeremy. Ich muss Forrier sprechen. Jetzt.«

Jeremy verschränkte die Arme vor der Brust, wippte mit den Zehen und musterte Danbury ungeduldig. »Miss Ava, das frühere Liebestäubchen meines Bruders, war Pathologin. Insofern hatten wir einige Gemeinsamkeiten. Sind Sie Pathologin, Miss TeeTee? Und falls nicht, darf ich dann fragen, womit Sie Ihr Geld verdienen? Vorausgesetzt, dass man darüber in angenehmer Gesellschaft laut sprechen darf.«

»Ms Danbury recherchiert für Harry und mich«, antwortete ich. »Ich habe keine Zeit für deine Spielchen, Jeremy. Mach jetzt, dass Trey Forrier dich besuchen kommt.«

Er hob eine blasse Augenbraue. »Was für Recherchen?«

»Im Moment geht das nur mich was an.«

»Was willst du von Trey?«

»Dieselbe Antwort.«

Es klopfte, kurz darauf wurde die Tür geöffnet. Ein zweiter Aufseher, ein jüngerer Typ, den ich ein, zwei Mal gesehen hatte, steckte den Kopf herein. »Entschuldigung, Mr Ryder? Ich bin gerade erst gekommen. Wir kennen uns schon. Mein Name ist Albert Jenkins. Falls Sie etwas brauchen, ich bin draußen.«

»Bitte, schließen Sie die Tür, Mr Jenkins.«

»Ja, Sir.« Jenkins hob den Blick, entdeckte Danbury. Seine Augen funkelten, als er sie erkannte. »Ich kenne Sie. Sie sind im Fernsehen.«

Jeremy riss den Kopf zu Danbury herum. »BeeBee ist im TeeVee?« Er betrachtete sie mit neuem Interesse. »Was tun Sie, wenn ich fragen darf?«

Ich zuckte zusammen. »Mr Jenkins, dieses Gespräch hier ist vertraulicher Natur.«

»Tut mir leid.« Er schloss die Tür.

Jeremys Blick klebte an Danbury. »Sind Sie Schauspielerin, Miss WeeWee? Ich dachte, heutzutage hätten alle Schauspielerinnen Riesentitten? Sind Sie eine kleine Nummer, die nur winzige Rollen kriegt?«

Sie schaute zu mir herüber. Ich zuckte mit den Achseln und nickte. *Sag es ihm.* Er würde so lange auf ihr herumhacken, bis sie ihm die Wahrheit sagte.

»Ich bin Journalistin, Mr Ridgecliff.«

»Journalistin?«, flüsterte er.

»Ja. Reporterin in Mobile bei Channel 14.«

Ich rechnete damit, dass er explodierte, über Fernsehnachrichten, Huren, die Verdorbenheit der Seele, allein auf Profit ausgerichtete Sensationsgier schwadronierte … also wie üblich seine Schmähreden wider den Journalismus vom Stapel ließ. Doch er überraschte mich, riss die Augen auf und kreuzte die Hände auf der Brust.

»Die MEDIEN? Besuchen mich schlichtes Gemüt? Ist das mein Durchbruch, SIND DAS MEINE FÜNFZEHN MINUTEN RUHM? Brauche ich einen Agenten? Einen persönlichen Stylisten?« Er rannte zum Spiegel und zupfte die blonden Haare zurecht, als bereite er sich auf eine Fotosession vor.

»Hol Forrier her, Jeremy«, sagte ich. »Es ist wichtig.«

»Gleich, Carson. Ich bin noch nie einem Mitglied der VIERTEN GEWALT begegnet!« Mit kindlichem Enthusiasmus flitzte er durchs Zimmer, setzte sich auf das Bett, klopfte neben sich auf die Matratze.

Danbury ließ sich neben Jeremy nieder, ging auf sein Spiel ein. »Schießen Sie los. Ich bin ganz Ohr.«

Zum Spaß legte er die Stirn in Falten. »Sie benutzen ja gar kein Mikrofon. Wie soll meine Fangemeinde mich denn hören?«

Sie tat so, als greife sie nach einem Mikrofon, und hielt es Jeremy vor den Mund. »Die Welt wartet. Nun erzählen Sie uns ganz exklusiv Ihre Geschichte, Mr Ridgecliff.«

Warnend wedelte er mit dem Finger. »Sie haben mich nicht angekündigt.«

»Komm schon, Jeremy«, knurrte ich. »Lass den Unsinn. Wir haben's eilig.«

»Gönn mir doch den Spaß, Bruder. Dreißig Sekunden, dann lasse ich nach Trey schicken.«

Danbury blickte in die nicht vorhandene Kamera. »Heute unterhalten wir uns mit Mr Jeremy Ridgecliff, der eine Botschaft für unsere Zuschauer hat. Sind Sie bereit, Ihre Botschaft zu übermitteln, Mr Ridgecliff?«

»Aber gern doch.«

Mein Bruder zwinkerte in die eingebildete Kamera, drehte sich zu Danbury um und spuckte sie an.

Ohne zu überlegen, schlug sie ihm ins Gesicht.

Ich zwängte mich zwischen die beiden. Danbury wich zurück und wischte mit dem Ärmel über ihr Gesicht. Ich packte meinen Bruder an den Schultern und drehte ihn so, dass er mich ansehen musste. »Hol Forrier her, du mieser kleiner Dreckskerl. Auf der Stelle.«

»Es tut mir leid, dass ich Sie geschlagen habe, Mr Ridgecliff«, sagte Danbury, die hinter mir stand. »Ich habe ganz automatisch reagiert. Ich wollte nicht –«

»Nein«, sagte ich. »Entschuldige dich nicht bei ihm. Was er getan hat, war widerlich. Hol Forrier her, Jeremy. Und zwar SOFORT.«

Er wirbelte herum, ging zur Wand und lehnte sich an. Und dann tat er so, als müsste er dringend seine Nägel auf der Hemdbrust polieren. »Getroffen habe ich eine Reporterin namens BeeDee, mit einer Möse voll Samen, ihhh, und ganz schlimm infiziert, voller Fliegen und Schaben, doch der arme Carson ist fasziniert.«

»Man kann sich doch immer darauf verlassen, dass du dich benimmst wie ein pubertärer Knabe«, sagte ich. »Muss ich Forrier selbst holen?«

»Wenn ich ihn nicht einlade, kommt er auch nicht«, sagte Jeremy, senkte den Blick und polierte wieder seine Nägel. »Und das läuft nicht. Nimm deine prügelnde Hure und hau ab, Carson. Kannst mit ihr unten am Dock vögeln.«

Ich starrte ihn kurz an und brüllte dann: »Aufseher! Ich möchte ein Handy melden.«

Mein Bruder machte große Augen. »Was hast du vor?«, zischte er.

»Verabschiede dich schon mal von deinem Telefon, Jeremy.«

Die Tür ging auf. Der Aufseher steckte den Kopf herein. »Ja, Mr Ryder?«

»Mir ist da etwas aufgefallen und ich möchte …« Ich brach ab, fixierte meinen Bruder.

»Die Gesellschaft unseres guten Freundes Trey Forrier erbitten«, beendete Jeremy den Satz für mich. Sein ausdrucksloser Blick wanderte zwischen Danbury und mir hin und her.

Ich nickte. »Ms Danbury und ich möchten allein mit Mr Forrier sprechen. Wenn mein Bruder Mr Forrier gebeten hat, mit uns zu sprechen, soll er woanders warten.«

Jeremy wollte schon protestieren, aber ich tat so, als würde ich eine Nummer in ein Handy eingeben, und ballte dann die Hand zur Faust, als würde ich das Telefon zerquetschen. Sein zorniger Blick verriet mir, dass er meine Botschaft verstanden hatte, doch er hielt den Mund.

»Kommen Sie mit mir, Mr Ridgecliff«, sagte der Aufseher.

Jeremy machte ein, zwei Schritte und blieb dann neben Danbury stehen. Sie hielt seinem Blick stand, wich ihm nicht aus.

»Die Journalisten und ich haben einiges gemein, Ms BeeBee«, meinte Jeremy. »Ich habe beispielsweise mit fünf Frauen Gespräche geführt, die sich um Mummys Posten beworben haben. Und nun raten Sie mal, was dabei rausgekommen ist.«

Danbury hob eine Augenbraue. »Was denn, Mr Ridgecliff?«

Er grinste. »Sie alle haben den Job gekriegt.«

Er drehte sich um, schlenderte in den Flur, blieb wieder stehen, drehte sich zu Danbury um und lächelte. »Wie gern würde ich mit Ihnen ein Vorstellungsgespräch führen, Miss FeeFee. Ein ganz ausführliches. Falls ich mal in Ihrer Nähe bin, werde ich Ihnen unter Garantie einen Besuch abstatten.«

Und dann war er verschwunden. Danbury stellte sich neben mich und hielt sich an meinem Arm fest.

»Er ist entsetzlich launisch. Kalt und heiß, charmant und fies. Er macht einem Angst. Trotzdem tut es mir leid, dass ich ihn geschlagen habe. Das war –«

»Eine ganz natürliche Reaktion. Und Schnee von gestern. Mach dir wegen der Drohung keine Sorgen. Er kommt hier nie mehr raus. Ich brauche jetzt deine Hilfe. Du musst Französisch sprechen. Ich denke, wir werden – was Trey Forrier betrifft – ein bisschen mehr Licht ins Dunkel bringen.«

Als sich Schritte der Tür näherten, hielt ich sie in meinen Armen.

Kapitel Siebenundvierzig

Forrier kam in den Raum, musterte mich neugierig und begab sich in eine Ecke. Mir fiel auf, wie er darauf achtete, dass er Danbury seine verletzte Gesichtshälfte nicht zuwandte. Forrier baute sich vor Jeremys Wand auf, betrachtete sie eine Weile und begann dann, sein imaginäres Orchester zu dirigieren.

Was hört er nur?, fragte ich mich.

Ehe Jenkins die Tür schloss, schnappte ich mir das Badetuch, das im Flur lag. Als ich das Badetuch auf dem Boden ausbreitete, waren darauf getrocknete Farbstreifen zu erkennen. Mit verschränkten Armen beugte ich mich über das eigenwillige Mosaik. Forriers Blick schweifte zu den Streifen, ehe er wieder woanders hinschaute.

»Das in Paris waren Sie«, sagte ich, obwohl ich mir nicht ganz sicher war, inwieweit er verstand, was ich meinte, doch ich ging davon aus, dass er mehr begriff, als er nach außen hin zugab. »Der menschenscheue Künstler, der Tag und Nacht gearbeitet hat. Der Mann, der Hexcamps Zorn auf sich gezogen hat.« Ich deutete auf die getrockneten Leinwandstreifen. »Das hier hat Hexcamp Ihnen gestohlen, nicht wahr? Sie haben ihn nie beleidigt, aber Ihre Begabung hat ihn herabgesetzt.«

Forrier dirigierte immer noch, doch seine Bewegungen hatten etwas Mechanisches, während er sich auf meine Worte konzentrierte.

»Trey, die haben versucht, Sie umzubringen, oder? Haben auf Sie eingeprügelt, Ihre Schläfe, Ihre Wangenknochen zerschmettert. Und Sie einfach liegen lassen, damit Sie sterben, aber Sie haben es überlebt.«

Forriers Hände zitterten, fuhren zu seinem zerstörten Gesicht hoch, fielen wieder herunter. Es gelang ihm nicht, den Blick von den Streifen am Boden abzuwenden.

»Setzen Sie für uns die Puzzleteile zusammen, Mr Forrier«, bat Danbury. »Ich spreche Französisch, falls Sie sich lieber in Ihrer Muttersprache unterhalten möchten. Bitte, glauben Sie uns, wir sind Ihre Freunde, wir sind gekommen, um Ihre Geschichte zu hören. *S'il vous plaît croyez que nous sommes ici pour entendre votre histoire.*«

Forrier sah zu Danbury hinüber und nickte. Er fing an, die Streifen zu ordnen, neu zu arrangieren.

»Marsden avait un vide en lui …«

Forrier sprach langsam. Wie ein Mann, der aus einem Trancezustand erwacht, kamen ihm die Worte schwer über die Lippen. »Marsden hatte eine Leere in sich, von der er glaubte, sie ließe sich durch meine Malerei ausfüllen.«

»Je suis venu aux États Unis après huit mois …«

»Acht Monate später bin ich nach Amerika gekommen. Eins seiner Monster war aus dieser Gegend. Und ich hatte Recht: Sie lebten ganz in der Nähe auf einer Farm.«

»Il m'était impossible de venire reprendre mon travail …«

»Einfach meine Bilder zurückzufordern war nicht möglich. Die Leute, die mit Marsden lebten, hätten mich fertig gemacht. Also erzählte ich Marsden, dass er ein herausragender Künstler und ich im Vergleich zu ihm ein Nichts wäre. Ich sagte: ›Marsden, Gott hat mich verschont, damit ich nach Amerika kommen und von dir lernen kann.‹ Ich habe ihm Blumen geschenkt und seine Füße geküsst. Sie rochen wie alter Camembert.«

Ich konnte den Blick nicht von dem Bild abwenden, das Forrier zusammensetzte. Ein Großteil der Streifen war arrangiert. Vermutlich hatte Forrier in jeder Maske einen Teil der Streifen versteckt.

Forrier sagte: *»Je me suis renseigné sur mes oeuvres …«*

»Ich habe nach den Kunstwerken gefragt, die man mir weggenommen hat: ›Was ist aus dem Bild geworden, das ich vor Ewigkeiten gemalt habe? Hängt es in einem schönen Haus? Kann ich es sehen?‹ Er lachte und behauptete, er würde darauf schlafen. Ich fand raus, dass das kein Witz war. In seinem Atelier gab es ein Bett und er hatte mein Bild in Stücke geschnitten und sie in sein Kissen gestopft. Größere Teile des Bildes und meine Skizzen gab er als seine Werke aus. Er hat sich meine Arbeiten angeeignet, indem er sie zerstört und mit ihnen geschlafen hat. Zuerst plündern, dann vergewaltigen.«

Ich hob eine Augenbraue und suchte Danburys Blick. Forrier hatte gerade eine treffende psychologische Analyse geliefert. Er war immer noch damit beschäftigt, die einzelnen Teile zusammenzusetzen, Ordnung ins Chaos zu bringen. Das Bild, inzwischen etwa ein Quadratmeter groß, hatte Lücken. Vielleicht hatten bestimmte Stücke einem anderen Zweck gedient oder waren schlicht und einfach im Wasser verloren gegangen.

»… une dépendance, une structure pourrissante. Marsden l'avait appelé mon ›une stage‹ …«

»Ich war nicht da, als er meine Kunst als die seine ausgegeben hat. Ich musste weit weg von den anderen hausen, in einem Nebengebäude, einem morschen Haus. Ich durfte mit niemandem Kontakt haben, nur mit Marsden und … einer Frau. Diese Zeit nannte Marsden meine ›Lehre‹. Doch allmählich habe ich sein Vertrauen gewonnen und durfte schließlich hin und wieder sein Atelier benutzen. Leider habe ich keine Möglichkeit gefunden, mein Gemälde zurückzuholen, ohne aufzufliegen. Und dann kam ich auf eine Idee: Pappmaché. Mit den Streifen meines Bildes habe ich Masken hergestellt und die Streifen im Kissen gegen Stofffetzen eingetauscht. Ich habe gehofft, mein Gemälde vor dem grässlichen Dasein bewahren zu können, zu dem es verurteilt war.«

»*… J'ai fait des masques laids et difformes …*«

»Ich habe hässliche und deformierte Masken gemacht. Ich habe Glasscherben hineingesteckt. Niemand mochte sie anfassen, geschweige denn stehlen. Marsden sagte: ›Schaff diese hässlichen Dinger fort, Forrier, behalt sie bei dir.‹ Insgeheim freute es ihn, dass ich solche Scheußlichkeiten produzierte, denn damit lieferte ich den Beweis, dass ich kein Künstler war.« Forrier hielt inne. »Dieser aufgeblasene kleine Pfau begriff nicht, dass ich mich nun auf seine Kosten lustig machte: In den Masken hielt ich die Seelen derer fest, die meine Arbeiten stahlen.«

Hässlich und deformiert, dachte ich, genau. Forrier sprach weiter und Danbury übersetzte, während sie wie gebannt das gespenstische Bild betrachtete, das auf dem Boden entstand.

»*Les masques ont été pris aussi …*«

»Die Masken wurden mir auch weggenommen. Alle, bis auf eine, an der ich damals gerade arbeitete. Ich denke, am Ende haben sie ihn doch noch verzaubert. Obwohl sie hässlich waren, hatten sie große Kraft.«

»Diese Masken wurden an Tatorten gefunden«, sagte ich ihm die Wahrheit ins Gesicht. »Und Sie sind für grauenvolle Verbrechen bestraft worden.«

»*Les morts ne sont pas arrivés loin d'où j'ai travaillé …*«

»Die Morde passierten in der Nähe des Ortes, an dem ich als Tellerwäscher gearbeitet habe. Meine verschwundenen Masken wurden gefunden. Die Polizei ist irgendwann zu mir gekommen. Das Gericht hat mir einen Anwalt zugeteilt. Dem Anwalt habe ich gesagt: ›Das hat etwas mit Marsden Hexcamp zu tun.‹ Der Anwalt sagte, wenn ich zugäbe, dass ich Hexcamp kenne, wäre mein Schicksal besiegelt. Die Wahrheit, die mich retten sollte, hätte mich das Leben kosten können. Eine brillante Falle.«

Forrier verschob die Streifen so lange, bis keine mehr im Handtuch waren. Das Ergebnis schien das untere Viertel einer größeren Arbeit zu sein, ein zerstörerisches Gespenst – Blut, Knochen, Körperteile. Ausgemergelte Gesichter mit kreischenden Mündern blitzten unter Exkrementkaskaden hervor. Winzige, goldene Würmer wanden sich durch das Gemetzel. Das Gemälde war meisterhaft – vom technischen Standpunkt aus betrachtet das Werk eines Genies – und dennoch ein wahnsinniger Alptraum. Was war die Inspiration für diese Ausgeburten der Hölle?

Forrier trat zurück, richtete den Blick auf die Wand und fing an, seine lautlose Musik zu dirigieren. Das Interesse an seiner Kunst hatte er offenbar verloren. Ich erinnerte mich an seinen letzten Ausspruch, ehe er mit dem Puzzle fertig war.

»Wer hat Sie in die Falle gelockt?«, fragte ich. Er starrte mich kurz an und wedelte dann mit den Händen, als wollte er Rauch vertreiben.

»*Fantômes*«, flüsterte er.

»Geister«, übersetzte Danbury.

Mit *fantômes* versiegten Forriers verbale Ergüsse. Er verstummte, schwieg und ignorierte alle weiteren Fragen. Mit einem glücklichen Lächeln auf den Lippen starrte er einfach die Wand an.

»Das ist der abgedrehteste Mistkerl, der mir je unter die Augen gekommen ist«, wisperte Danbury.

Kapitel Achtundvierzig

Während unserer rasanten Heimfahrt erhielt Danbury ungefähr ein Dutzend Anrufe von Channel 14. Dabei ging es anscheinend um eine Sendung über Kliniken, die Gewichtsreduzierungen vornehmen. Wenn ich es richtig verstand, lag ihr dieses Thema nicht besonders am Herzen. Ich bekam einen Anruf von Jacob Willow, der wissen wollte, auf welchem Stand wir waren. Ich versprach ihm, später zurückzurufen. Auf dem Weg zu Channel 14 brausten wir durch Mobile. Danbury sagte: »Ich muss mich um ein paar Dinge kümmern. Hundert oder so, mehr nicht. Sollte Walcott sich melden, kann ich mich loseisen.«

Sie rannte zur Tür. Ihre Haare flatterten im Wind. Mit einem Mordstempo raste ich zu mir nach Hause. Ich wollte duschen, das Kunstwerk verstecken. Und dann auf einen Anruf von Walcott warten.

Gerade als ich aus der Dusche stieg, klingelte das Telefon. Walcott klang gestresst. »Ich weiß nicht, wo die Sache steigt, aber ich denke, heute oder morgen. Ich habe zwei Kunden angerufen, die über die entsprechende Summe und Vorliebe verfügen. Mir wurde gesagt, sie wären nicht in der Stadt, würden aber morgen oder übermorgen wieder zurückkommen.«

»Wie eindeutig ist das? Handelt es sich vielleicht um ganz normale Geschäftsreisen?«

»Sie sind in Rente und Sammeln ist ihre Hauptbeschäftigung. Außerdem rufen sie mich immer zurück. Eine andere Kundin bat mich, in ein paar Tagen wieder anzurufen. Sie sagte auch, falls alles so läuft, wie sie es sich vorstellt, bräuchte sie vielleicht den Namen eines kompetenten Restaurateurs. Für Ölgemälde.«

»Reden Sie weiter.«

»Die letzte Person hatte am meisten zu sagen, auch wenn es nicht sonderlich viel war. Ich deutete an, ich hätte etwas, das ihn interessieren könnte. Einen frühen Ramirez. Und er sagte, ich hätte Glück und er würde morgen vorbeikommen und ihn sich anschauen.«

»Und?«

»Ihm gehören ein paar kleine Kasinos in Las Vegas. Aber er meinte, er hätte heute und morgen geschäftlich in der Gegend zu tun. Er wolle wissen, wie viel der Ramirez kostet, weil er sich nicht sicher war, wie viel er ausgeben konnte. Er wollte mir in ein, zwei Tagen Bescheid geben.«

Hing seine Kauffreude vielleicht davon ab, wie viel er bis dahin für die Hexcamp-Sammlung hingeblättert hatte, fragte ich mich, obwohl sich »geschäftlich zu tun« auch auf das nahe gelegene Biloxi und Pascagoula beziehen konnte, wo es ebenfalls Kasinos gab. Walcott sagte: »Ich habe nichts in der Art von Ramirez. Was soll ich tun, wenn er –«

»Sie wissen ganz sicher nicht, wo die Auktion stattfindet?«

»Ich schwöre, ich habe Ihnen alles gesagt, was ich weiß.«

»Trotzdem sind Sie sich sicher, dass die Auktion für heute oder morgen angesetzt ist?«

»Da läuft irgendeine große Sache; das spüre ich.«

»Wie heißen diese Leute?« Ich konnte die hiesigen Hotels checken und hoffen, dass sie unter ihrem echten Namen abgestiegen waren. Schließlich bestand ja kein Anlass für Heimlichkeiten.

»Das kann ich Ihnen nicht verraten, Detective Ryder. Ich habe getan, was Sie verlangt haben. Nun erwarte ich, dass Sie Ihr Versprechen halten und mich in Ruhe lassen.«

Er hängte ein. Ich fluchte und hätte – da ich das nicht

mit Giles Walcotts Kopf machen konnte – fast das Telefon an die Wand geworfen. Stattdessen rief ich Harry an.

»Harry, die Auktion steigt heute oder morgen. Walcott kennt ein paar von den potentiellen Käufern, hat mir gegenüber aber die Schotten dichtgemacht. Könntest du vielleicht hingehen und sie wieder öffnen? Ich warte hier auf deinen Anruf.«

Das Haus kam mir auf einmal winzig vor, ich hatte das Gefühl zu ersticken. Die Anspannung war zu groß für das bisschen Raum. Ich ging auf die Veranda und richtete den Blick auf das glitzernde Wasser. Mein Telefon läutete. Ich las die Nummer: Willow. Ich ging ran.

»Ich kann jetzt nicht reden. Wir stehen kurz vor einem Durchbruch.«

»Was ist denn?«, fragte Willow.

»Sieht ganz so aus, als wären die Käufer irgendwo in der Gegend. Wo, weiß ich nicht. Harry versucht, Walcott weiter auszuquetschen. Ich bin zu Hause und kurz davor, aus der Haut zu fahren. Ich brauche eine freie Leitung.«

»Ich bin seit mehr als drei Jahrzehnten an diesem Fall dran. Rufen Sie mich an, wenn Sie was hören.«

Ich lief auf dem Deck auf und ab und versuchte zu überlegen, wie wir vorgehen sollten, wenn – falls – wir den Auktionsort fanden. Wir mussten die Spieler im Spielfeld halten, uns auf Coyle und seine Partner konzentrieren.

Eine Autotür, die zugeknallt wurde, riss mich aus meinen Gedanken. Eine Frau rief: »Rubin?«

Rubin?

Die Stimme kam von nebenan. Ich spähte um die Hausecke. Lydia Barstow stand drüben auf der Auffahrt und brüllte das Haus der Martins an.

»Rubin, komm raus! Ich habe Angst. Bitte, Rubin.«

Ich lief durchs Haus, sprang die Treppe hinunter,

rannte durch die zwischen den Häusern liegenden Dünen. Lydia stand vor einem blauem Explorer. Neben ihren Füßen stand eine braune Reisetasche.

»Lydia, was ist? Was tun Sie denn hier?«

Vor Schreck zuckte sie zusammen und drehte sich zu mir um. »Detective Ryder? Was ... ich meine ... Wie sind Sie denn hierher gekommen?«

»Ich wohne hier, Lydia. In dem Haus dort drüben. Was haben Sie hier zu suchen?«

Verwirrt schaute sie von einem Haus zum anderen. »Rubin hat sich vor einer Stunde gemeldet. Er wollte seine Tasche. Mal hat er rumgeschrien und mich dann wieder angefleht, sie ihm zu bringen. Ich habe ihn gefragt, was das soll, und da hat er gesagt, ich soll die Klappe halten, die Tasche holen und ...«

»Puh, Lydia. Er wollte, dass Sie die Tasche hierher bringen?«

Sie wedelte mit einem pinkfarbenen Notizzettel. »Er wollte, dass ich mir die Adresse aufschreibe und niemandem verrate, dass er hier ist, weil er sonst große Schwierigkeiten bekommt.«

Ich nahm den Zettel: Da stand die Adresse der Martins drauf. Dann wanderte mein Blick zu der Reisetasche, die fast aus allen Nähten platzte.

»Was ist in der Tasche?«

»Er hat mich zu einer von diesen Firmen geschickt, wo man Sachen einlagern kann. Der Schlüssel war in seinem Schreibtisch.« Sie errötete. »Ich musste es tun, Detective Ryder. Ich habe versucht, mich von ihm zu trennen, aber ... die Gefühle sind immer noch da. Ich bin immer noch ...«

Sie brach ab und verbarg das Gesicht in zitternden Händen. Der rote Wagen war verschwunden. Das Haus wirkte ausgestorben. Ich ging neben der Reisetasche in die Hocke. Sie war aus dickem, gewachstem Stoff und hatte einen schweren Reißverschluss mit Schloss. Ich tastete den Inhalt ab. Flexible Quader, so groß wie Geldbündel. Sehr viele Quader.

Lydia schlug unten auf das Treppengeländer. »Rubin! Komm raus, Rubin!« Sie war kurz davor, hysterisch zu werden.

»Ich glaube nicht, dass er da ist, Lydia. Das Fahrzeug ist verschwunden. Sollten Sie sich hier mit ihm treffen?«

»In einer Stunde. Ich bekam es mit der Angst und bin früher gekommen. Was geht denn hier vor?«

Ich betrachtete das einstöckige, auf Stelzen stehende Haus der Martins. Hatte sich Rubin Coyle die ganze Zeit über nebenan versteckt? Das kam mir bizarr vor. Aber der ganze Fall war bizarr, und zwar von dem Moment an, da ich das Zimmer im Cozy Cabins betreten hatte.

»Rubin!«, kreischte Lydia. »Ich bin hier. Bitte, sprich mit mir.«

Ich setzte sie in den Explorer und versprach, gleich zurückzukommen. Dann lief ich die Stufen hoch, trat auf den oberen Absatz und klopfte.

»Coyle? Hier ist Detective Ryder. Ich muss mit Ihnen sprechen.«

Ich drehte am Türknauf. Die Tür war nicht abgeschlossen. Eiskalte Luft strömte nach draußen, als ich die Tür aufstieß – dahinter war nur Stille. Ein Klicken ließ mich zusammenfahren. Es dauerte einen Moment, bis ich begriff, dass das der Kühlschrankkompressor war.

»Coyle?«, rief ich noch einmal und stolperte über drei Koffer, die gleich hinter der Tür in einem weitläufigen Wohnzimmer mit gebohnerten Hartholzdielen standen. Auf einem Wohnzimmertisch lagen eine Rolle Klebeband und ein Blatt Papier: Die Standardkarte der Makler mit eingezeichneten Mietobjekten. Ein halbes Dutzend Häuser waren rot eingekreist. Alle innerhalb eines Viertelmeilenradius.

In den vier Sekunden, die es dauerte, bis die Wellen in der Ferne brachen, dämmerte es mir endlich: Coyle hatte die Bieter in Mietshäusern auf Dauphin Island untergebracht. Das war die perfekte Lösung, wenn man Wert auf Anonymität legte. Um diese Jahreszeit sah man andauernd neue Gesichter. Ich studierte die Karte genauer. Das Haus der Amberlys war rot markiert. Die Blovines waren Sammler.

Das passte.

»Detective?«, flüsterte eine Frau.

Ich drehte mich um. Lydia stand, vom Sonnenlicht eingerahmt, in der Tür. Sie hielt etwas Dunkles in der Hand. Aus irgendeinem Grund explodierte meine Brust.

Weit weg türmten sich Wellen auf, um mich wegzuschwemmen.

Kapitel Neunundvierzig

Aufgrund der Entfernung klang die heitere Frauenstimme gefiltert.

»Hallo, Mr Kern? Hier ist noch mal Ms Barstow. Haben Sie sich eingelebt? Ja, es ist ein schönes Haus. Ich rufe an, um den weiteren Verlauf abzustimmen. In Kürze werden ausschließlich Sie die Objekte besichtigen können …«

Die Stimme wurde lauter. Was auch immer mich umgehauen hatte – ich kam schnell wieder zu Bewusstsein. Keine Schussverletzung, kein Schädeltrauma. Über mir war eine weiße Zimmerdecke. Meine Brust brannte. Als ich den Blick senkte, entdeckte ich rote Nadelstiche auf meiner Hemdbrust.

Taserspuren.

Man hatte mich angegriffen und fünfzigtausend Volt auf mich abgefeuert. Ein Stück weiter unten erkannte ich links und rechts von meinem Körper Hände. Meine Hände – ungefähr dreißig Zentimeter weit auseinander. Jemand hatte mehrere dicke Stücke Draht, die man zum Aufhängen von Bildern verwendete, um beide Handgelenke gewickelt. Ich bewegte die Finger, doch meine Ellbogen waren auf dem Rücken fixiert und fühlten sich an, als ob sie in Beton getaucht wären. Mein Rücken und meine Schultern schmerzten.

Ich drehte den Kopf hin und her und entdeckte einen Kehrbesen auf der einen, den dazugehörigen Stiel auf der anderen Seite. Warum lag ich auf einem Besen?

Ich versuchte, mich aufzusetzen, doch das schaffte ich nicht. Irgendetwas hielt mich am Boden fest. Ich fixierte den Besen so lange, bis ich endlich begriff, was Sache war. Man hatte mir den Stiel in die Armbeugen gelegt, dann meine Hände gefesselt und das verdammte Ding auf meinem Rücken festgezurrt.

Grunzend hob ich meine Füße ein paar Zentimeter. Meine Knöchel waren ebenfalls mit Draht zusammengebunden. Obwohl man jemanden im Handumdrehen fesseln konnte, war das Ergebnis im Verhältnis zum Aufwand beachtlich: Man kann sich kaum mehr rühren. Die fröhliche Frauenstimme trällerte immer noch im Hintergrund.

»Ich werde Sie in ein paar Minuten abholen und zu dem Ort bringen, wo die Besichtigung stattfindet. Ein aufregender Tag, Mr Kern, da bin ich ganz Ihrer Meinung. Rubin wird die schriftliche Erläuterung mitbringen, wie sich der Ablauf der Auktion gestaltet. Er freut sich schon darauf, Sie kennen zu lernen ...«

Lydia saß an einer Theke, die die Küche von einer kleinen Essnische trennte. Sie hatte sich umgezogen und trug nun eine weiße Seidenbluse, gebügelte Jeans und Laufschuhe. In diesem Aufzug fügte sie sich perfekt ins gepflegte Strandleben ein, dem man hier frönte. Sie hatte eine prima Figur, die wegen der sackförmigen Arbeitsklamotten nicht zur Geltung gekommen war. Ihre Stimme klang auf einmal gar nicht mehr wie die von Lydia, sondern charmant und melodisch. Sie hatte sich auch den unterschwelligen Befehlston einer geschäftigen Südstaaten-Schönheit zugelegt.

»Gegen Freizeitkleidung ist überhaupt nichts einzuwenden, Mr Kern. Rubin trägt Shorts. Aber er war heute auch viel unterwegs und hat sich vergewissert, dass alle startklar sind. Bis später.«

Lydia legte das Telefon wieder in die Wandhalterung. Ihr fiel auf, dass ich die Augen offen hatte. Und da lächelte sie, als wären wir alte Freunde. »Sie hätten diesen Idioten hören sollen, Ryder. Er wollte wissen, ob erwartet wird, dass die Teilnehmer der Auktion in Abendgarderobe erscheinen.« Sie grinste hinterhältig. »Soll ich ihn noch mal anrufen und ihm sagen, er soll im Smoking kommen?«

»Es ist alles nur Fake«, meinte ich. »Von A bis Z.«

»Das Geld ist echt; echter geht's gar nicht. Und wo wir gerade von Geld sprechen, es ist höchste Zeit, ein Sümmchen abzuheben.« Lydia stand auf. Die schlechte Haltung, das altjüngferliche Gehabe, die Ausstrahlung, als hätte sie nur Zurückweisung erfahren – all das war verschwunden. Diese Lydia bewegte sich wie ein Leopard. Sie riss ein Stück Klebeband ab, legte es auf meinen Mund und ging zur Tür hinaus. Mein Schrei war kaum mehr als ein gedämpftes Murmeln, das nicht mal auf der Veranda zu hören war.

Ich versuchte mich zu rollen, musste allerdings feststellen, dass der Besen mich daran hinderte. Ich drückte meine Fersen ein paar Zentimeter nach außen und zog, was jedoch nur dafür sorgte, dass ich mich um die eigene Achse drehte. Nachdem ich ein paar Minuten lang wie ein defekter Kompass herumgewirbelt war und rein gar nichts erreicht hatte, gab ich auf.

Der Wanduhr nach zu urteilen, kam Lydia zwanzig Minuten später zurück. Und wieder brachte sie einen Koffer mit. »Danke, dass Sie mir den Truck geliehen haben«, sagte sie und wedelte mir mit meinen Schlüsseln vor der Nase herum. »Leider musste ich ihn ein paar Blocks weiter unten abstellen.«

Ich schloss die Augen. Nun würde jeder, der mich besuchen wollte, denken, ich wäre weggefahren. Lydia stieß mich mit dem Fuß. »Wenn Sie sich benehmen, mache ich das Klebeband ab.«

Ich nickte. Sie riss das Band ab. Mein Blick wanderte zu dem neusten Koffer. »Wie hoch sind die Einnahmen diesmal, Lydia?«

Sie legte den Koffer hin, öffnete ihn und drehte ihn in meine Richtung. Stapelweise Geldscheine, mit Banderolen zu kleinen Bündeln geschnürt. »Mr Kern hat 1,1 Millionen gebracht. Mrs Birchman eine runde Million. Mr Carothers hat neunhunderttausend investiert. Mr und Mrs D'Alessandro siebenhunderttausend in Scheinen und Krügerrands im Wert von hunderttausend.« Lydia zwinkerte. »Jetzt muss ich noch drei Bieter besuchen und dann ist meine Pensionskasse ordentlich gefüllt.«

»Fünf oder sechs Millionen für Sie und Coyle. Wo wir gerade von unserem geheimnisvollen Fremden reden, wann kommt er denn endlich?«

Ein verschlagenes Lächeln huschte über Lydias Gesicht. Sie ging in die Küche, verschwand aus meinem Blickfeld. Ich hörte Klopfgeräusche. Steckte Coyle in der Wäschekammer der Martins?

»Rubin? Schätzchen? Du kannst jetzt rauskommen. Detective Ryder ist im Wohnzimmer und würde dich gern kennen lernen.«

Ich sah ihr Profil, als sie um die Ecke kam. Und mir war schleierhaft, weshalb sie Dorie Martins dicke, pinkfarbene Kochhandschuhe angezogen hatte, um den grauen Topf herüberzuschaffen. Lydia drehte sich zu mir um. Das war kein Kochtopf: Die Handschuhe hielten einen gefrorenen Kopf.

Rubin Coyle starrte mich an.

»Sag hallo zu Detective Ryder, Rubin.« Sie legte Rubins Kopf auf den Boden, stellte den Fuß auf das Gesicht und verpasste ihm einen Stoß. Wie ein Curlingstock schlitterte der gefrorene Kopf über den Boden und knallte gegen mein Bein. Die eisige Berührung ließ mich zusammenzucken. Lydia ging wieder in die Küche, zog die Handschuhe aus, schnappte sich den Hörer und wählte.

»Hallo, Mr Barncamp? Hier spricht Miss Barstow. Sind Sie bereit für das heutige Spektakel? Wunderbar. In zwei Stunden können Sie sich die Kunstwerke ganz privat anschauen. Sie haben das Material studiert, das die Echtheit der Werke bescheinigt? Die Zeitungsartikel, das Video mit dem Detective der Sondereinheit? Die Aussage eines Experten, Mr Barncamp, wie wir zugesagt hatten …«

Sie schaute zu mir herüber und zwinkerte, konzentrierte sich dann wieder auf ihr Telefongespräch. Ich studierte die Decke und lauschte, wie Lydia ihr Opfer mit aalglatten, perfekten Lügen bezirzte, manipulierte. Mit dieser Art von Manipulation hatte sie Harry und mich in den Fall hineingezogen, uns auf Rubin Coyles Spur gesetzt. Mit den langweiligen Kleidern, besorgten Blicken und ihrer melancholischen und verletzlichen Ausstrahlung hatte Lydia Barstow uns wie Bauern auf einem Schachbrett herumgeschoben.

Ich warf einen kurzen Blick auf Rubin Coyles gefrorenes Gesicht. Hatte sie von hinten zugeschlagen, wie bei Borg? Oder ihm zugelächelt, während sie ihm den Todesschlag versetzte?

Von vorn, nahm ich an. Borg war ein Angestellter. Coyle ein Spieler. Der Auftritt mit dem Kopf verriet mir, dass Lydia zu diesen schrecklichen und hinterlistigen Soziopathen gehörte, die ihr Opfer wissen lassen mussten, dass es sterben würde, die sich daran aufgeilten, wenn sie die Furcht in dessen Augen sahen.

Ich reimte mir zusammen, dass sie sich mit der Struktur des Mobile Police Department beschäftigt und in Erfahrung gebracht hatte, wie und wann das PSET einen Fall übernahm. Anschließend hatte sie äußerst geschickt manipuliert und die Regeln bestimmt.

Auf der Klaviatur des Systems gespielt.

Sie hatte behauptet, Ende vierzig zu sein, doch heutzutage sind kosmetische Operationen ja so etwas wie ein Supermarktartikel, den man im Vorbeigehen aus dem Regal fischt. Mittlerweile schätzte ich sie auf Mitte fünfzig. Sie war eine sehr begabte Schauspielerin, schien keine Furcht zu kennen und manipulierte die Menschen mit einem unheimlichen Instinkt für deren Wünsche und Begierden. Ich konnte den Hunger riechen, der sie antrieb – den Hunger nach Geld, nach Macht, nach dem *Spiel*.

Langsam setzte ich die Puzzleteile zusammen. Rational betrachtet war der Gedanke, der sich mir aufdrängte, absurd, aber mein Bauch sprach eine andere Sprache, und ich wusste, dass das, was er mir sagte, zutraf.

Lydia Barstow und Calypso waren ein und dieselbe Person.

Kapitel Fünfzig

Auf der Fähre, die zwischen Fort Morgan und Dauphin Island verkehrte, wickelte ein Angestellter eine Trosse ab und legte sie auf das weiß gestrichene Deck. Dann klopfte er eine Zigarette aus dem Päckchen, lehnte sich an die Reling und betrachtete die Passagiere. Hauptsächlich Urlauber: Minivans mit Nummernschildern aus dem Mittleren Westen, Kinder, die auf die Möwen zeigten, die über dem aufgeschäumten Kielwasser kreisten, Eltern, die Fotos von Dauphin Island machten, als wäre das etwas ganz Besonderes. Die Fähre war ungefähr halb voll, etwa fünfzehn Fahrzeuge an Bord. Ein paar hatten ein Boot auf dem Anhänger. Eine Hand voll Fahrradfahrer gab es auch. Dem Aussehen nach zu urteilen, waren alle Passagiere Touristen, was um diese Jahreszeit kaum verwunderte.

Nein, dachte der Mann, als er den älteren Herrn auf dem Vorderdeck erblickte, der wie gebannt aufs blaue Wasser hinausstarrte. Dieser Typ war kein Tourist. Stark gebräunt, richtig durchgebraten. Ausgeblichenes blaues Arbeitshemd, alte Khakis, häufig getragene Wellingtons. Hat früher wahrscheinlich mal auf dem Bau gearbeitet, aber nicht als Arbeiter, sondern als Inspekteur oder so.

Der Fährangestellte zündete seine Zigarette an, stützte die Ellbogen auf die Reling, schaute auf die Bucht hinaus und wartete, bis der Steuermann die Rampe hinunterließ. Das rotweiße Schiff zitterte, als die Maschinenleistung gedrosselt wurde.

»Ich gebe Ihnen einen Dollar für eine Zigarette«, rief dem Matrosen eine Stimme über die Schulter. Als er sich umdrehte, stand der alte Mann vor ihm.

»Klar doch, Mister.«

Der Matrose schüttelte eine Zigarette aus dem Päckchen, winkte ab, als ihm der Geldschein hingehalten wurde. Stattdessen gab er dem alten Mann Feuer, der sich vorbeugte und schützend die Hand vor die Flamme legte. Er nahm einen Zug und hustete lautstark.

»Sind Sie okay?«, fragte der Matrose.

Der alte Mann grinste schief, betrachtete die Zigarette. »Bin das Rauchen nicht mehr gewöhnt. Ist schon eine ganze Weile her.«

»Wie lange denn?«

»Ich habe am 1. Januar 1980 aufgehört. War als Statement gemeint. Ein normaler Jahreswechsel reichte nicht, musste schon ein Jahrzehnt sein.«

Der Matrose zog eine Augenbraue hoch. »Und wieso fangen Sie jetzt wieder an?«

Der alte Mann nahm einen Zug, hielt ihn ein paar Sekunden in der Lunge und ließ ihn dann langsam aus Mund und Nasenlöchern quellen. Er fixierte Dauphin Island. »So wird das Warten erträglicher.«

»Und worauf warten Sie?«

»Auf Antworten«, sagte der alte Mann und zog wieder an seiner Zigarette. »Seit fünfunddreißig Jahren.«

* * * * *

Lydia legte auf und schlenderte zu den Glasschiebetüren, die auf die Veranda führten. Sie öffnete die Vorhänge, starrte auf den Golf hinaus und wiegte sich leicht in den Hüften, als bewege sie sich zu einer Melodie in ihrem Kopf. Ein Schwarm Möwen zog vorbei – weiße Farbsprenkel am blauen Himmel.

Ich hob den Kopf und rief ihr zu: »Wie ist es Ihnen gelungen, jemanden dazu zu überreden, vor Gericht Ihren Platz einzunehmen? Die Weinende zu spielen?«

Das Wiegen der Hüften verebbte. Von meinem Blickwinkel aus konnte ich sehen, wie ihre Gesichtszüge eigenartig schlaff wurden, doch Sekunden später umspielte ein Lächeln ihre Lippen. Lydia wandte sich zu mir um. Ihr Hals war gerötet, ihr Atem war flach und schnell, als wäre sie erregt.

Mit vier schnellen Schritten durchquerte sie den Raum und sprang auf meine Brust, dass mir die Luft aus den Lungen wich. Sie grinste auf mich herab, während ich nach Atem rang.

»Ich musste die pathetische kleine Schlampe gar nicht überreden, Ryder. Sie hat mich angefleht, ihr den Schleier zu überlassen. Ich habe immer wieder gesagt: ›Nein, Cheyenne, das ist ein heiliger Moment.‹ Aber sie jammerte und weinte. Und schließlich sagte ich mit einem Seufzer: ›Na schön, Cheyenne, wenn du den Mund halten kannst, darfst du an meiner Stelle mit Marsden in den Himmel gehen. Ich komme in ein paar Wochen nach.‹ Sie hat die Anweisungen buchstabengetreu befolgt und sich die kleine Birne weggeschossen. Die Bullen haben ein paar Leute zusammengetrommelt, die bestätigten, dass die Frau namens Calypso und die Weinende identisch waren … ergo, Calypso war tot. Niemand wusste genug, um die Sache zu durchschauen, und deshalb wurde ich nicht verfolgt.«

Als sie endlich von meiner Brust stieg, holte ich tief Luft. Lydia ließ sich neben mir auf die Couch fallen und stieß mir sanft die Zehen in die Rippen.

»Marsdens Ego hat den Boden bereitet. Und die Gerüchte haben den Rest besorgt. Und ausgewählte Kunstwerke, die unters Volk gebracht wurden.«

»Die Bilder, die Trey Forrier gestohlen wurden?«

Für einen kurzen, seltsamen Augenblick wurde Lydias Blick glasig, das Kinn schlaff. Eine Sekunde später hatte sie ihr Gesicht wieder voll im Griff.

»Sie haben das mit Forrier rausgefunden?«, fragte sie. »Und wissen, wer ich war? Sie sind das Kleingeld wert, dass man Ihnen zahlt. Um ehrlich zu sein, einer der Gründe, weshalb ich mich für Dauphin Island entschieden habe, war der, dass ich Sie im Auge behalten wollte. Ist mir lieber, wenn die Hauptspieler in der Nähe sind. Auf die Weise weiß man immer, ob sie das Richtige tun. Und natürlich ...« Sie zog eine Augenbraue hoch und wartete, bis ich den Satz für sie beendete.

»Um unsere Teilnahme zu beenden, wenn sie nicht mehr notwendig ist.«

»Sie waren gut, Ryder. Aber da ich Ihnen nur ein paar Kunstfragmente und ein bisschen Schwachsinn geliefert habe, konnten Sie das Rätsel nicht lösen. Jedenfalls nicht rechtzeitig.«

»Schwachsinn von der Art wie im Cozy Cabins? Kerzen, Blumen und Billigschmuck?«

»Hat immerhin dazu geführt, dass Sie die Fährte aufgenommen haben, oder?«

»Bis hin zur Bestätigung, dass die Bilder echt sind«, gab ich zu.

Sie sprang von der Couch, ging von Fenster zu Fenster, kontrollierte, was draußen vor sich ging, und rief über ihre Schulter: »Dass jemand die Echtheit bestätigt, stellte ein großes Problem dar. Jahrelang habe ich mal hier, mal da ein Fragment verkauft. Wichtige Händler wie Walcott haben selbstverständlich geholfen mit ihrem Gefasel, was ja Teil des Spiels war: ›Nun, es ist angeblich im Hexcamp-Stil gemalt ...‹ Aber um die Herkunft einer ganzen Sammlung zu bestätigen, brauchte ich eine einflussreiche Autoritätsperson, die sagt: ›Ja, ich bin sicher, Marsden Hexcamp hat diese Kunstwerke produziert.‹«

»Und zwar niemand Geringeren als ein Mitglied des Psycho- und Soziopathologischen Ermittlungsteams.«

Sie drehte sich um und zwinkerte mir zu. »Als ich Marie am Abend davor begrub, hatte ich noch die Absicht, mir jemanden zu suchen, der als Sachverständiger fungieren sollte. Doch dann hätte ich jemanden einweihen müssen, was mich eine Stange Geld gekostet hätte und sehr gefährlich gewesen wäre. Dann ist mir Ihr Foto von dieser dämlichen Preisverleihung und der dazugehörige Artikel unter die Augen gekommen. Und plötzlich hatte ich meine Autoritätsperson – kantiges Kinn, selbstgerechter Blick, ein Hauch pompöses Arschloch. Da habe ich Marie wieder ausgegraben, gewaschen und die kleine Nummer im Motel inszeniert. Ich habe den Köder ausgelegt und mein schnüffelnder Experte hat die Spur aufgenommen.«

»Und Coyles Fingerabdrücke gefunden. Ist es denn zu fassen?«

»Ich habe Rubin letzten Monat überredet, mit mir dorthin zu gehen. *Ich möchte irgendwo mit dir vögeln, wo es richtig schäbig ist, wo die Nutten es treiben ...* Er hatte spezielle Bedürfnisse und die Idee gefiel ihm auf Anhieb. Übrigens, das Band, das Sie gehört haben, stammte von einem Geschäft, das schon ein paar Jahre zurückliegt. Politiker aus Florida und Projektentwickler, die ein Riesenbauprojekt unter sich aufteilen.«

»Sie müssen sich köstlich über Harry und mich amüsiert haben, als Sie uns die Geschichte von dem Fragment aufgetischt haben, das Coyle angeblich per Post erhalten und Sie so erschreckt hat.«

»Das ist der Trick bei einer guten Lüge, Ryder. Man braucht Phantasie und Details. Als ich das Motel verließ, kam mir auf einmal die Idee, dass ich bei der Leiche ein Mini-Kunstwerk deponieren sollte ... quasi als Ihre erste Begegnung mit Marsden.«

»Und einen Tag später haben Sie dann noch eins ins Kloster geschickt.«

Wieder stieß sie mir mit dem Zeh in die Rippen. »Hat dafür gesorgt, dass Sie anbeißen, oder?«

»Hat zumindest geholfen«, räumte ich ein.

»Ich bin noch mal zurück und habe ein Fragment über Wickys verrotteten Kopf geklebt und anschließend wieder diese dämliche Reporterin angerufen: *Heidi Wicky in Elrain ...*«

»Warum mussten Sie sie umbringen?«

»Vor ein paar Monaten war ich in Gulf Shores in einem Restaurant und Wicky kam hereinspaziert. Überlegen Sie mal, wie gering die Chance war, dass wir uns über den Weg laufen? Ihr sind fast die Augen aus dem Kopf gefallen. Ich weiß nicht, ob sie glaubte, was sie da sah, doch das Risiko konnte ich nicht eingehen. Wäre ja möglich gewesen, dass die anfängt, über den Vorfall zu reden. Und am Ende hätte vielleicht noch ein alter Ex-Cop namens Jacob Willow davon Wind gekriegt. Er hat vor ein paar Jahren unserem kleinen Kunstexperiment einen Riegel vorgeschoben. Und manchmal kriegt er immer noch die Hummeln und schnüffelt herum. Ich hätte ihn schon vor Jahrzehnten in meine Sammlung der letzten Augenblicke aufnehmen sollen.«

»Was war mit Nancy Chastain?«

»Ihr habe ich eine Chance gegeben. Bin bei der dummen Kuh vorbeigefahren und habe hallo gesagt. Dummerweise – –«

»Hat sie Sie erkannt, sich umgedreht und ist getürmt.«

Lydia zwinkerte. »Ist aber nicht weit gekommen.«

»Und Coyle? Der war gar kein Sammler, oder?«

Sie grinste. »Der Krempel, der in Rähmchen an seiner Wand hängt? Stammt alles von einem Eisenwarenladen und einem Metzger: Nägel, Seile. Ein paar T-Shirts habe ich mit Schweinebraten eingerieben. Ein Stück getrocknete Rinderzunge. Brauchte nicht mal einen Tag, um das alles zu inszenieren.«

»Hamerle hat nicht geglaubt, dass Coyle ein Sammler war, doch das habe ich ihm nicht abgekauft. Hamerle hatte mit alldem hier nichts zu tun, oder?«

»Warren konnte sich ohne Lehrvideo nicht mal einen runterholen. Trotzdem war er damals Marsdens Anwalt.« Wieder stupste sie mich mit dem Fuß an. Diesmal fester. »Aber, Mister Klugscheißer, das wissen Sie ja, oder?«

Ich nickte.

»Sie sind ja so klug, Ryder. Lassen Sie uns doch mal testen, wer klüger ist: Sie oder Lady Calypso. Was war der Hauptgrund, dass ich für Hamerle, Melbine und Raus gearbeitet habe? Ein kleiner Tipp: Rubins Verhandlungsgeschick war es nicht, obwohl sein Ruf die ganze Sache noch einen Tick glaubwürdiger gemacht hat.«

Wieder spürte ich den Fuß in meiner Seite. Sie spielte mit mir wie eine Katze mit einer Maus, die im Loch sitzt. »Los, Ryder. Denken Sie mal nach, falls Sie es draufhaben.«

Ich dachte an Freunde, die fanatisch Baseballkarten, Waffen, Secondhandkleider sammelten. Eines hatten sie alle gemein: Sie alle kannten sich in ihrer jeweiligen Sparte spitzenmäßig aus. Langsam dämmerte es mir. Das war brillant.

Ich sagte: »Sie haben mit potentiellen Bietern kommuniziert und dabei das Briefpapier der Kanzlei verwendet. Wichtige Sammler wussten natürlich, dass der Anwalt, der Marsden Hexcamp verteidigt hat, Hamerle geheißen hat. Hamerle hat uns erzählt, er hätte Anrufe von Sammlern erhalten, die Informationen von ihm wollten. Sie haben eine prima Verbindung hergestellt.«

Sie tat so, als würde sie applaudieren. »Niemand wusste, was nach Marsdens Tod mit den Kunstwerken passiert ist, aber jeder hatte seine eigene Theorie. Die meisten gingen davon aus, dass sein Anwalt die Bilder erhalten hat oder weiß, wo sie abgeblieben waren. Und der Briefkopf hat ihre Vermutungen selbstverständlich untermauert.«

Sie stand auf und blickte triumphierend auf mich herab.

»Sie wollten glauben und ich habe ihnen Forriers Arbeiten gegeben. Sie wollten eine Verbindung und ich habe ihnen Warren Hamerle gegeben. Sie wollten jemand, der ihnen versichert, dass die Bilder echt sind, und ich habe ihnen Detective Ryder geliefert.«

Kapitel Einundfünfzig

Hallo, Mrs Blovine? ... Hier ist noch mal Miss Barstow. Wie geht es Ihnen? Ich weiß und ich möchte mich dafür entschuldigen. So ist das hier leider. Wenn Sie vielleicht einen Schlauch nehmen und es wegspülen? ... Nein, ich möchte Ihnen keine Vorschriften machen. Ist Ihr Gatte da? ... Danke, ich werde warten.«

Lydia bedeckte die Sprechmuschel mit der Hand und wandte sich an mich. »Diese Blovine-Fotze jammert in einem fort – das Wasser schmeckt komisch, die Betten sind zu hart, auf der Veranda ist Vogelscheiße ... Am liebsten würde ich ihr mit einem Dosenöffner die Augen ausstanzen.«

»Wenn sie das Video und den Zeitungsausschnitt gesehen haben, wissen sie, wer ich bin.«

»Das haben sie erst nach ihrer Ankunft zu Gesicht bekommen, nach ihrem kleinen Zwischenfall. Meine Bieter wurden darüber in Kenntnis gesetzt, dass Sie in der Nähe wohnen. Sie sind klug genug zu erkennen, dass Ihre Einschätzung ehrlich gemeint war, Sie aber kein Sympathisant sind. Machte Sie übrigens noch glaubwürdiger.«

Sie nahm die Hand von der Muschel und begann wieder zu trällern. »Hallo, Mr Blovine. Ms Barstow hier. Ich wollte nur Bescheid geben, dass ich demnächst vorbeikomme und ...«

Lydia spann ihr Netz, schaute auf die Uhr, klebte mir den Mund zu und fuhr wieder davon, um ihr Geld einzusammeln. Ein paar Minuten lang kämpfte ich gegen meine Fesseln an. Ohne Erfolg. Harry war in Baldwin County, Danbury im Sender. Wenn ich mich nicht meldete, würden sie nach mir suchen. Aber ich war ja nicht daheim – mein Wagen war weg. Und es gab keinen Grund, im Haus nebenan nach mir zu suchen.

Zwanzig Minuten später hievte Lydia einen teuren Lederkoffer durch die Tür. Ich reckte den Kopf in ihre Richtung. »Sie töten sie, stimmt's?«

Sie stellte den Koffer neben die anderen und warf ihrer Beute einen kurzen, sehnsüchtigen Blick zu. »Haben Sie die Titten von dieser Blovine-Hexe gesehen, Ryder? Diese unechten Rieseneuter?«

»Kaum zu übersehen.«

»Musste mich schwer zusammenreißen, damit ich nicht mit einem Messer über diese Dinger herfalle und das Innenleben herausrupfe. Würde leider meine Pläne ruinieren.«

»Sie sind noch am Leben?«

Sie grinste wieder verschlagen. »Ich erzähle meinen gefesselten und ziemlich verängstigten Bietern, dass in der Nachbarschaft bald ein toter Cop gefunden wird. Und dann lasse ich sie ein paar Pillen schlucken – so was wie K.O.-Tropfen. Sobald sie weggetreten sind, löse ich die Fesseln ein wenig. Es dauert zwischen sechs und zehn Stunden, bis sie wieder aufwachen, und dann haben sie die Wahl: Sie kriechen dorthin zurück, wo sie hergekommen sind, und nichts passiert. Oder sie gehen zur Polizei, doch in dem Fall ist die Hölle los. Ermittlungen, Anwälte, die Öffentlichkeit ...«

Wieder hatte dieses Lydia-Calypso-Doppelwesen die Leute durchschaut – Sammler von Serienmörder-Memorabilien sind traurige, unsichere Menschen, pathetische und groteske Gestalten. Geborene Feiglinge, die ihr Schicksal akzeptierten, ihre Wunden leckten und sich aus dem Staub machten.

Ich stieß meine Fersen in den Boden, drehte mich ein paar Zentimeter, damit ich sie sehen konnte. »Eine Frage lässt mir einfach keine Ruhe, Lydia. Wie ist mein Kopf auf das Bild von Wicky gekommen?«

Sie musterte mich mit gerunzelter Stirn. »Was?«

»Das Wicky-Fragment. Darauf war eine Zeichnung von jemandem, der mir sehr ähnlich sieht. Wurde ausradiert, aber im Labor haben sie es trotzdem gefunden. Im Hintergrund ist der Eiffelturm zu sehen.«

Wieder bemerkte ich diese plötzliche Leere in ihrem Gesicht, die blitzschnell auftauchte, so unumstößlich wie der Tod. Sie bekam glasige Augen und stand mit offenem Mund da. Die Atmung verlangsamte sich. Vier oder fünf Sekunden später wirkte ihr Gesicht wieder ganz lebendig und sie starrte mich an.

»Keine Ahnung, wovon Sie reden.« Sie wandte sich ab, ging zum Kühlschrank, schenkte sich ein Glas Orangensaft ein.

Für mein Empfinden war das ein eigenartiger Augenblick: Anscheinend hatte Lydia/Calypso meine Frage verarbeitet, war zu dem Ergebnis gekommen, dass der Input mangelhaft war, und hatte sie für irrelevant befunden. Ich fragte mich, ob ihre kaputte Psyche so auf Verwirrung reagierte, ob der Körper dichtmachte, während der Verstand unerwartete Informationen absorbierte und zerpflückte. Litt sie unter Dissoziation?

»Woher stammt das Wicky-Bild?«, fragte ich.

Sie stellte den Saft auf die Theke, wappnete sich für das nächste Telefonat. »Nicht mal in kleine Stücke geschnitten konnte der Vorrat ewig reichen, Ryder. Ein wichtiger Grund, weshalb ich irgendwann anfing, meine letzte Nummer zu planen. Vor ein paar Jahren kehrte ich wegen dem Rest vom Schützenfest zurück zur Quelle, weil ich dachte, das könnte sich noch auszahlen.«

»Forrier.«

»Hat mich drei Riesen gekostet, einen Aufseher in der Irrenanstalt zu bestechen. Ich habe ihm aufgetragen, Forrier alles zu entwenden, was auch nur entfernt nach Kunst aussah. Mein Dieb hat ein paar Fragmente aus der guten alten Zeit herausgeschmuggelt ... Ich vermute mal, Trey hängt sehr an der Vergangenheit. Ein Fragment habe ich über Heidis verrottenden Leichnam geklebt. Und eins in Rubins Schreibtisch getan. Sie bei der Stange zu halten, Ryder, war allerdings jeden Penny wert.«

»War offenbar eine gute Sache, dass Forrier die Schläge, die Sie ihm in Paris verpasst haben, überlebt hat.«

Sie berührte die Schläfe an der Stelle, wo sie bei Forrier eingedellt war. »Harter Schädel, vermute ich mal. Und Sie haben Recht. Ich konnte ihn hinterher noch brauchen – zweimal sogar, um ehrlich zu sein.«

»Sie hatten seine Masken von damals. Und Sie haben weiter getötet, Lydia. Stimmt doch? Sie konnten es nicht lassen.«

Sie stand auf, schlich sich wie eine Katze an mich heran. Ich atmete tief durch, denn ich rechnete damit, dass sie wieder auf mich sprang. Stattdessen kniete sie sich neben mich und starrte mir in die Augen.

»Haben Sie jemals den letzten Augenblick miterlebt, Ryder?«, flüsterte sie. Ihr Atem streifte über mein Gesicht. »Richtig miterlebt, meine ich. Diesen Sekundenbruchteil, wo Sie sehen können, woraus wir gemacht sind. Dieser Moment quillt aus den Augen, ergießt sich wie Schlamm auf den Boden und darin windet sich Unvorstellbares. Einfach faszinierend. Doch um das zu erkennen, muss man ein besonderer Mensch sein, Ryder.«

Da die Art und Weise, wie sie mich ansah, mir Angst machte, drehte ich den Kopf weg.

»Sie haben Forriers Masken an den Tatorten hinterlassen«, sagte ich ruhig. Ich wollte, dass sie sich wieder auf ihre Heldentaten konzentrierte und nicht länger an diese letzten Augenblicke dachte.

Lydia legte die Hand auf mein Gesicht, stützte sich auf, erhob sich und schlenderte zurück zur Theke. »Abgedrehte Dinger, diese Masken. Forrier ist ein außerordentlicher Künstler gewesen, Ryder. Brillant und visionär. Sie haben ja Fragmente seiner Kunst gesehen. Was halten Sie davon?«

Ich konnte nur den Kopf schütteln. Sie sagte: »Er hat sein Talent verloren. Vielleicht damals, als wir ihm den Schädel eingeschlagen haben. Diese Masken waren potthässlich, aber mir geben sie Sicherheit.«

Ich stierte an die Decke. Ihre Fähigkeit, jedes andere menschliche Wesen bis auf den letzten Tropfen zu ihrem Vorteil auszuquetschen – Hexcamp, das Mädchen im Gericht, Trey Forrier –, grenzte schon ans Übernatürliche. Einer der wichtigsten Faktoren für die Gefährlichkeit von Soziopathen ist der Umstand, dass sie sich im Gegensatz zu uns weder von Gefühlen noch von den zahllosen alltäglichen Aufgaben, die ein normales Leben einem abverlangen, beeindrucken lassen, sondern sich voll und ganz auf ihre Bedürfnisse und Ziele konzentrieren.

Ich beobachtete, wie sie wählte, wie sie gelassen den Hörer ans Ohr hielt. »Hallo, Mr Pawalhi? Ich freue mich, Ihre Stimme zu hören …«

Ein paar Minuten später verließ sie mich. Wütend zerrte ich an meinen Fesseln, schrie gegen das Klebeband, das mir die Lippen versiegelte. Wegen des Besenstiels konnte ich nicht über den Boden rollen. Ich war ein regloser Klumpen warmes Fleisch und so verletzlich wie ein nackter Rollstuhlfahrer in einem Wolfsrudel.

Kapitel Zweiundfünfzig

Als Jacob Willow aus seinem Truck stieg, versank er mit den Schuhen im Sand. Weder auf Ryders Auffahrt noch unter dem Haus stand ein Fahrzeug. Willow stieg die paar Stufen hoch, die zu der kleinen Veranda vor der Eingangstür führten, klopfte und schaute sich um. Vor einem Streifen knorriger Bäume standen drei Häuser auf der kurzen Straße. Das östliche Haus war groß und schick. Ryders Heim und das Haus im Westen waren wesentlich schlichter. Teuer waren sie nur, weil sie direkt am Strand lagen. Auf dieser Straße, einer Sackgasse, gab es kaum Verkehr. Ein schöner Fleck zum Leben.

Willow klopfte noch mal. Keine Reaktion. Er ging die Stufen hinunter, unter dem Haus durch, wich einem Tisch aus, an dem Fische ausgenommen wurden, und sah zur meerseitigen Veranda hoch. In einem Fenster, das vermutlich zur Küche gehörte, brannte Licht. Er stellte sich unter das Haus und spitzte die Ohren, ob er oben Geräusche hören konnte – Schritte, Radio. Nichts. Nicht ein Ton. Willow ging zum Truck, schnappte sich sein Handy und fing an, Ryders Nummer einzugeben, als er sich an Ryders Warnung erinnerte.

»Wir stehen kurz vor einem Durchbruch … Ich muss die Leitung freihalten.«

Mit einem leisen Seufzer warf er das Handy in den Wagen zurück und wollte schon einsteigen, als er dachte: *Was soll's, vielleicht ist Ryder kurz zum Supermarkt gefahren.*

Willow stieß die Wagentür zu und schlenderte zur Treppe des Stelzenhauses hinüber. Er holte seine Sonnenbrille heraus, schob die Kappe in die Stirn, setzte sich in die heiße Sonne von Alabama und sehnte sich nach einer Zigarette.

* * * * *

Ich hatte gehört, wie auf meiner Zufahrt ein Fahrzeugmotor ausgeschaltet wurde. Ein Dieselmotor. Weder Harry noch Danbury. Wen kannte ich mit so einem Wagen?

Willow. Sein riesiger Dodge Truck hatte einen Dieselmotor. Als ich vor einer Stunde mit ihm telefoniert hatte, hatte ich erwähnt, dass ich daheim auf Informationen wartete. War er ungeduldig geworden? War er mit der Fähre auf die Insel gekommen?

Das war dem alten Bullen durchaus zuzutrauen.

Für einen Augenblick keimte Hoffnung in mir auf, erstarb aber gleich wieder. Obwohl Jacob Willow keine zwanzig Meter weiter war, was grob geschätzt der Länge einer Zugmaschine samt Wohnwagen entsprach, gab es keine Möglichkeit, ihm mitzuteilen, dass ich hier war. Im Gegenteil, die Lage konnte durchaus noch schlimmer werden. Lydia würde in Kürze wieder auftauchen. Was, wenn sie Willow erkannte?

Neben meinen Knien lag Rubin Coyles hart gefrorener Kopf und starrte mich höhnisch an.

* * * * *

Willow stand auf und streckte sich. Es war Zeit, sich auf den Weg zu machen. Aller Wahrscheinlichkeit nach war Ryder auf dem Festland. Er konnte gerade noch die Kappe tiefer ins Gesicht ziehen, ehe der Wind sie ihm vom Kopf riss. Er warf einen Blick auf den Golf und hielt inne: Fünf Meter weiter unten war die Brandung. Die Wellen kamen parallel zum Strand herein. Er lief schnell unter dem Haus durch und zum Strand hinunter.

Dann fixierte er einen Punkt hinter der Brandung. Seine getönten Brillengläser dämpften die gleißende Helligkeit.

Willow entdeckte eine Rückenflosse. Ein Hai – das hatte er sich gedacht. Kein großes Exemplar, schätzungsweise achtzig Zentimeter. Er ging in der seichten Rinne zwischen Ufer und der ersten Sandbank auf Jagd. Fressen, ausscheiden, fressen. Einen roten und silbernen Schweif hinter sich herziehend. Er nahm an, dass Haie nie satt wurden. Vom Anbeginn der Zeit waren sie aufs Fressen programmiert.

Willow beobachtete den Hai, bis er über die Sandbank schwamm und im tiefen Wasser verschwand. Oder womöglich zwischen dem flachen und tiefen Wasser wechselte, sich in den Untiefen versteckte und im seichten Gewässer fraß.

Er zog die Kappe in die Stirn, damit der Wind sie nicht wegwehte, und lief zurück zu seinem Truck. Nicht weit hinter der Düne und ganz in der Nähe von Ryders Haus hörte er, wie ein Fahrzeug über die zerbrochenen Muscheln rollte. Er hob den Kopf in der Hoffnung, Ryder zu sehen. Stattdessen kam eine Frau in einem blauen Geländewagen die Straße heruntergefahren. Sie beäugte ihn kritisch, als er in den Schatten unter Ryders Haus trat, und winkte dann freundlich. Er beobachtete, wie die Frau auf die Auffahrt nebenan fuhr und die Treppe mit der Anmut und Geschmeidigkeit einer Katze erklomm.

* * * * *

Mit finsterer Miene kam Lydia ins Haus. Sie warf mir einen entsprechenden Blick zu, marschierte schnurstracks in die Küche und durchforstete die Schubladen. Ich hörte, wie eine Schublade auf dem Boden landete, Besteck über den Boden schlitterte. Mit einem Messer mit zwölf

Zentimeter langer Klinge kehrte sie zurück, kniete sich neben mich, riss das Klebeband von meinem Mund und hielt mir das Messer an den Hals.

»Drüben bei Ihnen ist jemand. Ich kann sein Gesicht nicht erkennen, aber er fährt einen großen, schwarzen Pick-up. Ein älterer Mann. Wer ist das?«

Schwarzer Truck. Also doch Willow. Sie hatte ihn nicht erkannt.

»Keine Ahnung.«

Sie drückte das Messer an meine Gurgel. »Tischen Sie mir keine Lügen auf. Wer, verdammt noch mal, ist das?«

»Wahrscheinlich ... ein potentieller Kunde.«

»Kunde? Was will der?«

»An meinen freien Tagen nehme ich hin und wieder Leute mit aufs Meer hinaus, zum Fischen. Wenn Urlauber jemanden brauchen, der sie zu den richtigen Plätzen bringt, schicken die Leute hier sie manchmal zu mir. Werfen Sie mal einen Blick auf seine Ladefläche oder in die Fahrzeugkabine. Wahrscheinlich ist da ein Ständer mit Angelruten.«

Sie sprang auf, spähte aus dem Fenster und wandte sich dann wieder an mich. »Woher soll ich denn wissen, wie so ein Ständer aussieht? Sind das runde Dinger, so was wie Röhren?« Wieder schaute sie hinaus, schien aber lockerer zu werden. Offenbar bestätigte das, was sie sah, meine Worte. »Er kommt mir nervös vor, als wollte er jeden Moment abhauen. Na, für diesen Klienten werden Sie wahrscheinlich nicht arbeiten, Ryder. Der macht die Biege.«

Lachend lief sie an mir vorbei, fuhr mir mit der Klinge zwei Zentimeter oberhalb meiner Augen über die Stirn und ging in die Küche.

* * * * *

Jacob Willow stieg in den Truck und steckte den Schlüssel ins Zündschloss. Ihm blieb noch etwas Zeit, bis die Fähre nach Fort Morgan auslief. Er konnte ja an einer Trichtermündungsführung im Sea Lab teilnehmen. Sein letzter Besuch lag Jahre zurück. Und hinterher noch mal hier vorbeischauen und nachsehen, ob Ryder inzwischen da war. Er beschloss, eine Nachricht dazulassen. Willow kramte einen Stift und Notizblock aus dem Handschuhfach.

War um drei Uhr hier. Bin genau so nervös
wie Sie. Schaue vor der nächsten Fähre
vielleicht noch mal im Sea Lab vorbei.
Ryder, nehmen Sie sich zehn Sekunden Zeit,
RUFEN SIE MICH AN UND ERZÄHLEN SIE MIR,
WAS SICH TUT!!!
Gruß
J. Willow

Er versuchte, die Nachricht auf Augenhöhe zwischen den Rahmen und die Tür zu quetschten, doch der Spalt war zu eng. Willow legte die Hand auf den Türknauf und wollte die Tür ein bisschen nach innen drücken, damit der Spalt breiter wurde. Zu seiner Überraschung bewegte sich der Knauf. Noch eine Vierteldrehung und die Tür war offen.

Ryder war gegangen, ohne sein Haus abzuschließen. Willow stieß die Tür fünfzehn Zentimeter auf, spähte in das kühle Haus, scannte den Raum. Ryders weißes Leinenjackett hing über einem Stuhl. Etwas stach Willow ins Auge. Ein geflochtener Riemen.

Willow ging vorsichtig ins Haus, hob die Jacke hoch. An der Stuhllehne hing Ryders Schulterhalfter samt Dienstwaffe. *Welcher Cop haut ohne seine Waffe ab*, fragte sich Willow und starrte die blaue Neun-Millimeter an, die im Halfter steckte. Willow ging nie irgendwohin, ohne sich wenigstens eine kleine Waffe um den Knöchel zu schnallen. So wie jetzt. Er hatte eine kleine .380er AMT dabei. Das Magazin fasste nur fünf Kugeln, aber mit ihren fünfhundert Gramm war sie einem auch keine Last. Die Welt dort draußen war einfach zu durchgeknallt, als dass man *ohne* Waffe vor die Tür ging, zumal die Irren aus allen Richtungen angerannt kamen und die Barrikaden stürmten.

Willow marschierte zur Tür, trat auf die Veranda. Er stellte sich vor, wie Ryder die Treppe hinunterging, in seinen Wagen stieg, wegfuhr. Höchstwahrscheinlich unbewaffnet. Warum?

Sein Blick wanderte zu dem Haus im Westen, in dem vor wenigen Minuten die Frau verschwunden war. Dem Aussehen nach eine Urlauberin. Willow betrachtete die kleinen, flachen Dünen zwischen den Häusern, entdeckte flache Mulden im Sand. Der Größe nach zu urteilen konnten das nur Schuh- oder Fußabdrücke sein.

Der Wind vom Golf wehte unablässig. Frischte gelegentlich sogar richtig auf. Willow überlegte, wie lange es an einem Tag wie heute wohl dauerte, bis die Abdrücke verschwunden waren.

Woran sollte er sich dabei orientieren?

Willow dachte kurz nach und lief zu seinem Truck. Dort fand er seine Abdrücke, gerade mal fünfzehn Minuten alt. Die Konturen verblassten schon; Sand rieselte in die Vertiefungen. Wieder studierte er die Abdrücke zwischen den Häusern. Maximal neunzig Minuten alt. Es dauerte nicht mehr lange, bis sie verschwunden waren.

Machte die Frau hier Urlaub oder wohnte sie in dem Haus? Könnte sie eine Freundin von Ryder sein? War er zu ihr hinübergelaufen, um ihr irgendetwas Wichtiges zu erzählen?

Fragen über Fragen. Willow hatte Fragen schon immer gehasst.

Er schob seine Kappe nach hinten und folgte den Abdrücken durch den Sand.

* * * * *

Ich hörte, wie draußen Schuhe auf dem Muschel-Sand-Mix knirschten. Jemand kam herüber. Lydia lief zum Fenster.

»Das ist dieser alte Sack. Will wahrscheinlich fragen, ob ich weiß, wo Sie stecken.« Sie lächelte mir zu und sagte mit affektierter Stimme: »›Ach, du liebe Zeit, ich glaube, Mr Ryder ist nach Birmingham gefahren, um einen kranken Freund zu besuchen.‹ Was halten Sie davon, Ryder? Ich werde dafür sorgen, dass der alte Mr Fisch verduftet, und dann werde ich eine Zeit lang Ihre Führerin spielen. Sie an Orte bringen, wo Sie noch nie gewesen sind.«

Die Schritte verstummten, als würde Willow zum Haus hochschauen. Dann war das Knirschen auf der Muschelzufahrt zu hören, diesmal lauter.

Im Geiste spielte ich die nächsten Minuten durch. Die Tür geht auf und Willow steht draußen. Wird sie ihn erkennen? Wann hat sie ihn zum letzten Mal gesehen? Was wird Willow tun? Wird er sie erkennen? Hat er sie überhaupt mal richtig gesehen oder hat sie sich 1972 einfach in Luft aufgelöst?

Schritte auf den Treppenstufen.

»Er kommt rauf, Ryder«, sagte Lydia. »Rühren Sie sich nicht von der Stelle, ich bin gleich zurück. Keine Sorge, wir werden noch eine Menge Spaß miteinander haben, bevor ich die Fähre in Richtung Osten nehme.« Mit einer Kopfbewegung deutete sie auf den gefrorenen Kopf neben meinem Knie und zwinkerte anzüglich. »Leisten Sie doch Rubin Gesellschaft, bis ich den alten Furz verscheucht habe.«

Ich stupste Rubin Coyles Kopf an. Eisig. Winzige

Tropfen hingen an den auftauenden Haarspitzen, doch der Rest von diesem grauenvollen Ding war so hart wie eine Bowlingkugel.

Es klopfte an der Tür.

Meine Gedanken überschlugen sich, meine Adrenalinproduktion lief auf Hochtouren. Lydias dissoziative Momente ... Wenn sie nicht mit Willow rechnete und er urplötzlich vor ihr stand, erlitt sie dann einen kurzen Aussetzer?

»Einen Augenblick, bitte«, rief Lydia. »Ich bin gleich da.«

Ich betrachtete den Kopf neben meinen Knien, nahm den glänzenden Fußboden in Augenschein. Lydia vergewisserte sich noch mal, dass man mich vom Eingang nicht sehen konnte, und steckte das Messer hinten in ihren Hosenbund. Ging die letzten paar Meter zur Tür.

Öffnete sie.

Ich holte tief Luft und warf mit aller Kraft meine Beine auf die andere Seite. Rubin Coyles Kopf berührte ich nur ganz leicht.

* * * * *

Jacob Willow hielt seine Kappe fest, weil es so stark windete. Die Tür ging auf. Willow nickte. Die Frau lächelte und fragte: »Wie kann ich Ihnen helfen ...«

Mehr sagte sie nicht. In dem Augenblick, wo sie ihm in die Augen schaute, wurde ihre Miene ausdruckslos. Vollkommen reglos, wie das Gesicht einer Toten. Wie eine Statue sah sie aus. *Verdammt* komisch. War alles in Ordnung mit ihr?

»Ma'am?«

Irgendetwas an ihrem Gesicht kam ihm bekannt vor. Und das war auch merkwürdig.

Doch was dann passierte, war noch viel eigenartiger. Ein menschlicher Kopf – nur ein Kopf – schlitterte knapp zwei Meter hinter der Frau über den Boden, ehe er den Schwung verlor und sanft hin und her schaukelte. Die Frau schien davon nichts mitzukriegen. Ihr Mund stand offen, ihre Augen starrten ins Leere.

Willow wollte gerade in seinen Stiefel greifen, als die Frau ihn wieder fixierte.

Mit lodernden Augen.

Kapitel Dreiundfünfzig

In meiner Wahrnehmung bewegte sich der Kopf im Zeitlupentempo. Ich hörte Willow fragen: »Ma'am?«

Als der Kopf ein, zwei Meter hinter Lydia liegen blieb, hielt ich den Atem an. Ich konnte nur ihren Rücken sehen. Es war vollkommen still.

Und dann kreischte Lydia, als stünde sie in Flammen. Ihre Hand zog das Messer aus dem Hosenbund. Wild um sich stechend schoss sie zur Tür hinaus. Willow war so schockiert, dass er laut brüllte. Jemand purzelte die Treppe hinunter. Und dann vier Schüsse. Schnell hintereinander. Sie hörten sich an wie Knallfrösche.

Kurzzeitig Ruhe. Auf einmal war da nur mein Herz zu hören, sonst nichts.

Lydia kam herein. Die Klinge des Messers, das sie in der Hand hielt, war rot. Mitten auf ihrer Bluse waren zwei rote Punkte zu erkennen. Sie blieb stehen und betrachtete den Raum, als sähe sie ihn gerade zum ersten Mal oder als wäre alles nur ein Traum. Und dann sah sie mich. In ihren Augen blitzte nichts auf, kein Erkennen. Es war, als hätte sie die letzte Tür zum Wahnsinn aufgestoßen und ich war nur leichte Beute. Lydia führte das Messer hoch, kam auf mich zu. Sie stolperte über die Koffer neben der Tür, stieß sie mit dem Fuß weg. In dem Moment erregten die roten Punkte auf ihrer Bluse ihre Aufmerksamkeit. Erstaunt betrachtete sie sie, als würde es sie überraschen, dass sie da waren.

Ihr Gesicht fror ein. Sie rührte sich nicht mehr.

Zwei Sekunden später sprang die Maschine wieder an. Sie riss den Kopf hoch, machte drei Schritte auf mich zu.

Bis ihr Blick wieder zu den Wunden zurückkehrte und sie einen weiteren Aussetzer hatte.

Aus, an … bis sie über mir stand.

Das Messer hochriss.

Und zwischen aus und an innehielt.

Erst später fiel mir auf, dass ich den fünften Schuss gar nicht gehört hatte. Dafür sah ich einen kleinen, roten Klecks, der sich auf Lydias Seite ausbreitete. Sie zitterte, als er größer wurde. Hielt inne, um ihn zu berühren. Dieses Mal hatte sie keinen Aussetzer, sondern schien etwas zu begreifen. Sie ließ das Messer fallen und landete mit einem lauten Knall auf dem Boden.

Mit einer Hand zog Jacob Willow sich ins Haus, die andere presste er auf eine Wunde. Er zog einen breiten, roten Streifen hinter sich her. Halb kroch er, halb schwamm er über den Boden, streckte eine blutige Hand aus und riss mir das Klebeband vom Mund. »Sie hat mich voll erwischt, Ryder«, murmelte er, während sein Blick zu der Stichwunde wanderte. »Die Leber, denke ich. Bin in den letzten Jahren langsamer geworden.«

Verwirrt starrte er Lydia an.

»Das ist Calypso, Jacob«, sagte ich. »Rufen Sie den Krankenwagen. Sie verbluten mir noch.«

»Calypso? *Calypso*?«

»Es war derselbe Schleier, aber die Frauen, die ihn trugen, wurden ausgetauscht. Sie hat jahrelang Sammler übers Ohr gehauen. Gehen Sie zum Telefon, Jacob. Sofort.«

Das Telefon hing acht Meter weiter drüben an der Wand. Er schaute hinüber und stöhnte.

»Das schaffe ich nicht.«

»Binden Sie mich los. Meine Hände.«

Er kniete sich hin, was ihn große Mühe kostete, und machte sich an meinen Handgelenken zu schaffen, doch die Drähte waren zu fest für seine feuchten, kraftlosen

Finger. Als er sich über mich beugte, gab sein blutgetränktes Hemd einen Schmatzlaut von sich.

»Das Telefon, Jacob«, sagte ich. »Sie müssen versuchen, zum –«

Erschöpft ließ er sich auf den Boden fallen. »Psst, Ryder. Vergessen Sie's. Sind Sie sicher, dass das Calypso war?«

Ich nickte. Er überlegte kurz, lachte gequält und berührte meinen Arm, als wollte er mir einen Witz erzählen. »Wissen Sie, was Hexcamp mir im Gericht ins Ohr geflüstert hat, Ryder? Als er im Sterben lag? Kurz bevor er mich bat, der Spur der Kunst zu folgen?«

»Was denn, Jacob?«

»Er sagte: ›Sie hat gelogen.‹«

»Sie hat gelogen?«

»Ja, kapieren Sie's ... denn nicht, Ryder?«, fragte er. Seine Stimme wurde schwächer. »Sie hat *gelogen*. Calypso hat Hexcamp versprochen, sie würde ihn retten. Stattdessen hat sie jemanden geschickt, die ihn tötet.«

Nun begriff ich. »Dieses Spiel war vorbei. Und sie war bereit, weiterzuziehen.«

Willow nickte und stützte sich auf den Ellbogen. »Folge der Spur der Kunst. Das habe ich nie kapiert ... erst jetzt. Hexcamp wollte, dass ich Calypso aufspüre, seine Geliebte, seine Mörderin.« Er lachte leise, atmete kaum noch. »Da habe ich offensichtlich fünfunddreißig Jahre ... darauf verschwendet ... Marsden Hexcamp zu rächen.«

»Sie haben Calypso dingfest gemacht, Jacob. Sie war eine Mörderin, ein Monster. Sie haben Leben gerettet, Jacob.«

Sein Blick wanderte zu der reglosen Form neben meinen Füßen. Er flüsterte: »Dann hat es wohl doch noch geklappt.« Und dann fiel sein Kopf auf meine Brust. Furchtlos suchte er meinen Blick. Wir beide wussten, was kam.

Eine Minute später erlebte ich Jacob Willows letzten Augenblick. Und nichts floss aus ihm heraus, kein Schlamm, in dem sich Unvorstellbares wand. Es war vielmehr so, als hätte etwas anderes seine Aufmerksamkeit erregt und er sich entschlossen, sich darauf zu konzentrieren.

Epilog

Ich hörte noch einmal von Inspector Bernard Latrelle. Per Eilsendung schickte er mir einen großen Umschlag. Als ich ihn aufriss, fiel ein Farbfoto heraus, zwanzig mal dreißig Zentimeter groß, dazu eine handgeschriebene Notiz:

> Dieses Foto dokumentiert ein Objekt, das 1969 *verschwunden ist. Falls Sie es jemals finden sollten, würde ich über den Atlantik schwimmen, um es sehen zu können.*
> Ihr B. Latrelle

Ich schnappte mir das Foto und ging hinaus in die Sonne. Nachdem ich es inspiziert hatte, rief ich Dr. Prowse in der Anstalt an, danach Danbury und schließlich Harry.

»Wir fahren in die Anstalt, Bruder.«

»Hast du es in letzter Zeit nicht schon schwer genug gehabt, Cars? Du brauchst Jeremy nicht zu besuchen. Und ich sowieso nicht.«

»Wir besuchen nicht Jeremy. Wir treffen uns mit Trey Forrier. Und du willst dabei sein, Harry, verlass dich auf mich.«

Während der Fahrt lag ich auf der Rückbank, hing meinen eigenen Gedanken nach und redete kaum. Harry und Danbury tauschten Blicke aus, stellten mir aber keine Fragen.

Vangie änderte spontan die Regeln, damit wir uns zu dritt mit Trey Forrier treffen konnten. Wir besuchten ihn in seinem Zimmer, einem kahlen Raum mit einem

Bett, einem Stuhl, einem Schreibtisch und einem alten Lederkoffer in der Ecke. Die Wände waren weiß.

»Harry, das hier ist Trey Forrier.«

Harry hielt seine kräftige Hand zur Begrüßung hin. Forrier musterte Harrys Gesicht erst ein paar Sekunden, ehe er die Hand ausstreckte und Harrys sanft drückte. Mit dem Briefumschlag lehnte ich mich an die Wand. Danbury übersetzte wieder.

»Es gibt zwei Dinge«, sagte ich, »über die ich mit Ihnen sprechen möchte, Trey. Eines Ihrer Bilder wurde außerhalb dieser Einrichtung gefunden. Es handelt sich um eine einfache und perfekte Zeichnung, die mein Gesicht darstellt. Können Sie mir erklären, wie es dazu gekommen ist?«

Forrier legte die Hand ans Kinn und dachte eine ganze Weile lang nach.

»Je soupçonne que cela s'est produit il y a des années. Je suis venu ici, j'ai recontré votre frère …«

»Ich denke, es ist vor mehreren Jahren entstanden. Ich bin hierher gekommen und habe Ihren Bruder kennen gelernt. Er war sehr traurig, weil er kein Foto von Ihnen hatte. Sie sind immer noch wütend auf ihn gewesen wegen seiner Verbrechen und haben sich geweigert, ihm eins zu schicken. Als ich spürte, wie sehr ihn das schmerzte, habe ich ihm angeboten, Sie für ihn zu malen.«

Forrier ging zu dem Koffer in der Ecke und hob den Deckel. Danbury übersetzte für uns mit einer Selbstverständlichkeit, als sprächen Forrier und ich direkt miteinander. »Als ich hierher kam, durfte ich nur ein paar persönliche Dinge behalten. Zum Beispiel diese kleinen Studien …« Er holte ein paar Bilder heraus und hielt sie hoch. Umwerfend. Und dann drehte er sie für uns um. Hinten war nur weiße Leinwand zu sehen.

»Vor ein paar Jahren sind Sie mal zu Besuch gekommen und da hat er mir Bescheid gegeben. Ich habe aus dem Fensterschlitz gesehen, als Sie an meiner Tür vorbeigekommen sind, und mir Ihr Gesicht eingeprägt. Auf einer meiner Studien habe ich versucht, Sie zu zeichnen. Mit dem Bleistift. Spitze Gegenstände sind hier eigentlich nicht erlaubt, aber es gibt sie natürlich trotzdem. Als Ihr Bruder mit Ihrem Gesicht zufrieden war, habe ich für ihn eine letzte Zeichnung angefertigt, auf Papier, mit dem Kugelschreiber. Die Zeichnung bewahrt er in seinem Schreibtisch auf und schaut sie oft an. Von all den Dingen, die er besitzt, ist sie ihm am wichtigsten. Aber das würde er Ihnen nie verraten.«

Der Raum wurde gleißend hell. Ich schloss die Augen, schluckte schwer. Forrier sagte: »Die Studien habe ich immer ausradiert. Ich wollte nicht, dass bekannt wurde, dass ich zeichne. Die Ärzte machen mich fertig, wenn sie das rauskriegen.«

Nun wusste ich, was passiert war – dank Lydias Prahlereien. »Das Bild wurde gestohlen.«

»Diebe lauern überall. Ein paar von meinen Bildern sind weggekommen.« Er zeigte auf den Koffer. »Jetzt schließe ich immer ab.«

»Auf der Zeichnung war hinter mir der Eiffelturm zu erkennen, Trey. Warum?«

»Der Ausblick aus einem kleinen Park. Vor langer, langer Zeit ist das mein Lieblingsort gewesen. Jeremy hat mir von Ihrer schwierigen Kindheit erzählt, und da bin ich auf die Idee gekommen, Sie irgendwohin zu tun, wo Freude möglich ist.«

»Danke«, sagte ich.

»Und wie lautet Ihre zweite Frage?«, wollte Forrier wissen.

Ich zog das Foto aus dem Umschlag, legte es auf Forriers Schreibtisch. Harry und Danbury traten näher. »Mein Gott«, flüsterte sie. Harry starrte nur auf das Bild und brachte vor Erstaunen kein Wort heraus.

Auf dem leicht verblichenen Foto, dessen Papier schon

mürbe wurde, stand ein etwa dreißig Jahre alter Trey Forrier – ein gutaussehender Mann mit funkelnden Augen und heilem Gesicht – neben einem großen Gemälde in einem Atelier. Das untere Viertel des Bildes bestand aus einer alptraumartigen Anhäufung von Totenköpfen, Blut, Exkrementen und Zerstörung. Dieser Teil war in der Maske zu erkennen. Goldene Würmer schlängelten sich durch das Blutbad.

Ein Stück weiter oben veränderte sich das Bild: Entsetzliche Schwarz-, Rot und Umbratöne erstrahlten. Die Würmer setzten sich zu einer Gestalt – halb Mensch, halb Gespenst – zusammen.

Forrier trat einen Schritt näher und tippte vorsichtig mit dem Finger auf das Bild.

»*Les vers sont la lumière de la création* …«

»Die Würmer sind das Licht der Schöpfung«, sagte er. »Die Saat der Seele. Sie lernen, zwischen Verwesung und Morast zu leben. Und das ist wichtig an dieser Reise, denn nur so lernen sie, wie man in den Himmel kommt.«

In der Bildhälfte reckte sich die Gestalt gen Himmel, schien aufzusteigen. Die Hauptfigur leuchtete. Das Licht war so rein wie die silbrige Lumineszenz von Vermeer.

Die sich verändernde Gestalt kulminierte weiter oben in einer Explosion aus Licht und Farben von der Kraft eines Chagall, der rohen Gewalt eines Van Gogh. Trotz der Intensität des Ausdrucks – oder vielleicht gerade deswegen – verkörperte das Gemälde auf wundersame Weise Frieden und Harmonie. Diese Reise nahm ein gutes Ende.

»Unglaublich, Mr Forrier«, fand Danbury.

»Das war nur eine Studie«, erwiderte er.

»Eine Studie«, wiederholte Harry kopfschüttelnd.

»Gibt es noch andere Bilder?«, fragte Danbury. »Bitte, sagen Sie, dass es so ist.«

Forrier ging zu seinem Bett und setzte sich. Auf einmal deutete nichts mehr in seinem Verhalten auf Wahnsinn hin.

»*On allait me juger ...*«

»Mein Fall sollte vor Gericht gehen. Es gab Beweise, die mich belasteten, obwohl ich niemandem etwas angetan hatte. Ich hätte keiner Menschenseele etwas antun können. Das ist ein Frevel.«

»Aber Sie haben aufgehört, auf Ihre Unschuld zu verweisen«, sagte ich. »Sie haben gestanden.«

»*Declaré fou, ma vie a été épargné, j'ai été placé dans une cellule d'isolement ...*«

»Da man mich für wahnsinnig hielt, wurde ich in eine Einzelzelle gesteckt. Alles war weiß: der Boden, die Wände, die Decke. Im Geiste wusch ich den Gestank und Dreck von den Wänden und fing dann an, sie zu bemalen. Ganz erstaunliche Bilder, wie ich entdecken musste. Und da erkannte ich, dass ich alles, was ich mit der Malerei erreichen wollte, am besten ohne Farbe erreichte. Ohne Leinwand. Ohne Pinsel. Ohne Leute, die mir über die Schulter blicken. Da gibt es keine Grenzen und nur der Tod kann dir deine Arbeiten stehlen.«

»Sie sind hier gelandet.«

»Die Wände sind weiß. Boden, Decke, weiß. Alles ist weiß. Der perfekte Ort für meine Kunst.«

Er stellte sich vor die Wand und begann zu dirigieren. Nein, er dirigierte nicht. Er führte einen Pinsel und keinen Taktstock.

Er malte.

»Ich habe viele Wände mit meiner Kunst geschmückt. Das ist ein langwieriger Prozess, doch außerordentlich lehrreich für mich.« Mit dem Kinn deutete er auf die Fotografie, die Latrelle geschickt hatte. »Ich bin nicht mehr traurig wegen des Bildes, das Marsden mir gestohlen hat. Verglichen mit meinen neuen Arbeiten ist es primitiv und hässlich.«

Ich öffnete die Tür und schaute in den weißen Flur,

von dem andere Flure abzweigten. Da gab es die Zimmer der Insassen, Versammlungsräume, eine Cafeteria.

Und alle waren schneeweiß.

Als ich in den Flur trat, folgte Trey Forrier mir. Harry und Danbury schlossen sich uns an. Ich betrachtete dieses Meer aus weißer Farbe. »Erzählen Sie mir von Ihren neuen Arbeiten, Mr Forrier.«

»*Comme toujours, l'art du moment final …*«

»Sie ist, was sie immer gewesen ist«, übersetzte Danbury. »Die Kunst des letzten Augenblicks. Wo alles beginnt.«

Verblüfft berührte ich die Wand. »Und sie ist überall?«

Forrier breitete die Arme aus und drehte sich mit kindlicher Freude um die eigene Achse. »*Nous traversons le coeur de Dieu!*«

Ich wandte mich zu Danbury um.

»Er sagt, wir schreiten durch das Herz Gottes.«

Immer noch ziemlich perplex schafften wir es gerade noch, uns bei Trey Forrier für seine Zeit und Hilfe zu bedanken. Wir überließen ihn der Obhut eines Aufsehers und hielten auf die Tür zu. Wir waren drei, vier Meter gegangen, als Forrier uns rief.

»*Mes amis*! Freunde!«

Wir drehten uns um. Aus diesem Winkel, aus dieser Entfernung konnte ich die Verletzungen in seinem Gesicht nicht sehen. Er wirkte glücklicher als alle anderen Menschen, denen ich je begegnet war.

»*Le monde se croit à l'abri parce que je suis enfermé ici …*«

Harry und ich schauten Danbury an.

»Trey sagt, die Welt denkt, sie sei sicher, weil er hier ist. Und er glaubt, er ist sicher, weil die Welt dort draußen ist.«

Forrier winkte und wandte sich ab. Er blieb stehen, beugte sich hinunter, um ein Bild auf dem Boden zu begutachten, und verschwand anschließend in seinem Zimmer.

Wir überquerten den Parkplatz. Die warme Sonne schien auf unsere Schultern; die Luft war süß wie Honig. Danbury sagte: »Glaubt ihr, dass seine Bilder – in gewisser Weise – tatsächlich existieren? Dass auf den Wänden dieser grässlichen Einrichtung wirklich unglaublich schöne Bilder sind?«

»Wenn wir das glauben«, sagte Harry, »dann ist das auch so. Und mehr braucht es nicht, oder?«

Wir kamen zum Wagen. Harry öffnete die hintere Tür, gab uns mit einer Handbewegung zu verstehen, dass wir einsteigen sollten. »Warum setzt ihr euch nicht hinten hin«, schlug er vor. »Und ich fahre.«

Wir nahmen sein Angebot an. Harry legte ruckartig den Gang ein, fuhr im Kreis, streifte einen Busch und fuhr dann endlich geradeaus. Wir flohen vor den grauen Gebäuden. Als wir auf der richtigen Autobahn waren, klopfte Harry aufs Lenkrad und kicherte.

»He, Cars, erinnerst du dich noch, dass wir mit dem Wagen wegen des platten Reifens in die Werkstatt mussten. Rafael hat sich darum gekümmert.«

»Harry, ich bin nicht senil, das ist erst anderthalb Wochen her. Wieso?«

Der Wagen schlingerte, als Harry sich vorbeugte, unter das Armaturenbrett griff und nach etwas suchte. »Vor etwa vier Jahren ist Rafes kleiner Bruder bei einer Gang eingestiegen. Die Zukunft des Jungen sah alles andere als rosig aus. Es brauchte jemanden, der ihn sich mal vorknöpfte. Also habe ich den Burschen übers Wochenende mit nach Hause genommen und ihm ordentlich den Kopf gewaschen. Der Junge macht sich jetzt gut, geht aufs College. Rafe kennt mich ein bisschen, weiß, worauf ich stehe, und dachte wohl, er ist mir etwas schuldig.«

»Und? Hat er einen Ersatzreifen in den Kofferraum geworfen?«

Harry fummelte immer noch herum. Ich hörte es klicken, als würde ein Schalter umgelegt. Und dann dröhnte Muddy Waters' Stimme aus unsichtbaren Lautsprechern. »Wir haben Musik, Bruder«, brüllte Harry gegen die Musik an. »Kommt hin und wieder richtig gut.«

»Sind wir nicht eine ganz spezielle Truppe?«, meinte Danbury.

Harry grinste in den Rückspiegel. »Macht es euch bequem, Leute, jetzt geht es nach Hause.«

Danbury schmiegte sich an mich. Küsste mich auf die Wange. Warf Harry einen Luftkuss zu, der richtig aufs Gas drückte. In einem Affenzahn fuhren wir zu mir nach Hause, um uns den Sonnenuntergang anzusehen. Denn was sonst sollte man tun, nachdem man die längste Zeit durch das Herz Gottes geschritten war.

Danksagung

Ohne Leser bin ich nur ein Baum, der lautlos im Wald umfällt. Ich möchte meinen Lesern danken, allen voran jenen, die mir geschrieben haben. Ich kann Ihnen versichern, dass Ihre Briefe mir große Freude bereitet haben. Dank gebührt auch den vielen Buchhändlern, die den Lesern mein Buch in die Hand gedrückt, sie manchmal sogar am Kragen gepackt und »Lesen Sie das hier!«, gesagt haben.

Des Weiteren möchte ich mich bei Dr. Dan Handel, meinem Freund und Kollegen der schreibenden Zunft, für seine Anregungen zur medizinischen Praxis und Terminologie bedanken. Sollten Sie jemals erschossen werden, schauen Sie bei Dan vorbei und grüßen Sie ihn von mir.

Zu Dank verpflichtet bin ich Mike McDaniel, einem pensionierten FBI-Agenten, für seinen Beitrag über Methoden der Verbrechensbekämpfung. Wie auch bei Dr. Handel gehen alle Abweichungen vom Expertenrat, was Ermittlungsverfahren, juristische und medizinische Abläufe anbelangt, auf meine Kappe.

Bedanken möchte ich mich auch bei Duane und Janine Eby, Dave Hansen und John und Cindy Sabo dafür, dass sie sie sind.

Und mein Dank gilt meinem Lektor Brian Tart und der Mannschaft bei Dutton.

Zu guter Letzt wie immer eine pyrotechnische Zurschaustellung meines Dankes an Aaron und die außergewöhnlichen Mitarbeiter der Aaaron Priest Literary Agency.